LE FABULEUX VOYAGE DU CARNET DES SILENCES

CLARE POOLEY

LE FABULEUX VOYAGE DU CARNET DES SILENCES

Traduit de l'anglais (Royaume-Uni)
par Karine Guerre

fleuve
ÉDITIONS

Titre original :
The Authenticity Project

MIXTE
Papier issu de sources responsables
FSC® C003309

L'éditeur de cet ouvrage s'engage dans une démarche de certification FSC® qui contribue à la préservation des forêts pour les générations futures.

Pour en savoir plus :
www.editis.com/engagement-rse/

Publication originale par Bantam Press, une marque de Transworld Publishers

ISBN : 978-2-265-14413-2

Dépôt légal : février 2021

Pour mon père, Peter Pooley,
qui m'a appris à aimer les mots

Monica

Elle avait essayé de rendre le carnet. Dès qu'elle l'avait vu sur la table, elle l'avait ramassé et s'était lancée à la poursuite de son extraordinaire propriétaire. Mais il avait disparu. Il se déplaçait étonnamment vite pour son âge. Peut-être ne voulait-il pas être retrouvé ?

Il s'agissait d'un simple cahier d'exercices, semblable à celui que Monica utilisait à l'école pour noter les devoirs à faire à la maison. Ses copines griffonnaient des cœurs, des fleurs, des prénoms de garçons sur la couverture, mais pas Monica : elle respectait trop la papeterie pour la couvrir de graffitis.

Quatre mots étaient inscrits sur la couverture vert pâle, calligraphiés en belles lettres rondes :

Le Carnet des Silences

La date figurait dans le coin inférieur, en lettres plus petites : *octobre 2018*. Peut-être y avait-il une adresse, ou au moins un nom, à l'intérieur ? espéra Monica. Si c'était le cas, elle pourrait le retourner à son propriétaire. Sous sa banalité apparente, l'objet lui semblait étrangement important.

Elle ouvrit le cahier à la première page. Le titre y figurait de nouveau, suivi de quelques lignes.

Le Carnet des Silences
Le plaisir et le danger d'être sincère

Êtes-vous certain de bien connaître vos proches ? Et eux, vous connaissent-ils vraiment ? Connaissez-vous seulement le prénom de vos voisins ? S'ils avaient des ennuis ou s'ils ne sortaient pas de chez eux pendant plusieurs jours, vous en apercevriez-vous ?

Chacun de nous ment sur sa propre vie. Mais que se passerait-il si nous cessions de mentir ? Si nous nous risquions à ouvrir notre cœur, à confier ce qui nous définit vraiment et fait de nous ce que nous sommes ? Pas sur Internet, mais aux gens qui nous entourent ?

Il ne se passerait peut-être rien. Mais il se pourrait aussi que ce geste change votre vie, ou la vie d'une personne que vous n'avez pas encore rencontrée.

C'est ce que je veux savoir.

Le texte se poursuivait sur la page suivante. Monica mourait d'envie de le lire, mais le café était plein, comme toujours à cette heure-ci, et elle ne pouvait pas se permettre de prendre du retard. Elle glissa le carnet près de la caisse, avec les menus supplémentaires et les dépliants de ses fournisseurs. Elle reprendrait sa lecture plus tard, au calme et à tête reposée.

Le soir venu, Monica s'étendit sur le canapé de son appartement, situé au-dessus du café, un verre de sauvignon blanc dans une main, le cahier vert pâle dans l'autre. Les questions qu'elle avait lues quelques heures plus tôt sur la première page lui trottaient dans la tête. Elle avait passé la journée à bavarder avec ses clients, à leur servir des cafés et des pâtisseries, à discuter de la météo et des derniers potins de stars. Mais depuis quand n'avait-elle pas parlé de ce qui comptait le plus à ses yeux ? Et que savait-elle vraiment de ses clients, hormis leurs goûts en matière de thé et de café ? Elle ouvrit le cahier à la deuxième page.

Je m'appelle Julian Jessop. J'ai soixante-dix-neuf ans, je suis artiste peintre et j'habite depuis cinquante-sept ans l'un des ateliers de la petite résidence d'artistes Chelsea Studios, sur Fulham Road.

Tout cela est vrai, mais ce ne sont que des faits. Ils ne disent rien de ma vérité profonde. Or cette vérité, la voici : JE SUIS SEUL.

Je passe des journées entières sans parler à personne. Et quand je parle enfin (pour répondre à un appel téléphonique de ma compagnie d'assurances, par exemple), j'ai du mal à reconnaître le son de ma voix : repliée dans ma gorge, elle est si peu sollicitée qu'elle ressemble au coassement d'une grenouille.

L'âge m'a rendu invisible. Cette situation m'est d'autant plus pénible que j'ai toujours attiré les regards. Autrefois, tout le monde savait qui j'étais. Je n'avais pas besoin de me présenter : il me suffisait d'apparaître sur le seuil d'une pièce pour que mon nom se fraie un chemin parmi les personnes présentes, chuchoté par les uns, clamé par les autres, tandis que toutes les têtes se tournaient vers moi.

J'adorais m'attarder devant les miroirs, et je passais lentement devant les vitrines pour admirer la coupe de mes vêtements ou de mes cheveux. À présent, si je croise mon reflet dans une vitre, je me reconnais à peine. Par une étrange ironie du sort, Mary est partie la première, encore relativement jeune (elle venait d'avoir soixante ans), alors que de nous deux, c'était la plus à même d'accepter presque joyeusement l'entrée dans le grand âge et son cortège de maux inéluctables. Et moi, qui les accepte si mal, je suis encore là, contraint de me regarder sombrer dans le néant.

En tant qu'artiste, je passais beaucoup de temps à observer les gens autour de moi. À force de les observer, j'ai constaté que la plupart des relations de couple sont basées sur un rapport de force : l'un des deux partenaires est plus aimé, l'autre plus aimant. Avec Mary, j'étais le plus aimé. Il n'aurait pu en être autrement. Aujourd'hui, je me rends compte à quel point je l'ai tenue pour acquise, avec sa beauté toute simple, son teint frais, ses joues roses, sa gentillesse et sa constance. Je n'ai appris à l'apprécier qu'après son départ.

Monica s'interrompit pour tourner la page et boire une gorgée de vin. Bien qu'elle se sente désolée pour Julian, elle n'était pas certaine de le trouver sympathique. De toute façon, ce genre d'homme préférait souvent l'aversion à la pitié. Elle reprit sa lecture.

Quand Mary vivait avec moi, notre petite maison était pleine de monde. Il y avait toujours un ou deux gamins du quartier qui passaient en coup de vent, certains que Mary les régalerait d'une histoire, d'un conseil, d'un verre de soda ou d'un paquet de chips. Ceux de mes amis qui réussissaient moins bien que moi sur le marché de l'art s'invitaient souvent à l'improviste pour dîner, accompagnés de mes modèles préférés. Mary accueillait toujours les autres femmes avec le sourire – c'est à peine si je remarquais qu'elle ne leur offrait jamais de chocolat avec leur café.

Nous étions très occupés. Le soir et le week-end, nous retrouvions des amis au Chelsea Arts Club, nous écumions les bistrots et les boutiques de King's Road et de Sloane Square. En semaine, Mary passait ses journées à l'hôpital où elle était sage-femme, tandis que je voyageais d'un bout à l'autre du pays pour répondre aux commandes de mes clients – des portraits, essentiellement. Ils se croyaient tous dignes d'accéder à la postérité.

Chaque vendredi à 17 heures, nous nous rendions au Brompton Cemetery, qui offrait le double avantage d'être proche de chez nous et de constituer un point de rendez-vous idéal pour nos amis, puisqu'il borde à la fois les quartiers de Fulham Road, de Chelsea, de South Kensington et de Earl's Court. Nous avions pris cette habitude à la fin des années 1960, et n'y avions jamais dérogé. Le cimetière nous paraissait l'endroit idéal pour planifier nos sorties du week-end. Nous nous retrouvions sur la tombe de l'amiral Angus Whitewater. Aucun de nous ne connaissait cet homme : il se trouve simplement que sa dernière demeure est couverte d'une impressionnante plaque de marbre noir, ce qui en fait une excellente table où poser boissons et victuailles.

À bien des égards, je suis mort en même temps que Mary. J'ai cessé de répondre aux lettres et aux appels téléphoniques. J'ai laissé sécher la peinture sur ma palette et, lors d'une nuit atrocement longue, j'ai détruit toutes mes toiles inachevées : je les ai déchirées en banderoles multicolores, puis j'en ai fait des confettis avec les ciseaux de couture de Mary. Cinq ans plus tard, quand je suis enfin sorti de mon cocon, mes voisins avaient déménagé, mes amis avaient renoncé à me voir et mon agent m'avait rayé de son carnet d'adresses. J'étais devenu invisible. Le papillon s'était métamorphosé en chenille.

Je continue d'aller boire un verre de Baileys, l'alcool favori de Mary, sur la tombe de l'amiral chaque vendredi après-midi, mais j'y suis seul, désormais. Seul avec mes fantômes.

Voilà. Vous connaissez mon histoire, à présent. Vous pouvez la jeter à la poubelle si ça vous chante (mais dans le container à papier, s'il vous plaît). Vous pouvez aussi décider de raconter la vôtre dans les pages suivantes, puis laisser le hasard faire passer ce cahier de main en main. Cette expérience vous fera peut-être, comme à moi, l'effet d'une catharsis.

Ce qui est sûr, c'est que la suite ne dépend que de vous.

Monica

Évidemment, elle avait commencé par lancer une recherche sur Google. Julian Jessop était décrit par Wikipédia comme un portraitiste britannique qui avait joui d'une certaine notoriété dans les années soixante et soixante-dix. Il avait été élève de Lucian Freud à la Slade School of Fine Arts, la prestigieuse école des Beaux-Arts de Londres. D'après les rumeurs, les deux hommes avaient échangé des insultes (et par conséquent, des femmes) au fil des années suivantes. Lucian était plus célèbre que Julian, mais Julian était plus jeune que Lucian : dix-sept ans les séparaient. Monica pensa à Mary trouvant la maison vide lorsqu'elle rentrait chez elle à l'issue d'une longue journée passée à mettre au monde les bébés d'autres femmes. Son papillon de mari s'était envolé, parti butiner ailleurs. Lui faisait-elle des reproches lorsqu'il rentrait à la nuit tombée ? Pour tout dire, Mary semblait plutôt du genre à encaisser en silence. Une vraie carpette. Pourquoi n'avait-elle pas quitté Julian ? Mieux vaut être seul que mal accompagné, non ?

Monica se le répétait assez souvent pour en être (presque) convaincue.

L'un des autoportraits de Julian avait été brièvement exposé à la National Portrait Gallery dans le cadre d'une exposition consacrée à Lucian Freud et aux peintres de l'École de Londres. Monica cliqua sur l'image pour l'agrandir – et Julian envahit l'écran. Aucun doute possible : c'était bien l'homme qui s'était attablé dans son café, mais dans une version considérablement plus jeune, comme un raisin de Corinthe qu'on aurait déplissé et repulpé. Âgé d'une trentaine d'années, le Julian Jessop du portrait avait de beaux cheveux blonds coiffés en arrière, des pommettes saillantes, un sourire un peu narquois et des prunelles d'un bleu pénétrant. La veille, lorsqu'il les avait posées sur elle, Monica avait eu le sentiment qu'il fouillait son âme – alors qu'elle tentait seulement de répondre à sa question sur les mérites respectifs du muffin aux myrtilles et du sablé chocolat-caramel. C'était assez déconcertant. Après avoir passé commande, le vieil homme était allé s'asseoir dans un des fauteuils club du coin bibliothèque. Monica avait approuvé son choix : elle avait beau s'en défendre, ce que commandaient ses clients et l'endroit où ils choisissaient de s'asseoir comptaient beaucoup à ses yeux.

Elle consulta sa montre : 16 h 50. Et on était vendredi.

— Benji, je peux te laisser tenir la boutique pendant une demi-heure ? demanda-t-elle à son barista.

Sans même attendre sa réponse, elle enfila son manteau et se dirigea vers la porte. Elle ramassa au passage un morceau de Red Velvet Cake abandonné sur la table 12. Comment expliquer que ni elle ni Benji ne l'aient vu après le départ des clients ? Mécontente, elle le lança à un pigeon en remontant Fulham Road.

Monica grimpait rarement à l'étage des bus à impériale. Elle mettait un point d'honneur à respecter en toutes circonstances les précautions élémentaires de santé, d'hygiène et de sécurité. Aussi jugeait-elle à la fois risqué et inutile de gravir les escaliers d'un véhicule en mouvement. Aujourd'hui, cependant, elle voulait avoir une vue plongeante sur les bâtiments environnants.

Une fois installée à sa place, elle suivit sur l'écran de son portable le déplacement du petit point bleu de Google Maps le long de Fulham Road. L'autobus s'arrêta près de la station de métro de Fulham Broadway, puis continua sa route vers Stamford Bridge. L'immense Mecque moderne du Chelsea Football Club se profilait à l'horizon. Là, pris en sandwich de manière improbable entre les deux entrées du stade, l'une pour les supporters du club, l'autre pour ceux des équipes adverses, se trouvaient les Chelsea Studios : un ensemble de maisonnettes et d'ateliers d'artistes, séparé du monde extérieur par un mur anodin que Monica avait longé des centaines de fois sans soupçonner ce qu'il dissimulait.

En plein embouteillage, le bus progressait à une allure d'escargot – ce qui, une fois n'est pas coutume, ravit Monica : de son siège, elle eut tout loisir de scruter le groupe de maisonnettes, pour tenter de déterminer laquelle appartenait à Julian. L'un des cottages, situé un peu à l'écart, semblait assez décrépi – comme Julian lui-même, songea-t-elle en l'observant avec attention. Oui, elle était prête à parier les recettes du jour (un pari risqué, vu l'état de ses finances) sur le fait que ce cottage décrépi était bien celui du vieux peintre.

Elle descendit à l'arrêt suivant et tourna presque immédiatement à gauche, sous l'entrée voûtée du Brompton Cemetery. La lumière baissait, projetant de longues ombres sur le sol. Une brise légère rafraîchissait l'air automnal. Ce cimetière victorien était l'un des endroits préférés de Monica à Londres – une oasis de calme dans la ville survoltée. Elle aimait les pierres tombales gravées de citations bibliques et surplombées de statues du Christ en croix grandeur nature, ultimes démonstrations d'affection (ou de prétention) d'une famille endeuillée. Elle aimait aussi les anges de pierre, dont beaucoup avaient perdu une tête, un bras ou une jambe, et les prénoms désuets qui figuraient sur les tombes : Ethel, Mildred, Alan… Depuis quand les petites filles ne s'appelaient-elles plus Mildred ? Ou Monica ? Elle fronça les sourcils. C'est vrai, ça : qui, à l'heure actuelle, appelait encore son bébé Monica ? En 1981, lorsqu'elle était née, le choix de ses parents avait semblé un peu anachronique. Ils s'étaient démarqués de leurs amis en refusant de choisir pour elle un prénom en vogue – Emily, Sophie ou Olivia, par exemple. Aujourd'hui, près de quarante ans plus tard, son prénom était carrément en voie de disparition. Dans quelques décennies, elle aurait peut-être l'insigne honneur d'être la dernière des Monica ?

En passant à pas vifs devant les tombes des soldats morts au champ d'honneur, puis devant celles des émigrés russes qui avaient fui la révolution d'Octobre 1917, elle devina la présence d'une faune discrète et farouche : écureuils, renards et corbeaux d'un noir de jais. Tapis entre les dalles de pierre, ils veillaient sur l'âme des disparus.

Où était enterré l'amiral ? Monica tourna à gauche, cherchant du regard un vieil homme muni d'une bouteille de Baileys. Pourquoi le cherchait-elle, au juste ? Pas pour lui parler, en tout cas. Du moins, pas encore. Elle pressentait qu'en l'abordant elle risquait de l'embarrasser. Or, avec lui, elle préférait éviter de prendre un mauvais départ.

Elle se dirigea vers l'extrémité nord du cimetière, ne s'arrêtant que brièvement sur la tombe d'Emmeline Pankhurst, la célèbre suffragette, pour lui rendre hommage. Parvenue au sommet de la colline, elle décida de faire une boucle en prenant l'autre versant. Elle venait de s'engager sur un sentier peu fréquenté quand elle remarqua un mouvement sur sa droite. Julian était là, assis (de manière quelque peu sacrilège) sur une pierre tombale en marbre noir, un verre à la main.

Monica passa tête baissée pour ne pas attirer son attention. Elle patienta une dizaine de minutes non loin de là, puis, dès que Julian fut parti, elle revint sur ses pas pour lire l'inscription gravée dans le marbre.

AMIRAL ANGUS WHITEWATER
NÉ À PONT STREET
DÉCÉDÉ À 74 ANS LE 5 JUIN 1963
COMMANDANT RESPECTÉ, MARI
ET PÈRE BIEN-AIMÉ, AMI LOYAL
ÉGALEMENT, BEATRICE WHITEWATER
DÉCÉDÉE À 69 ANS LE 7 AOÛT 1964

Monica se hérissa, furieuse de constater que le nom de l'amiral était suivi de plusieurs qualificatifs élogieux, alors que son épouse se contentait pour l'éternité d'une simple date et d'un espace sous la pierre tombale de son mari. Puis sa colère se dissipa, et elle demeura un moment devant la tombe, enveloppée dans le silence qui régnait sur le cimetière. Elle imagina un groupe de beaux jeunes gens, coiffés comme les Beatles, en minijupes et pantalons à pattes d'éléphant, lancés dans des controverses ou des éclats de rire – et elle se sentit soudain très seule.

Julian

Julian portait son âge et sa solitude comme de vieilles chaussures mal ajustées. Il s'y était habitué – elles avaient même fini par devenir presque confortables –, mais avec le temps, elles modifiaient sa démarche, entraînant la formation d'oignons et de durillons dont il ne parvenait plus à se débarrasser.

Il était 10 heures, et Julian marchait sur Fulham Road. Durant les cinq années qui avaient suivi la disparition de Mary, il n'était pas souvent sorti de son lit, confondant le jour et la nuit, perdant la notion du temps. Puis il avait compris qu'il devait mettre en place une routine dans sa vie de tous les jours : les habitudes créaient des bouées auxquelles il pouvait s'accrocher pour garder la tête hors de l'eau.

Désormais, chaque matin à la même heure, il sortait de chez lui et parcourait les rues du quartier, collectant en chemin les provisions dont il avait besoin. Ce jour-là, sa liste se composait des articles suivants :

Œufs
Lait (1/2 litre)
Angel Delight (au caramel, si poss.)

Le lait et les œufs ne lui poseraient aucun problème. En revanche, il avait de plus en plus de mal à trouver les sachets de dessert instantané Angel Delight – à croire que les préparations en poudre n'avaient plus la cote. Comme chaque samedi, il achèterait aussi un magazine de mode. Cette semaine, c'était au tour de *Vogue*. Son préféré.

Parfois, si le marchand de journaux n'était pas occupé à servir d'autres clients, ils discutaient tous deux de la météo ou des gros titres de la presse nationale. Ces jours-là, Julian avait presque l'impression de faire partie intégrante de la société, d'en être à nouveau un membre actif, inclus dans un groupe de gens qui l'appelaient par son prénom et tenaient compte de son opinion. Ce n'était pas toujours le cas, hélas. Il lui était arrivé de prendre rendez-vous chez le dentiste dans le seul but de bénéficier de sa compagnie pendant une partie de la journée. Toutefois, après avoir passé près d'une heure la bouche ouverte, incapable de parler, tandis que M. Patel faisait Dieu sait quoi avec une série d'instruments métalliques et un tube qui produisait un horrible bruit de succion, Julian s'était résolu à admettre l'inanité de son projet. Il était parti, les oreilles encore bourdonnantes du sermon que lui avait asséné le dentiste sur l'hygiène gingivale, en se promettant de ne plus remettre les pieds dans son cabinet avant très longtemps. Et tant pis s'il perdait ses dents ! Il avait déjà perdu tout le reste.

Il s'arrêta devant la vitrine du Monica's Café. La plupart des tables étaient occupées. Julian arpentait Fulham Road depuis tant d'années qu'il n'avait aucun mal à se remémorer les commerces qui avaient précédé le café : ils défilèrent dans sa mémoire comme les couches de papier peint qu'on décolle avant de repeindre une pièce. Dans les années soixante, les locaux étaient occupés par un traiteur spécialisé dans les tourtes aux anguilles ; puis l'anguille était passée de mode, et le traiteur avait rendu son tablier, remplacé par un disquaire. Dans les années quatre-vingt, un magasin de location de cassettes vidéo avait pris le relais. Passé de mode, lui aussi. Fermée pendant un temps, la boutique avait ensuite accueilli une confiserie, qui avait prospéré un bon moment avant de plier bagage à son tour. Les anguilles, les disques vinyle, les cassettes VHS : tous jetés à la poubelle de l'histoire. Même les bonbons, tenus responsables de l'obésité croissante des enfants. Était-ce vraiment la faute des sucreries ? Julian haussa les épaules. Seuls les gamins étaient fautifs. Ou leurs mères.

Une chose était sûre : il avait vraiment choisi le bon endroit pour *Le Carnet des Silences*. Il avait apprécié le fait d'avoir pu commander un thé au lait au serveur sans devoir répondre à toutes sortes de questions compliquées sur le type de thé et le type de lait qu'il désirait. Autres points positifs : son thé lui avait été servi dans une vraie tasse en porcelaine, et personne ne lui avait demandé comment il s'appelait. Julian avait l'habitude de signer son prénom en bas des toiles, pas de le voir gribouillé sur un gobelet à emporter, comme un barista l'avait fait la dernière fois qu'il était entré chez Starbucks. Il frémit à ce souvenir déplaisant.

Il avait opté pour un vieux fauteuil en cuir souple au fond du café, un coin tapissé d'étagères remplies de livres que Monica appelait « la bibliothèque ». Dans un monde dominé par l'électronique, où le papier disparaissait jour après jour, Julian avait trouvé ce coin bibliothèque merveilleusement nostalgique. L'odeur des vieux livres se mêlait à celle du café fraîchement moulu tandis qu'il sirotait son thé en observant les clients.

Qu'était-il arrivé au cahier qu'il avait laissé sur la table en partant ? Quelqu'un l'avait-il ouvert après son départ ? Julian avait souvent l'impression qu'il était en train de s'effacer, lentement, sans laisser de traces. Un jour, dans un avenir proche, il perdrait pied pour de bon, et rien, à la surface de la Terre, ne témoignerait de son existence. Grâce à ce carnet, au moins, quelqu'un saurait qui il était. Qui il était *vraiment*. Et c'était indéniable : il avait puisé dans l'écriture un réconfort inattendu. Un peu comme s'il avait desserré les lacets de ses vieilles chaussures mal ajustées.

Il poursuivit son chemin, un léger sourire au coin des lèvres.

Hazard

On était lundi soir et il commençait à se faire tard, mais Timothy Hazard Ford, que tout le monde appelait Hazard, n'avait aucune envie de rentrer chez lui. L'expérience lui avait appris que le seul moyen d'échapper à la gueule de bois après un week-end festif était de continuer à faire la fête. Depuis quelque temps, il repoussait de plus en plus tard le début de la semaine, tout en prenant toujours plus d'avance sur le week-end. Résultat : il traversait un bref intermède horrifique aux alentours du mercredi, puis le jeudi arrivait, et il se lançait à corps perdu dans le week-end suivant.

Ce lundi soir, Hazard n'ayant pas réussi à convaincre ses collègues d'aller boire un verre en sortant du bureau, il avait regagné ses pénates avec l'intention de faire une halte dans son bar à vin habituel, sur Fulham Road. Il n'y avait pas foule, mais l'atmosphère était animée. Il observa les clients attablés, en espérant y trouver un visage familier. La chance lui sourit : il reconnut une blonde fine comme un roseau, installée au comptoir. Ses jambes étaient entrelacées comme des lianes souples autour du tabouret et sa poitrine penchée au-dessus du bar. Hazard était quasiment sûr qu'elle fréquentait le même cours de fitness qu'une fille avec qui son pote Jake était sorti pendant un moment. Il ne connaissait même pas son prénom, mais elle était la seule personne susceptible de boire un verre avec lui ce soir, ce qui faisait d'elle, à cet instant précis, sa meilleure amie.

Il s'approcha, arborant le sourire qu'il réservait à ce genre d'occasion. Un sixième sens incita la jeune femme à se tourner vers lui. Elle sourit et lui fit un signe de la main. Bingo. Ça marchait à tous les coups.

Il se présenta. La fille aussi, l'informant qu'elle s'appelait Blanche. *Quel prénom stupide !* pensa Hazard, conscient de n'être guère mieux loti en la matière. Il se laissa choir sur le tabouret voisin du sien et acquiesça poliment tandis qu'elle le présentait à son groupe d'amis. Leurs prénoms flottèrent un instant dans l'air comme des bulles de savon, puis éclatèrent sans lui laisser le moindre souvenir. Hazard n'avait aucune intention de les retenir. Au fond, ces gens ne l'intéressaient pas : seules comptaient à ses yeux leur capacité à lui tenir compagnie jusqu'à la fermeture du bar et, dans une moindre mesure, leurs valeurs morales. Moins ils en avaient, mieux ce serait.

Une fois les présentations faites, Hazard se lança avec aisance dans son numéro habituel. Il sortit un rouleau de billets de banque de sa poche et offrit au petit groupe une tournée spectaculaire, transformant les commandes de verres en bouteilles, et de vin en champagne. Puis il lança quelques-unes de ses plaisanteries les mieux rodées, sonda la longue liste de ses amis pour en extraire des connaissances mutuelles, et déversa sur son public une avalanche de ragots salaces (inventés pour la plupart).

Le résultat ne se fit pas attendre : il se trouva rapidement au centre de l'attention, ses nouveaux compagnons se massant autour de lui pour l'écouter. Mais tout aussi rapidement, l'heure tourna au cadran de la vieille horloge de gare fixée au mur et le groupe commença à se clairsemer. « Je dois y aller, on est seulement lundi », disaient les uns. « Grosse journée demain », ou « Faut que j'aille me coucher, j'ai pas encore récupéré du week-end », disaient les autres. À 21 heures, il ne restait plus que Hazard et Blanche. La voyant lancer un coup d'œil vers l'horloge, Hazard fut saisi de panique. Elle n'allait pas partir, elle aussi ?

— Il est encore tôt. Tu ne veux pas venir chez moi ? J'habite à deux pas, dit-il en posant la main sur son avant-bras d'une manière qui suggérait la suite – sans rien promettre pour autant.

— Pourquoi pas ? répondit-elle d'un air nonchalant, exactement comme il s'y attendait.

La porte à tambour du bar les éjecta sur Fulham Road. Hazard glissa son bras sous celui de Blanche, traversa la rue et l'entraîna sur le trottoir d'en face, qu'ils dévalèrent en riant, occupant toute sa largeur.

Tourné vers sa compagne, Hazard ne vit pas la petite brune qui se dressait devant lui comme un obstacle à la circulation. Il la heurta de plein fouet, avant de s'apercevoir qu'elle tenait un verre de vin rouge à la main. L'alcool se répandit, de manière assez risible, sur le visage furieux de la petite brune – et, de manière moins risible, sur sa chemise à lui, achetée à prix d'or chez un tailleur de Savile Row.

— C'est quoi ce bordel ? jura-t-il en foudroyant la coupable du regard.

— Eh ! C'est vous qui m'avez foncé dessus ! protesta-t-elle d'une voix frémissante d'indignation.

Une goutte de vin vacillait au bout de son nez comme un parachutiste sur le point de se lancer dans le vide.

— Qu'est-ce que vous foutiez au milieu du trottoir avec un verre de vin ? Vous ne pouvez pas boire au bar comme tout le monde ?

— Allez viens, laisse tomber ! dit Blanche en gloussant.

Hazard se raidit. Ce genre de rire idiot lui mettait les nerfs à vif.

— Quelle connasse ! souffla-t-il à voix basse pour que la connasse en question n'entende pas.

Blanche gloussa de nouveau.

Plusieurs pensées se bousculèrent dans l'esprit de Hazard lorsqu'il fut tiré du sommeil par le hululement strident de son réveil. *Un : je n'ai sans doute pas dormi plus de trois heures. Deux : je me sens encore plus mal aujourd'hui qu'hier. Qu'est-ce qui m'a pris d'aller dans ce bar ? Et trois : il y a une blonde dans mon lit, mais je n'ai aucune envie de lui parler et je ne me souviens même plus de son prénom.*

Par chance, Hazard s'était déjà trouvé dans cette situation. Il éteignit son réveil pendant que la blonde dormait encore, la bouche ouverte comme une poupée gonflable japonaise, puis il souleva doucement son bras qui reposait en travers de son torse, et le posa sur les draps froissés. Sa main molle pendait au bout de son poignet tel un poisson mort. Elle semblait avoir laissé tant d'elle-même sur l'oreiller – le rouge de ses lèvres, le noir de ses yeux et l'ivoire de sa peau – qu'il fut surpris de lui trouver encore figure humaine. Il se glissa hors du lit en grimaçant de douleur (son cerveau cognait contre les parois de son crâne comme une boule de flipper) et se dirigea vers la commode où il rangeait ses vêtements. Là, ainsi qu'il l'avait espéré, il trouva un message griffonné à la hâte sur un morceau de papier : ELLE S'APPELLE BLANCHE. Dieu merci, il était plutôt bon à ce petit jeu.

Il se doucha et s'habilla aussi vite et discrètement que possible. Une fois prêt, il dénicha un autre morceau de papier, vierge cette fois, et y inscrivit le message suivant :

Chère Blanche, tu es si jolie dans ton sommeil que je n'ai pas le cœur de te réveiller. Merci pour hier soir. C'était génial. Ferme bien la porte derrière toi en partant. Appelle-moi.

Avait-il vraiment passé une nuit « géniale » avec elle ? Puisqu'il n'avait aucun souvenir des événements qui s'étaient produits en deuxième partie de soirée, après que son dealer était venu lui livrer commande (plus vite que d'habitude, vu qu'on était lundi soir), la qualité de leurs ébats n'avait guère d'importance. Il nota son numéro de portable sous le message (en veillant à inverser deux chiffres pour le rendre inutilisable) et posa le papier sur l'oreiller, à côté de son invitée d'un soir. Il espérait ne trouver aucune trace d'elle à son retour.

Il marcha comme un automate jusqu'à la station de métro. Bien que le mois d'octobre fût déjà bien avancé, il portait des lunettes de soleil pour protéger ses yeux de la faible lumière du petit jour. Il s'arrêta en arrivant sur les lieux de la collision survenue la nuit précédente sur Fulham Road. Quelques éclaboussures de vin rouge maculaient encore le trottoir, comme s'il avait été le théâtre d'une violente agression. Une vision déplaisante vint danser devant ses yeux : une brune fougueuse, plutôt jolie, lui faisait face. Le visage taché de vin, elle le regardait comme si elle le détestait de toute son âme.

Hazard poursuivit son chemin. D'ordinaire, les femmes ne le regardaient pas comme ça. Il n'aimait pas qu'on le déteste.

C'est alors qu'une autre pensée vint le frapper, avec la persistance vicieuse d'une vérité embarrassante : il se détestait lui aussi. Il détestait jusqu'à la plus petite molécule de lui-même, jusqu'au plus petit atome, jusqu'à la particule subatomique la plus microscopique de son misérable corps.

Il fallait que ça change. Ou plus exactement, il fallait *tout* changer.

Monica

Monica avait toujours aimé les chiffres. Elle aimait leur logique, leur prédictibilité. Trouver la solution d'une équation à deux inconnues, résoudre *x* et prouver *y*, lui procurait une intense satisfaction. Mais ce soir, les chiffres alignés devant elle refusaient de lui obéir. Elle avait beau additionner ceux de la colonne de gauche (les entrées), ils demeuraient inférieurs au total de la colonne de droite (les sorties).

Monica repensa à l'époque où elle était juriste : spécialisée dans le droit des entreprises, elle passait déjà beaucoup de temps à additionner des chiffres, mais le résultat ne la tenait pas éveillée une partie de la nuit. En outre, chaque heure passée à décrypter les petits caractères imprimés au bas d'un contrat ou à compulser des textes de lois pour rédiger des statuts lui rapportait deux cent cinquante livres. Aujourd'hui, pour gagner la même somme, elle devait vendre cent cappuccinos de taille moyenne.

Comment avait-elle pu s'autoriser à bouleverser son mode de vie avec tant d'empressement, et pour des raisons si peu rationnelles ? Et dire qu'elle avait du mal à choisir un sandwich sans passer en revue tous les avantages et inconvénients des ingrédients qui le composaient !

Lorsqu'elle était juriste, Monica avait essayé un à un tous les cafés qui jalonnaient le trajet entre son appartement et son bureau. Certains étaient froids et sans âme, d'autres crasseux et fatigués, mais la plupart d'entre eux semblaient dépourvus de toute personnalité : ils reproduisaient à l'identique le modèle déposé par leur maison mère. Chaque fois que Monica payait (trop cher) un café médiocre versé dans un gobelet en carton, elle regrettait d'avoir poussé la porte d'un tel établissement. En plus, la déco était à pleurer : béton brossé, plastique moulé, tuyauteries apparentes, et ces sempiternelles lampes de style industriel ! Les Londoniens ne rêvaient-ils pas, comme elle, d'un lieu cosy et chaleureux où ils entreraient avec plaisir, comme s'ils étaient invités chez des amis ? Dans ce café idéal, songeait Monica, la déco sans chichi inviterait à la détente : fauteuils confortables, chaises dépareillées, tableaux et photos éclectiques aux murs, journaux sur le comptoir et étagères garnies de livres. Oui, beaucoup de livres, et pas seulement pour faire joli : des ouvrages que les clients pourraient emporter, à condition d'en laisser un autre à la place. Quand ils passeraient commande, le (ou la) barista ne leur demanderait pas leur prénom pour l'inscrire, au feutre noir, sur un gobelet en plastique : il (ou elle) le connaîtrait déjà. Comme l'âge de leurs enfants et le prénom de leur chat.

Un matin, en descendant Fulham Road, elle remarqua que la vieille confiserie poussiéreuse, installée là depuis des lustres, avait fermé ses portes. Une grande pancarte annonçait que le local était À LOUER. Un petit plaisantin avait ajouté au feutre un grand C entre le A et le L.

Au cours des semaines suivantes, Monica crut entendre la voix de sa mère chaque fois qu'elle passait devant la boutique vide. Dans les derniers temps de sa maladie, quand la fin avait semblé inéluctable, quand l'odeur du deuil à venir était devenue entêtante, quand les bips électroniques des machines auxquelles elle était reliée s'étaient faits plus fréquents, la mère de Monica s'était efforcée de lui transmettre ses derniers conseils avant qu'il soit trop tard. *Écoute-moi, Monica. Écris ce que je dis, Monica. N'oublie pas, Monica. Emmeline Pankhurst ne s'est pas enchaînée aux grilles du Parlement pour que les femmes continuent à jouer les potiches. Ne te contente pas d'être un simple rouage au service de quelqu'un d'autre. Sois ton propre patron. Invente, crée, va au bout de tes projets ! Fais travailler des gens. N'aie pas froid aux yeux. Choisis une activité que tu aimes vraiment. Donne du sens à ta vie.*

La voix ne la quittait plus. Alors Monica avait sauté le pas.

Elle aurait aimé donner le prénom de sa mère à son café, mais un établissement baptisé Charity ne risquait-il pas de faire faillite ? Que répondrait-elle aux pauvres gens, persuadés d'être entrés dans un espace caritatif où des bénévoles vous servaient du café gratuitement ? Devant tant d'incertitudes, elle s'était rabattue sur son propre prénom. Inutile de rajouter des difficultés à une situation déjà complexe.

La suite des événements lui avait donné raison et le nom du café ne changeait rien à l'affaire : « Chez Monica » peinait à atteindre l'équilibre financier. Ce lieu dont elle avait rêvé ne répondait pas nécessairement aux envies des habitants du quartier – ou du moins, pas à suffisamment de clients pour couvrir ses frais. Elle ne pourrait pas continuer à emprunter pour combler le manque à gagner : la banque s'y opposerait. Elle ferma les yeux. Trop de soucis. Elle se dirigea vers le bar et vida le reste d'une bouteille de vin rouge dans un grand verre.

Être son propre patron, c'est formidable, dit-elle intérieurement à sa mère, *mais tout n'est pas rose pour autant.* Elle adorait le lieu qu'elle avait créé : il faisait maintenant partie intégrante d'elle-même. Pourtant, elle se sentait seule. Les conversations entre collègues commençaient à lui manquer, tout comme l'atmosphère de joyeuse camaraderie qui clôturait, autour d'une pizza, les réunions de travail nocturnes ; elle se souvenait même avec tendresse des séminaires de « team building » censés renforcer les liens au sein de l'équipe, du jargon propre à l'entreprise qui l'employait, et de la profusion d'acronymes dont il fallait pimenter le moindre compte rendu. Elle adorait son équipe au café, mais ses collaborateurs demeuraient toujours un peu distants, parce qu'elle était responsable de leur gagne-pain – et qu'à l'heure actuelle, elle ne parvenait même pas à assurer le sien.

Elle repensa aux questions que le vieux peintre avait inscrites dans le cahier abandonné : *Êtes-vous certain de bien connaître vos proches ? Et eux, vous connaissent-ils bien ?*

Elle songea à toutes les personnes qui étaient entrées et sorties du café depuis le matin, faisant joyeusement tinter la sonnette à chaque mouvement de porte. Ces gens étaient liés à des centaines d'autres, dans leur entourage et sur les réseaux sociaux. Avaient-ils l'impression, comme elle, de n'avoir personne à qui parler ? À qui parler *vraiment*, et non pérorer sur l'éviction de telle ou telle célébrité recluse dans une maison, sur une île ou dans une forêt vierge, avec des centaines de caméras pour les besoins d'une émission de téléréalité ? Monica fronça les sourcils. Julian avait raison. Dans la vie de tous les jours, il était rare que les gens se parlent de questions importantes, de celles qui vous empêchent de dormir la nuit – les chiffres qui refusent d'obéir, par exemple.

Elle rangea son bilan comptable et sortit son téléphone de son sac. Elle se connecta sur Facebook et fit défiler la liste de ses amis. Toujours aucune nouvelle de Duncan, l'homme avec qui elle était sortie à quelques reprises au cours des mois précédents. Elle avait été « ghostée ». Duncan, le végétalien qui refusait de manger des avocats sous prétexte que les producteurs exploitaient des abeilles pour assurer la pollinisation des arbres fruitiers, mais qui jugeait parfaitement acceptable d'avoir des relations sexuelles avec elle… et de disparaître ensuite. À croire que ce type se souciait plus des émotions des abeilles que des siennes ! Elle haussa les épaules. C'était sans doute le cas.

Elle déroula les notifications, tout en sachant qu'elle n'en tirerait aucun réconfort : loin de l'apaiser, ces quelques minutes quotidiennes sur Facebook s'apparentaient de plus en plus à une forme d'automutilation. Hayley avait changé le statut de sa relation en « fiancée ». *Hip Hip Hip*. Pam avait posté un message relatant sa journée « infernale » avec ses trois enfants (on devinait sans peine que son « enfer » n'en était pas un), et Sally avait partagé la première échographie de son futur bébé. Monica soupira. À quoi bon poster ce genre d'image ? Toutes les échographies se ressemblaient, non ? Et aucune d'elles ne ressemblait à un enfant. Celle de Sally évoquait une carte météo annonçant l'arrivée d'une dépression sur le nord de l'Espagne. Pourtant, Monica ne parvint pas à s'en détacher. Comme toujours, à mesure qu'elle fixait l'échographie, une terrible sensation de vide la submergea, qui laissa place aussitôt à une autre, tristement humiliante : un pincement de jalousie. Chaque fois qu'une de ses amies était enceinte, elle se sentait comme une vieille Ford Fiesta en panne sur la bande d'arrêt d'urgence : condamnée à regarder le monde entier la dépasser sur la voie rapide.

Au cours de la matinée, une cliente était partie en abandonnant un exemplaire du magazine *Hello !* sur la table. En couverture, une célèbre actrice américaine criait sa joie d'être « enfin enceinte à quarante-trois ans ». *Par quel miracle ?* s'était demandé Monica en le feuilletant pendant sa pause-café. L'actrice avait-elle eu recours à une FIV ? À un don d'ovules ? Avait-elle congelé ses ovocytes des années auparavant ? Ou était-elle tombée naturellement enceinte ? Et les siens, d'ovocytes, combien de temps leur restait-il ? Faisaient-ils déjà leurs valises pour aller couler une retraite paisible sur la Costa Brava ?

Monica prit son verre de vin et fit le tour du café pour éteindre les lumières et remettre les chaises à leur place. Puis elle sortit dans la rue, ses clés dans une main, le verre dans l'autre. Elle verrouilla la porte du café, avant de se tourner pour déverrouiller celle qui menait à son appartement, situé au premier étage.

C'est alors qu'un grand type surgit devant elle et la heurta de plein fouet, si violemment qu'elle en eut le souffle coupé. Elle ne lâcha pas le verre, mais son contenu lui jaillit au visage et se renversa sur la chemise du type, qui traînait une blonde dans son sillage comme s'il s'agissait d'un side-car. Monica sentit des filets de Rioja ruisseler sur son nez et tomber de son menton. Elle se redressa. Ce malotru aurait beau se confondre en excuses, elle ne…

— C'est quoi ce bordel ? jura-t-il en la foudroyant du regard.

Elle le toisa à son tour. Pour qui se prenait-il ? Le rouge lui monta aux joues.

— Eh ! C'est vous qui m'avez foncé dessus !

— Qu'est-ce que vous foutiez au milieu du trottoir avec un verre de vin ? Vous ne pouvez pas boire au bar comme tout le monde ?

Son visage aux lignes élégantes et parfaitement symétriques aurait pu être beau, s'il n'avait été entaillé par un sourire narquois. La blonde le tira par le bras en gloussant bêtement.

— Quelle connasse ! souffla-t-il entre ses dents, assez fort pour que Monica l'entende.

Elle tourna la clé dans la serrure et entra chez elle.

— Coucou chéri, c'est moi ! murmura-t-elle comme toujours en s'avançant dans le salon désert. Brusquement accablée, elle faillit fondre en larmes. Elle posa le verre vide dans l'évier de sa kitchenette et s'essuya le visage à l'aide d'un torchon. Elle mourait d'envie de parler à quelqu'un, mais qui ? Ses amies ? Débordées, fatiguées par leur propre journée de travail, elles ne seraient sans doute pas très disposées à écouter le récit de ses tracas. Son père ? Inutile. Bernadette, sa belle-mère, refuserait sans doute de le lui passer au prétexte qu'il était en train d'écrire et qu'elle ne pouvait pas le déranger. Cette femme semblait s'être donné pour mission de protéger son nouvel époux de toute intrusion gênante – et Monica, souvenir vivant d'un premier mariage, faisait clairement partie des intrus.

Baissant les yeux, elle aperçut le cahier d'écolier qu'elle avait laissé sur la table basse quelques jours plus tôt. Son titre se détachait sur la couverture vert pâle : *Le Carnet des Silences*. Elle le prit et l'ouvrit à la première page. *Chacun de nous ment sur sa propre vie. Mais que se passerait-il si nous cessions de mentir ? Si nous nous risquions à ouvrir notre cœur, à confier ce qui nous définit vraiment et fait de nous ce que nous sommes ?*

Pourquoi pas ? pensa-t-elle avec un délicieux frisson – elle prenait si peu de décisions sur un coup de tête ! Elle mit un moment à trouver un stylo décent. Pas question de griffonner ses quatre vérités à l'aide d'un vieux stylo à bille, alors que Julian avait pris le soin de calligraphier les siennes à l'encre noire. Une fois équipée d'un outil approprié, elle tourna la page et commença à écrire.

Hazard

En entrant dans les toilettes du bar à vin, Hazard se demanda combien de temps il avait passé au cours de sa vie penché au-dessus d'un réservoir de chasse d'eau. L'équivalent de plusieurs journées entières, sans doute. Et combien de bactéries potentiellement mortelles avait-il aspirées en même temps qu'une ligne grossièrement coupée de cocaïne ? Et quelle quantité de talc, de mort-aux-rats ou de laxatif avait-il ingérée en pensant sniffer la meilleure came colombienne ? Il haussa les épaules. Toutes ces questions ne le troubleraient plus très longtemps, puisqu'il avait sous les yeux la dernière ligne de son dernier gramme de coke. Après ça, terminé. Il n'en achèterait plus. Jamais plus.

Hazard ouvrit son portefeuille à la recherche d'un billet de banque, avant de se rappeler qu'il venait d'utiliser son billet de vingt livres pour payer la bouteille de rouge qui trônait sur sa table, de l'autre côté du mur. Dans ce bar à vin branché et ridiculement cher, un billet de vingt ne vous menait pas bien loin : pour ce prix-là, on vous servait un liquide plus proche de l'alcool à brûler que du meilleur nectar français – mais ça faisait l'affaire. Hazard tâta ses poches une à une, et finit par trouver une feuille de papier pliée en quatre dans la poche intérieure de sa veste. Une copie de sa lettre de démission. N'était-ce pas un signe ? *La boucle est bouclée !* estima-t-il en déchirant un morceau de la feuille, qu'il roula pour former un petit tube rigide.

Il se pencha et inspira profondément. Le goût chimique, si familier, vint heurter le fond de sa gorge. L'effet recherché ne se fit pas attendre : sa nervosité céda la place à un sentiment, sinon d'euphorie (cette époque était révolue), du moins de bien-être. Il froissa le tube en papier, ainsi que le minuscule sac en plastique qui contenait la poudre, et les jeta dans la cuvette des toilettes. Il actionna la chasse d'eau et les regarda disparaître dans les profondeurs des égouts londoniens.

Ensuite, Hazard souleva avec précaution le lourd couvercle en porcelaine du réservoir des toilettes, et le rabattit contre le mur. Il glissa la main dans sa poche, en sortit son iPhone (dernier cri, évidemment) et le jeta dans l'eau. L'appareil émit un bruit sourd en touchant le fond du réservoir. Satisfait, il remit le couvercle en place, emprisonnant l'appareil à l'intérieur. Seul dans le noir. Maintenant, il ne pouvait plus appeler son dealer. Ni quiconque susceptible de fréquenter son dealer. Le seul numéro de téléphone qu'il connaissait par cœur était celui de ses parents, et c'était le seul dont il avait vraiment besoin – même s'il avait encore beaucoup à faire avant de les contacter. Sans parler de se réconcilier avec eux.

Hazard jeta un regard à son reflet dans le miroir, essuya tout signe révélateur de poudre blanche sous ses narines enflammées, puis regagna sa table d'un pas alerte. Il était nettement plus content de lui qu'un moment auparavant, quand il s'était glissé dans les toilettes. Sa bonne humeur était en partie chimique, mais s'y mêlait également un sentiment qu'il n'avait pas éprouvé depuis longtemps : une pointe de fierté.

Il regarda la table d'un air perplexe. Quelque chose avait changé. La bouteille de vin était toujours là, ainsi que les deux verres (il était seul, mais préférait donner l'impression d'avoir rendez-vous avec un ami), et l'exemplaire de l'*Evening Standard* qu'il avait fait mine de lire avec intérêt. Mais un autre objet avait atterri sur la table en son absence : un cahier d'écolier. Il ressemblait à celui que Hazard s'était acheté au début de sa carrière, lorsqu'il était encore un trader débutant : il y notait les bribes d'informations qu'il glanait dans le *Financial Times* et les tuyaux avisés que lui balançaient ses confrères, vétérans de la salle des marchés, comme on lance des friandises à un jeune chien. Amusé, Hazard s'approcha. Ce n'était pas son cahier d'autrefois, bien sûr. Celui-ci portait un titre étrange, inscrit sur la couverture vert pâle : *Le Carnet des Silences*. *Encore un truc New Age, sans doute.* Il se retourna, cherchant des yeux qui aurait pu égarer un tel ouvrage (prof de yoga ? Instructeur de qi gong ? Naturopathe ?), mais le bar accueillait sa clientèle habituelle : cadres dynamiques pressés de se détendre à l'issue d'une longue journée de travail à la City. Pas le moindre prof de yoga en vue.

Hazard poussa le livre vers le bord de la table, afin que son propriétaire puisse le repérer, tandis qu'il s'attelait à une tâche essentielle : terminer sa dernière bouteille de vin. Parce que la cocaïne et le vin vont de pair, comme le steak et les frites, les œufs et le bacon, l'ecstasy et le sexe. S'il renonçait à l'une, il devait renoncer à l'autre. Et quitter son boulot par la même occasion. Parce que, après des années passées à surfer sur les marchés, porté par une puissante vague chimique, il ne pensait pas être en mesure de continuer, ni même de souhaiter continuer sobre.

Sobre. Quel horrible mot ! Aucun de ses synonymes – sérieux, sage, simple, stable – ne s'appliquait à Hazard lui-même, qui semblait s'être donné pour mission de prouver la validité du « déterminisme nominatif », une théorie selon laquelle le prénom que vous portez finit par influer sur votre personnalité et vos choix de vie. Il plaqua la main sur sa cuisse droite, qui tressautait sous la table. Puis il s'aperçut qu'il grinçait des dents. Il n'avait pas dormi plus de quelques heures d'affilée depuis la nuit qu'il avait passée avec Blanche. Ses pensées filaient à toute allure, ajoutant à sa nervosité, alors que son corps épuisé aspirait au repos. Il était exténué, il s'en rendait compte, à présent. Exténué par la vie qu'il menait, ce manège incessant, cette suite ininterrompue de hauts et de bas – appels frénétiques à son dealer, surconsommation de coke, saignements de nez de plus en plus importants. Comment une ligne de poudre sniffée de manière occasionnelle lors d'une soirée (quand la cocaïne lui donnait encore l'impression de voler) s'était-elle transformée en une servitude si totale qu'il dût s'y soumettre chaque matin au saut du lit ?

Comme personne ne semblait intéressé par le cahier vert pâle, Hazard l'ouvrit. Un long texte manuscrit occupait la première page. Il tenta de le lire, mais les lettres dansaient sur le papier. Hazard ferma un œil, puis fit une nouvelle tentative. Cette fois, les mots acceptèrent de former des lignes plus ordonnées. Il tourna quelques pages et constata qu'un second auteur faisait son apparition après le texte d'ouverture calligraphié à l'encre noire avec une grande élégance : une écriture plus ronde, plus ordinaire, prenait le relais. Intrigué, Hazard voulut poursuivre sa lecture, mais avec un seul œil, c'était épuisant. Et il risquait de passer pour un dingue. Il referma le cahier et le glissa dans la poche de sa veste.

Hazard retrouva le cahier vingt-quatre heures plus tard, en cherchant un stylo dans sa veste. Il lui fallut un certain temps pour se rappeler comment il était arrivé là. Un épais brouillard avait envahi son cerveau. Il avait terriblement mal à la tête et n'arrivait pas à dormir. Pourtant, il n'avait jamais été aussi fatigué de sa vie. Il s'allongea sur son lit, un enchevêtrement de draps moites et froissés, prit le cahier et commença à lire.

Êtes-vous certain de bien connaître vos proches ? Et eux, vous connaissent-ils bien ? Connaissez-vous seulement le prénom de vos voisins ? S'ils avaient des ennuis ou s'ils ne sortaient pas de chez eux pendant plusieurs jours, vous en apercevriez-vous ?

Hazard sourit. Quelle question ! Il était cocaïnomane. La seule personne qui l'intéressait, c'était lui-même.

Chacun de nous ment sur sa propre vie. Mais que se passerait-il si nous cessions de mentir ? Si nous nous risquions à ouvrir notre cœur…

Ah ! Très drôle. S'il cessait de mentir, il serait probablement arrêté. Et certainement viré. Enfin… Ce ne serait plus très utile, puisqu'il avait démissionné.

Il poursuivit sa lecture. Julian lui semblait assez sympathique. S'il était né une quarantaine d'années plus tôt, ou Julian une quarantaine d'années plus tard, ils auraient pu être amis, tous les deux. Faire les quatre cents coups, séduire les jolies filles et semer la panique dans la bonne société. Oui, ils se seraient bien amusés ! En revanche, Hazard n'était pas certain de vouloir raconter sa propre histoire dans le cahier, comme Julian le suggérait. Il ne voulait pas se la raconter à lui-même, alors la raconter à d'autres, non merci ! La sincérité n'était pas une valeur essentielle selon lui. D'ailleurs, il s'en passait depuis des années. Il tourna la page. Qui avait trouvé le cahier avant lui ?

Je m'appelle Monica, et j'ai trouvé ce carnet dans mon café.

Après avoir lu les confidences de Julian qui souffre d'être devenu invisible en vieillissant, vous imaginez probablement un retraité ordinaire, vêtu de beige des pieds à la tête, avec un pantalon à la ceinture élastique et des chaussures orthopédiques. Détrompez-vous : Julian n'a rien d'ordinaire. Je l'ai vu écrire dans ce cahier avant qu'il le laisse sur la table, et je vous garantis que c'est le septuagénaire le moins invisible que j'aie jamais rencontré. Il ressemble à Gandalf (sans la barbe) et s'habille comme Rupert the Bear, l'ours de la bande dessinée pour enfants : le jour où il est entré dans mon café, il portait une veste en velours jaune moutarde et un pantalon à carreaux. Tout le contraire de l'homme invisible ! En revanche, il a raison de dire qu'il était extrêmement séduisant dans sa jeunesse. Je vous conseille d'aller jeter un œil à son autoportrait. Il a été exposé pendant un moment à la National Portrait Gallery.

Hazard tendit la main vers son téléphone portable, avant de se rappeler qu'il l'avait jeté dans le réservoir des toilettes du bar à vin. Il secoua la tête. Qu'est-ce qui lui avait pris, bon sang ? Et dire que sur le moment, il s'était félicité de son initiative !

Je suis nettement moins intéressante que Julian, je le crains.

Hazard n'en doutait pas. Il avait deviné, à son écriture prudente et précise, que cette fille était un vrai cauchemar : maniaque et coincée au possible. Seul point positif : elle ne dessinait pas de visages souriants à l'intérieur de ses « o ».

Voici ma vérité, affreusement prévisible, tristement biologique : j'aimerais vraiment avoir un bébé ; et un mari ; peut-être un chien et une Volvo, aussi. Une famille de carte postale, quoi.

Hazard remarqua que Monica utilisait des points-virgules. N'était-ce pas un peu incongru ? Qui se souciait encore des règles de grammaire ? Autour de lui, les gens écrivaient à peine. Quelques courriels par jour. Et des textos truffés d'émoticônes pour aller plus vite.

Mon Dieu ! Ça semble encore plus terrible une fois écrit. Et moi qui me suis toujours présentée comme une féministe ! En tout cas, je n'ai jamais pensé qu'il me fallait un homme à tout prix – pour me compléter, pour me soutenir, ou même pour réparer une fuite d'eau. Je suis une cheffe d'entreprise, terriblement maniaque, qui plus est. Je serais probablement une mauvaise mère. Pourtant, j'ai beau tenter d'envisager la situation de manière rationnelle, je ne parviens pas à me défaire d'une horrible sensation de vide : plus j'y pense, plus je suis convaincue d'abriter un gouffre intérieur qui finira par m'engloutir.

Hazard interrompit sa lecture pour avaler deux comprimés de paracétamol. Vu son état actuel, il n'était pas certain de pouvoir supporter longtemps les angoisses de cette pauvre fille en pleine crise hormonale. Un des comprimés se coinça au fond de sa gorge, et il fut saisi d'un haut-le-cœur. Il aperçut un long cheveu blond sur son oreiller – souvenir d'une autre vie. Il le chassa d'une pichenette.

J'ai longtemps été juriste dans un prestigieux cabinet de la City. Mes patrons me payaient une petite fortune, en échange de quoi ils figuraient en bonne place des entrepreneurs œuvrant pour l'égalité salariale, et se sentaient autorisés à s'approprier la quasi-totalité de mon existence. Je travaillais sans cesse, week-end compris. Lorsque j'avais, par miracle, un moment de liberté, je filais à la salle de sport pour évacuer mon stress sur un tapis de course. Ma vie sociale se résumait à quelques soirées entre collègues et aux réceptions que nous organisions pour nos clients. J'avais l'impression d'être restée en contact avec mes amis d'enfance parce que j'étais abonnée à leur page Facebook, mais je ne les avais pas vus en chair et en os depuis des années.

J'aurais pu continuer comme ça, la tête dans le guidon, salariée modèle quêtant les compliments et les petites promotions, si ma mère ne m'avait pas dispensé deux ou trois conseils avant de mourir. Et si je n'avais pas été horrifiée par l'histoire d'une certaine Tanya. Je n'ai jamais rencontré cette femme, mais sa vie ressemblait beaucoup à la mienne : comme moi, elle menait une brillante carrière de juriste dans un grand cabinet londonien, sans compter ses heures ni ménager sa peine. Seule différence notable : elle avait dix ans de plus que moi. Un dimanche, elle s'est rendue à son bureau, comme d'habitude. Son patron était là. Il lui a dit gentiment qu'elle ferait mieux de rester chez elle pour se reposer ou se détendre. Il a ajouté, tout aussi gentiment, qu'il était important d'avoir une vie en dehors du travail.

Tanya n'a pas protesté, mais ces propos l'ont sans doute fait réfléchir. A-t-elle brusquement pris conscience de la vacuité de son existence ? A-t-elle posé un regard neuf sur son parcours et ses objectifs ? Nul ne le sait. Le dimanche suivant, elle s'est de nouveau rendue à son bureau, elle a pris l'ascenseur jusqu'au dernier étage, elle a traversé le toit-terrasse et s'est jetée dans le vide. Le lendemain, les journaux ont fait paraître une photo d'elle prise le jour de sa remise de diplôme à l'université : les yeux brillants d'espoir, au côté de ses parents ivres de fierté, elle semblait prête à embrasser le radieux avenir qui s'offrait à elle.

Ce drame m'a ouvert les yeux : je n'avais aucune envie de finir comme Tanya, mais je marchais sur ses traces. J'avais trente-cinq ans, j'étais célibataire, je ne vivais que par et pour mon boulot. Quand j'ai hérité d'une petite somme d'argent à la mort de ma grand-tante Lettice, je l'ai ajoutée au pécule que j'avais épargné au fil des ans et j'ai fait preuve d'audace pour la première (et la seule) fois de ma vie : j'ai démissionné. Puis j'ai repris le bail d'une vieille confiserie sur Fulham Road et je l'ai transformé en café. Après quelques hésitations, je lui ai donné mon prénom. Vous le connaissez peut-être ? Il s'appelle le Monica's Café.

Le Monica's Café ? Hazard le connaissait bien (c'était juste en face du bar où il avait trouvé le cahier), mais il n'y était jamais allé. Il préférait les cafés plus anonymes, où les serveurs changeaient si souvent qu'aucun d'eux ne risquait de s'étonner de sa mine de décavé quand il entrait le matin en titubant, encore soûl, pour acheter un café à emporter, et leur tendait un billet de vingt livres qu'il avait sans doute déjà utilisé pour sniffer un rail de coke. Le Monica's Café lui paraissait presque trop accueillant. Et affreusement *sain*. Pâtisseries bio, pain sans gluten et recettes de grand-mère.

Le genre d'endroit qui le faisait fuir. Il se sentait mal à l'aise, presque sordide, dans ces lieux si proprets. Et puis, il n'aimait pas ce prénom : Monica. Un prénom de prof. De voyante. Ou pire : de tenancière de bordel. *Madame Monica, massages et plus si affinités.* Non, franchement, pour un café, ça n'allait pas du tout. Il reprit sa lecture.

Être mon propre patron, après avoir longtemps obéi à d'autres au sein d'une boîte tentaculaire, continue de me réjouir (et de m'en apprendre de belles sur les ressources humaines : disons simplement que Benji n'est pas mon premier barista), mais le café n'a pas entièrement comblé le vide de mon existence. Je sais que ça semble vieux jeu, mais je continue de croire aux contes de fées. Je veux le prince charmant et le happy end.

Je me suis abonnée à Tinder. J'ai enchaîné les rencontres. J'essaie de ne pas faire la difficile, de ne pas me braquer sur leur inculture (rares sont ceux qui ont lu Dickens), leurs ongles sales ou leur manie de parler la bouche pleine. J'ai connu plusieurs relations amoureuses, et une ou deux dont j'ai sincèrement pensé qu'elles pourraient durer. Je me trompais. Elles se sont toutes terminées de la même façon, chacun de ces messieurs usant des mêmes prétextes éculés pour me congédier : « Ce n'est pas ta faute, c'est la mienne. Je ne suis pas prêt à m'installer… » Et patati et patata. Puis, six mois plus tard, je découvre qu'ils ont changé leur statut sur Facebook : de « célibataire », ils sont passés à « fiancés ». Preuve qu'ils avaient envie de s'installer. Mais pas avec moi. Pourquoi ? J'ai vraiment du mal à comprendre.

Ah oui ? Hazard avait sa petite idée sur la question, pourtant.

J'ai toujours tout planifié. Tout organisé, tout contrôlé. Depuis l'enfance, je rédige des listes, je me fixe des objectifs et je trace ma route. Mais j'ai trente-sept ans, maintenant. Et le temps commence à m'être compté.

Trente-sept ans. Hazard médita tant bien que mal sur ce chiffre dans son cerveau étourdi. Il avait beau en avoir trente-huit, il n'aurait pas jeté un regard à Monica s'il l'avait croisée dans la rue. « C'est une question de bon sens, avait-il expliqué doctement à l'un de ses collègues. Quand tu achètes des fruits chez le primeur (ce que Hazard ne faisait jamais), tu ne choisis pas les pêches les plus abîmées, si ? » Et ce n'était pas qu'une question d'esthétique : l'expérience lui avait appris que les femmes de son âge finissaient toujours par poser problème. Elles avaient des attentes. Des projets. Quand il sortait avec une femme de son âge, Hazard n'était jamais tranquille. Il savait qu'un jour ou l'autre, elle aborderait le sujet fatidique : le mariage. Ou les enfants. Ou les deux à la fois. « J'ai besoin de savoir où on va ! » lui dirait-elle, comme s'ils étaient dans le bus 22, direction Picadilly Circus. Il frissonna.

Chaque fois qu'une de mes copines poste une photo de son bébé sur Facebook, je clique sur « like » et je l'appelle pour lui dire à quel point je suis ravie pour elle – alors qu'en fait, j'ai juste envie de hurler « pourquoi pas moi ? » Ensuite, je suis tellement déprimée que je file au rayon mercerie de Peter Jones, le seul endroit sur Terre qui me redonne le sourire. Franchement, personne ne peut rester déprimé dans une mercerie, entouré d'écheveaux de laine, d'aiguilles à tricoter et de boutons en passementerie, vous ne croyez pas ?

Des *écheveaux* ? C'était un vrai mot, ça ? Et une *mercerie* ? Ce genre de boutique existait encore ? À l'heure où tout le monde achetait ses vêtements chez H&M ? Et quelle étrange façon de se détendre ! Beaucoup moins efficace qu'une double vodka. *D'ailleurs, en parlant de vodka*… Hazard se raidit. Oh, non. Pas la vodka. Il ne devait surtout pas y penser.

Mon horloge biologique tourne si vite qu'elle m'empêche de dormir. Couchée dans mon lit, les yeux rivés au plafond, je maudis ce que mes hormones ont fait de moi : un cliché ambulant.

En tout cas, c'est dit. Ou plutôt, c'est écrit. J'ai fait ce que demande Julian en première page de ce cahier. J'espère que je ne le regretterai pas.

Quant à Julian, j'ai un plan.

Bien sûr qu'elle a un plan, pensa Hazard. Il connaissait très bien ce genre de femme. Monica avait certainement dessiné un diagramme sur une feuille de papier, avec des ensembles et des sous-ensembles, chacun d'eux associé à un indicateur de performance. Elle lui faisait penser à l'une de ses ex : un soir, après dîner, cette fille lui avait infligé une présentation PowerPoint sur les forces et les faiblesses de leur relation. Une soirée mémorable. Effaré, Hazard avait pris ses jambes à cou..

Je sais comment faire sortir Julian de sa tanière. J'ai rédigé une petite annonce proposant aux artistes du quartier de venir animer un cours de dessin hebdomadaire dans mon café. Je l'ai affichée sur la vitrine. Maintenant, je n'ai plus qu'à attendre que Julian se porte candidat. Quant au cahier, je vais le poser sur une table dans le bar à vin situé de l'autre côté de la rue. Si c'est vous qui l'avez trouvé, la suite est entre vos mains.

Hazard baissa les yeux. Ses mains n'avaient pas cessé de trembler depuis sa dernière cuite, vingt-quatre heures plus tôt – le jour où il avait trouvé le cahier sur sa table, justement. Et merde. Pourquoi lui ? Il n'était vraiment pas la bonne personne. En plus, il venait d'acheter un billet d'avion : il partirait le lendemain matin. Loin, très loin de l'Angleterre. Le cahier pouvait-il attendre son retour ? Non. Mieux valait le remettre en circulation. Il ferait un crochet par le Monica's Café avant de filer à l'aéroport. Il commanderait un expresso, échangerait deux ou trois mots avec cette fille et lui rendrait le cahier. Bon débarras.

Il s'apprêtait à refermer la couverture vert pâle quand il s'aperçut que Monica avait ajouté quelques mots en haut de la page suivante.

P.S. J'ai recouvert le cahier d'un film adhésif transparent pour le protéger, mais tâchez quand même de ne pas le laisser sous la pluie – merci !

Cette fois, et il en fut très surpris, Hazard s'aperçut qu'il souriait.

Julian

En arrivant sur le seuil de son cottage, Julian décolla le petit mot scotché sur sa porte d'entrée. Il le glissa dans sa poche sans se donner la peine de le lire : il savait déjà de quoi il retournait. En outre, le message était écrit en lettres capitales, ce qu'il trouvait un peu grossier. Et donc indigne de son attention.

Il entra, se prépara une tasse de thé et l'emporta au salon. Là, il s'assit dans un fauteuil, dénoua ses lacets, ôta ses chaussures, et posa les pieds sur l'ottomane élimée en face de lui – si élimée, à dire vrai, qu'on devinait l'empreinte de ses pieds dans le tissu fané. Depuis une bonne trentaine d'années, il les posait toujours au même endroit. Une fois installé, il prit son numéro de *Bazaar*, le luxueux magazine de mode qu'il s'était acheté le samedi précédent (et qu'il savourait rubrique par rubrique afin de le faire durer jusqu'en fin de semaine). Il venait de s'immerger dans sa lecture, quand il fut brutalement interrompu par un coup frappé au carreau. Il s'enfonça dans le fauteuil pour éviter que le haut de son crâne soit visible de l'extérieur. Il avait perfectionné sa technique au cours des quinze dernières années, et se montrait désormais expert dans l'art d'ignorer les importuns. Le fait qu'il n'ait pas lavé une seule fois les vitres au cours de cette même période le soutenait dans sa démarche : quasiment opaques, elles lui permettaient d'échapper aux regards. Comme quoi la négligence avait du bon. Dans ce cas précis, du moins.

Ces derniers temps, les voisins de Julian se montraient de plus en plus intrusifs. Aussi poussiéreuses soient-elles, ses fenêtres ne suffiraient plus à le protéger. Il devrait bientôt se résoudre à leur *parler*. Il posa le magazine en soupirant et sortit le message qu'il avait trouvé collé sur sa porte. Il le lut – non sans grimacer à la vue du point d'exclamation qui suivait son nom.

MONSIEUR JESSOP !
IL FAUT QU'ON PARLE !
NOUS (VOS VOISINS) SOUHAITONS
ACCEPTER L'OFFRE DU PROPRIÉTAIRE.
NOUS AVONS BESOIN DE VOTRE ACCORD.
SANS VOUS LE PROJET NE PEUT ABOUTIR.
VEUILLEZ CONTACTER PATRICIA ARBUCKLE, N° 4,
DE TOUTE URGENCE !

Julian avait signé le bail emphytéotique de son cottage en 1961, devenant ainsi propriétaire des lieux pour les soixante-sept ans à venir – autant dire une éternité pour un jeune homme d'une vingtaine d'années. Mais le temps avait filé, et il ne lui restait maintenant plus que dix ans avant l'expiration du bail. Le propriétaire refusait de lui accorder une extension : il souhaitait utiliser le terrain pour y bâtir « un complexe de loisirs institutionnels » (*quèsaco ?* se demandait Julian) destiné aux clients du stade de Stamford Bridge. Propriété de l'équipe de football de Chelsea, le stade s'était agrandi et modernisé autour du cottage de Julian au fil des années qu'il avait passées dans son ombre, tandis que Julian lui-même se tassait et vieillissait. À présent, l'établissement menaçait d'exploser, comme un monstrueux furoncle, emportant Julian et ses voisins dans une rivière de pus.

En toute logique, Julian aurait dû accepter l'offre que leur faisait le propriétaire du terrain. S'ils attendaient l'expiration de leurs baux respectifs, leurs cottages ne vaudraient plus un sou. Pressé de construire son merveilleux « complexe de loisirs », le propriétaire se disait prêt à les racheter maintenant au prix du marché – à condition de pouvoir se porter acquéreur de tous les cottages, bien sûr. Pas question de lancer les travaux si Julian refusait de vendre sa maisonnette.

Julian était conscient de l'angoisse croissante de ses voisins, effarés à l'idée de voir s'évanouir les économies d'une vie entière (économies qu'ils avaient investies dans la pierre, comme la plupart des Londoniens). Mais, il avait beau essayer, il ne parvenait tout bonnement pas à s'imaginer ailleurs. C'était, chez lui, un désir viscéral : il voulait finir ses jours dans la maison où il avait vécu. Était-ce trop demander ? Combien de temps lui restait-il ? Sans doute guère plus de dix ans. Par conséquent, son bail lui suffirait amplement. Aussi alléchante soit-elle, l'offre de rachat ne l'intéressait pas : il n'avait pas besoin d'argent. Ses placements lui procuraient un revenu décent, il était loin de mener grand train, et il n'avait pas vu depuis des années les quelques neveux et nièces qui lui restaient. Il n'aurait donc aucun scrupule à laisser leur héritage aux mains des promoteurs immobiliers quand son bail viendrait à expiration.

Cependant, Julian savait qu'il serait égoïste de sa part de refuser l'offre de rachat. Or il s'était montré terriblement égoïste durant la plus grande partie de sa vie, et il l'avait payé cher. Il le payait encore, d'ailleurs. Depuis, il tenait à se persuader qu'il avait changé : il était devenu un autre homme, humble et repentant. Donc, il n'avait pas explicitement refusé l'offre de rachat. Mais il ne l'avait pas acceptée non plus. Pour le moment, il se contentait de faire l'autruche : il demeurait sourd aux injonctions de ses voisins, tout en sachant que le problème ne se réglerait pas de lui-même.

Ce jour-là, après cinq bonnes minutes de coups de plus en plus frénétiques, suivis d'une exclamation exaspérée (« Je sais que vous êtes là, vieux schnock ! »), la voisine de Julian finit par renoncer. Un vieux schnock, lui ? Vraiment ?

Le cottage de Julian était plus qu'une maison, et bien plus qu'un investissement financier. Il résumait sa vie entière. Il abritait tous ses souvenirs et le seul avenir qu'il pouvait imaginer. Chaque fois que Julian regardait vers sa porte d'entrée, il se revoyait en train de porter sa nouvelle épouse sur le seuil, le cœur débordant de bonheur, convaincu que la femme qu'il serrait dans ses bras le comblerait jusqu'à son dernier souffle. Quand il se tenait devant le fourneau, il revoyait Mary, un tablier noué autour des hanches, les cheveux retenus en arrière, remuant à l'aide d'une louche le contenu d'une énorme marmite – son fameux bœuf bourguignon. Lorsqu'il s'asseyait près du feu, il revoyait aussi Mary, assise sur le tapis devant lui, les genoux repliés sur sa poitrine, ses cheveux coupés au carré tombant sur ses joues, plongée dans un des romans sentimentaux qu'elle affectionnait, emprunté à la bibliothèque du quartier.

Il y avait aussi des souvenirs moins plaisants. Mary, pleurant en silence, les doigts crispés sur une lettre d'amour qu'elle avait trouvée épinglée sur son chevalet par un de ses modèles ; Mary, debout en haut de l'escalier en colimaçon menant à leur chambre, lui lançant les escarpins d'une autre femme à la figure. Souvent, quand il se regardait dans un miroir, ce n'était pas son reflet qu'il voyait, mais Mary, les yeux emplis de chagrin et de déception.

Julian ne cherchait pas à effacer les mauvais souvenirs de sa mémoire. Il les accueillait volontiers, au contraire. C'était sa manière à lui de se repentir. En outre, il les trouvait étrangement réconfortants. Ne lui prouvaient-ils pas qu'il était encore capable de ressentir des émotions ? La douleur qu'ils lui causaient lui procurait un soulagement momentané, comme lorsqu'il passait la lame d'un de ses couteaux à peinture sur son poignet et regardait le sang jaillir – à dire vrai, il ne s'était livré à ce genre d'expérience qu'en de rares occasions, lorsqu'il était vraiment désespéré. D'autant qu'avec l'âge, sa peau mettait un temps fou à cicatriser.

Julian promena son regard sur les murs de sa maison, presque entièrement couverts d'un patchwork de tableaux et de croquis. Chacun d'eux racontait une histoire. Il aurait pu passer des heures à les contempler en se remémorant dans quelles circonstances ils étaient arrivés chez lui – ses conversations avec l'artiste, les conseils qu'ils avaient échangés autour d'une bouteille de vin ; la fête d'anniversaire de Mary au cours de laquelle un ami lui avait offert tel tableau pour la remercier de son hospitalité ; l'exposition ou la galerie où il avait acheté tel autre, parce qu'il l'avait particulièrement admiré. Même leurs positions sur le mur avaient un sens. Parfois chronologique, tandis que d'autres étaient thématiques : belles femmes, monuments londoniens, perspectives particulières, jeux d'ombre et de lumière.

Comment pourrait-il les décrocher ? Et où les mettrait-il, s'il devait déménager ?

Il était presque 17 heures. Julian sortit une bouteille de Baileys du buffet, et en versa un peu dans une flasque en argent. Puis il enfila son manteau, sortit prudemment sur le seuil en jetant des regards à gauche et à droite pour s'assurer que la voie était libre (pas de voisins en vue), et se dirigea vers le cimetière.

Il était à quelques mètres de la tombe de l'amiral quand il aperçut un objet incongru, glissé sous un caillou. Il s'approcha. D'abord flou, l'objet se précisa peu à peu. C'était une lettre, écrite à l'encre noire sur du papier blanc. Ses voisins avaient-ils décidé de lui laisser des messages dans tout le quartier ? L'avaient-ils suivi ? Quel toupet !

À mesure qu'il s'approchait, il s'aperçut que le message ne provenait pas de ses voisins. C'était une petite annonce. Il l'avait déjà vue plus tôt dans la journée. Sur le moment, il n'y avait pas vraiment accordé d'attention, mais il devenait évident qu'elle avait été rédigée spécialement pour lui.

Monica

À la fin de la semaine, Monica commença à s'interroger sur le bien-fondé de son projet. Son idée n'était peut-être pas aussi géniale qu'elle l'avait cru : cela faisait plusieurs jours qu'elle avait affiché la petite annonce en vitrine, mais Julian ne s'était pas présenté. En revanche, elle avait dû décliner poliment toute une série de candidatures, sous des prétextes de plus en plus ridicules. Qui aurait cru qu'il y avait autant d'artistes au chômage dans le quartier ? Elle était aussi, en tant qu'ancienne juriste, consciente d'enfreindre la plupart des dispositions relatives au droit du travail (même si une partie d'elle-même se réjouissait de constater que, pour la première fois de sa vie, elle n'appliquait pas le règlement à la lettre).

Sans compter qu'un autre problème avait surgi – lié au *Carnet des Silences*, lui aussi : chaque fois que quelqu'un entrait dans le café, Monica se raidissait. La personne qui poussait la porte était-elle celle qui avait trouvé le cahier sur la table du bar à vin – et donc, celle qui avait lu ses ruminations de vieille fille désespérée ? C'était affreusement gênant. Qu'est-ce qui lui avait pris, bon sang ? Elle n'aurait jamais dû écrire dans ce cahier. Si seulement elle pouvait tout supprimer, comme on supprime un post malencontreux sur Facebook ! Comme quoi, la sincérité n'avait pas toujours du bon.

Une femme s'approcha du comptoir. Elle tenait un nourrisson dans ses bras, une petite fille âgée de trois mois tout au plus, vêtue d'une adorable robe à smocks et d'un cardigan assorti. Le bébé fixa Monica de ses grands yeux bleus – une capacité manifestement acquise tout récemment – et lui offrit un joli sourire. Elle était à croquer. Monica sentit son ventre se nouer. Vite, le mantra ! *Je suis une femme forte et indépendante*, se répéta-t-elle. *Je n'ai pas besoin de toi pour être heureuse*. Aussitôt, le sourire de l'enfant s'évanouit, et elle poussa un cri perçant. Avait-elle perçu ses pensées ? Son petit visage rougit et se crispa, pareil à celui d'un émoji pas content. Elle n'avait plus rien d'adorable. *Merci*, pensa Monica, et elle se tourna pour préparer le thé à la menthe que venait de commander la jeune maman. Elle lui tendait la tasse fumante quand la porte s'ouvrit, livrant passage à Julian.

La dernière fois qu'elle l'avait vu, il ressemblait à un gentleman de l'époque édouardienne. Un gentleman excentrique, certes – mais très 1900. Monica avait alors supposé que sa garde-robe tout entière s'inspirait de cette période. Elle se trompait. Le Julian qui venait de faire son apparition semblait droit sorti des années 1980 : pantalon cigarette noir, bottines en daim et chemise blanche à volants. Beaucoup de volants. Le genre de look romantique que les beaux ténébreux de l'époque complétaient d'un généreux trait d'eye-liner. Fort heureusement, Julian n'était pas allé aussi loin.

Il s'assit dans le coin bibliothèque, à la même table que la fois précédente. Monica s'approcha pour prendre sa commande. Elle se sentait un peu nerveuse. Avait-il vu la petite annonce ? Était-ce la raison de sa visite ? Elle lança un regard vers la vitrine : l'annonce avait disparu. Stupéfaite, elle plissa les yeux, comme si elle pouvait la faire réapparaître – mais non : il ne restait sur la vitre que les marques laissées par le scotch qu'elle avait utilisé pour fixer la feuille. Il faudrait qu'elle les enlève avec un peu de vinaigre dès qu'elle aurait cinq minutes.

Pour l'heure, elle devait s'occuper de Julian, qui n'avait donc pas pu voir l'annonce. *Tant pis*, songea-t-elle, brusquement soulagée. De toute façon, c'était une idée stupide. Elle s'approcha du vieil homme d'un pas plus assuré. Puisqu'il n'était venu que pour prendre un café, elle n'avait aucune raison d'être nerveuse.

— Bonjour. Qu'est-ce que je vous sers ? demanda-t-elle d'un ton enjoué.

— Un café noir bien serré, s'il vous plaît, répondit-il (ni lait ni sucre pour ce monsieur, nota-t-elle intérieurement) tout en dépliant un papier, qu'il lissa du plat de la main avant de le poser sur la table.

Monica sentit ses joues s'empourprer. C'était sa petite annonce – mais pas l'original : une photocopie.

— Ai-je raison de penser que cette annonce a été rédigée à mon intention ? demanda-t-il.

— Pourquoi ? Vous... Vous êtes artiste peintre ? bégaya-t-elle, hésitante comme une candidate à un quiz télévisé.

Valait-il mieux répondre franchement ou chercher à noyer le poisson ?

Il soutint son regard avec autorité, tel un serpent hypnotisant un petit campagnol.

— Oui, acquiesça-t-il. C'est pourquoi je pense que votre annonce a été affichée de manière délibérée, en trois exemplaires, sur le mur d'enceinte des Chelsea Studios où je vis depuis de nombreuses années. En trois exemplaires, vous entendez ? (Il tapa trois fois le papier de l'index pour souligner son propos.) Et ce n'est pas tout, reprit-il. Hier, en allant au Brompton Cemetery rendre ma visite habituelle à l'amiral, j'ai trouvé une autre copie de votre annonce sur sa pierre tombale. Ne me dites pas que c'est une coïncidence ! Avouez-le : vous avez trouvé le cahier que j'ai laissé chez vous et vous avez cherché à prendre contact avec moi. Louable intention, je le reconnais. Cela dit, si j'avais été à votre place, j'aurais utilisé une autre police de caractères. Celle-ci est trop maniérée. La prochaine fois, tenez-vous-en au Times New Roman. C'est beaucoup moins risqué.

À ce stade de la conversation, Monica eut la nette impression d'être une mauvaise élève se faisant sermonner par le directeur de son école primaire. Ou plutôt, elle imagina ce qu'un cancre pouvait ressentir dans ce genre de circonstance, puisqu'elle n'avait, de toute évidence, jamais été convoquée dans le bureau du directeur. Ni à l'école primaire, ni au collège, ni au lycée d'ailleurs.

— Vous permettez ? demanda-t-elle en désignant une chaise libre près de la table.

Julian inclina légèrement la tête. Monica s'assit et prit le temps de rassembler ses esprits. Pas question de se laisser intimider. La voix de sa mère lui revint en mémoire.

« Si tu es nerveuse, imagine que tu es Boudicca, reine des Celtes. Ou la madonna.

La mère de Jésus ? Mais non, ma chérie ! Cette madone-là est bien trop réservée. Je voulais dire la pop star. » Et sa mère avait ri aux éclats – si fort que sa voisine avait tapé contre le mur.

Alors Monica s'imagina en Madonna. Rejetant les épaules en arrière, elle fixa un regard d'acier sur l'homme imposant et légèrement agacé qui se trouvait en face d'elle.

— Vous avez raison, admit-elle. J'ai effectivement trouvé le cahier et j'ai rédigé l'annonce à votre intention, mais je ne l'ai pas collée sur le mur des Chelsea Studios ni sur la tombe de l'amiral.

Julian arqua un sourcil, visiblement sceptique.

— Je n'en ai fait qu'un seul exemplaire, reprit-elle, et je l'avais affiché dans la vitrine. Les annonces que vous avez trouvées sont des photocopies. Je me demande qui les a faites !

Cette question la tourmentait. Pourquoi lui aurait-on volé sa petite annonce ?

— Si ce n'est pas vous, c'est forcément quelqu'un qui a lu mon histoire dans le cahier, répliqua Julian. Sinon, je ne vois pas comment cette personne pourrait savoir où j'habite. Et sur quelle tombe je vais me recueillir chaque vendredi au cimetière depuis quarante ans.

Monica se troubla plus encore. Si cette mystérieuse personne avait lu l'histoire de Julian, elle avait aussi lu la sienne, non ? Cette pensée la plongea dans un tel malaise qu'elle la chassa aussitôt de son esprit. Elle y reviendrait plus tard, à tête reposée.

— Alors, ça vous intéresse ? demanda-t-elle à Julian. Acceptez-vous de donner des cours de dessin ? Ici, au café ?

La question demeura si longtemps en suspens que Monica se demanda si elle devait la répéter. Enfin le visage de Julian se plissa comme un accordéon, et un sourire amical apparut sur ses lèvres.

— Puisque vous et ce mystérieux inconnu vous êtes

donné tant de mal pour organiser ce cours du soir, il me semblerait discourtois de ne pas me prêter au jeu. Je m'appelle Julian, au fait, dit-il en lui tendant la main.

— Je sais, répondit-elle en la serrant. Moi, c'est Monica.

— J'ai hâte de travailler avec vous, ma chère. Mon petit doigt me dit que vous et moi pourrions fort bien devenir amis.

Monica se leva pour aller préparer son café, avec l'impression qu'elle venait de remporter dix points pour Gryffondor.

Hazard

Hazard contempla la plage bordée de palmiers. La mer de Chine méridionale était d'un bleu limpide, le ciel sans nuages. S'il avait vu ce paysage sur Instagram, il aurait supposé que la photo avait été retouchée. Mais non : cette ravissante plage en forme de croissant existait bel et bien dans la vraie vie. Elle s'étendait devant lui, jour après jour, depuis trois semaines. Si parfaite qu'elle commençait à lui taper sur les nerfs. Ce matin, lors de sa promenade habituelle le long du rivage (avant qu'il fasse trop chaud pour marcher pieds nus), Hazard s'était surpris à rêver de trouver une crotte de chien dans le sable fin. Histoire de rompre la tranquille monotonie des lieux. Tant de beauté lui donnait envie d'appeler à l'aide, mais il savait que ce serait inutile : ici, comme dans un trou noir, personne ne vous entendait crier.

Hazard était déjà venu sur cette île cinq ans auparavant, lors d'un séjour en Thaïlande avec des amis. De Koh Samui, où ils passaient leurs vacances, ils s'y étaient rendus en bateau, et ils avaient dormi sur place. Un jour ou deux, guère plus. À l'époque, Hazard avait jugé l'île trop isolée, trop calme : il avait hâte de regagner les bars, les clubs et les *full moon parties* qui faisaient la renommée de Samui – et de retrouver, par la même occasion, l'électricité, l'eau chaude et le wi-fi. Pourtant, le souvenir de cette petite plage s'était gravé dans sa mémoire. Il ressurgissait par intermittence, mêlé à des flash-backs nettement plus sordides témoignant de l'interminable succession d'aventures d'un soir, de textos malencontreux et de tractations déplaisantes avec des dealers patibulaires, qui avait ponctué son existence jusqu'à une date récente. Ce souvenir persistant brillait comme une oasis dans le désert qu'était devenue sa vie. Aussi avait-il opté pour cette destination lorsqu'il avait enfin décidé de se reprendre en main : cette petite île était bien trop isolée pour qu'il s'y attire des ennuis, avait-il estimé en réservant son billet d'avion. Un aller simple, cette fois. Et on s'y logeait pour une somme si modique qu'il pourrait y survivre pendant des mois en écoulant sa prime de fin d'année – la toute dernière de son existence de trader.

Deux établissements, situés à chaque extrémité de la petite plage, accueillaient les vacanciers : un café, le Lucky Mother. Et un bar dénommé le Monkey Nuts, en hommage à la seule collation qui accompagnait les boissons : une coupelle de cacahuètes encore dans leurs gousses. Entre les deux, alignées comme des perles sur un collier, vingt-cinq huttes en bambou, nichées entre les palmiers, surplombaient la mer. Hazard logeait au numéro 8 : une cabane rudimentaire, à peine plus grande que l'abri de jardin de son père.

On y trouvait une chambre, presque entièrement occupée par un lit double, drapé dans une moustiquaire criblée de trous assez grands pour laisser passer des cohortes entières d'insectes affamés. Une petite salle de bains avec toilettes et douche à l'eau froide était arrimée sur un côté de la hutte tel un canot de sauvetage aux flancs d'un navire. Les fenêtres étaient à peine plus larges que des écoutilles, et garnies de moustiquaires, elles aussi. Le reste du mobilier se résumait à une table de chevet bricolée dans une vieille caisse de bières Tiger, une étagère abritant une collection de bouquins éclectiques, légués à Hazard par les voyageurs précédents, et quelques patères sur lesquelles il accrochait l'assortiment de sarongs qu'il avait achetés au village. Ces paréos colorés constituaient son unique garde-robe. Il se baladait donc en jupe toute la journée – ce qui aurait certainement fait sourire ses amis londoniens.

Pour l'heure, il se balançait doucement dans un hamac suspendu entre deux poteaux à chaque extrémité de l'étroite terrasse en bois qui courait sur toute la longueur de sa hutte. Il vit un petit bateau à moteur accoster sur la plage : le pilote venait chercher la quinzaine de touristes arrivés le matin même de Koh Samui pour la journée. Après leur départ, il ne resterait sur l'île que ses résidents de longue durée, dont Hazard faisait désormais partie. Le ciel se teinta de magnifiques nuances rouges et orangées tandis que la lumière commençait à décliner. Hazard savait qu'il ferait nuit dans quelques minutes : sous ces latitudes, le soleil effectuait toujours une sortie précipitée. Rien à voir avec les adieux prolongés, flamboyants et presque taquins auxquels on assistait de l'autre côté du globe. En Asie, les couchers de soleil s'apparentaient plutôt à l'extinction des feux dans un dortoir : que vous le vouliez ou non, vous vous retrouviez brusquement dans le noir après le passage du surveillant.

Il entendit le générateur du Lucky Mother se mettre en marche (un ronronnement accompagné d'une légère odeur d'essence), ainsi que les voix mélodieuses des hôteliers, un couple de Thaïlandais qui se faisaient appeler Andy et Barbara, affairés à préparer le repas du soir.

Hazard était sobre depuis vingt-trois jours. Il en était certain, parce qu'il gravait le nombre de ses jours d'abstinence dans le bois de son lit, ajoutant chaque soir un trait vertical au décompte, tel un prisonnier d'Alcatraz et non comme un touriste séjournant dans l'un des plus beaux endroits du monde. Chacune de ces vingt-trois journées lui avait paru interminable, ponctuée de terribles migraines, de suées et de frissons, hantée de cauchemars si vifs qu'il se réveillait en sursaut, transi d'horreur. Il lui arrivait aussi, ce qui n'était guère mieux, de revivre ses pires excès dans son sommeil : ainsi, la nuit précédente, il avait rêvé qu'il sniffait une ligne de coke sur le ventre plat et bronzé de Barbara. Résultat : il avait eu du mal à la regarder au petit-déjeuner.

Malgré tout, Hazard commençait à se sentir mieux – physiquement, du moins. En s'estompant, la confusion et la fatigue qui embrumaient son esprit avaient cédé place à un véritable tsunami d'émotions : la culpabilité, le regret, la peur, l'ennui et l'angoisse, ces vilains sentiments qu'il avait toujours réussi à éliminer à l'aide d'un shot de vodka ou d'une ligne de coke, prenaient maintenant d'assaut sa psyché sans défense. Il était hanté par le souvenir de ses frasques : secrets révélés à la cantonade après une nuit d'ivresse, petites amies trahies dans les toilettes d'une boîte de nuit, négociations désastreuses entamées aux dépens de ses clients par un Hazard cocaïné, persuadé d'être invincible. Étrangement, au beau milieu de cette terrible phase d'introspection, il se surprenait souvent à penser aux confessions qu'il avait lues dans le cahier vert pâle. Il imaginait la détresse de Mary, confrontée aux infidélités de Julian ; le chagrin du vieux peintre, déchiquetant ses toiles au milieu de la nuit ; le corps sans vie de Tanya étendu sur un trottoir de la City ; et le sourire de Monica, servant des muffins ou rêvant au prince charmant.

Lorsqu'il avait poussé la porte du Monica's Café pour lui rendre le cahier vert, Hazard s'était aperçu avec horreur que la propriétaire des lieux n'était autre que la femme qu'il avait bousculée quelques nuits plus tôt, sur Fulham Road. Effaré, il avait fait volte-face avant qu'elle le reconnaisse à son tour. Il était donc parti en Thaïlande avec le cahier. Maintenant, plus le temps passait, plus les secrets qu'il renfermait s'immisçaient dans son esprit. Il se demandait, par exemple, si Monica avait réussi à convaincre Julian d'animer un cours de dessin dans son café. Il s'interrogeait aussi, à ses heures perdues, sur le type d'homme qu'il lui aurait fallu pour mener à bien son projet matrimonial.

Le tintement d'une clochette résonna dans l'air nocturne. 19 heures. Le dîner était servi – un menu unique, comme chaque soir. Le Lucky Mother était le seul restaurant accessible à pied depuis la plage. Comme tous les clients, Hazard y mangeait ce qu'on lui servait. Après des décennies passées à faire des choix, et des sous-choix dans ses choix (thé ou café ? Expresso, cappuccino ou latte ? Lait entier, lait écrémé ou lait de soja ?), il trouvait agréablement reposant de n'avoir aucune alternative.

La salle du restaurant, ouverte sur l'extérieur sous un toit en palmes séchées, était dotée d'un plancher en bois de tek et d'une grande table qui s'étendait sur toute sa longueur. On y trouvait aussi quelques tables plus petites, mais les hôtes comprenaient vite qu'il était de bon ton de se joindre chaque soir aux convives installés à la table commune – sans quoi vous risquiez de vous attirer des regards soupçonneux, chacun se demandant ce que vous aviez à cacher.

Hazard s'apprêtait à rejoindre les touristes déjà attablés quand une idée le traversa. La plupart des voyageurs qu'il avait rencontrés sur l'île arrivaient de Londres ou prévoyaient de s'y rendre pendant leur périple. Pourquoi ne pas chercher parmi eux l'homme idéal dont rêvait Monica ? Sans l'avoir rencontrée, il en savait déjà beaucoup sur elle. À dire vrai, il avait même le sentiment de la connaître davantage que la plupart de ses conquêtes. Il pourrait jouer les entremetteurs. Tirant secrètement les ficelles depuis sa plage thaïlandaise, il serait sa bonne fée, son ange gardien. Ce serait amusant. Et ça lui donnerait quelque chose à *faire*.

Il prit place à table. Revigoré par sa nouvelle mission, il observa discrètement les autres convives. Avec plus de deux semaines de séjour au compteur, il faisait maintenant partie des résidents les plus anciens : la plupart des voyageurs ne restaient guère plus de cinq jours.

Neil, qui résidait au numéro 9, remportait la palme de l'ancienneté : il était là depuis près d'un an. Il avait inventé une application qu'il avait vendue très cher à une grosse compagnie high-tech. Depuis lors, il se livrait corps et âme à son hippie intérieur. Conscient de la crise que traversait Hazard, Neil avait gentiment tenté de l'initier à la méditation – en pure perte : durant toute la séance, Hazard n'avait pu détacher ses yeux des pieds de Neil, sales et desséchés, aux ongles si longs et si épais qu'ils ressemblaient à des *sabots*. Ce qui, de toute évidence, empêchait Neil de se qualifier comme candidat potentiel auprès de Monica : ses pieds ne seraient plus jamais propres. Le reste de sa personne non plus, d'ailleurs. Or Monica semblait plutôt à cheval sur l'hygiène corporelle. Exit Neil, donc.

Après Neil, Rita et Daphné étaient les résidentes les plus anciennes : toutes deux retraitées, l'une veuve, l'autre jamais mariée, toutes deux férocement attachées aux bonnes manières. Hazard vit Rita foudroyer du regard l'un des convives qui venait de tendre le bras devant elle pour attraper la carafe d'eau. Elles occupaient deux huttes distinctes. Daphné résidait théoriquement au numéro 7, mais Hazard, qui se levait très tôt désormais, l'avait vue plusieurs fois entrer dans sa chambre de bon matin, ce qui l'amenait à penser que les deux femmes s'offraient une aventure saphique à l'automne de leur vie. Et pourquoi pas ?

Andy posa devant lui un plat contenant un poisson cuit au four, assez gros pour être partagé entre trois ou quatre parts. Hazard le remercia et poursuivit son examen. Il fit d'abord abstraction des couples, plus ou moins amoureux, qui dînaient avec eux ce soir-là. Il élimina également les hommes âgés de moins de trente ans. Même si l'un d'entre eux se révélait assez ouvert d'esprit pour s'intéresser à une femme frisant la quarantaine, il ne serait sans doute pas prêt à envisager d'assurer immédiatement sa descendance avec elle. Or pour Monica, c'était là un point crucial. Si le type ne voulait pas d'enfant, elle lui claquerait la porte au nez.

Hazard s'attarda quelques instants sur deux touristes américaines, récemment débarquées de Californie. Âgées de vingt-cinq ans tout au plus, teint de pêche et regard innocent, elles irradiaient d'enthousiasme et de fraîcheur. Et s'il tentait sa chance avec l'une d'elles ? Ou avec les deux – pourquoi pas ? Il caressa un instant cette idée, puis la repoussa. Il ne se sentait pas encore prêt à flirter, et encore moins à avoir des relations sexuelles, sans l'assurance que lui procurait un verre d'alcool ou une ligne de coke.

La dernière fois, c'était avec Blanche. Et il était complètement défoncé. Comme toujours, en fait. Et honnêtement, il n'avait pas été sobre lors d'un rapport sexuel depuis… une éternité. Et pourquoi aurait-il cherché à l'être ?

Faire l'amour n'est-il pas l'acte le plus intime, le plus révélateur qui soit ? L'accomplir en toute lucidité, sans le soutien d'un narcotique quelconque, ajoutait certainement à l'embarras de la chose. Cette gymnastique, ces grognements, parfois même ces pets involontaires… Rien que d'y penser, il était glacé d'horreur. En tout cas, il n'avait aucune envie de faire l'amour dans ces conditions. Peut-être y renoncerait-il jusqu'à la fin de ses jours ? Curieusement, cette idée lui parut presque moins terrifiante que celle de ne plus jamais boire d'alcool – une perspective à laquelle il tentait de s'accoutumer depuis des semaines.

Il se tourna vers le Suédois assis à sa gauche. La trentaine, seul, plutôt bien fait de sa personne. Un bon point de départ.

— Bonsoir. Vous êtes arrivé aujourd'hui, non ? Je m'appelle Hazard.

— Gunther, répondit le type en souriant, révélant une impressionnante dentition scandinave. Enchanté. On peut se tutoyer ?

— Bien sûr ! Alors, tu viens d'où, Gunther ? Et tu vas où ? demanda Hazard en adoptant la formulation de rigueur sur l'île.

Pour faire connaissance, les voyageurs s'en remettaient invariablement à ces deux questions. De toute façon, il ne servait à rien de discourir sur la météo, comme on le faisait en Angleterre pour aborder un inconnu : ici, le temps était au beau fixe.

— J'arrive de Stockholm, et je suis en route pour Bangkok, Hong Kong, et Londres. Et toi ?

Parfait ! se félicita Hazard. Sa mission d'entremetteur était en bonne voie.

— Je vis à Londres, je suis venu passer quelques semaines ici, entre deux boulots.

Son interlocuteur acquiesça et lui posa une autre question, tout aussi anodine, à laquelle Hazard répondit plus distraitement. La vision de la bouteille de bière bien fraîche posée devant Gunther commençait à le tourmenter. Il avait de plus en plus de mal à se concentrer sur la conversation. S'il ne détournait pas son esprit de cette tentation maléfique, il allait arracher la bière des mains de Gunther pour la vider d'un trait.

— Tu sais jouer au backgammon ? demanda-t-il précipitamment dès qu'ils eurent fini de manger.

— Oui, répondit Gunther. Toi aussi ?

Hazard acquiesça et se dirigea vers une table dressée au fond de la salle : elle était incrustée d'un échiquier d'un côté, d'un plateau de backgammon de l'autre.

— Que fais-tu dans la vie, Gunther ? demanda-t-il en posant les pièces sur le plateau.

— Je suis prof. Et toi ?

Un enseignant. Excellente nouvelle. Gunther pourrait exercer son métier à Londres, si Monica ne voulait pas aller vivre en Suède. En outre, il avait l'habitude de fréquenter des enfants. Autre point positif : ses grandes mains aux ongles propres et bien coupés témoignaient d'une bonne hygiène personnelle.

— Je travaillais dans la finance, répondit-il. J'étais courtier en Bourse. Mais j'envisage de changer de voie.

Gunther jeta les dés. Un 6 et un 1. La combinaison idéale pour tenter de bloquer sa progression sur le plateau – du moins était-ce la tactique pour laquelle Hazard aurait opté sans hésiter. Gunther en choisit une autre, nettement moins efficace. *Quel amateur !* Hazard était si déçu qu'il faillit disqualifier Gunther sur-le-champ – avant de se rappeler qu'il ne choisissait pas un partenaire pour lui, mais pour Monica. Qui se ficherait sans doute éperdument de sa capacité à jouer au backgammon.

— Tu es marié, Gunther ? reprit-il, allant droit au but.

Le Suédois ne portait pas d'alliance, mais deux vérifications valaient mieux qu'une.

— J'ai une petite amie, mais nous ne sommes pas mariés. Et puis, comme vous dites chez vous, « ce qui se passe en tournée reste en tournée », pas vrai ?

Il ponctua ses propos d'un clin d'œil, tout en désignant les deux jeunes Américaines encore assises à la table commune.

Hazard sentit sa belle humeur fondre comme neige au soleil. Gunther maîtrisait les expressions anglaises à la perfection, mais ses qualités morales laissaient franchement à désirer. C'est bien simple : il n'était pas à la hauteur. Monica méritait beaucoup mieux, conclut-il avec une détermination qui le surprit. Il reporta son attention sur la partie. Il était pressé d'aller se coucher, maintenant. En combien de coups pouvait-il rafler toutes les pièces de Gunther ?

Quand Hazard regagna la hutte numéro 8, une lampe à pétrole à la main (Andy éteignait toujours le générateur pendant la nuit), il s'aperçut qu'il n'avait pas sommeil. Il n'avait aucune envie de se joindre aux touristes massés au Monkey Nuts : regarder ses congénères siroter des cocktails colorés tandis qu'il viderait une cannette de Coca Light le mettrait à trop rude épreuve. Il observa les livres posés sur l'étagère. Il les avait tous lus au moins une fois, hormis le roman de Barbara Cartland que Daphné lui avait donné : la veille, il avait tenté de se plonger dans le premier chapitre, mais ses yeux s'étaient mis à picoter – et il avait dû s'arrêter.

Il fit un pas vers l'étagère. Le cahier de Julian dépassait entre deux polars. Il semblait lui faire signe.

Hazard le prit et sortit un stylo de son sac à dos. Puis il ouvrit le cahier à la première page blanche et commença à écrire.

Julian

Julian s'éveilla avec le sentiment que quelque chose avait changé. Il lui fallut un moment pour comprendre de quoi il s'agissait. Ces derniers temps, il avait l'impression que son esprit et son corps ne travaillaient pas au même rythme. Le matin, quand son corps s'éveillait, son esprit mettait un peu de temps à le rattraper, à comprendre où il se trouvait et ce qui lui arrivait. C'était étrange, car il se trouvait toujours au même endroit, et il ne lui arrivait jamais rien. Lorsqu'enfin ses pensées se clarifiaient, son corps et son esprit cheminaient de conserve – mais cette harmonie était de courte durée. Le reste de la journée s'écoulait de manière inverse : son esprit caracolait devant, tandis que son corps se traînait péniblement derrière lui.

Tout en réfléchissant, Julian fixait les bandes de peinture verte appliquées sur le mur près de son lit. Toutes différentes, tantôt claires tantôt foncées, elles ressemblaient à des brins d'herbe tachetés par les rayons du soleil. Mary les avait peintes lorsqu'elle tentait de choisir une nouvelle couleur pour leur chambre à coucher. En fin de compte, elle n'en avait retenu aucune, et la pièce était restée telle quelle : uniformément beige. Mary avait peut-être compris qu'il ne servirait à rien de redécorer les lieux.

Julian finit par se souvenir de ce qui différenciait cette journée des précédentes : il avait un objectif. Des choses à faire. Un rendez-vous. On l'attendait. Il repoussa les couvertures avec plus d'enthousiasme que d'ordinaire, se leva et descendit prudemment l'escalier en colimaçon qui menait de la mezzanine, où se trouvaient sa chambre à coucher et sa salle de bains, au salon et à la kitchenette qui occupaient la moitié du rez-de-chaussée. Sa liste était toujours là, aimantée sur la porte du frigo.

1. Choisir une tenue
2. Rassembler le matériel nécessaire
3. Aller chez le marchand de couleurs
4. Trouver un sujet pour la nature morte
5. Être au Monica's Café à 19 heures précises

Il avait souligné le dernier mot à deux reprises. Non parce qu'il était susceptible d'oublier l'heure du rendez-vous, mais parce qu'il n'avait pas eu d'impératif aussi précis depuis des années, à l'exception, peut-être, de ses consultations chez le dentiste. Cette obligation d'être à l'heure lui procurait un curieux frisson d'excitation.

Après avoir bu son premier café de la journée, Julian entra dans son dressing. C'était autrefois une chambre d'amis, à l'époque où Mary et lui recevaient des visiteurs. À présent, la pièce était entièrement occupée par les vêtements de Julian, alignés sur des portants métalliques. Les bottes et les chaussures étaient posées dessous, classées par style et par coloris. Julian adorait ses tenues. Chacune d'elles évoquait le souvenir d'une époque, d'un événement, d'une histoire d'amour. Certains en conservaient même le parfum : il lui suffisait de fermer les yeux et d'inspirer profondément pour faire ressurgir un temps révolu : la marmelade maison de Mary, la cordite d'un feu d'artifice lors d'un bal masqué à Venise, ou les pétales de roses lancés sur de jeunes mariés à l'occasion d'une réception au Claridge.

La méridienne qui se trouvait dans l'angle de la pièce accueillait un assortiment de tenues potentielles. Laquelle porterait-il pour donner son premier cours de dessin chez Monica ? La veille au soir, après de longues tergiversations, Julian avait préféré remettre sa décision au lendemain. La nuit portait conseil, disait-on. Il mettait tant de temps à s'habiller désormais qu'il devait absolument avoir établi son choix avant de commencer – sans quoi il risquait de passer la journée à boutonner et à déboutonner ses chemises de ses doigts de plus en plus malhabiles, rongés par l'arthrose. Il examina les différentes tenues d'un regard critique, avant de se décider pour la plus discrète d'entre elles. Il tenait à être professionnel. Tout entier dédié à son art, tel un ouvrier à sa tâche. Pas question que ses vêtements détournent l'attention de ses élèves.

Julian entra ensuite dans son atelier, deux fois plus haut que les autres pièces du rez-de-chaussée, et inondé de lumière : un grand vasistas avait été percé dans le toit, et une baie vitrée courait du sol au plafond. Là, il ouvrit le tiroir dans lequel il rangeait ses crayons. Julian n'était pas, loin de là, un maniaque de l'ordre. Son cottage attestait plutôt le contraire : tout y était entassé et sens dessus dessous. Tout, *sauf* ses vêtements et son matériel de peinture. Il sélectionna avec soin une série de crayons, de bâtons de graphite et de gommes, certains assez récents, d'autres plus anciens. Il avait si souvent taillé ses crayons qu'ils lui glissaient entre les doigts, mais il ne pouvait se résoudre à les jeter. Tels de vieux amis, ils faisaient partie de sa vie.

La veille, Julian avait été satisfait d'apprendre qu'il pouvait encore attirer les foules : Monica, la charmante dame qui tenait le café, lui avait annoncé que dix personnes viendraient à son premier cours du soir. Elle avait même dû refuser du monde ! Comme quoi le « vieux schnock » n'avait pas dit son dernier mot.

Il arpenta son atelier en quête d'accessoires pour ses élèves. Après réflexion, il emporta une série de planches en bois sur lesquelles ils pourraient fixer leurs croquis, et plusieurs coupons de tissus qui leur serviraient de toiles de fond. Il feuilleta aussi quelques-uns de ses ouvrages de référence sur l'histoire de l'art, tous amoureusement conservés. Il retint celui qui lui parut le plus à même d'inspirer des artistes en herbe. Ce faisant, il s'efforça de ne pas se laisser distraire par son imposante collection de catalogues d'exposition, classés par ordre chronologique : il lui aurait suffi d'en ouvrir un au hasard pour être aussitôt transporté dans le monde de l'art londonien des années soixante, soixante-dix et quatre-vingt.

Monica avait fixé elle-même les tarifs de l'atelier : quinze livres par personne pour deux heures de cours collectif. Julian avait protesté, trouvant la somme trop importante, mais elle l'avait rabroué : « On est sur Fulham Road. Les habitants du quartier paient plus cher que ça pour qu'un type vienne sortir leur chien une fois par jour. » Elle avait insisté pour le payer d'avance (soixante-quinze livres pour la séance – une fortune !) et lui avait donné de la « petite monnaie », selon ses propres termes, afin qu'il achète les fournitures nécessaires aux élèves. Julian sortit sa montre de gousset : il était 10 heures. La boutique où il achetait son matériel venait d'ouvrir ses portes.

Dix minutes plus tard, Julian aperçut Monica en passant devant le café : un plateau chargé de boissons chaudes à la main, elle se frayait un passage parmi les clients qui patientaient devant le comptoir, attendant d'être servis. Julian l'avait bien observée lors de leurs récentes conversations : elle était toujours en mouvement, toujours le sourire aux lèvres. Même lorsqu'elle était assise, elle semblait vibrer d'énergie contenue, ses cheveux bruns rassemblés en queue-de-cheval bondissant au rythme de ses gestes. Quand elle se concentrait, penchée sur un document ou l'esprit occupé par un problème à résoudre, elle entortillait une mèche de cheveux autour de son index ; et quand elle écoutait quelqu'un, elle inclinait la tête sur le côté, comme le faisait autrefois le vieux jack russell de Julian.

Décédé depuis de nombreuses années, ce chien lui manquait terriblement. Keith était parti quelques mois après Mary. Julian se l'était longtemps reproché : submergé par le chagrin, il ne lui avait pas prêté assez d'attention. Keith avait dépéri, perdant peu à peu son énergie et sa joie de vivre. Julian avait tenté d'imiter cette façon lente et déterminée de s'acheminer vers sa propre fin, mais en cela, comme en tant d'autres choses, il avait échoué. Un matin, Keith avait cessé de bouger. Il était mort peu après. Julian l'avait emmené au cimetière dans un sac en plastique « réutilisable à vie » – une ironie du sort qui n'avait pas manqué de lui arracher un sourire. Là, après s'être assuré que personne ne le regardait, il l'avait enterré près de l'amiral.

Monica paraissait toujours savoir quoi faire et où aller. Alors que la plupart des gens semblaient noyés sous les vicissitudes de leur propre existence, Monica traçait sa route avec une détermination qui confinait à l'héroïsme.

Julian ne l'avait rencontrée qu'une semaine plus tôt, mais elle semblait déjà l'avoir soustrait à sa solitude, modifiant subtilement le cours de sa vie avant de le replacer dans une réalité étrangement, et merveilleusement, transformée.

C'était d'autant plus curieux qu'il la connaissait à peine. Plus curieux encore, alors qu'il n'avait pas peint de portrait depuis quinze ans, il se surprenait à rêver de faire celui de Monica, de permettre à ses pinceaux de révéler sa vraie nature, dissimulée derrière les barrières protectrices qu'elle avait érigées autour d'elle.

Combien de fois au cours des années passées Julian avait-il longé cette même avenue en s'étonnant de la précipitation avec laquelle les gens le croisaient, tous pressés de se rendre quelque part, alors que lui ne faisait que mettre un pied devant l'autre sans raison particulière, hormis la peur de finir paralysé par l'arthrose s'il renonçait à sortir ? Aujourd'hui, c'était différent : il avait un endroit où aller, lui aussi.

Il se mit à fredonner. Amusés, quelques passants se retournèrent et lui sourirent. Peu habitué à provoquer ce genre de réaction, Julian les toisa avec méfiance, jusqu'à ce qu'ils s'éloignent en accélérant le pas. Parvenu à la boutique, il choisit vingt grandes feuilles de papier à dessin et les apporta à la caisse. Quoi de plus exaltant, et de plus terrifiant, qu'une feuille blanche ?

— J'achète des fournitures pour le cours de dessin que j'anime ce soir, annonça-t-il au caissier.

— Ah bon ? marmonna le jeune homme sans même lever les yeux.

Pas très bavard, manifestement.

— Je me demande s'il y aura des Picasso en herbe, poursuivit Julian d'un ton badin. Pour le premier cours, je m'en tiendrai à une nature morte, mais…

— Vous réglez comment ? interrompit le caissier.

Épinglé sur le revers de sa veste, son insigne indiquait qu'il avait remporté cinq étoiles au titre des relations clients. Julian se demanda à quoi ressemblaient les caissiers qui n'avaient qu'une étoile.

Étape suivante : la quête du sujet idéal.

En sortant, Julian passa devant la supérette située au coin de la rue. De grands paniers de fruits et de légumes étaient alignés sur le trottoir. Une corbeille de pommes, peut-être ? Il haussa les épaules. Trop banal. Il pouvait se montrer plus aventureux, même avec des débutants, non ? Il poursuivit sa route. Soudain, une forte odeur iodée le frappa au visage – littéralement, comme s'il avait reçu un hareng mouillé en pleine figure. Il leva les yeux : une poissonnerie se dressait devant lui. Il s'approcha de la vitrine, et se figea, enchanté : il venait de trouver le sujet idéal.

Monica

Monica se tourna vers la grande horloge fixée au mur du café : 18 h 58. La plupart des personnes inscrites au cours de dessin étaient déjà là, libérant leur génie créatif à l'aide d'un verre de vin rouge offert par la maison. Au cours de la semaine écoulée, Monica avait promis à chacun d'eux une boisson gratuite afin de les inciter à franchir le pas. Un geste commercial qu'elle espérait ne pas regretter. Enrôler un nombre suffisant de stagiaires s'était révélé plus complexe que prévu – un vrai cauchemar, pour être honnête. Elle avait d'abord dû se résoudre à solliciter la bonne volonté de ses clients les plus fidèles. En fin de semaine, le cours n'étant toujours pas rempli, elle avait invité deux de ses fournisseurs à se joindre à eux, ainsi que Baz, le petit ami de Benji. Elle était même allée jusqu'à flirter avec son laveur de vitres pour décrocher la dernière inscription, un procédé peu féministe dont elle s'était mentalement excusée auprès d'Emmeline Pankhurst. La fin justifie les moyens, non ? Et le résultat faisait plaisir à voir : ils étaient dix participants ce soir, elle comprise. Un nombre respectable. Si Benji parvenait à servir un ou plusieurs verres à chacun d'entre eux après leur première boisson gratuite, Monica parviendrait peut-être à l'équilibre financier (après avoir payé Julian et Benji, et remboursé l'achat du matériel). Et ce, bien qu'elle ait également dû se résoudre à réduire de cinq livres le tarif de la première leçon. Elle jeta de nouveau un coup d'œil à l'horloge. Et si Julian avait flanché ?

Quelques rires fusèrent et le brouhaha monta d'un cran tandis que les stagiaires se lançaient dans une joyeuse compétition verbale pour déterminer lequel d'entre eux était le plus dépourvu de tout talent artistique. Plus que trente secondes. Monica retenait son souffle, les yeux rivés sur la porte. Elle s'ouvrit à 19 heures précises. Et tout le monde se tut. Les participants savaient déjà que Julian était « un peu excentrique ». Monica avait aussi enjolivé ses états de service, affirmant qu'il avait peint le portrait de la reine – un pieux mensonge que nul n'avait contesté. Malgré tout, rien de ce qu'elle avait pu leur dire n'aurait pu les préparer au spectacle que leur offrit Julian ce soir-là, vêtu d'une extravagante blouse de peintre aux manches gigot, rehaussée par un foulard aux motifs chatoyants. Son large front disparaissait sous un chapeau en feutre bordeaux, et il portait des sabots aux pieds. Oui, des sabots en bois.

Il s'était figé sur le seuil, comme pour laisser l'assistance le dévorer du regard. Puis il s'avança vers eux, glissa une main sous sa blouse et produisit un gros homard sous leurs yeux ébahis. Baz manqua de s'étouffer, aspergeant de vin rouge la table numéro 10 et le nouveau T-shirt SuperDry de Benji.

— Chers élèves ! s'écria Julian en s'inclinant légèrement devant eux, tel un acteur sur un plateau de théâtre. Voici le sujet du jour.

— La vache ! chuchota Baz. Tu crois qu'il est encore vivant ?

— Il est assez vieux, mais pas encore mort, répondit Benji.

— Je parlais du homard ! rectifia Baz.

— Ne fais pas le malin. Il est rouge, ce qui veut dire qu'il a été cuit.

— C'est quoi un merlin ? demanda Baz, qui avait mal entendu. Une sorte de poisson ?

— Non, c'est un cordage pour amarrer les bateaux. Tu confonds avec le marlin.

— Je croyais que c'était un enchanteur, répondit Baz, de plus en plus perplexe.

Benji et Baz étaient assis sur le même fauteuil, Baz sur le coussin, Benji sur l'un des accoudoirs. Ils avaient tous deux une vingtaine d'années et des prénoms quasi semblables, mais physiquement, c'était le jour et la nuit. Grand Écossais aux cheveux roux, Benji ressemblait à une sorte de Tintin géant, surtout les jours de grands vents, quand ses cheveux formaient une houppette sur son front. Baz, né de parents chinois, était très brun et nettement plus petit. Ses parents dirigeaient un restaurant chinois, près de la station de métro Fulham Broadway. L'établissement avait été fondé par les grands-parents de Baz, qui continuaient d'y travailler. Ils vivaient ensemble, trois générations d'une même famille, dans l'appartement situé au-dessus du restaurant. Depuis quelque temps, la grand-mère de Baz s'était mis en tête de chercher une gentille fiancée chinoise à son petit-fils, dans l'espoir de les voir reprendre l'affaire familiale à la suite des parents de Baz.

Monica avait formé un cercle avec les petites tables du café, et dressé une table plus grande au centre du dispositif. Julian posa le homard sur une assiette que Benji lui tendit à la hâte, et plaça le tout, d'un geste solennel, au milieu de la grande table. Puis il distribua des feuilles de papier, des planches en bois, des crayons et des gommes à l'ensemble des stagiaires.

— Je m'appelle Julian Jessop, dit-il. Et ce splendide crustacé s'appelle Larry. Il a donné sa vie pour vous permettre de trouver l'inspiration. Prouvez-lui qu'il n'est pas mort en vain !

Il promena un regard sévère sur l'assistance, toujours bouche bée.

— Vous allez donc le dessiner. Ne vous tracassez pas : il suffit d'essayer. Je vais circuler parmi vous et vous aider. Cette semaine, nous nous en tiendrons au crayon noir. Le dessin, voyez-vous, est à l'art ce que la grammaire est à la littérature.

Monica sourit, soulagée. Elle adorait la grammaire.

— La semaine prochaine, nous passerons au fusain ou au pastel, puis à l'aquarelle.

Julian ponctua son propos d'un grand geste du bras, faisant onduler la manche de sa blouse comme une aile d'albatros. Entraînée par le courant d'air, la feuille de Monica se souleva, puis tomba au sol en tourbillonnant.

— Lancez-vous ! conclut Julian. Soyez audacieux ! Soyez courageux ! Mais par-dessus tout, soyez vous-mêmes !

Les deux heures suivantes s'écoulèrent à une vitesse surprenante. Julian fit discrètement le tour du cercle, se penchant vers l'un ou l'autre des stagiaires pour l'encourager, le féliciter, rectifier un contour ou une ombre, tandis que le petit groupe s'efforçait de reproduire sur le papier la créature aux allures préhistoriques. Monica était plutôt satisfaite des proportions de son Larry : elle l'avait mesuré aussi précisément que possible à l'aide d'un crayon qu'elle avait tenu devant son visage tout en fermant un œil – une technique que Julian leur avait apprise au début de la séance. *Pourquoi ne pas utiliser une règle graduée ?* s'était interrogée Monica (mais elle avait gardé sa question pour elle). Malgré tout, son homard de papier était assez réaliste – mais terriblement plat : il semblait avoir été écrasé par une enclume qui l'aurait réduit à deux dimensions. Elle sentit Julian s'approcher d'elle. Il se pencha par-dessus son épaule et croqua une pince de homard dans le coin supérieur de la feuille. Elle sourit, émerveillée. En quelques coups de crayon, il avait créé une forme qui paraissait jaillir du papier.

— Là. Vous voyez ? demanda-t-il.

Oui, Monica voyait la différence avec son propre dessin, mais pouvait-elle recréer cette pince en trois dimensions ? Jamais de la vie.

Au début de la séance, le silence avait été rompu à quelques reprises par les sonneries et les notifications de leurs téléphones portables. Julian avait fait le tour de la salle, son chapeau à la main, exigeant que chacun se déleste de son smartphone. Sourd aux gémissements et aux protestations des plus accros, il avait ensuite déposé son précieux butin derrière le comptoir. À la fin du cours, Monica constata avec étonnement qu'elle venait de passer deux heures sans consulter son téléphone, ce qui ne lui était pas arrivé depuis des années, hormis lorsqu'elle dormait ou ne captait pas le réseau. L'expérience lui avait semblé étrangement libératrice.

À 21 heures pile, Julian frappa dans ses mains, faisant sursauter la plupart des stagiaires, penchés sur leur croquis avec obstination.

— Ce sera tout pour aujourd'hui, très chers. C'était un bon début. Merci, et bravo à vous tous ! N'oubliez pas de signer et de dater vos dessins. Puis apportez-les près du comptoir, afin que nous puissions tous les regarder.

Les élèves s'avancèrent à contrecœur, les doigts crispés sur leurs travaux. Bien qu'ils aient tous représenté le même homard, le résultat variait énormément d'un stagiaire à l'autre. Julian parvint à trouver un compliment à faire à chacun d'eux, soulignant tantôt la composition, tantôt le sens de l'observation, la justesse des proportions ou le rendu de la lumière sur la carcasse du crustacé. Tout en se réjouissant de découvrir chez lui de telles réserves d'empathie, Monica ne put s'empêcher d'espérer qu'il la complimenterait davantage que les autres. Au fond, une seule question comptait à ses yeux : son dessin était-il le meilleur ?

— Et maintenant, poursuivit Julian en lui rendant son croquis, qu'allons-nous faire de Larry ?

— Euh… Le manger ? répondit-elle, interdite.

— Exactement ! Nos pensées se rejoignent, très chère. Il nous faut des assiettes, des serviettes. Du pain. Du fromage, s'il vous en reste. Et un peu de salade, peut-être ?

Monica se figea. Quand elle avait proposé de manger le homard, elle n'avait pas voulu dire « tout de suite », évidemment. Comment protester, maintenant ? C'était trop tard. L'idée était lancée. Ils allaient dîner tous ensemble. Ici, dans son café. Sans avoir rien préparé ni planifié à l'avance. Ce genre d'aventure se terminait forcément en catastrophe, non ?

Benji et Baz avaient déjà filé vers la petite cuisine, dont ils revinrent les bras chargés d'assiettes et de couverts, qu'ils posèrent sur les tables avant de repartir en sens inverse. Lorsqu'ils ressurgirent un instant plus tard, ce fut avec trois baguettes de pain (les restes du déjeuner), la moitié d'un brie très mûr, de quoi préparer un assortiment de crudités et un énorme pot de mayonnaise. Julian avait sorti une bouteille de champagne. L'avait-il cachée sous sa blouse de peintre, à côté de Larry ? Monica frémit. Quels autres « accessoires » y avait-il dissimulés ?

Elle se garda de lui poser la question et promena un regard critique sur les tables dressées à la hâte. Il manquait encore l'eau, le sel, le poivre… Et quelques bougies, peut-être ? Elle partit en chercher dans son appartement en s'efforçant de ne pas penser à sa marge bénéficiaire (maintenant proche de zéro). Lorsqu'elle revint, elle s'aperçut qu'elle souriait. Le café bruissait de rires et d'activité. C'était chaleureux et inattendu. Pourquoi bouder un tel plaisir ?

Elle se tourna vers Julian. Appuyé contre le dossier de sa chaise, il régalait son auditoire d'anecdotes sur la vie de bohème qu'il avait menée à Londres pendant les années 1960.

« Marianne Faithfull ? Un visage d'ange, mais surtout, quel sens de l'humour ! Je vous assure : cette femme-là connaissait plus de blagues salaces qu'un régiment de militaires !

À la lueur des bougies, les yeux brillants, les joues roses d'animation, il ressemblait plus que jamais à l'autoportrait de la National Portrait Gallery.

— Et Fulham Road, c'était comment à l'époque ? s'enquit Monica.

— Fulham ? On aurait dit le Far West ! J'habitais déjà aux Chelsea Studios et nous recevions beaucoup, ma femme et moi, mais la plupart de nos connaissances refusaient de s'aventurer plus loin dans le quartier. C'était sale, pauvre et très industriel. Mes parents étaient horrifiés. C'est bien simple : ils ne venaient jamais me voir ! D'après eux, en dehors de Mayfair, de Kensington et de quelques villages du Kent, point de salut. Mais on s'en fichait. On adorait notre vie ici, auprès de nos amis. On se serrait les coudes.

C'était une autre époque… À Larry ! reprit-il brusquement en levant sa coupe de champagne. Et, bien sûr, à Monica ! ajouta-t-il, un grand sourire aux lèvres. Sans elle, cette soirée n'aurait pas eu lieu. À propos, j'aimerais que vous mettiez tous un billet de dix livres dans mon chapeau pour le dîner. Pas question que notre hôtesse en soit de sa poche !

Ravie, Monica ne put retenir un grand sourire, elle aussi.

Hazard

Andy posa un grand plat de poisson sur la table.

— Quel festin ! s'écria le nouveau venu dans un anglais châtié, avec cet accent snob et nasillard qui lui avait sans doute été transmis par une gouvernante issue du célèbre Norland College, avant d'être perfectionné dans une école privée nichée au cœur de la campagne anglaise, puis au sein de l'armée de Sa Majesté.

Fraîchement arrivé sur l'île, il semblait un peu mal à l'aise, presque décalé dans son pantalon en toile et sa chemise sur mesure – à manches courtes, tout de même. Hazard se promit de le convertir aux joies du sarong avant la fin de la semaine.

D'après l'enquête préliminaire qu'il venait d'achever, ce nouvel arrivé aux cheveux fins, à la voix de stentor, jovial et bien intentionné, s'appelait Roderick. C'était le fils de Daphné. Désespérant de voir revenir sa mère au Royaume-Uni (elle était partie depuis plusieurs mois), il avait décidé de la rejoindre, pour une quinzaine de jours, sur cette île dont elle lui vantait les « charmes paradisiaques ». Qu'une grande partie de ces charmes tienne, aux yeux de Daphné, à la présence de Rita, semblait avoir échappé à Roderick, manifestement persuadé que sa mère se remettait tout juste de la mort de son mari, disparu l'année précédente. Aussi se réjouissait-il de l'avoir trouvée en forme, épanouie par son long séjour sous les tropiques. « Je ne comprends pas bien pourquoi elle tient tant à rester ici, avait-il conclu, mais si ça l'aide à faire le deuil de mon père, c'est une bonne chose, non ? » Hazard acquiesça avec gravité, se gardant de préciser que Daphné n'avait, à sa connaissance, rien d'une veuve éplorée.

— Où habitez-vous, Roderick ? demanda-t-il en se servant du riz et du poisson.

— À Battersea ! Je suis agent immobilier !

Il aboyait chaque mot avec une telle énergie, un tel enthousiasme, que Hazard ne pouvait l'imaginer d'humeur sombre. Exactement ce qu'il fallait à Monica : ce type-là lui remonterait le moral. Et puis, Hazard aimait beaucoup les agents immobiliers, qui partageaient avec les banquiers le triste privilège d'appartenir aux catégories professionnelles les plus vilipendées du pays. Monica semblait assez ouverte d'esprit pour ne pas rayer une profession entière de sa liste de prétendants potentiels. Sans compter que ce métier tant décrié assurait certainement à Roderick des revenus confortables et une jolie propriété à Battersea, un quartier de Londres idéalement situé : depuis Fulham Road, il suffisait de traverser la Tamise pour s'y rendre. Parfait, songea Hazard : déjà cinq points positifs pour Roderick.

— Votre femme n'est pas avec vous ? demanda-t-il d'un ton détaché.

Roderick secoua la tête.

— Je suis divorcé, répondit-il en retirant de sa bouche trois petites arêtes de poisson, révélant, ce faisant, une bonne hygiène bucco-dentaire.

Il les aligna avec soin sur le bord de son assiette.

— Rien de dramatique, heureusement ! On s'est quittés bons amis, mon ex et moi. Une chic fille, vraiment ! On se connaissait depuis l'enfance, mais vous savez ce que c'est : on s'était peu à peu éloignés l'un de l'autre. Le temps qu'on s'en aperçoive, il était déjà trop tard !

Hazard acquiesça d'un signe de tête compatissant, bien qu'il ignorât tout du phénomène en question, ses multiples relations amoureuses n'ayant jamais duré plus de quelques mois.

— Ça ne vous a pas dégoûté du mariage, alors ? Vous seriez prêt à retenter l'aventure ?

— Oh, ça oui ! Et plutôt deux fois qu'une. C'est la meilleure institution au monde !

Son expression s'adoucit tandis qu'il jetait un regard à sa mère – sans remarquer que Daphné venait de poser une main sur le genou de Rita, assise à côté d'elle.

— Mes parents étaient très heureux en ménage, vous savez. Quarante ans de vie commune ! J'espère que maman ne se sent pas trop seule.

L'espace d'un instant, une légère mélancolie voila ses traits, puis il se ressaisit.

— Je ne m'en sors pas très bien tout seul, pour être honnête. J'ai besoin de quelqu'un qui m'aide à garder le cap. Et qui me prépare à dîner, bien sûr ! ajouta-t-il en s'esclaffant. Autant dire la perle rare, non ?

Hazard repensa aux confidences que Monica avait glissées dans le cahier vert pâle : *j'essaie de ne pas faire la difficile, de ne pas me braquer sur leur inculture (rares sont ceux qui ont lu Dickens), leurs ongles sales ou leur manie de parler la bouche pleine.*

— Dites, Roderick, vous n'auriez pas apporté un ou deux bouquins, par hasard ? J'adorerais me replonger dans un Dickens, confia Hazard en croisant les doigts sous la table.

— Désolé, mon vieux. J'ai pris de la lecture, mais seulement sur mon Kindle. Et je n'ai pas lu Dickens depuis le collège.

Ce n'était pas si mal. Hazard retint un sourire. Après avoir consacré plusieurs semaines à interroger en vain le moindre type qui passait par là, pourvu qu'il fût dans la tranche d'âge requise, il venait enfin, semblait-il, de trouver un Roméo pour sa Juliette.

Tout en poursuivant aimablement sa conversation avec Roderick, Hazard s'aperçut qu'il se sentait triste. Presque démuni. Sa mission s'arrêtait là. Une mission un peu étrange – pourquoi jouer les entremetteurs pour une fille à qui il n'avait jamais parlé ? – mais qui lui avait permis d'oublier ses propres soucis. Qu'allait-il faire de lui-même, à présent ?

Monica et Roderick. Roderick et Monica. Hazard imagina le regard que lui adresserait Monica si son plan fonctionnait, un regard empli de gratitude, cette fois, et non de dégoût. Pourvu que tout fonctionne, justement ! Comment allait-il organiser la rencontre de ses deux tourtereaux alors qu'il se trouvait à l'autre bout du monde ? Il réfléchit un instant, puis repensa au cahier vert pâle : et s'il le glissait dans la valise de Roderick le jour de son départ ? Oui, ce serait parfait. Le cahier le conduirait jusqu'à Monica.

Hazard s'apprêtait à se retirer dans sa chambre pour la nuit quand il se souvint de l'épreuve finale. La plus importante de toutes.

— Vous avez eu des enfants avec votre ex-femme ? demanda-t-il à Roderick.

— Oui. Une fille. Elle s'appelle Cecily, répondit-il, le sourire aux lèvres, en cherchant une photo dans son portefeuille.

Hazard attendit patiemment. Il se fichait pas mal de voir à quoi ressemblait cette gamine. Tout ce qui l'intéressait, c'était la réponse à la question suivante.

— Aimeriez-vous en avoir d'autres, un jour ? Si vous trouviez la bonne personne ?

— Impossible, mon vieux. Je me suis fait opérer. Mon épouse a insisté à l'époque, elle disait qu'elle ne voulait pas revivre tout ça : la grossesse, les couches, les nuits blanches – vous savez ce que c'est !

Non, Hazard ne le savait pas. Il ne voulait pas le savoir, du moins pas pour l'instant.

— C'était un motif de dispute entre nous, d'ailleurs. Le début de la fin, pour être honnête. Mais j'ai fini par accepter. Parce qu'elle y tenait vraiment. Moi, je voulais juste qu'elle soit heureuse… Et puis, tant que je refusais, c'était rideau tous les soirs – si vous voyez ce que je veux dire. Alors j'ai vite fait mon choix, malgré tout ! conclut Roderick en s'esclaffant de nouveau.

— Ha ! Ha ! répéta Hazard en écho, tout en gémissant intérieurement.

Son merveilleux stratagème venait de s'effondrer, réduit à néant par ces confidences de dernière minute. Monica voulait des enfants. Ce n'était pas négociable. Il devait rayer Roderick de la liste et repartir à zéro.

Hazard envisagea plusieurs fois d'abandonner sa mission au cours des semaines suivantes. À quoi bon continuer ? La probabilité que le type parfait se pointe sur cette petite plage sur ce petit bout d'île était quasi nulle. Cependant, comme souvent en pareil cas, à peine eut-il décidé de mettre un terme à sa quête que la solution idéale se présenta. À croire que l'univers avait flirté avec la fée des coïncidences pour lui permettre de saisir sa chance.

Julian

Julian était bouleversé par l'ampleur des changements intervenus dans sa vie depuis qu'il avait laissé le petit cahier vert au Monica's Café cinq semaines plus tôt. C'était à peine croyable ! Il avait commencé *Le Carnet des Silences* sans bien savoir à quoi s'attendre, mais il était loin d'imaginer qu'il remporterait un tel succès : non content de lui avoir procuré un job inattendu, le cahier lui avait permis de connaître des gens en passe de devenir ses amis. Lorsqu'il s'était rendu sur la tombe de l'amiral le vendredi précédent, muni de sa bouteille de Baileys, Julian avait d'abord pensé, en s'approchant, que sa mémoire lui jouait des tours : il avait cru apercevoir deux de ses anciens amis sur la pierre tombale de l'amiral, verres et bouteille de vin à la main. Il avait esquissé un sourire. Il n'était pas rare que le passé et le présent entrent en collision dans son esprit. En s'approchant encore, il avait compris qu'il se trompait : il ne s'agissait pas d'une illusion, mais de deux hommes bien réels. Benji et Baz. Son sourire s'était élargi.

Comme c'était gentil de leur part ! Monica leur avait sans doute soufflé l'idée, puisqu'elle avait lu son récit dans le cahier.

En rentrant chez lui après avoir bu quelques verres avec eux, il s'était aperçu qu'il bondissait presque à chaque pas, alors qu'il traînait les pieds sur le bitume depuis une bonne dizaine d'années. Où était-il aujourd'hui ce petit cahier vert qui avait provoqué de tels bouleversements ? Continuait-il sa route, diffusant sa magie autour de lui, ou s'était-il brusquement arrêté en chemin ?

Ce soir, il donnait son cours de dessin au Monica's Café pour la troisième semaine consécutive. Porté par le succès du premier atelier, le nombre d'inscrits était passé à quinze, plusieurs personnes se déclarant intéressées après avoir vu les esquisses de Larry que Monica avait exposées sur le tableau d'affichage du café. Le repas improvisé, joyeux et animé qui succédait au cours avait sans doute autant contribué au succès de la soirée que le cours lui-même. Ce soir, Julian avait choisi pour modèles une paire de pantoufles en velours, un livre relié de cuir et une vieille pipe, qu'il avait disposés sur un tissu à motifs colorés. Après avoir consacré les deux premiers cours au traitement de l'ombre et de la lumière (et donc, à l'usage du crayon noir), il avait apporté des boîtes de pastels pour offrir à ses élèves leur première incursion dans la couleur. Il avait distribué le matériel et donné quelques indications techniques, puis il avait ouvert ses livres d'art pour leur montrer quelques exemples. Il venait de faire passer un ouvrage consacré aux pastels de Degas, quand on frappa à la porte du café. Il se retourna : un passant tentait d'entrer, appuyant en vain sur la poignée de la porte, que Monica avait verrouillée. Elle se leva pour aller ouvrir.

— Je suis désolée : nous sommes fermés, dit-elle au visiteur. C'est l'heure de notre cours de dessin hebdomadaire.

Cela dit, il n'est pas trop tard pour vous inscrire, si vous avez quinze livres et que l'expérience vous tente.

Quand Monica rejoignit le groupe, accompagnée du nouveau venu, Julian comprit pourquoi elle l'avait invité : ce n'était pas le genre d'homme auquel on fermait la porte au nez. Accoutumé à discerner les plus petits défauts de symétrie ou de proportion dans un visage, l'œil du peintre était formel : cet homme était splendide. Le teint mat, des yeux sombres sous une avalanche de boucles d'une blondeur invraisemblable. Et comme si le tableau n'était pas assez enchanteur, l'intéressé s'avança tout sourires vers leur petit groupe, qu'il apostropha d'un joyeux « Salut tout le monde, je m'appelle Riley ! » lancé avec un accent australien qui semblait transporter la plage avec lui.

Monica prit une feuille de papier et la posa à côté de la sienne, puis elle déplaça ses affaires et libéra une chaise voisine pour Riley, qu'elle invita à s'asseoir.

— Maintenant, à vous de jouer ! dit-elle. Hormis Julian, notre professeur, nous sommes tous débutants. Alors ne soyez pas gêné, si c'est aussi votre cas. Je m'appelle Monica, et je suis ravie de vous accueillir parmi nous ce soir.

Les autres stagiaires se présentèrent l'un après l'autre, laissant à Julian l'honneur de clore le tour de table, ce qu'il fit avec un petit salut théâtral et un grand geste du bras, agitant le Panama qu'il avait choisi ce matin-là pour aller avec son costume en lin crème. Trop vif, son geste fit malencontreusement tomber trois téléphones portables : on aurait dit un pickpocket maladroit, trahi par sa propre gaucherie. Tout le monde éclata de rire.

Un moment plus tard, lorsque le calme fut revenu, Julian observa le petit groupe avec attention. Au cours des semaines précédentes, il avait remarqué que chaque nouveau changeait la dynamique et l'humeur de la classe, comme l'effet produit par l'ajout d'une couleur sur une palette. Qu'avait apporté Riley ? *Du jaune*, songea-t-il. Pas un jaune pâle, ni un jaune de cadmium, ni même un ocre, mais un jaune vif et éclatant. Depuis son arrivée, chacun semblait plus chaleureux, plus animé. Sophie et Caroline, les deux mères de famille qui s'asseyaient toujours ensemble, échangeant à voix basse des commérages sur l'école que fréquentaient leurs enfants, se tournaient vers lui comme des tournesols en quête de lumière. Baz paraissait conquis, et Benji un peu jaloux. Quant à Riley lui-même, il semblait inconscient de l'effet qu'il exerçait sur son entourage, tout comme un caillou ne perçoit pas les ondulations qu'il forme à la surface de l'étang. Sourcils froncés, il se concentrait sur le papier noir encore vierge posé devant lui.

Sophie chuchota quelques mots à Caroline tout en désignant Riley d'un signe de tête. Caroline éclata de rire.

— Arrête ! supplia-t-elle. Ne me fais pas rire, je t'en prie. Mon plancher pelvien ne tient plus depuis ma troisième grossesse.

— J'ignore de quel plancher vous parlez, intervint Julian, mais je préférerais qu'il ne vienne pas perturber mon cours de dessin.

Et toc ! pensa-t-il avec satisfaction, avant de s'apercevoir avec une pointe d'agacement que les deux femmes, loin de se taire, riaient de plus belle.

Julian entreprit ensuite de faire le tour de la pièce, comme il en avait maintenant l'habitude, dispensant tantôt un mot d'encouragement, tantôt un conseil pour corriger une perspective, tantôt une pointe de couleur pour éclairer un dessin trop terne. En s'approchant de Monica, il ne put retenir un sourire. Elle était l'une de ses élèves les plus motivées, attentive et appliquée. Elle l'écoutait avec attention et s'appliquait à faire de son mieux. C'était encore le cas ce soir, mais avec une différence notable : pour la première fois, elle dessinait aussi avec son cœur. Ses traits de crayon, moins scolaires, se faisaient plus instinctifs. En la voyant rire et plaisanter avec Riley, Julian comprit ce qui avait changé : elle avait cessé de s'appliquer. Et s'amusait enfin.

Le vieil homme se redressa, troublé. Était-il en train d'assister à la naissance d'une histoire d'amour ? Une grande histoire d'amour peut-être ? Ou un simple intermède ? En tant que peintre, il avait passé une grande partie de sa vie à observer les gens autour de lui, à les sonder jusque dans les profondeurs de leur âme. Il en avait tiré une aptitude quasi infaillible à déchiffrer les réactions de ses contemporains, au point de pouvoir les anticiper. Monica, Julian le savait, était bien trop indépendante, trop déterminée et concentrée sur ses objectifs pour se laisser distraire par le premier joli garçon venu. Ses ambitions ne se limitaient pas au mariage et à la maternité : elle voyait plus grand, plus loin – c'était ce qu'il admirait tant chez elle. Pour tout dire, même s'il l'avait rencontrée au temps de sa folle jeunesse, il n'aurait pas tenté de l'approcher : elle l'aurait terrifié. Riley ne serait guère plus à la hauteur, présuma-t-il. Aussi séduisant soit-il, ce pauvre garçon ferait chou blanc.

Monica

Monica s'appliquait à recréer de son mieux la couleur bordeaux des pantoufles quand on avait frappé à la porte du café. Agacée, elle s'était levée pour renvoyer au plus vite ce visiteur indésirable, mais elle s'était trouvée nez à nez avec un homme au sourire si enchanteur qu'elle n'avait pu se résoudre à le congédier. Sous le charme, elle l'avait invité à s'inscrire au cours de dessin. Et même, à s'asseoir près d'elle.

Lier contact avec de parfaits inconnus n'était pas son fort : soucieuse de faire bonne impression, elle restait sur ses gardes, incapable de se détendre. Des années plus tôt, lorsqu'elle avait passé son premier entretien d'embauche pour un poste important, une amie lui avait affirmé que tout se jouerait pendant les deux premières minutes : « 90 % de l'opinion que nous nous faisons les uns des autres dépend des premiers instants de notre relation », avait-elle précisé. Impressionnée, Monica avait dès lors veillé à donner la meilleure image d'elle-même pendant ces fameuses premières minutes, ces premiers regards, ces premiers mots échangés au cours desquels l'inconnu vous jauge autant que vous le jaugez. Était-ce le cas ce soir, avec Riley ? Elle l'observa à la dérobée. Il semblait déjà se fondre dans leur groupe, tel l'ingrédient final, mais essentiel, d'une recette réussie. S'intégrait-il aussi facilement partout où il allait ? Quel talent ! De son côté, elle avait toujours l'impression de devoir jouer des coudes pour entrer dans un cercle. Soit elle finissait par y parvenir, soit elle était condamnée à jouer les observatrices, tordant le cou pour voir ce qui se passait à l'intérieur.

— Vous êtes à Londres depuis longtemps ? demanda-t-elle.

— J'ai atterri avant-hier. J'ai quitté Perth il y a dix jours, mais j'ai fait quelques escales en chemin. Je loge chez des amis d'amis, à Earl's Court.

Il s'exprimait d'un ton jovial, joignant souvent le geste à la parole. Tout dans son comportement indiquait un homme communicatif et facile à vivre, au contraire des Londoniens, souvent rigides et distants. Il avait ôté ses chaussures et balançait nonchalamment ses pieds bronzés sous la table. En l'observant, Monica ne put s'empêcher de se demander s'il avait encore du sable sous les orteils. Elle faillit laisser tomber son crayon exprès pour aller y jeter un œil. *Arrête, Monica !* s'intima-t-elle en convoquant à sa mémoire l'un des dictons favoris de sa mère : « Une femme a autant besoin d'un homme qu'un poisson d'une bicyclette. » Certes, mais que penser des injonctions inverses que lui adressaient la plupart de ses proches, y compris sa mère, lorsqu'elle était encore en vie ? « N'attends pas trop longtemps avant de fonder une famille, Monica. C'est une des plus grandes joies de l'existence. » Même Emmeline Pankhurst s'était mariée et avait eu des enfants (cinq, pour être précise) ! Alors, quelle voie choisir ? Elle soupira. Mener correctement sa barque n'était pas donné à tout le monde.

— Étiez-vous déjà venu à Londres ? demanda-t-elle à Riley.

— Non. C'est la première fois que je mets les pieds en Europe.

— Vraiment ? Écoutez, j'irai faire des courses au Borough Market demain matin. Voulez-vous m'accompagner ? lança-t-elle sans réfléchir. C'est l'un de mes coins préférés à Londres.

— Génial ! Ça me plairait beaucoup, répondit-il avec une sincérité confondante. À quelle heure partez-vous ? De toute façon, je n'ai rien de prévu.

Rien de prévu ? Comment était-ce possible ? Et il ne lui avait même pas demandé ce qu'était le Borough Market, ni où il se trouvait. À sa place, Monica n'aurait jamais accepté une telle proposition sans poser quelques questions préalables. Cela dit, elle était plutôt contente qu'il se laisse entraîner les yeux fermés dans son projet.

— Eh bien… Si vous veniez ici vers 10 heures, ce serait parfait, dit-elle. Après le rush matinal.

Monica avait ajouté un chandail rouge vif, des bottes à talons plats, de grandes créoles dorées et un soupçon de rouge à lèvres à sa tenue de travail habituelle (chemise blanche impeccable et pantalon noir). Elle s'efforçait de garder à l'esprit qu'il s'agissait d'une sortie professionnelle, et non d'un rendez-vous galant. Riley souhaitait découvrir un quartier de Londres ; elle avait besoin d'aide pour porter ses courses. Inutile de se creuser la tête des heures durant pour trouver la tenue parfaite, de répéter à l'avance quelques plaisanteries pleines d'esprit qu'elle glisserait dans la conversation si celle-ci venait à ralentir, ni de repérer le musée, la galerie ou le cinéma où ils pourraient entrer s'ils changeaient d'avis à la dernière minute – toutes choses qu'elle aurait faites s'il s'agissait d'un rendez-vous. Car, sans préparation, la spontanéité conduit à la confusion. Quoique... Ses minutieux préparatifs n'avaient pas empêché ses récentes relations amoureuses de tourner au fiasco, songea-t-elle en repensant à Duncan. Elle s'attarda sur ses souvenirs, comme on appuie sur une dent endolorie pour savoir si elle vous fait encore mal. Son cœur se serra – un peu seulement. *Bien joué, Monica.*

Riley était arrivé en retard. En lui proposant (d'un ton qu'elle espérait dégagé) de venir « vers 10 heures », elle s'attendait à le voir arriver à 10 h 10. Pas à 10 h 32. Cependant, elle avait vite renoncé à lui faire des reproches : autant sermonner un jeune chiot. Il était si bondissant, si enthousiaste – et si profondément différent d'elle, qu'elle le trouvait intrigant. Un peu fatigant, aussi. Et hyper sexy, ajouta-t-elle intérieurement, avant de chasser cette pensée futile. Réduire un homme à un objet sexuel n'était pas acceptable. En aucune circonstance. Compris, Monica ?

— C'est génial. J'aimerais que mes frères et sœurs voient ça ! s'exclama Riley alors qu'ils circulaient entre les étals.

Les différentes cultures et influences qui constituaient le melting-pot londonien ravissaient les sens, rivalisant de couleurs et de parfums pour attirer les passants vers leur stand.

— Et moi, j'aimerais avoir des frères et sœurs, tout simplement, répliqua Monica. J'étais enfant unique, mes parents m'ont longtemps attendue.

— Tu n'avais pas inventé un ami imaginaire ? demanda Riley – ils étaient passés au tutoiement quelques minutes auparavant.

— Non, jamais. Je n'avais peut-être pas assez d'imagination ! Mais je donnais des prénoms à mes peluches, et je vérifiais chaque soir qu'elles étaient encore toutes là, en cochant leur nom dans une sorte de registre.

Elle s'interrompit. Lui faisait-elle trop de confidences ? Oui, beaucoup trop.

— Moi, je passais mon temps libre à Trigg Beach avec mes frères aînés. Ils m'apprenaient à surfer. Au début, j'étais si petit que je ne pouvais même pas porter ma planche tout seul !

Ils s'engagèrent dans la file d'attente d'un stand de sandwiches au porc effiloché.

— J'adore la street food, et j'aime bien manger avec mes doigts – pas toi ? reprit Riley. Franchement, le type qui a inventé les couverts devait être un sacré rabat-joie !

— Eh bien... pour être franche, je ne me sens jamais tout à fait tranquille avec ces stands, répondit Monica. Je suis quasiment certaine qu'ils ne subissent pas de contrôles réguliers en matière d'hygiène alimentaire. D'ailleurs aucun n'affiche le moindre certificat !

— Je suis sûr qu'il n'y a rien à craindre, tempéra Riley.

Monica retint un soupir. Cet optimisme frisait la naïveté.

— Comment peux-tu en être si sûr ? Tu vois la femme qui garnit les sandwiches ? Elle ne porte pas de gants, alors qu'elle manipule à la fois des aliments et des billets de banque, qui sont de vrais nids à microbes.

Elle se tut, consciente d'avoir haussé la voix. Maintenant, Riley la prenait sans doute pour une maniaque de la propreté. Ce qu'elle était, d'ailleurs – pourquoi s'en cacher ? Lui, par contre, ne semblait guère passionné par l'hygiène alimentaire.

Ils furent servis quelques minutes plus tard. Monica s'aperçut alors qu'elle prenait un certain plaisir, et même un plaisir surprenant, à manger, avec ses doigts, un sandwich acheté en pleine rue en compagnie d'un type hypersexy qu'elle connaissait à peine. Le monde lui paraissait soudain bien plus vaste et plus exaltant qu'il l'était quelques instants plus tôt. Après avoir dégusté leurs sandwiches, ils s'attablèrent dans un boui-boui qui proposait des churros mexicains encore chauds, couverts de sucre et trempés dans du chocolat fondu.

Riley se pencha vers elle et tapota le coin de ses lèvres du bout de son pouce.

— Tu as un peu de chocolat sur la joue.

Monica eut soudain très envie d'un autre genre de gourmandise. Pour refréner cette envie au plus vite, elle parcourut mentalement la liste des raisons pour lesquelles les images extrêmement sensuelles qui venaient de traverser son esprit ne deviendraient jamais réalité :

1. Riley ne faisait que passer. Inutile de se lancer dans une histoire avec un type qui serait parti dans quinze jours ;

2. Il n'avait que trente ans, soit sept ans de moins qu'elle. Et il paraissait plus jeune que son âge. Un gamin rêveur perdu dans le monde des adultes ;

3. Il ne s'intéresserait jamais à une femme comme elle. Ses capacités de séduction, quoique réelles, se limitaient aux hommes ordinaires. Or, Riley, parfaite combinaison d'un père australien et d'une mère balinaise (ainsi qu'il le lui avait confié) était en tout point extraordinaire. Donc hors de sa portée.

— On ferait mieux de rentrer, dit-elle brusquement, consciente de rompre le charme qui s'était instauré entre eux.

— Tes parents sont-ils de fins gourmets comme toi ? demanda Riley alors qu'ils longeaient un étal croulant sous des corbeilles d'olives vertes et noires. C'est eux qui t'ont appris à apprécier les bonnes choses ?

— Pas du tout. D'ailleurs, ma mère est morte.

Qu'est-ce qui me prend ? songea-t-elle, horrifiée. Rien de pire que ce genre d'information pour rompre le charme, là encore. Et elle était bien placée pour le savoir. Soucieuse d'éviter un silence pénible que Riley se sentirait obligé de combler, elle poursuivit d'une voix précipitée :

— Quand j'étais petite, nos placards étaient remplis de plats cuisinés : purée de pommes de terre instantanée, croquettes de poisson surgelé et cordons-bleus de chez Marks & Spencer pour les jours de fête. Ma mère était profondément féministe. Pour elle, passer du temps à faire la cuisine, c'était se soumettre au patriarcat. Quand je suis entrée au collège, le principal a expliqué aux parents que le cours d'éducation manuelle et technique se diviserait en deux – cuisine pour les filles, menuiserie pour les garçons. Ma mère était furieuse ! Elle a menacé de s'enchaîner aux grilles du collège jusqu'à ce qu'on m'accorde la possibilité de choisir. Résultat, j'ai suivi les cours de menuiserie pour lui faire plaisir. Et j'ai passé l'année à envier mes copines qui rapportaient de ravissants cupcakes à la maison, alors que je m'escrimais à clouer des planches pour fabriquer un nichoir à oiseaux.

Monica se souvenait très bien du jour où elle avait crié : « Tu es ma mère, pas Emmeline Pankhurst ! »

À quoi Charity lui avait répondu d'un ton glacial : « Nous sommes toutes Emmeline Pankhurst, Monica. Sinon, à quoi aurait servi son combat ? »

— Je suis certain que ta mère serait fière de toi, Monica. Ce café, tu l'as monté toute seule, n'est-ce pas ?

C'était si précisément ce qu'il fallait dire en cet instant que Monica sentit sa gorge se nouer. *Non, ne pleure pas, je t'en prie !* Elle convoqua de nouveau Madonna à la rescousse : la Ciccone ne se permettrait jamais de pleurer en public.

— Oui, admit-elle d'une voix mal assurée, je crois qu'elle serait fière de moi. C'est en grande partie pour elle que j'ai ouvert le café, d'ailleurs. Je savais à quel point ça lui aurait fait plaisir.

— Je suis vraiment navré que ta mère ne soit plus là, dit Riley en la prenant par l'épaule – un peu maladroitement parce qu'il portait la plupart des sacs de courses.

— Merci. Elle est morte il y a plusieurs années. En fait, je ne comprends toujours pas pourquoi ça lui est arrivé à elle. Une femme si forte, si pleine de vie ! Le cancer aurait pu s'attaquer à une proie plus vulnérable… Elle détestait quand on l'encourageait à « se battre » contre la maladie. « Comment voulez-vous que je me batte contre un adversaire invisible ? répondait-elle. Ce n'est pas fair-play. »

Ils poursuivirent leur chemin côte à côte dans un silence que Riley ne chercha pas à rompre, ce dont Monica lui fut reconnaissante. Elle réorienta la conversation sur un sujet moins intime (les marges bénéficiaires et la politique de prix qu'elle avait adoptée au café), ce qui acheva de dissiper son embarras.

— Je ne suis pas sûr de pouvoir supporter ce climat très longtemps. Qu'est-ce qui m'a pris de venir en Angleterre en novembre ? Je n'ai jamais eu aussi froid ! confia Riley alors qu'ils s'engageaient sur le London Bridge afin de regagner la rive nord de la Tamise. Je n'avais pas assez de place dans mon sac à dos pour emporter des vêtements chauds, alors j'ai dû m'acheter ce manteau en arrivant. Sinon, j'aurais gelé sur place !

Son accent australien transformait chacune de ses affirmations en question. Le vent se leva, plaquant les longs cheveux noirs de Monica sur son visage.

Ils s'arrêtèrent au milieu du pont afin d'observer les monuments qui bordaient le fleuve : la cathédrale St. Paul, la Tour de Londres, le HMS Belfast. Monica pointait la tour du doigt quand un événement extraordinaire se produisit : les mains toujours crispées sur les sacs de courses, Riley se pencha vers elle et l'embrassa. Comme ça, sans prévenir, alors qu'elle était au beau milieu d'une phrase.

Monica n'en revenait pas. Comment Riley osait-il faire un truc pareil ? De nos jours, c'était insensé. Et totalement inapproprié. Il aurait dû lui demander la permission. Ou au moins, guetter un signal de sa part. Or elle était en train de dire : « On raconte que tant que les corbeaux habiteront la tour de Londres, le pays et la Couronne seront protégés des invasions », ce qui n'avait rien de sensuel ni de suggestif. Elle attendit qu'une juste colère arme son bras. Au lieu de quoi, elle se surprit à lui rendre son baiser.

Fragilité, ton nom est femme ! pensa-t-elle, appelant Shakespeare à la rescousse, avant de balayer Hamlet d'un *Oh, et puis zut !* Elle tenta une dernière fois de se raccrocher à la liste des raisons pour lesquelles ce baiser n'était pas une bonne idée. Puis, alors que Riley l'embrassait de nouveau, elle déchira mentalement sa liste en morceaux et les lança dans la Tamise, où ils dérivèrent comme des flocons de neige sur les flots sombres.

Riley ne lui offrait aucune perspective d'avenir. Il était trop différent d'elle, trop jeune, trop instable, et elle était prête à parier qu'il n'avait jamais lu Dickens. Mais à défaut d'avenir, elle pouvait peut-être s'offrir une aventure ? Laisser le charme agir. Cesser de vouloir tout planifier. Oui, pourquoi ne pas se glisser dans la peau d'une femme plus spontanée, comme s'il s'agissait d'endosser un rôle, le temps d'un baiser ?

Riley

Riley avait passé les premières heures de son vol long-courrier vers l'aéroport d'Heathrow à observer le petit écran encastré dans le dossier du siège devant lui, fasciné par le programme lui permettant de suivre la progression de l'avion à travers l'hémisphère Nord. Avant la semaine précédente (et son séjour en Thaïlande), il n'avait jamais franchi l'Équateur. Était-il vrai qu'en Angleterre l'eau s'évacue en tournant dans le sens opposé à celui qu'elle adopte en Australie ? Il en aurait le cœur net en arrivant sur place. Quoique… Encore faudrait-il qu'il sache dans quel sens l'eau tourne en Australie. Or il n'y avait jamais prêté attention. Pourquoi l'aurait-il fait ? Ça n'avait aucun intérêt !

Il se pencha vers son sac à dos, glissé sous son siège, pour sortir le roman policier qu'il avait commencé à lire en Thaïlande. Au lieu de quoi, ses doigts se refermèrent sur un petit cahier vert pâle, quasiment semblable à celui qu'il utilisait à Perth pour noter les consignes de ses clients – il était jardinier pour des particuliers. Sauf que ce cahier-ci n'était pas à lui. S'était-il trompé de sac à l'aéroport ? Il vérifia son contenu. Non, tout y était : son passeport, son portefeuille, ses guides de voyages et un délicieux sandwich au poulet, préparé avec soin par Barbara, la patronne du Lucky Mother. Il se tourna vers sa voisine, une femme d'âge mûr, aimable et souriante.

— Est-ce à vous ? demanda-t-il en lui montrant le cahier, mais elle secoua la tête.

Riley observa le titre inscrit sur la couverture : *Le Carnet des Silences* ? De quoi s'agissait-il ? Et pourquoi *des Silences* ? Quel joli mot, d'ailleurs. Typiquement britannique.

Amusé, il ouvrit le cahier à la première page. Il restait huit heures de vol. Puisque ce mystérieux cahier s'était introduit par effraction dans ses bagages, autant savoir ce qu'il contenait, non ?

Riley lut le récit de Julian et celui de Monica. Julian lui fit bonne impression. Un type haut en couleur, élégant et excentrique – typiquement britannique, là encore. Monica lui parut sympathique, mais beaucoup trop angoissée. Un long séjour en Australie lui ferait le plus grand bien. Elle prendrait du recul, rencontrerait un surfeur et mettrait au monde une ribambelle de gamins qui la rendraient folle de joie. Il consulta le guide de Londres que l'un de ses clients lui avait offert avant son départ, et découvrit que Fulham Road se situait à deux stations de métro de Earl's Court, où il logerait pendant son séjour. Quelle coïncidence ! Il serait tout près de ces Londoniens qu'il n'avait jamais rencontrés, mais dont il connaissait maintenant les secrets les plus intimes.

Il poursuivit sa lecture. Après le récit de Monica, rédigé dans une belle écriture ronde et soignée, venait un autre texte, nettement plus désordonné, presque griffonné à la hâte. On aurait dit qu'un insecte avait traversé une flaque d'encre avant de venir mourir entre les pages du cahier.

Je m'appelle Timothy Hazard Ford, mais personne ne m'appelle Timothy : mon deuxième prénom est si rare qu'il a toujours supplanté le premier, si bien que je suis aujourd'hui connu sous le nom de Hazard Ford. Hazard était le nom de famille de mon grand-père maternel. En faire un prénom pour leur fils unique est probablement l'initiative la moins conventionnelle que mes parents aient prise. Depuis lors, une seule question régit les moindres détails de leur existence : « que vont penser les voisins ? »

Hazard. C'était l'ancien courtier de la City que Riley avait rencontré lors de son court séjour en Thaïlande. Un type fort sympathique qui l'avait assailli de questions sur sa vie et ses projets. Riley s'en souvenait très bien. Mais comment le cahier de ce type avait-il atterri dans son sac à dos ? Et comment allait-il le lui rendre ?

Vous avez certainement lu les confidences de Julian et de Monica. Sur Julian, je ne peux pas vous en dire plus : je ne l'ai jamais rencontré. Sur Monica, en revanche, j'ai quelques infos supplémentaires. Il se trouve que j'habite à quelques minutes à pied de son café (situé au 783 Fulham Road, à côté de la librairie Nomad. Notez bien cette adresse, vous en aurez besoin !), alors je suis passé la voir après avoir lu son récit.

« Notez bien cette adresse, vous en aurez besoin ? » À qui Hazard s'adressait-il ? Avec un peu de chance, il le découvrirait en lisant la suite.

J'avais seulement l'intention de lui rendre le cahier avant de partir, mais je ne l'ai pas fait. Alors je l'ai emporté en Thaïlande, sur une petite île appelée Koh Panam.

J'ai passé toute ma scolarité dans une école de garçons qui n'accueillait des filles qu'à partir de la sixième. Quand les nouvelles faisaient leur entrée dans le réfectoire au début de l'année scolaire, nous les notions de 1 à 10. Je vous assure que c'est vrai : nous avions fabriqué des cartes numérotées que nous brandissions sous le nez de ces pauvres filles. Aujourd'hui, je m'en veux terriblement, bien sûr. Tout ça pour dire que si Monica était entrée dans le réfectoire à l'époque, je lui aurais donné un 8. Voire plus. J'étais soumis à un tel maelström d'hormones et de désirs inassouvis que j'aurais même pu lui accorder un 9 !

Enfin, Monica est vraiment jolie : mince, les traits fins, le nez en trompette et de longs cheveux épais qu'elle attache en queue-de-cheval. Mais son intensité me déconcerte. Elle me terrifie, même. En sa présence, j'ai toujours l'impression d'avoir mal agi (ce qui est sans doute le cas). C'est le genre de personne qui range les boîtes de conserve dans son placard l'étiquette tournée vers l'extérieur pour pouvoir les retrouver plus facilement. Et je suis sûr qu'elle classe ses livres par ordre alphabétique. Les deux fois où je l'ai vue, je lui ai trouvé un air désespéré que j'exagère peut-être parce que j'ai lu son histoire, mais qui m'a donné envie de fuir à toutes jambes. Enfin, mais c'est un détail, elle a la fâcheuse manie d'encombrer les trottoirs.

Bref, Monica n'est pas mon genre. Mais j'espère qu'elle sera le vôtre, ou plutôt le tien. Comme tu as pu le lire dans les pages précédentes, cette femme a besoin de rencontrer un type bien. Et il me semble que tu en es un. Ou du moins, que tu es plus recommandable que moi.

Je ne sais pas si Monica a réussi à convaincre Julian d'animer un cours de dessin dans son café, mais ce qui est sûr, c'est que sans mon aide, son plan n'avait aucune chance d'aboutir. Elle n'avait mis qu'une seule annonce, petite et mal fichue, sur la vitrine de son café – autant dire que Julian aurait pu passer devant des dizaines de fois sans la voir ! Franchement, c'était assez pitoyable. Comme j'avais un peu de temps devant moi, j'ai décollé l'annonce et je l'ai photocopiée en dix exemplaires, que j'ai collés sur les murs des Chelsea Studios. J'ai même trouvé la tombe de l'amiral, celle que Julian mentionne dans son récit, et j'ai posé une affichette dessus, bien coincée sous un gros caillou. J'ai failli rater mon avion à force d'errer dans ce fichu cimetière ! En y repensant par la suite, j'ai compris que je n'avais pas agi uniquement par bonté d'âme : je cherchais à détourner mon esprit de mes addictions. Et j'y suis parvenu : j'ai passé tant de temps à arpenter le quartier pour soutenir la campagne d'affichage de Monica, que j'en ai oublié mon projet initial (aller m'acheter une bouteille de vodka en prévision du voyage). J'espère tout de même que mes efforts ont porté leurs fruits.

Puisque j'en suis là de mes confidences, autant répondre maintenant à la question de Julian, celle qui figure au début du cahier : « Qu'est-ce qui vous définit vraiment et fait de vous ce que vous êtes ? » Eh bien, c'est très simple : JE SUIS ADDICT.

Depuis une dizaine d'années, mes diverses addictions ont présidé à la quasi-totalité de mes décisions, des plus cruciales aux plus anodines. Elles ont orienté le choix de mes amis, de mes loisirs et même de ma vie professionnelle. Car avouons-le : être courtier à la City revient à jouer légalement avec l'argent d'autrui. J'étais donc accro au jeu, comme au reste. Pour la plupart de mes proches à Londres, j'étais un modèle de réussite : j'avais un boulot en or, un bel appartement et toujours une jolie femme au bras. Mais les apparences sont trompeuses : en fait, je passais le plus clair de mon temps à planifier mon prochain trip. Incapable de supporter le moindre passage à vide, je courais aux toilettes avec une flasque de vodka ou un sachet de coke au plus petit frémissement d'angoisse, d'ennui ou d'anxiété.

Riley leva les yeux, déconcerté. Était-il possible que ce récit ait été rédigé par un autre Hazard ? Celui qu'il avait rencontré en Thaïlande était une sorte d'ascète. Il ne buvait pas, il ne fumait pas, il se couchait quasiment tous les soirs à 21 heures et se levait à l'aube pour méditer. Ajouté à sa barbe de hipster et à son goût pour les sarongs, il avait tout du parfait yogi. D'ailleurs, Riley avait supposé qu'il était vegan, jusqu'à ce qu'il le voie manger du poisson. Autant dire que ce Hazard-là n'avait rien d'un addict ! OK, songea Riley, mais quelle était la probabilité pour que le cahier d'un autre type également prénommé Hazard se retrouve dans son sac à dos ? Aucune.

Il fronça les sourcils. Comment avait-il pu se tromper à ce point ? Hazard était-il un cas isolé, ou la plupart des gens jouaient-ils double jeu, eux aussi ? Riley n'était pas aussi complexe, en tout cas. Se montrait-il trop confiant ? Connaissait-il vraiment ceux qu'il croyait connaître ? Il poursuivit sa lecture avec une pointe d'inquiétude.

J'avais depuis longtemps dépassé le stade où j'y prenais plaisir. L'alcool ne m'enivrait plus ; la coke ne me faisait plus planer. Pourtant, je ne pouvais plus m'en passer : ils m'étaient devenus nécessaires pour me lever le matin et me traîner jusqu'au soir. Prise au piège de cette misérable routine, ma vie avait perdu toute consistance.

Je suis tombé récemment sur une photo datant de l'année de mes vingt ans. En la regardant, j'ai compris à quel point je m'étais trompé. Pire encore : je me suis trahi moi-même. J'étais un jeune gars sympathique, optimiste et téméraire.

J'aimais voyager, j'étais en quête d'aventures. J'ai appris à jouer du saxo, à parler espagnol, à danser la salsa et à faire du parapente. Je ne suis pas sûr de pouvoir redevenir cet homme-là. Il est peut-être déjà trop tard.

Hier soir, je me suis surpris à pousser un cri devant le spectacle de la mer de Chine éclairée de lueurs phosphorescentes. Est-ce le signe que je suis encore capable d'éprouver de l'émerveillement ? De bondir de joie, tout simplement ? Je l'espère. Car la perspective de vivre le reste de ma vie sans plus jamais triper me fait froid dans le dos.

Mais que vais-je faire de ma vie, alors ? Je ne peux pas retourner bosser à la City. Primo, parce que j'aurais un mal fou à côtoyer mes anciens collègues et à faire fructifier le patrimoine de mes clients sans la moindre substance narcotique ou psychotrope. Et secundo, parce que j'ai brûlé mes cartouches. Quand je suis allé présenter ma démission à mon ancien patron (j'étais défoncé, évidemment, histoire de terminer en beauté), j'ai laissé échapper qu'à la dernière réception organisée au travail j'avais sauté sa femme, après avoir partagé un gramme de coke avec elle, sur le bureau derrière lequel il était assis. « C'est ce qui s'appelle partir avec fracas, hein ? » ai-je conclu en riant. Mon interlocuteur, lui, ne riait pas. Autant dire qu'il est peu probable que ce type chante mes louanges auprès de ses confrères dans les années à venir.

À ce stade du récit, Riley ouvrait des yeux grands comme des soucoupes. Ce genre d'énergumène n'existait pas à Perth, il en était absolument certain.

De toute façon, bosser à la City vous ronge l'âme. Comme tant d'autres avant moi, je n'y ai rien gagné, hormis de l'argent. Je n'ai rien transmis, rien construit, rien changé à la marche du monde. Même si je le pouvais, je n'y retournerais pas.

Et toi, Riley ? Que vas-tu faire, maintenant ?

Riley sursauta en lisant son prénom, ce qui lui valut un coup d'œil intrigué de sa voisine. Il lui sourit d'un air contrit et reprit sa lecture.

Le Carnet des Silences *n'est pas tombé dans ton sac par accident. J'ai passé les quatre dernières semaines à chercher le candidat idéal. Et c'est toi qui as gagné, Riley ! Par conséquent, tu es en train de rapporter le cahier de Julian dans la partie du monde où je l'ai trouvé. Je me demande si tu ferais un bon ami pour Julian et un bon amant pour Monica. Ou les deux. Iras-tu la voir dans son café ? Vas-tu changer la vie de quelqu'un ? Écriras-tu ta propre histoire dans ces pages ?*

J'espère le découvrir un jour, car ce cahier va me manquer. Il m'a relié à la terre ferme quand je sombrais dans un puits sans fond.

Bon voyage, Riley, et bonne chance.

Hazard

Riley était à Londres depuis trois jours, mais la ville lui paraissait encore irréelle. Il avait tant vu la capitale britannique au cinéma ou à la télévision qu'il avait l'impression de déambuler dans un décor en carton-pâte. La chambre qu'il louait à Earl's Court contribuait sans doute à ce sentiment d'étrangeté : l'immeuble se trouvait au beau milieu d'un énorme chantier. Tout ce qui l'entourait semblait en voie de démolition ou de reconstruction. Riley en éprouvait un certain désarroi, comme si le fait de rester immobile l'exposait au risque d'être lui aussi démonté, puis remonté de toutes pièces.

Par moments, Riley regrettait d'avoir trouvé *Le Carnet des Silences*. Connaître les secrets de Julian, de Monica et de Hazard le mettait mal à l'aise. Il n'aimait pas fouiner dans les affaires d'autrui ni se montrer indiscret. Pourtant, sitôt lus, leurs récits s'étaient gravés dans sa mémoire. Comme les personnages d'un bon roman, il ne parvenait pas à les oublier. Et il voulait absolument connaître la fin de l'histoire.

C'est ce désir qui l'avait poussé à se rendre au Monica's Café le surlendemain de son arrivée à Londres. Histoire de voir à quoi ressemblait Monica, peut-être aussi Julian, afin de confronter à la réalité les images qu'il s'était fait, et qui tournaient en boucle dans son esprit. Une simple visite, s'était-il promis. Ça ne ferait de mal à personne. Et surtout : pas question de s'impliquer dans leur existence – il était très ferme là-dessus. Cependant, son impatience s'accrut à mesure qu'il longeait Fulham Road, si bien qu'en arrivant devant le fameux café et voyant le groupe de gens à l'intérieur discuter avec animation, il avait quasiment oublié ses bonnes résolutions. Comment résister ? Il avait tourné la poignée de la porte.

Un instant plus tard, il était invité à se joindre au cours de dessin donné par Julian. Et ce matin, il déambulait dans les allées du Borough Market avec Monica.

Monica était plus compliquée et surtout moins prévisible que les jolies filles drôles et enjouées que Riley fréquentait à Perth. Quelques instants plus tôt, elle s'était laissée aller à des confidences sur la mort de sa mère ; puis elle s'était refermée comme une huître, avant de relancer la conversation sur les marges bénéficiaires des articles qu'elle achetait. Un sujet intéressant, cela dit. Quand Riley avait créé sa propre entreprise, il avait établi sa grille de tarifs en estimant ses dépenses, et en ajoutant la somme que ses clients pouvaient payer, selon lui. Pour cette raison, il travaillait toujours à perte pour Mme Firth (qui avait récemment perdu son mari), et facturait deux fois plus cher le gestionnaire de fonds qui vivait dans la même rue. C'était à ses yeux la manière la plus équitable de faire vivre son petit commerce.

Il faillit en parler à Monica, puis se retint : elle se montrait si rigoureuse à propos de sa politique de prix. Pour le moment, elle lui faisait à voix basse un exposé sur les pourcentages, les frais généraux et les remises sur les quantités, tout en prenant des notes dans un petit carnet qu'elle glissait dans sa poche.

Essayer d'apprivoiser Monica, c'était comme jouer à cache-cache : il fallait s'approcher tout doucement quand elle ne regardait pas, au risque de se voir renvoyé au début du parcours si elle se retournait et le surprenait. Loin de le rebuter, ce petit jeu ne faisait que lui donner envie de la connaître davantage.

La seule ombre au tableau, hormis l'étrange fixette de Monica sur les bactéries, était *Le Carnet des Silences*. Car Riley devrait lui en parler, bien sûr. Il lui paraissait malhonnête d'en savoir plus sur elle qu'elle n'en savait sur lui. Or il était, par nature, un type franc et honnête. Avec lui, pas de mauvaise surprise : il n'était pas différent de ce qu'il donnait à voir.

La veille, lorsqu'il avait rencontré Monica, il n'avait pu se résoudre à mentionner le cahier. Il n'aurait pas été très courtois de lui annoncer en public qu'il connaissait son désir obsessionnel de se marier et d'avoir des enfants. Il avait donc reporté la discussion au lendemain. Mais plus il attendait, plus la tâche lui semblait difficile. Ce matin, un peu égoïstement, il ne voulait pas gâcher l'ambiance en la mettant mal à l'aise, ce qui ne manquerait pas de se produire s'il lui avouait qu'il connaissait ses secrets les plus intimes. Il avait un peu l'impression de se promener avec une grenade dégoupillée parmi les étals de fromages, de jambons et de saucissons. Au bout d'un moment, il décida de ne rien dire. Il ne reverrait peut-être pas Monica après cette excursion au marché, auquel cas, ce qu'elle ne savait pas ne pourrait pas lui faire de mal.

Sitôt sa décision prise, il se pencha vers elle pour l'embrasser.

Elle était en train de lui parler des corbeaux de la Tour de Londres, ou un truc du genre. À dire vrai, il ne l'écoutait que d'une oreille, trop occupé à la dévorer des yeux. Avec ses cheveux foncés, ses lèvres rouges, sa peau pâle et ses joues rosies par le vent du large, elle ressemblait à Blanche Neige. Elle était si forte, si déterminée ! D'habitude, ce genre de femme lui faisait peur. Mais il avait lu son récit : il savait que, sous sa carapace, elle attendait qu'on vienne à son secours. Se prenant, l'espace d'un instant, pour le prince charmant du conte de fées, il l'embrassa, et elle lui rendit son baiser. Avec beaucoup d'enthousiasme.

Il serait volontiers resté là jusqu'à la fin des temps, sa joue contre la sienne sur un pont au-dessus de la Tamise, si ce vilain secret ne s'était pas dressé entre eux comme une barrière. Comment le lui avouer, maintenant ?

Il ne savait plus s'il devait maudire Hazard ou le remercier.

Julian

Julian attendait des invités pour le thé.

Depuis quand n'avait-il pas reçu de vrais visiteurs (pas des agents électoraux ou des Témoins de Jéhovah) ? Des années peut-être. En prévision de cet événement, il s'était lancé dans une vaste entreprise de « désencombrement ». Après deux ou trois heures de dur labeur, force lui était de constater qu'il avait à peine percé une brèche dans l'incroyable fatras d'objets accumulés dans son salon depuis des décennies.

Il fallait pourtant qu'il parvienne à dégager assez de place pour que ses invités puissent s'asseoir ! Il promena un regard désemparé sur la pièce en désordre. Comment en était-il arrivé là ? Et qu'en aurait pensé Mary, qui veillait à ce que leur maison soit toujours impeccable ? Son départ avait laissé un tel vide qu'il avait été saisi d'une sorte de compulsion à remplir le moindre espace disponible. Était-ce parce que ce bric-à-brac l'aidait à se sentir moins seul ? Ou parce que chacun de ces objets lui rappelait des souvenirs heureux ? Les deux, sans doute. Et puis, l'expérience le lui avait appris : les objets se révélaient plus fiables que les gens.

Après avoir rempli les deux containers à ordures disposés le long du cottage, il ouvrit la porte du cagibi aménagé sous l'escalier et entreprit de le remplir en y jetant tout ce qui lui tombait sous la main : livres, magazines, disques vinyle, bottes en caoutchouc, raquettes de tennis, lampes hors d'usage et même sa tenue d'apiculteur, gardée en souvenir de la brève passion pour les abeilles qui l'avait saisi une vingtaine d'années plus tôt. Il se redressa et s'adossa contre le battant de la porte pour la refermer. Il ferait le tri plus tard. Pour le moment, son objectif était atteint : il avait libéré le canapé et quelques chaises pour ses invités.

La sonnette retentit un instant après. Ses invités étaient à l'heure ! Julian ne s'y attendait pas. Dans le temps, il mettait toujours un point d'honneur à arriver chez ses hôtes avec une bonne demi-heure de retard : rien de mieux pour faire une entrée remarquée. Manifestement, les jeunes d'aujourd'hui semblaient avoir adopté l'attitude inverse. La ponctualité était peut-être à la mode ? Il avait tant à apprendre.

Julian sortit du cottage et se dirigea vers le portail noir qui donnait sur Fulham Road. Il l'ouvrit avec un grand geste du bras, comme toujours, et fit entrer ses trois invités : Monica, Riley le bel Australien, et Baz. Benji, lui annoncèrent-ils, était resté travailler au café.

— Entrez, entrez ! intima-t-il tandis qu'ils demeuraient figés dans l'allée, contemplant d'un air ébahi la cour pavée, la fontaine, les pelouses bien entretenues, les beaux arbres fruitiers et le petit groupe de cottages disséminés dans la verdure.

— Waouh ! s'exclama Riley, c'est trop cool ici !

Julian grimaça, agacé par l'emploi de l'adjectif « cool » que chacun semblait à présent appliquer à tout ce qui l'entourait. Mais le moment était mal choisi pour infliger à Riley un sermon sur la beauté et la richesse de la langue anglaise.

— J'ai l'impression d'être comme la petite fille du *Jardin secret*, le livre pour enfants – vous savez, celle qui suit un rouge-gorge et découvre un jardin magique caché derrière un mur ? dit Monica.

Elle est bien plus lyrique que Riley, nota Julian avec approbation.

— C'est extraordinaire. On se croirait à une autre époque et dans un autre pays ! ajouta-t-elle.

— Les ateliers ont été bâtis en 1925, expliqua Julian, par un sculpteur nommé Mario Manenti. Italien, bien sûr. Il s'est inspiré de sa propriété située près de Florence. Il voulait se sentir ici comme chez lui, en quelque sorte ! Il louait les autres ateliers à des peintres ou des sculpteurs qui partageaient ses idées. Depuis, la plupart des cottages ont été convertis en appartements. Je suis le dernier artiste de la résidence, mais j'ai cessé de peindre depuis que Mary…

Il laissa sa phrase en suspens. Pourquoi n'avait-il pas compris plus tôt que Mary était sa seule, sa véritable muse ? Il l'avait tenue pour acquise, quel imbécile ! S'il avait reconnu ses qualités au lieu de chercher l'inspiration auprès de femmes volages et futiles, il n'en serait peut-être pas là aujourd'hui… Il se ressaisit. Pas question de se morfondre : il avait des invités.

Il les conduisit vers la porte peinte en bleu vif qui menait à son atelier.

— Regarde le plancher ! chuchota Monica à Riley en désignant le sol. C'est une œuvre d'art à lui tout seul.

Les lattes de bois étaient presque entièrement couvertes d'éclats de peinture, comme si un arc-en-ciel s'était répandu sur le parquet. Quelques tapis marocains de couleurs vives ajoutaient une note exotique à cet ensemble bariolé.

— Ne restez pas plantés là, voyons ! Asseyez-vous, je vous en prie, dit Julian.

Il les entraîna vers les chaises et le canapé dressés autour d'une table basse constituée d'une grande plaque de verre biseauté posée sur quatre piles de vieux livres. Un grand feu de bois rugissait dans la cheminée, contrevenant à toutes les mesures d'assainissement de l'air récemment mises en place par les pouvoirs publics.

— Je vais préparer le thé, déclara Julian lorsque ses invités se furent enfin assis. Que préférez-vous ? J'ai de l'English Breakfast, de l'Earl Grey et du Darjeeling. Peut-être même du thé à la menthe… Mary adorait ça.

Tandis qu'il s'affairait dans le coin cuisine, Monica chercha le thé à la menthe sur l'étagère qu'il lui désigna. Après avoir examiné plusieurs cartons vides et poussiéreux, elle dénicha une boîte en fer-blanc sur laquelle on pouvait encore lire le mot « MENTHE » inscrit sur une étiquette jaunie. Satisfaite, elle ouvrit le couvercle. Quelques sachets de thé gisaient au fond, surmontés d'un morceau de papier plié en quatre. Monica le déplia avec soin et lut à voix haute le message suivant : « N'OUBLIE PAS DE SERVIR DES BISCUITS AVEC LE THÉ ! »

Julian posa la bouilloire et enfouit son visage dans ses mains.

— C'est un des petits mots que Mary m'a laissés… Au début, j'en trouvais partout, chaque fois que j'ouvrais un tiroir ou que je sortais un ustensile du placard. Quand elle a compris qu'elle partirait avant moi, elle s'est mise à cacher ces petits messages dans la maison. Elle était convaincue que je ne m'en sortirais pas tout seul. C'était sa façon de veiller sur moi après son départ. Je pensais les avoir tous trouvés… Je n'étais pas encore tombé sur celui-ci. En tout cas, elle avait raison : j'ai oublié les biscuits. Mais pas de panique : j'ai des crumpets ! assura-t-il en désignant un paquet de petites crêpes à demi entamé posé sur le comptoir.

— Mary est morte il y a longtemps ? demanda Monica.

— Cela fera quinze ans le 4 mars.

Elle écarquilla les yeux.

— Et vous n'avez pas ouvert cette boîte depuis ? Pardonnez-moi, mais… je crois que je vais prendre de l'English Breakfast !

Elle s'approcha du croquis punaisé sur l'étagère qui surplombait la cuisinière : il montrait une femme remuant une louche dans un grand faitout. À demi tournée vers le dessinateur, elle lui offrait un grand sourire par-dessus son épaule.

— C'est Mary ?

— Oui. En pleine confection de son fameux bœuf bourguignon ! C'est un de mes souvenirs préférés. J'ai accroché d'autres croquis un peu partout dans la maison. Il y en a un dans la salle de bains, qui la montre en train de se brosser les dents, et un autre là-bas (il désigna la cheminée d'un geste de la main), où je l'ai représentée assise dans son fauteuil avec un livre. Je ne crois pas aux photos. Elles n'ont pas d'âme.

Lorsque le thé fut prêt, ils s'assirent autour du feu (plus ou moins confortablement selon l'état du siège qu'ils avaient choisi) et firent griller les crumpets dans la cheminée.

— J'ai l'impression d'avoir été transporté dans un roman d'Enid Blyton, confia Baz. J'ai lu tous les *Club des Cinq* quand j'étais petit. Julian ressemble à l'oncle Henri, vous ne trouvez pas ? Monica, as-tu pensé à prendre une boîte de sardines et des litres de soda au gingembre pour notre excursion sur l'île de Kernach ?

Julian n'était pas sûr d'apprécier la comparaison avec l'oncle Henri. N'était-ce pas un vieux grincheux ?

— Jeune homme, j'ai un service à vous demander, annonça-t-il en se tournant vers Baz.

— Avec plaisir.

— Je crois que je vais avoir besoin d'un téléphone portable. Pour que vous puissiez me joindre en cas de problème avec le cours de dessin – si l'un de vous a un empêchement, par exemple.

Il se tut, embarrassé. Il regrettait déjà ses propos : il ne voulait surtout pas que ses nouveaux amis se sentent obligés de lui téléphoner.

— Vous n'avez pas de portable ? répliqua Baz, manifestement abasourdi.

Comme tous les jeunes gens nés après l'invention d'Internet, il ne concevait pas qu'on puisse vivre sans smartphone.

— Eh bien, je ne suis plus très mobile, avoua Julian. Et puis, je reçois peu d'appels, alors à quoi bon m'encombrer d'un portable ? Pour téléphoner, je me sers de cet appareil, précisa-t-il en leur montrant le téléphone en bakélite vert foncé posé sur un guéridon dans l'angle de la pièce.

Monica s'avança pour l'observer de plus près. L'appareil en question était muni d'un cadran. Un cordon en spirale le reliait au combiné, visiblement assez lourd. Le numéro d'appel figurait en lettres manuscrites au centre du cadran : Fulham 3276.

— Il n'y a rien de mieux pour raccrocher au nez de quelqu'un, poursuivit malicieusement Julian. Ça fait un de ces bruits ! Alors qu'avec un portable, c'est beaucoup moins théâtral, non ? Quand je pense que votre génération ne connaîtra jamais la joie de raccrocher le téléphone avec fracas, j'en suis tout contrit pour vous, mes amis.

— Mes parents avaient le même genre de téléphone quand j'étais petite, confia Monica. Il était posé sur le buffet de l'entrée.

— Pour répondre à votre question, Baz, reprit Julian, il se trouve que j'ai eu un téléphone portable autrefois. En fait, j'ai même été un des pionniers en la matière ! On m'avait confié un des tout premiers modèles en me proposant de l'essayer. Puis j'ai été interviewé par un magazine de mode à son sujet. Comme j'étais assez en vue à l'époque, les gens étaient curieux de connaître mon opinion. Tout le monde se demandait si ce genre d'appareil allait inonder le marché, vous comprenez ? Attendez, je vais vous le montrer... Je suis presque sûr de l'avoir gardé.

Il voulut se lever, mais le fauteuil dans lequel il était assis était plus bas que celui qu'il occupait d'ordinaire. Baz lui tendit la main pour l'aider.

— Merci, jeune homme, dit-il. À mon âge, quand on reste assis trop longtemps, toute la machine se grippe.

— Vous devriez faire du tai-chi, comme ma grand-mère, suggéra Baz. Elle ne jure que par ça. Rien de mieux pour bien commencer la journée – garder le corps en mouvement et l'esprit en éveil, dit-elle.

— Alors, qu'aviez-vous pensé du téléphone portable, à l'époque ? demanda Monica. Aviez-vous prévu son succès ?

— Pas du tout ! répondit Julian en riant. J'ai répondu qu'aucun individu sain d'esprit ne souhaiterait être suivi à la trace du matin au soir – en tout cas, moi, cela me terrifiait – et que ce type d'appareil risquait de porter gravement atteinte à notre vie privée.

Julian se dirigea vers une étagère fixée en hauteur, dans un coin de la pièce. Tendant le bras, il attrapa une grande boîte en carton couverte de poussière, qu'il posa au sol. Elle renfermait un téléphone que l'on aurait difficilement pu qualifier de « portable » : en forme de brique, dotée d'une longue antenne métallique, il était plus grand que le sac à main de Monica. Une petite valise semblait nécessaire pour le transporter.

— Incroyable ! s'exclama Riley. C'est exactement le même modèle que celui de Gordon Gekko dans *Wall Street*. Vous pourriez en tirer une petite fortune sur eBay. C'est une vraie pièce de collection.

— Vraiment ? J'en ai eu un autre, beaucoup plus moderne, dans les années 1990. Un Nokia, je crois. Mais quand il a rendu l'âme, après le départ de Mary, je n'ai pas pris la peine de le remplacer. Ça ne m'intéressait plus. Je n'ai jamais succombé aux téléphones malins, comme vous tous.

— Vous voulez parler des téléphones intelligents ? rectifia Riley en souriant.

— Oui, c'est ça. Les smartphones.

— Mais… Vous êtes relié à Internet, quand même ? demanda Baz, sous le choc. Vous avez un ordinateur portable ?

— Je ne suis pas totalement opposé à la modernité, jeune homme. J'ai un ordinateur, figurez-vous. Je me tiens au courant. Je lis les journaux, les magazines de mode et je regarde la télévision. D'ailleurs, je suis prêt à parier que j'en sais plus que vous sur les tendances printemps-été à venir ! J'ai beaucoup de temps libre, comme vous pouvez l'imaginer.

Baz s'empara d'un alto couvert de poussière, appuyé contre les montants de la bibliothèque.

— C'est à vous, Julian ? demanda-t-il.

— Non, c'était à Mary. Reposez-le, s'il vous plaît. Elle n'aime pas qu'on touche à son alto.

Julian se tut, conscient d'avoir répondu avec brusquerie. Le pauvre Baz paraissait décontenancé.

— Je peux aller aux wawa ? demanda Riley.

Aux wawa ? Décidément, le langage de ce jeune Australien laissait à désirer. Mais à quoi bon lui faire la leçon ? Julian se contenta de lui montrer la porte des toilettes, situées près de l'escalier.

Un instant plus tard, un fracas retentissant les faisait sursauter. Monica renversa même un peu de thé sur ses genoux. Ils se tournèrent vers la porte restée entrouverte et virent Riley, figé de stupeur, environné d'une montagne d'objets visiblement jaillis du cagibi aménagé sous l'escalier : disques vinyles (sortis de leurs pochettes), bottes en caoutchouc et vieux magazines, le tout surmonté d'un masque d'apiculteur.

— Je crois que je me suis trompé de porte, marmonna le jeune homme.

Il tenta de tout remettre dans le cagibi, mais la tâche se révéla vite impossible : la masse d'objets disparates semblait occuper une surface deux fois supérieure à celle du placard dont ils s'étaient échappés.

— Laissez tomber, lança Julian. Je m'en occuperai plus tard. J'emporterai tout à la déchetterie.

— À la déchetterie ? Certainement pas ! protesta Riley d'un air horrifié. Il y a de vrais trésors là-dedans. Je vous aiderai à les vendre en ligne, si vous voulez.

— C'est très gentil, mais vous avez certainement mieux à faire, mon garçon. Je m'en voudrais de vous réquisitionner pour une chose pareille. Sauf si vous acceptiez d'être rémunéré, bien sûr.

— Eh bien… Si vous me donniez 10 % sur chaque vente, je crois que nous serions gagnants tous les deux : cela vous débarrassera, et moi, j'aurai de quoi m'offrir un petit séjour en France. J'ai toujours rêvé d'aller à Paris !

— Pour ce qui est du téléphone, vous pouvez compter sur moi, intervint Monica. Je viens de changer de portable : je vous donnerai l'ancien, si vous voulez. On vous achètera une carte SIM prépayée.

Julian regarda Riley et Monica, maintenant assis côte à côte sur son canapé. Riley semblait sous le charme. Le vieux peintre avait remarqué que ce dernier imitait certains gestes de Monica et se tenait un tantinet plus près d'elle que la bienséance ne l'aurait voulu (bien que cela puisse être dû aux ressorts et au rembourrage qui jaillissaient du canapé sur sa gauche).

Il réprima un sourire. L'optimisme de la jeunesse était sans limites.

Monica

Monica passait un dernier coup d'éponge sur le comptoir du café avant d'aller ouvrir aux premiers clients de la journée. Elle pressa la bouteille de liquide nettoyant et huma avec plaisir le parfum de « pin des montagnes » qui s'en dégageait. Puis elle fit briller le comptoir et l'essuya en fredonnant – ce qui n'était pas dans ses habitudes. Elle sourit. La vie lui donnait soudain envie de chanter !

Tout d'abord, plusieurs bonnes nouvelles avaient éclairé son horizon professionnel. Depuis qu'elle avait lancé le cours de dessin hebdomadaire, elle avait été contactée par une dame qui animait un club de tricot et par une prof de yoga pour femmes enceintes, toutes deux en quête de locaux susceptibles d'accueillir leurs cours du soir dans le quartier. L'établissement semblait en passe de devenir une sorte de café associatif, comme Monica en rêvait depuis qu'elle avait vu le panneau « à louer » sur la vitrine de l'ancienne confiserie. Mieux encore, quand elle avait ouvert son livre de comptes la veille au soir, elle avait constaté que le total des entrées avait presque rattrapé celui des sorties. Autrement dit : elle commençait à entrevoir le bout du tunnel. Si son chiffre d'affaires continuait de croître, elle terminerait peut-être le mois avec un peu de trésorerie au lieu de creuser son découvert.

Ensuite, elle s'était liée d'amitié avec Julian. Outre le plaisir, bien réel, qu'elle éprouvait à passer du temps en sa compagnie et à suivre ses cours de dessin, elle puisait une satisfaction profonde dans la certitude d'avoir bien agi et, surtout, d'avoir changé la vie du vieil homme – un bien-être qui ne l'avait jamais effleurée quand elle était juriste à la City.

En y réfléchissant, elle avait compris que ce cours de dessin, initialement conçu pour changer la vie de Julian, transformait maintenant la sienne au-delà de toute espérance. Était-ce là ce qu'on appelait le karma ? Elle n'y avait jamais cru jusqu'à présent, mais elle commençait à revoir son avis sur la question.

Enfin, cerise sur le gâteau, Riley avait fait irruption dans son existence. Bien sûr, ce n'était pas tout à fait le prince qu'elle attendait. Si elle se penchait sérieusement sur leur relation naissante, ou si elle tentait de se projeter dans l'avenir, elle devait admettre qu'il ne répondait pas à ses critères. Pas du tout, même. Alors elle ne se projetait pas. Elle savourait l'instant présent. Elle vivait au jour le jour sans réfléchir à demain. Qui sait ce qui l'attendait au coin de la rue ? Et combien de temps Riley resterait à Londres ?

Évidemment, un tel changement d'attitude ne s'était pas fait tout seul : Monica travaillait beaucoup sur elle-même pour être aussi détendue. Elle se levait trente minutes plus tôt chaque matin pour effectuer ses salutations au soleil et répéter ses mantras. « Hier, c'est de l'histoire. Demain est un mystère. Aujourd'hui est un cadeau », répétait-elle en se brossant les dents. « Ce ne sont pas les gens heureux qui sont reconnaissants, ce sont les gens reconnaissants qui sont heureux », récitait-elle en se brossant les cheveux.

Monica était assez fière de sa nouvelle attitude. Elle se trouvait presque cool – ou en passe de le devenir. D'ordinaire, quand elle en était à ce stade d'une relation amoureuse, elle commençait à planifier le lieu et la date du mariage, le prénom de ses futurs enfants et la couleur des serviettes dans la salle de bains de la chambre d'amis (blanches). Elle sourit en pensant à tous les ouvrages de développement personnel qu'elle avait achetés, au stage de pleine conscience qu'elle avait suivi et aux applications de méditation qui encombraient son smartphone : dire qu'elle s'était donné tant de mal pour surmonter sa crainte de l'avenir et apprendre à lâcher prise, alors que la solution consistait à fréquenter un bel Australien blond et bronzé !

La plupart des hommes que Monica côtoyait étaient bourrés de complexes. Ils n'étaient pas satisfaits de l'école qu'ils avaient fréquentée, des études qu'ils avaient menées, de la famille dans laquelle ils avaient grandi, du faible volume de leurs pectoraux ou du nombre de filles qu'ils avaient couchées dans leur lit. À l'inverse, Riley semblait n'éprouver aucun problème existentiel. Bien dans sa peau, il était simple, direct et facile à vivre. S'il paraissait parfois dépourvu de mystère, voire de profondeur, il se montrait toujours honnête et transparent. Il ne se faisait pas de souci pour l'avenir – à dire vrai, il ne se faisait aucun souci. Il passait peu de temps à réfléchir, mais personne n'est parfait, si ? Et son attitude semblait contagieuse : avec lui, Monica ne se sentait pas obligée d'échafauder des stratégies compliquées pour faire fonctionner leur relation ou d'ériger un mur de protection autour d'elle.

La veille, ils étaient allés prendre le thé chez Julian – un vrai voyage dans le temps. Quel endroit extraordinaire ! Monica avait adoré le petit cottage, même s'il laissait clairement à désirer en termes de salubrité. En entrant dans le coin cuisine, elle s'était trouvée nez à nez avec une atroce bande de ruban adhésif jaune suspendue au plafond et couverte des cadavres desséchés de centaines d'insectes. Horrifiée, elle n'avait pu retenir un cri. Julian n'avait pas semblé gêné le moins du monde. « Calmez-vous. C'est du papier tue-mouches ». Du papier tue-mouches ? Ce genre de truc existait pour de bon ? Même Julian devait savoir qu'on ne cuisine pas à proximité d'un cadavre, non ?

Ensuite, ils avaient piqué des crumpets sur de vraies fourchettes à barbecue et les avaient fait rôtir sur un vrai feu de bois (Monica s'était efforcée de ne pas penser aux conséquences des feux de cheminée sur le changement climatique et à tous ces pauvres oursons polaires séparés de leur mère par la fonte des glaces). Elle s'était assise près de Riley sur le canapé, et il lui avait discrètement pris la main à plusieurs reprises.

Après le thé, Riley était venu chez elle. Ils n'en avaient pas discuté au préalable ; Monica ne l'avait pas invité et il n'avait pas demandé à l'être. Ça s'était fait comme ça. De manière totalement improvisée. Elle avait préparé à dîner avec ce qu'elle avait trouvé dans son frigo et ses placards : des pâtes au pesto et une salade de tomates, de mozzarella et de basilic. Il l'avait complimentée, affirmant que c'était le « meilleur repas qu'il avait mangé depuis des semaines ». Elle sourit au souvenir des plats complexes et minutieusement élaborés qu'elle avait servis à ses conquêtes masculines – soufflés, flambés et sabayons, dont la plupart n'avaient pas suscité le commencement d'une réponse aussi enthousiaste.

Il y avait eu un moment de tension lorsqu'elle avait vu Riley s'approcher de sa bibliothèque. Si elle avait anticipé ce dîner en tête à tête, elle aurait veillé à ôter certains livres des rayonnages avant son arrivée. Elle se crispa en pensant aux ouvrages qu'il ne manquerait pas d'apercevoir – des titres comme *Laisse tomber, il te mérite pas*, *Secrets pour capturer l'homme idéal*, ou *Les hommes viennent de Mars, les femmes viennent de Vénus*. Il jugerait sans doute obsessionnelle la manière presque scientifique avec laquelle elle abordait ses relations amoureuses : comme pour tous ses autres projets, elle se documentait, déterminait une stratégie, fixait des objectifs.

À son grand soulagement, il n'avait fait aucun commentaire, et l'embarras s'était vite dissipé.

Riley n'avait pas passé la nuit chez elle. Après le dîner, ils avaient regardé un film sur Netflix, lovés sur le canapé, en piochant tour à tour dans un bol de tortillas. Occupés à s'embrasser, ils avaient manqué les passages clés de l'intrigue, ce qui les avait fait beaucoup rire. Monica s'était préparée à le repousser gentiment s'il essayait d'aller trop loin – et s'était sentie presque dépitée qu'il n'en fasse rien.

Julian

Julian n'avait pas l'habitude d'entendre sonner son interphone à 7 h 30, mais depuis qu'il avait créé *Le Carnet des Silences*, il se passait tant de choses nouvelles et étranges qu'il ne s'inquiéta pas outre mesure. Il enfila une paire de bottes en caoutchouc (celles qui avaient jailli du cagibi sous l'escalier), jeta sur son pyjama la première veste qui lui tomba sous la main (un blazer signé Alexander McQueen, automne-hiver 1995, orné d'épaulettes et de galons dorés), sortit et se dirigea vers le portail de la résidence.

Du haut de son mètre quatre-vingt, son visiteur lui parut minuscule. Il dut se pencher pour s'apercevoir qu'il s'agissait d'une petite Chinoise, au visage ridé comme une coquille de noix, sous un amas de cheveux gris coupés court. Bien que son âge soit difficile à évaluer, elle semblait plus âgée que lui. Elle le fixait de ses petits yeux sombres sans paraître nullement intimidée, ni même étonnée, par sa haute stature et son accoutrement inhabituel. De son côté, Julian l'observait avec tant d'attention qu'il en oubliait de parler.

— Je m'appelle Betty Wu, dit-elle d'une voix étonnamment sonore. Je viens pour tai-chi.

— Pour tai-chi ? répéta Julian, conscient d'avoir l'air un peu ahuri.

— Mon petit-fils, Biming, me dit que vous voulez apprendre tai-chi, répondit-elle lentement, en détachant chaque syllabe, comme si elle s'adressait à un idiot ou à un bébé.

— Biming ? répéta Julian sur le même ton. Oh ! Vous voulez parler de Baz ?

— Je ne sais pas pourquoi Biming n'aime pas son prénom chinois. Il a honte, peut-être ? répliqua Betty Wu d'un air indigné. En tout cas, il me dit que vous voulez apprendre tai-chi. Alors je viens chez vous.

Julian n'avait rien dit de tel, mais il se garda de protester, comprenant qu'il ne lui servirait à rien de lutter contre cette force de la nature.

— Eh bien… Je ne vous attendais pas, marmonna-t-il. Comme vous le voyez, je ne suis pas vraiment habillé pour l'occasion !

Ne savait-il pas, mieux que quiconque, à quel point il est crucial de porter une tenue adaptée aux circonstances ?

— Nous ferions peut-être mieux de reporter cette première leçon ? ajouta-t-il poliment.

Mme Wu plissa ses petits yeux noirs.

— Ici et maintenant, c'est mieux. Enlevez manteau et grosses bottes, ordonna-t-elle en les foudroyant du regard comme si elles l'avaient gravement offensée. Vous avez grosses chaussettes ?

Julian hocha la tête en silence. Il dormait toujours avec d'épaisses chaussettes en laine.

Mme Wu se dirigea vers le centre de la cour pavée, où elle ôta son manteau en laine noire, qu'elle posa sur un banc en fer forgé. Elle portait un pantalon noir, assez large et noué à la taille, et une blouse gris clair. Il faisait froid, mais la cour, protégée du vent et couverte de givre, scintillait sous les pâles rayons du soleil hivernal.

— Maintenant, faites comme moi, dit Mme Wu.

Elle écarta les pieds à bonne distance l'un de l'autre, fléchit les genoux et leva les bras au-dessus de sa tête, tel un héron géant, tout en inspirant fortement par le nez.

— Tai-chi, c'est bon pour posture, circulation et souplesse. Tai-chi permet de vivre plus longtemps. J'ai cent cinq ans.

Julian la fixa, sans bien savoir comment répondre sans l'offenser – mais elle sourit, révélant des dents espacées, trop petites pour sa bouche.

— Je plaisante ! Tai-chi, c'est bon, mais pas tant que ça.

Mme Wu fléchit de nouveau les genoux, puis elle pivota le buste, tendit un bras derrière elle et l'autre vers l'avant, paume vers le ciel, comme pour repousser un agresseur.

— Tai-chi, c'est yin et yang ensemble. En équilibre. Si vous essayez de résister à force par force, vous vous fatiguez, et la force aussi. Tai-chi répond à force par douceur : la douceur résiste, la force se fatigue. C'est aussi une philosophie de vie. Vous comprenez ?

Julian acquiesça, bien qu'il éprouvât un mal fou à écouter ce que disait Mme Wu tout en reproduisant ses mouvements à l'identique. Il n'avait jamais été multitâche – raison pour laquelle il avait très tôt renoncé à jouer du piano, par exemple. Pour l'heure, il s'efforçait de tenir en équilibre sur un pied, tout en touchant son genou droit de son coude droit.

— En 1973, quand nous sommes arrivés à Londres, deux hommes sont venus au restaurant. Ils ont dit : « Repartez d'où vous venez avec votre sale cuisine de Chinetoques ! » J'ai répondu : « Vous êtes en colère. Colère vient de l'estomac.

Asseyez-vous. Je vous apporte soupe aux raviolis. Gratuitement. Vous vous sentirez mieux. » Ils ont mangé ma soupe won-ton. Recette de ma grand-mère. Et ils sont devenus clients très fidèles. Depuis quarante ans. Répondre à force par douceur. Recette de vie. Maintenant, vous comprenez.

Julian acquiesça de nouveau. Mais cette fois, c'était vrai : il avait compris.

Tandis qu'il s'appliquait à imiter les mouvements amples et lents de Mme Wu, un rouge-gorge s'envola, lui rappelant la comparaison que Monica avait faite entre son domaine et le jardin secret du livre pour enfants. L'oiseau se percha sur le rebord de la fontaine, pencha la tête et regarda Julian d'un air étonné, comme s'il se demandait ce qu'il fabriquait. *Tu peux toujours chercher !* pensa Julian en vacillant sur un pied.

Au bout d'une demi-heure, Mme Wu joignit les mains en prière et s'inclina devant Julian qui l'imita, baissant la tête vers la sienne.

— Ce sera tout pour aujourd'hui, dit-elle. En Chine, on dit « un seul repas ne suffit pas à faire un gros ventre ». Vous avez besoin de pratiquer peu et souvent. Je reviens demain. Même heure.

Elle prit son manteau et l'enfila d'un geste fluide.

— Combien je vous dois pour la leçon ? demanda Julian.

Betty inspira si fort que les ailes de son nez se mirent à blanchir.

— Pas d'argent ! Vous êtes ami de Biming. Artiste, c'est ça ? Vous m'apprendrez à peindre.

— Entendu, dit Julian tandis qu'elle se dirigeait à pas vifs vers le portail. Venez à mon cours de dessin lundi prochain. Avec Baz – je veux dire, avec Biming !

Mme Wu acquiesça d'un signe de main sans se retourner, puis elle referma le portail derrière elle, laissant la cour plus vide qu'à son arrivée, comme si elle avait aspiré une partie de son énergie et l'avait emportée avec elle.

Julian prit sa veste et ses bottes et regagna son atelier avec plus d'allant qu'il n'en avait éprouvé depuis longtemps.

Déjà vendredi ! Les semaines semblaient filer à toute allure ces derniers temps, songea Julian alors qu'il se rendait au Brompton Cemetery pour sa visite hebdomadaire. Cette fois, il ne fut pas surpris d'apercevoir des silhouettes adossées à la voûte en marbre qui surplombait la tombe de l'amiral. D'abord indistinctes, elles se précisèrent à mesure qu'il approchait. Il y avait là Riley, Baz et Mme Wu, emmitouflés sous plusieurs épaisseurs de laine.

— J'ai dit à ma grand-mère que je venais ici, dit Baz. Elle a insisté pour m'accompagner et vous apporter un peu de soupe won-ton.

— Très froid aujourd'hui. Ma soupe réchauffe âme et corps, assura Mme Wu en versant la soupe, tirée d'un énorme thermos, dans quatre tasses que Baz transportait dans un panier en osier.

— Asseyez-vous, Betty ! dit Julian en désignant la grande pierre tombale en marbre noir.

Il s'inquiétait moins de son confort que de la mémoire de son chien : elle se tenait précisément à l'endroit où il avait enterré Keith.

— À Mary ! s'exclama Riley en soulevant sa tasse.

Mme Wu haussa les sourcils – deux chenilles intriguées au-dessus de ses petits yeux sombres.

— Sa femme, chuchota Baz à sa grand-mère. Il est veuf.

— À Mary ! s'écrièrent-ils à l'unisson.

Riley

Riley triait le contenu du cagibi aménagé sous l'escalier de Julian. Ce placard lui faisait penser au Tardis, la machine à remonter le temps du Docteur Who : il était bien plus grand à l'intérieur qu'il n'en avait l'air à l'extérieur. Que se passait-il quand on arrivait tout au fond ? Basculait-on dans un autre espace-temps ? Riley n'aurait pas été surpris de se retrouver dans les années 1960. Ou à Narnia. Oui, il devait neiger là-dedans, vu le froid qui régnait dans le hall d'entrée. Le feu de cheminée qui brûlait dans le salon ne suffisait pas à chauffer l'ensemble du rez-de-chaussée.

La semaine précédente, il avait passé une journée entière à prendre en photo certaines de ses découvertes pour les mettre en vente sur eBay. Le résultat ne s'était pas fait attendre : il avait déjà gagné plus de soixante-quinze livres. Si Julian le laissait fouiller dans son dressing, ils feraient fortune. « Vous ne vendrez pas la moindre chaussette, mon garçon ! », avait grogné le vieil homme quand Riley lui avait suggéré de se séparer de quelques vêtements. Joignant le geste à la parole, il s'était planté sur le seuil de la pièce, étendant ses bras noueux en travers de la porte, tel un phasme géant dressé sur ses pattes.

Riley avait classé le contenu du cagibi en trois catégories : les objets susceptibles de se vendre à bon prix, ceux qu'il fallait jeter et ceux que Julian voulait garder. L'ensemble formait maintenant trois hautes piles autour de lui.

Ce matin, il était arrivé quelques minutes avant 10 heures, sachant que Julian sortirait peu après pour aller faire ses courses, lui offrant un moment de solitude bienvenue. Car le vieil homme ralentissait considérablement le processus de tri : il rôdait dans le hall d'entrée, planait au-dessus de Riley comme un faucon, puis descendait brusquement en piqué, extirpant à grands cris de vieux bibelots de la pile « à jeter ». La veille, arrachant un vase ébréché à la relégation, il s'était écrié : « Pas question de jeter ce trésor ! Le prince Charles me l'a offert après mon exposition de 1975 dans une galerie de New Bond Street. Toutes les toiles se sont vendues en deux jours. Même la princesse Margaret est venue ! Je crois qu'elle avait un petit béguin pour moi. » Il s'était interrompu, tournant les yeux au loin, comme un acteur dramatique sur une scène de théâtre. « Mary ne l'aimait pas – mais alors, pas du tout ! avait-il poursuivi. Elle avait rempli le vase de pivoines roses, si ma mémoire est bonne. Non, je ne peux vraiment pas m'en séparer, mon garçon. Non, non, et non. Je m'y oppose fermement. »

Ce matin, Riley avait mis sa solitude à profit pour avancer vers le fond du placard. Et en une heure, il avait fait des progrès significatifs. Mais dès le retour de Julian, le rythme s'était de nouveau ralenti, freiné par le processus de négociation. Riley n'aurait sans doute pas supporté longtemps ces pénibles tractations si Julian n'avait eu le bon goût de les mêler à de savoureuses anecdotes sur sa vie à Londres dans les années 1960, 1970 et 1980.

Il lui suffisait d'apercevoir un vieux 33 tours : il sortait alors le disque de sa pochette, soufflait dessus pour ôter la poussière et le posait sur sa vieille platine en racontant à Riley comment il avait fait la fête avec Sid Vicious ou séduit une vedette du hit-parade sur « Heart of Glass », le tube de Blondie. Riley l'écoutait avec plaisir, mais il n'était pas dupe : à l'entendre, le peintre avait assisté à tous les événements marquants du Swinging London, des dîners avec Christine Keeler et Mandy Rice-Davies, les strip-teaseuses du Murray's Cabaret Club de Soho, jusqu'à la soirée où Mick Jagger et Marianne Faithfull avaient été arrêtés pour possession de marijuana !

La veille, Julian lui avait fait découvrir les meilleurs albums des Sex Pistols, de Talking Heads et de Frankie Goes to Hollywood. Lorsqu'il avait décidé de se rendre à Londres, Riley était loin d'imaginer qu'il passerait ses après-midi à jouer du air guitar, tandis que son nouvel ami, un vieil Anglais excentrique, entonnerait les paroles d'« Anarchy in the UK », une bouteille de bière vide à la main en guise de micro… Quand la chanson (si on pouvait l'appeler ainsi) s'était achevée, Riley avait vu, non sans inquiétude, les yeux de Julian se remplir de larmes.

— Ça ne va pas ?

— Je me sens très bien, au contraire ! avait répliqué le peintre en balayant sa sollicitude d'un geste de la main. Seulement, quand j'écoute ces disques-là, tout me revient en mémoire, vous comprenez ? Je me revois à l'époque, entouré de tous mes amis. Des gens extraordinaires, une époque formidable… Puis la piste se termine, et je me retrouve ici, vieux et ridé, coincé dans mon présent très ordinaire, tandis que le saphir poussiéreux continue de tressauter sur le vinyle. C'est pathétique, vous ne trouvez pas ?

Riley n'avait su que répondre. Et il ne voyait pas de quel saphir Julian voulait parler. Depuis son arrivée à Londres, il avait la sensation de vivre à la fois le meilleur et le pire moment de son existence. La ville lui plaisait énormément, il s'était fait des amis formidables et il était même parvenu à s'accommoder du froid. Le seul problème était Monica – ou plutôt sa relation avec elle. Plus ils passaient de temps ensemble, plus Riley l'admirait. Il aimait sa détermination, son intelligence et son caractère bien trempé ; il aimait la façon dont elle avait attiré Julian dans son cercle avec élégance et discrétion, pour qu'il se sente de nouveau utile et désiré, et non pris en pitié ; il aimait aussi sa passion pour son café et pour sa clientèle. Le seul fait de la côtoyer le rendait plus courageux, plus énergique et plus audacieux.

En revanche, il détestait que leur relation soit basée sur le mensonge. Ou plus exactement sur une omission. Et plus il gardait le silence, plus il lui semblait difficile de passer aux aveux. Comment Monica réagirait-elle en apprenant que leur rencontre avait été fomentée par un ancien junkie pris de pitié pour son célibat prolongé ? Elle serait furieuse. Ou anéantie. Ou humiliée. Ou les trois à la fois.

Il avait tenté d'oublier *Le Carnet des Silences*. De ne plus y penser. Mais ce qu'il avait lu refusait de quitter sa mémoire. En temps normal, il aurait profité des prémisses de cette relation amoureuse, savourant l'instant présent sans se demander où le mènerait cette nouvelle aventure. Mais avec Monica, il ne parvenait pas à se détendre complètement : il savait qu'elle cherchait une relation à long terme – un mariage, des enfants, la totale. Or ce genre d'escale prolongée ne figurait pas exactement sur sa feuille de route – si ?

L'ombre de Hazard avait même plané sur l'excellente soirée que Riley avait passée chez elle. Face à sa bibliothèque, il s'était souvenu de l'hypothèse de Hazard selon laquelle Monica classait certainement ses livres par ordre alphabétique. La réponse lui avait vite sauté aux yeux. Elle ne classait pas ses livres par ordre alphabétique : elle les rangeait par couleurs. « C'est plus agréable à l'œil », lui avait-elle expliqué.

Au fond, Riley était trop bien informé. Il n'arrivait même pas à déterminer la nature de ses sentiments pour Monica : l'aimait-il vraiment ou était-il le jouet de la stratégie fomentée par Hazard à l'autre bout du monde ? S'il l'avait rencontrée par lui-même, l'aurait-il moins appréciée ? Ou davantage ? Il haussa les épaules. Si Hazard n'avait pas joué les entremetteurs, il ne l'aurait pas rencontrée du tout.

Avant de lire *Le Carnet des Silences*, il ne cachait jamais rien à personne. Maintenant, il était devenu un faux jeton. Pire, un imposteur.

La seule solution qu'il avait trouvée consistait à ne pas s'impliquer davantage. Ainsi, quand il partirait dans quelques mois, Monica ne serait pas trop affectée et, surtout, elle ne saurait jamais comment tout avait commencé. Il devait donc cesser de l'embrasser. Non, songea-t-il en se remémorant les multiples baisers (très agréables au demeurant) qu'ils avaient déjà échangés. Il ne voulait pas rompre avec elle, juste garder ses distances. Autrement dit : ne pas coucher avec elle. Sous aucun prétexte. Car si, pour lui, une partie de jambes en l'air ne portait guère à conséquence, ce n'était certainement pas le cas pour Monica.

Hazard

Hazard avait l'impression de revivre éternellement la même journée, comme le héros d'*Un jour sans fin*. Chaque jour, le soleil brillait. Et chaque jour, il suivait le même train-train : séance de méditation avec Neil, promenade sur la plage, baignade, lecture dans le hamac, déjeuner, sieste, baignade, dîner, coucher. Une vie de rêve, en somme. Sa plage de carte postale s'affichait peut-être sur tous les écrans de veille de milliers d'ordinateurs à travers le monde. Il aurait dû se féliciter d'avoir une chance pareille. Remercier sa bonne étoile. Se pincer pour y croire. Mais non : il s'ennuyait. Il s'ennuyait ferme. Il crevait d'ennui.

Quel jour on est ? La question flotta dans son esprit sans qu'il parvienne à y répondre. Quelle révolution ! Quelques mois plus tôt, sa vie entière obéissait aux lois tyranniques du calendrier : le blues du dimanche soir, le réveil brutal du lundi matin, le no man's land du mercredi et l'euphorie du vendredi soir. À présent, tous les jours de la semaine se ressemblaient. Et il en avait perdu le compte. Était-on mardi, jeudi ou samedi ? Il n'en avait pas la moindre idée. Il dérivait sur l'océan du temps.

Les départs et les arrivées se succédaient sur la petite plage, chaque jour apportant son lot de nouveaux venus, tandis que d'autres repartaient. Les occasions de rencontres ne manquaient pas, mais, au bout d'un moment, toutes les conversations semblaient se fondre en une seule. « Vous venez d'où ? », « Et ensuite, vous allez où ? », « Vous faites quoi dans la vie ? » : les questions, toujours les mêmes, ne faisaient qu'effleurer la surface des choses, chacun écoutant poliment les réponses de l'autre le temps d'une soirée, avant de poursuivre sa route. Ces entrées en matière sans cesse renouvelées, répétées à l'infini sans jamais déboucher sur une véritable relation, l'épuisaient sans le satisfaire.

Encore quelques semaines, se promettait-il, *et je serai assez fort pour sortir de mon cocon. Pour résister à la tentation. Pour rentrer chez moi.*

Hazard passait de plus en plus de temps à envisager son retour. Bizarrement, il songeait peu à sa famille et à ses amis – il éprouvait tant de regrets, tant de remords, à leur égard qu'il préférait éviter d'y penser. Il était conscient de devoir faire amende honorable auprès d'eux. Et il le ferait certainement. Le concept lui avait été expliqué par une ancienne conquête, une fille prénommée Wendy, qui l'avait appelé un soir, près d'un an auparavant. Elle lui avait annoncé qu'elle en était à la « neuvième étape du programme ». Hazard avait d'abord pensé qu'elle lui parlait d'une formation professionnelle ou d'un cours de fitness, puis il avait compris que Wendy faisait allusion au programme des Alcooliques Anonymes : douze étapes pour se désintoxiquer de l'alcool. Wendy avait franchi les huit premières et se lançait dans la neuvième, qui consistait à « réparer ses torts envers les personnes qu'on a lésées »

– raison pour laquelle elle l'appelait ce soir-là : elle tenait à s'excuser d'avoir joué double jeu avec lui quelques années auparavant en lui cachant qu'elle était mariée. Hazard ne s'était pas vraiment senti lésé, puisqu'il avait dû faire défiler plusieurs dizaines de vieilles photos sur son iPhone avant de parvenir à mettre un visage sur son prénom. Pourtant, leur conversation lui était restée en mémoire. Réparer ses torts. Hazard y pensait souvent ces derniers temps. Il savait qu'il devrait en passer par là, lui aussi. Reconstruire ce qu'il avait détruit. Mais pas maintenant : c'était trop compliqué. Trop douloureux. Et de toute façon, il était trop loin de chez lui pour agir. Alors il classait ces pensées dérangeantes dans la catégorie « à traiter quand je rentrerai à la maison » et se tournait vers d'autres rivages. Des questions plus simples, relatives à des personnes moins proches de lui. Monica, Julian et Riley, par exemple. Monica avait-elle réussi à convaincre Julian d'animer un cours de dessin dans son café ? Julian se sentait-il moins seul ? Et surtout : Riley avait-il rencontré Monica ? Était-il le prince qu'elle attendait ? Quand ses questions tournaient en boucle dans son esprit, Hazard avait l'impression d'être un romancier trahi par ses personnages : à mi-chemin de l'intrigue, ils s'étaient échappés, pressés de voler de leurs propres ailes. Comment osaient-ils ? Avaient-ils oublié tout ce qu'ils lui devaient ? Bien sûr, les princes charmants et les fins heureuses n'existent que dans les contes de fées, mais sur cette plage de rêve, dans ce décor d'une beauté improbable, tout lui semblait possible.

Nonchalamment étendu dans son hamac, il savourait une sensation peu familière : la certitude d'avoir bien agi. De s'être montré généreux. Attentionné. D'avoir contribué à changer la vie de quelqu'un. Si son plan fonctionnait, Monica lui en serait tellement reconnaissante ! Non qu'il ait besoin de remerciements – mais c'était tout de même agréable.

Il sortit une jambe bronzée du hamac pour le faire balancer de droite à gauche. Il aurait dû demander à Riley son numéro de portable ou son adresse en Angleterre. Il ne connaissait même pas son nom de famille ! S'il avait pris son numéro, il aurait pu lui envoyer un texto, au moins. Prendre de ses nouvelles, lui demander comment ça se passait à Londres... Il se figea. Impossible : il n'avait plus de portable depuis des semaines ! Il savait où trouver Julian et Monica, mais aucun d'eux n'avait lu son récit, et Riley ne leur avait peut-être pas encore parlé de lui... Au fond, il ne supportait pas de se sentir exclu. Il avait toujours aimé être au cœur de l'action, ce qui expliquait d'ailleurs qu'il se retrouve dans une telle galère.

Il se balança encore un moment, ressassant ses pensées, quand une idée lui vint à l'esprit. Rien de génial – simplement une manière de s'insérer à nouveau dans *Le Carnet des Silences*, de leur faire savoir qu'il avait encore son mot à dire dans toute cette histoire.

Deux minibus effectuaient une desserte quotidienne entre les plages et la seule petite ville de l'île, où se trouvaient le port, le bureau de poste, la banque et quelques boutiques. Le lendemain, lorsque le premier d'entre eux s'arrêta devant le Lucky Mother, Barbara appela Hazard, qui grimpa à bord.

Le véhicule s'engagea en cahotant sur la piste poussiéreuse. Dépourvu de portières, ouvert à l'arrière, il était muni d'un toit en toile de tente qui procurait à ses occupants une ombre bienvenue. L'air chaud et humide sentait la sueur et la crème solaire. Sous la toile de tente, deux bancs se faisaient face. Sur chacun d'eux, cinq ou six touristes, certains tenant de gros sacs à dos, d'autres de petits sacs de plage. Hazard baissa les yeux vers les jambes alignées près des siennes : des blanches, des brunes, des rouges, généralement parsemées de piqûres de moustique et d'éraflures dues aux récifs coralliens. Ils échangèrent les questions rituelles : « Vous êtes à quel hôtel ? », « Et avant, vous étiez où ? », « Que faut-il absolument voir sur l'île, d'après vous ? ». Hazard avait entretenu cette conversation assez souvent pour connaître le nom de tous les sites touristiques, bars et restaurants à recommander, tant sur l'île qu'aux alentours. Ce qu'il ne dit pas, en revanche, c'est qu'il n'avait jamais été ailleurs que sur sa petite plage et dans les boutiques alignées le long du port. S'il le disait, il devrait expliquer pourquoi. Or il n'avait aucune envie d'expliquer à des inconnus qu'il ne pouvait pas se faire confiance.

Le minibus s'arrêta au bout du quai qui servait d'embarcadère au petit ferry en provenance et à destination de Koh Samui. De là, un plus gros ferry emmenait les touristes à Surat Thani, sur le continent. Hazard observa le bateau encore à quai. Et s'il montait à bord ? Il avait son passeport et de l'argent dans le sac banane qu'il portait sous son T-shirt. Ses affaires restées dans sa chambre ne lui manqueraient pas. Il pouvait partir. Mais il devait une semaine de loyer à Andy et Barbara, et ils s'étaient montrés si gentils qu'il ne voulait pas leur faire un sale coup.

Hazard entra dans la supérette. C'est là qu'il avait acheté ses sarongs, sa crème solaire, son shampooing et son dentifrice. Un présentoir rempli de cartes postales se dressait près de la porte. Hazard le fit tourner jusqu'à ce qu'il en trouve une qui montrait sa plage. Une vue aérienne. En plissant les yeux, on pouvait presque voir sa paillote.

En ressortant, Hazard s'assit à la terrasse du café, où il but une eau de coco (servie avec une paille dans une demi-noix de coco fraîche) tout en regardant le ferry de

Koh Samui déverser un flot de touristes sur l'embarcadère. Les nouveaux arrivants s'extasiaient sur la beauté de leur destination sans un regard pour l'employé du ferry qui se débattait avec leurs sacs à dos. Ôtant le capuchon du stylo-bille qu'il avait emprunté au serveur, Hazard commença à écrire.

Monica
Monica's Café
783 Fulham Road
Fulham, Londres
Royaume-Uni.

À la dame qui vend le meilleur café de la ville.
À bientôt.
Hazard.

Hazard reboucha le stylo et se rendit au bureau de poste. Là, il acheta un timbre et glissa la carte dans la boîte aux lettres avant de pouvoir changer d'avis.

Monica

Monica disposait les tables et les chaises du café en prévision du cours de Julian. Son portable sonna pour la cinquième fois. Elle savait déjà, sans même avoir besoin de le vérifier, que c'était Julian – ou plutôt le téléphone de Julian qui l'appelait depuis la poche de son pantalon. Le vieil homme ne maîtrisait pas encore son nouvel outil. Il avait tout de même réussi à l'appeler plus tôt dans la journée pour lui demander de trouver une personne prête à leur servir de modèle le soir même. Les stagiaires, estimait-il, étaient maintenant « prêts à représenter des formes humaines ».

Trouver un modèle s'était révélé plus difficile que Monica ne l'aurait voulu. Le délai étant trop court pour passer une petite annonce, elle avait fait appel à Benji. Et le convaincre de poser nu n'avait pas été une mince affaire ! « Le regard que nous poserons sur toi ne sera ni voyeur ni intéressé, avait-elle expliqué. Tu ne seras plus le Benji que nous connaissons, mais un sujet, un peu comme Larry le homard – sauf que tu ne finiras pas dans nos assiettes, bien entendu ! » Elle avait poursuivi en assurant que Julian lui ferait prendre une pose décente et sobre – rien de vulgaire, évidemment. Personne ne verrait son... (elle s'était interrompue, éludant la fin de la phrase). Comme Benji se montrait encore réticent, elle avait proposé de le payer deux heures de plus et de lui offrir un jour de congé supplémentaire. Le marché avait été conclu.

Julian arriva le premier, entièrement vêtu de cuir telle une version gériatrique de John Travolta dans *Grease*, suivi des stagiaires. « I got chiiiills, they're multiplying », fredonna Baz à Benji avec un sourire moqueur, mais Benji demeura imperturbable. Retranché derrière le comptoir, il affichait un air de défiance qui dissimulait mal sa nervosité. Quand tous les stagiaires furent assis, Julian distribua du papier et des crayons noirs.

— Chers amis, nous revenons ce soir au crayon noir afin de passer de la nature morte au modèle humain. Avant de commencer, je vous présente Mme Wu !

Tout le monde salua la petite dame chinoise qui se leva et s'inclina poliment. Elle n'était guère plus grande debout qu'assise.

— Appelez-moi Betty ! lança-t-elle avec virulence.

— Notre cher Benji a gentiment accepté de nous servir de modèle, précisa Julian une fois les présentations terminées. Avancez-vous, jeune homme.

Benji s'approcha du groupe d'élèves.

— Euh... où est-ce que je me déshabille ?

— Vous déshabiller ? Vous plaisantez, mon garçon. Nous avons seulement besoin de voir vos mains ! Inutile de courir avant de savoir marcher, vous ne croyez pas ? Asseyez-vous sur cette chaise et serrez cette tasse en croisant les doigts.

Parfait. Les mains sont l'une des parties du corps humain les plus difficiles à dessiner. Pour le moment, nous n'irons pas plus loin.

Benji lança un regard noir à Monica comme s'il la soupçonnait de s'être payée sa tête. Monica le lui rendit, consciente de le payer bien trop cher pour passer deux heures assis sur une chaise – et même pas nu. Caroline et Sophie paraissaient déconfites, avant que Sophie chuchote quelques mots à l'oreille de Caroline, qui s'étrangla de rire.

Apparemment inconscient des émotions qui parcouraient la petite assemblée, Julian poursuivit son explication :

— Même les artistes les plus expérimentés ont du mal à représenter les mains de leurs modèles.

Il s'interrompit, sourcil levé, comme pour souligner qu'il n'était pas, lui, confronté à ce genre de difficultés.

— Tâchez de ne pas penser à toutes les représentations de mains que vous avez vues dans les musées. Considérez-les plutôt comme un ensemble de formes, de lignes et de contours. Veillez à utiliser au mieux les possibilités que vous offre le crayon noir pour bien marquer la différence entre les os et la chair de la main, et l'objet qu'elle tient. Enfin, je vous en conjure : ne transformez pas les doigts élégants de Benji en bananes !

Le calme revint peu à peu. Bientôt, on n'entendit plus que quelques murmures, les instructions de Julian et le crissement des crayons sur le papier.

Alors que l'atelier touchait à sa fin, Riley leva la main.

— Qu'y a-t-il, mon garçon ? On n'est pas à l'école, vous savez. Inutile de lever la main !

— J'aimerais aller à Paris. Je me demandais si vous pouviez me recommander quelques musées ou des galeries d'art, expliqua Riley en baissant le bras.

Il passa la main dans ses boucles blondes d'un air gêné. Monica sentit son estomac se nouer – comme chaque fois que Riley évoquait la suite de son voyage en Europe. Elle s'efforça d'effacer l'ombre qui planait sur son esprit, comme elle l'aurait fait avec une tache sur la vitrine du café. Ne s'était-elle pas promis de profiter de l'instant présent ?

— Ah, Paris ! s'exclama Julian. Je n'y suis pas retourné depuis une bonne vingtaine d'années, mais je peux tout de même vous donner quelques conseils. Il y a beaucoup à voir, je vous préviens. Le Louvre, évidemment. Le musée d'Orsay et le Centre Pompidou. Ce serait un bon point de départ…

Il s'interrompit, sourcils froncés. Visiblement, une pensée venait de lui traverser l'esprit.

— Vous savez quoi ? reprit-il. On devrait tous y aller ! Ce serait notre voyage scolaire, en quelque sorte. Qu'en dites-vous ?

— Quelle bonne idée ! s'écria Monica, qui adorait se lancer dans de nouveaux projets. Je pourrais faire une réservation de groupe sur l'Eurostar. En réservant maintenant pour le mois de janvier, je devrais avoir de bons tarifs. Je vais calculer à combien se monterait le voyage par personne et je vous en parlerai la semaine prochaine. En attendant, le dîner de ce soir, pour tous ceux qui souhaitent rester, nous est fourni par la merveilleuse Betty Wu. Au prix de dix livres chacun, comme d'habitude.

— Soupe au crabe et au maïs, raviolis aux crevettes et rouleaux de printemps aux légumes, annonça Betty. Biming ! Baguettes, bols et cuillères à soupe, s'il te plaît.

— Biming ? chuchota Monica à Benji.

— Je sais. Ne lui dis rien, surtout ! Il est dans le déni.

Riley demeura près du comptoir tandis que les stagiaires quittaient le café, emportant leurs dessins avec plus ou moins de fierté ou d'embarras. Les joues rosies, réchauffés par le bon repas concocté par Betty, ils s'élançaient sur Fulham Road sans craindre le froid de décembre.

— Veux-tu que je t'aide à fermer le café ? proposa Riley à Monica en l'attirant contre lui.

Il glissa les doigts dans la ceinture de son jean et pressa ses cuisses fermes contre les siennes. Troublée, Monica sentit son souffle se bloquer dans sa gorge. Cette fois, s'il tentait d'aller plus loin, elle ne dirait peut-être pas non. Elle imagina son corps bronzé mêlé au sien sous ses draps blancs, ses longs cils sombres baissés sur ses joues veloutées, et son trouble s'accentua. Elle avait chaud, tout à coup. Très chaud. Elle se dégagea de son étreinte pour aller fermer la caisse. Riley la suivit en ramassant au passage quelques verres oubliés sur les tables.

— Qu'est-ce que c'est ? demanda-t-il, pointant du doigt les petits Post-it multicolores affichés derrière le comptoir.

— Les descriptifs de mes clients, répondit Monica.

Riley se pencha vers les notes colorées et détacha l'une d'elles. Il reconnut aussitôt l'écriture ronde et soignée qu'il avait vue dans *Le Carnet des Silences*.

— Mme Skinner. Allergie aux produits laitiers. Son bébé s'appelle Olly. Prendre des nouvelles de son chiot, lut-il à voix haute. Et moi qui pensais que tu avais une mémoire d'éléphant !

— J'ai effectivement une mémoire d'éléphant, répliqua Monica. C'est pour Benji que j'ai rédigé ces notes, pas pour moi. Dis donc, que penses-tu de ce voyage à Paris ? Ce serait formidable de partir tous ensemble, non ? demanda-t-elle.

Elle avait changé de sujet à dessein, espérant distraire Riley avant qu'il découvre certains descriptifs moins charitables pour sa clientèle. Le Post-it vert pomme, notamment, qui incitait Benji à se méfier de Bert, le fan du Fulham Football Club : « Il s'essuie le nez avec la main. Utilise des lingettes antibactériennes. »

— Tu crois que tout le groupe viendra ? Je vais chercher des endroits sympas où s'arrêter pour le déjeuner. Il y en a tant, des bons restos à Paris ! Tu vas adorer, Riley. C'est vraiment l'une des plus… belles villes du monde, assura-t-elle.

Elle s'empourpra : elle avait failli dire « romantique ». Il s'agissait d'un voyage culturel, pas d'une escapade en amoureux ! Cela dit, elle pourrait peut-être réserver une chambre dans un joli petit hôtel afin qu'ils restent tous deux à Paris une nuit supplémentaire… Ils feraient une longue balade le long de la Seine au coucher du soleil, et prendraient leur petit-déjeuner au lit le lendemain matin – pains au chocolat, café noir et du jus d'orange fraîchement pressé.

Elle s'arracha à sa rêverie en remarquant que Riley s'était figé devant le tableau d'affichage. Elle s'approcha pour voir ce qui avait attiré son attention. C'était une carte postale, reçue quelques jours plus tôt.

— C'est une belle plage, n'est-ce pas ? Quelque part en Thaïlande. L'île s'appelle Koh Panam – regarde, c'est écrit en bas de l'image. Mais je ne comprends vraiment pas qui m'a envoyé cette carte. Un type qui me connaît, apparemment. Attends, je vais te montrer.

Elle décrocha la carte postale, la retourna et la tendit à Riley.

— Tu vois, c'est adressé à Monica, reprit-elle. « À bientôt… » Tu crois que c'est un type louche, un mec qui m'espionne ? Et c'est signé Hazard. Quel drôle de prénom ! Alors, qu'est-ce que tu en penses ?

Non seulement Riley ne répondit pas à sa question, mais il lui annonça soudain qu'il devait partir. Un instant plus tard, il avait disparu, laissant Monica interdite, la carte postale à la main. Qu'avait-elle fait de mal ?

Julian

Monica n'avait pas prévenu Julian de sa visite. Il la soupçonnait de l'avoir fait exprès : elle souhaitait sans doute le prendre au dépourvu afin qu'il ne puisse pas protester. Elle se tenait sur le pas de sa porte, un seau à la main rempli de produits nettoyants de différentes couleurs. Elle portait des gants en caoutchouc jaune vif qui inquiétèrent beaucoup Julian. Les arborait-elle en public ? Il espérait que non.

— C'est assez calme au café aujourd'hui, dit-elle, alors j'ai pensé que je pourrais venir faire un peu de ménage…

Il dut avoir l'air alarmé, car elle précisa aussitôt :

— Ne vous inquiétez pas : ce n'est vraiment pas une corvée. Le ménage est une de mes activités préférées. Et puis, votre maison constitue un tel… défi ! conclut-elle en sortant le mot comme un lapin d'un chapeau… Oui, un véritable challenge ! Vous ne pouvez tout de même pas me refuser ce plaisir ?

— Eh bien, c'est très gentil de votre part, chère amie, dit-il tandis qu'elle le précédait dans le couloir, mais ce n'est vraiment pas nécessaire. J'apprécie les lieux comme ils sont. Et pour tout dire, j'y sens encore l'odeur de Mary. Si vous commencez à tout asperger avec vos produits, je ne sentirai plus rien.

Il se tut, satisfait. Elle ne pourrait pas s'opposer à un tel argument, n'est-ce pas ?

Monica se tourna vers lui.

— Julian, je ne voudrais pas être impolie, mais...

Il faillit se boucher les oreilles pour ne pas entendre ce qui allait suivre. L'expérience lui avait appris que la plupart des gens utilisent cette expression avant de dire quelque chose de très impoli, justement.

— Êtes-vous en train de m'expliquer que Mary sentait le moisi, la poussière, et les restes d'un animal non identifié qui a dû mourir sous vos meubles de cuisine ?

— Non, bien sûr que non ! s'écria-t-il, horrifié et un peu fâché, aussi.

Monica comprit sans doute qu'elle l'avait vexé, car elle prit sa main dans la sienne – par chance, elle avait ôté au préalable ses affreux gants jaunes.

— Dites-moi ce que sentait votre maison quand Mary était là, Julian.

Il ferma les yeux, laissant sa mémoire superposer une odeur après l'autre dans son esprit.

— Boutons de roses, confiture de fraises maison, zestes de citron, énuméra-t-il. Laque Elnett pour cheveux – celle qui se vend dans de grands flacons dorés. Et peinture, évidemment.

— D'accord. Attendez-moi ici. Je reviens dans une demi-heure, déclara Monica, et elle disparut aussi abruptement qu'elle était arrivée.

Quand elle revint, vingt-neuf minutes plus tard, ce fut avec plusieurs sacs, qu'elle empila dans un coin. Puis elle se retourna, l'empêchant de voir ce qu'ils contenaient.

— Julian, je pense que vous devriez me laisser faire, annonça-t-elle. Allez vous asseoir au café. J'ai demandé à Benji de mettre toutes vos consommations sur l'ardoise du staff. Restez là-bas aussi longtemps que possible. J'en ai pour un bon moment.

Julian accepta sans protester outre mesure : il commençait à comprendre qu'il ne servait à rien de se disputer avec sa nouvelle amie. Il passa un après-midi fort agréable à discuter avec la clientèle du Monica's Café.

Benji lui apprit à faire un cappuccino convenable en utilisant la machine à café de l'établissement – un engin de la taille d'une petite voiture, et tout aussi compliqué. Puis ils passèrent un long moment à ricaner comme de vilains garnements en lisant les Post-it de Monica, auxquels ils ajoutèrent quelques notes de leur invention.

Et pendant tout ce temps, Julian s'efforçait de ne pas penser au désastre qu'il trouverait en arrivant chez lui.

Pour la première fois depuis aussi longtemps qu'il s'en souvienne, peut-être depuis toujours, Julian frappa à sa propre porte. La perspective d'entrer chez lui le rendait plutôt nerveux. À dire vrai, il avait l'impression d'être un visiteur, et non le maître des lieux. Il frappa assez longuement avant que Monica apparaisse sur le seuil, les cheveux enveloppés dans un foulard dont sortaient plusieurs mèches brunes. Son visage était rouge, et ses yeux brillaient comme si elle les avait astiqués, eux aussi. Elle portait l'un des tabliers de Mary. Où diable l'avait-elle trouvé ?

— Je n'ai fait que le salon et la cuisine, dit-elle. Je reviendrai pour les autres pièces. Entrez donc !

— Monica ! s'exclama-t-il. C'est incroyable… Vous avez tout remis à neuf !

Et c'était le cas. La lumière du jour passait à travers les fenêtres, frappant des surfaces qui avaient été nettoyées, astiquées et cirées. Les tapis étaient passés de teintes grisâtres à des couleurs vives et éclatantes, et il n'y avait pas une toile d'araignée en vue. Le cottage ressemblait de nouveau à un nid douillet, comme si Monica avait rajeuni la maison de quinze ans en même temps qu'elle la débarrassait de la saleté accumulée depuis la mort de Mary.

— Maintenant, dites-moi… Quelle odeur sentez-vous ? demanda-t-elle.

Il ferma les yeux et prit une profonde inspiration.

— Ça sent le citron, dit-il.

— Exact. J'ai utilisé des produits nettoyants parfumés au citron. Quoi d'autre ?

— Et la confiture de fraises !

— Tout à fait. Elle mijote sur la cuisinière astiquée comme un sou neuf. Il va falloir trouver des pots à confiture. Mais pour le moment, asseyez-vous. Je n'ai pas terminé.

Elle sortit et revint avec trois gros bouquets de roses qu'elle avait dû cacher dans la cour. Elle fouilla dans les placards pour trouver des vases appropriés, et disposa le tout sur plusieurs meubles et consoles du salon.

— Et maintenant, annonça-t-elle avec emphase, la touche finale !

Elle sortit de la poche de son tablier une bombe de laque Elnett et en vaporisa dans le salon.

— Fermez les yeux, Julian. Retrouvez-vous l'odeur de la maison quand Mary était là ?

Il s'appuya contre le dossier de son fauteuil préféré (miraculeusement nettoyé) et prit une longue inspiration. Monica avait réussi : l'odeur qu'il aimait tant était revenue. Il aurait voulu garder les yeux fermés pour toujours, et rester en 2003. Mais il manquait encore une dernière composante au mélange pour qu'il soit complet.

— Monica, dit-il, nous devons rouvrir l'atelier. Je vais vous donner un cours de peinture. C'est le moins que je puisse faire pour vous remercier.

Il ouvrit les doubles portes qui séparaient le salon de l'atelier. Là, il prit un rouleau de toile, l'étala sur le sol et commença à mélanger le contenu d'un tube de peinture avec une sorte d'huile.

— Ce soir, nous allons faire du Jackson Pollock, ma chère. Je vous ai regardé dessiner. Vous vous appliquez beaucoup. Le résultat est très précis et soigné. Vous essayez de reproduire exactement ce que vous voyez. Notre ami Pollock disait que peindre, c'est se découvrir soi-même. Pour lui, l'important, c'était d'exprimer ses sentiments, pas seulement d'illustrer la réalité. Tenez, prenez ce pinceau.

Il tendit à Monica un pinceau presque aussi gros que son poing.

— Pollock utilisait de la peinture murale, mais je n'en ai pas. J'ai mélangé de la peinture à l'huile à de l'huile de lin et à de l'essence de térébenthine, comme je le fais pour mes propres tableaux.

Il déroula une autre toile sur le sol et fit mine de peindre, penché au-dessus de la toile tel un danseur sur une scène d'opéra.

— Vous êtes prête ?

Il la soupçonnait de ne pas l'être : elle s'inquiétait sans doute des dégâts que leur leçon de peinture improvisée ne manquerait pas de causer autour d'eux, salissant les pièces qu'elle venait de nettoyer – mais elle hocha courageusement la tête. Il regagna le salon, choisit un disque vinyle et le posa sur la platine. Un seul homme pouvait accompagner une initiative aussi théâtrale : Freddie Mercury.

Julian ôta ses chaussures et glissa sur le parquet verni pour revenir dans l'atelier, tout en chantant « Bohemian Rhapsody » avec l'enthousiasme, sinon le talent, de Freddie. Il prit un pinceau, le trempa dans un godet de terre de Sienne et le projeta sur la toile, formant un arc de couleur brune sur le blanc du tissu.

— Allez-y, Monica ! cria-t-il. Utilisez toute la longueur de votre bras. Sentez la force qui vient de votre estomac et traverse votre corps.

Elle se lança, d'abord timidement, puis amusée par sa gaucherie, elle se mit à rire. Alors elle se détendit franchement, et il la vit jeter de la peinture au-dessus de sa tête, comme un joueur de tennis au service, sans se soucier des gouttelettes de peinture rouge qui tombaient dans ses cheveux.

Toujours en chaussettes, le pinceau à la main, Julian s'élança sur sa toile comme sur une patinoire, la mouchetant de peinture à mesure qu'il avançait, en chantant :

— « Will you do the fandango ? » C'est quoi le fandango, au fait ? Et Scaramouche ? Qui diable est Scaramouche ?

Monica éclata de rire. Ils se laissèrent tomber au sol, épuisés et hilares, à côté de leurs fabuleuses débauches de couleurs. L'odeur de la peinture fraîche flottait dans l'air, se mêlant au parfum des roses, des citrons, de la confiture de fraises et de la laque Elnett.

— Quand Mary est partie, étiez-vous près d'elle, Julian ? Dans cette maison ? demanda Monica quand ils eurent repris leur souffle. Je sais ce qu'on ressent dans ces cas-là, vous savez…

— Je préférerais ne pas en parler, coupa Julian d'un ton abrupt, qu'il regretta aussitôt, car elle semblait sur le point de lui faire une confidence.

Elle reprit la parole.

— Vous n'avez pas eu d'enfants ?

Seigneur, pas moyen d'échapper à la question !

— Nous avons essayé, mais la vie en a décidé autrement. Mary a fait plusieurs fausses couches et… nous avons préféré renoncer. Ce n'était pas une période facile, conclut-il.

C'était pour le moins un bel euphémisme.

— Vous ne vouliez pas adopter ? insista Monica.

Elle lui faisait penser à son chien Keith, lorsqu'il refusait de lâcher un os.

— Non, affirma-t-il.

Ce n'était pas tout à fait vrai : Mary était prête à adopter (pour tout dire, elle en rêvait), mais il s'y était opposé. À quoi bon avoir des enfants si vous ne pouvez pas leur transmettre vos propres gènes ? Il s'imaginait scrutant le visage de son fils en se demandant d'où il venait… et cette perspective lui chavirait le cœur. Cependant, il se garda d'en rien dire à Monica : cette explication ne le rendrait sans doute pas très sympathique à ses yeux.

— Avez-vous de la famille ? poursuivit-elle. Des frères et sœurs ? Des neveux et nièces ?

— Mon frère est mort de la sclérose en plaques – une maladie atroce. Il avait à peine cinquante ans. Je n'ai pas été aussi présent que j'aurais dû l'être… La déchéance physique me désempare. Je ne sais pas gérer la faiblesse d'autrui. C'est un de mes nombreux défauts. Il n'avait pas d'enfants. Ma sœur, Grace, a émigré au Canada dans les années 1970. Elle n'est pas revenue en Angleterre depuis plus d'une décennie. Elle est trop vieille pour un tel voyage, c'est ce qu'elle dit. Elle a deux enfants, mais je ne les ai pas vus depuis des années – sauf sur Facebook. Quelle merveilleuse invention, ce truc-là ! Vu mon grand âge, je m'en sers assez peu, mais si c'était sorti trente ans plus tôt, quand j'étais encore jeune et fringant, je serais sans doute devenu accro.

Il se tut, un peu gêné. Comme il bavardait !

— Si je comprends bien, vous n'avez plus de famille proche à Londres, conclut Monica. Avez-vous des projets pour Noël ?

Julian fit mine de réfléchir.

— Eh bien…, minauda-t-il. J'ai tellement de propositions que je n'ai pas réussi à me décider !

Avait-elle l'intention de l'inviter ? Il s'efforça de brider son enthousiasme au cas où elle aurait posé la question par simple curiosité.

— Je vous en parle parce que je serai seule cette année, moi aussi : mon père et Bernadette, sa nouvelle femme, partent en croisière aux Caraïbes pour fêter leur cinquième anniversaire de mariage. Alors Riley et moi avons prévu d'organiser un repas de Noël au café. Il sera loin des siens, lui aussi. Aimeriez-vous vous joindre à nous ?

— Je… Rien ne me ferait plus plaisir, balbutia Julian, presque étourdi par tant de bonheur. Je ne vous l'ai jamais dit, mais… je suis vraiment heureux que ce soit vous qui ayez trouvé mon petit cahier.

— Je suis très heureuse de l'avoir trouvé, moi aussi, assura-t-elle en posant sa main sur la sienne.

Il se raidit. Il avait perdu l'habitude de ce genre de contact. La seule personne qui le touchait régulièrement était son coiffeur.

— Vous savez quoi, Julian ? Vous devriez faire le portrait de Riley. Ce serait un merveilleux modèle.

— Pourquoi pas ? répondit-il poliment.

À dire vrai, cette idée ne le tentait guère. Pas assez complexe. *Avec lui, au moins, je n'aurais pas besoin de faire plusieurs couches !* songea-t-il un peu méchamment. Il se réprimanda. Ne s'était-il pas promis de rompre avec le jeune mondain cynique et arrogant qu'il avait été ?

— En parlant de Riley, reprit-il d'un ton qu'il espérait détaché, je le soupçonne d'être un peu amoureux de vous.

Une légère tristesse obscurcit le regard de Monica.

— Ah oui ? fit-elle. Je n'en suis pas sûre.

— Avez-vous écrit dans le cahier, vous aussi ? demanda-t-il, voyant que parler de sa relation avec Riley la mettait mal à l'aise.

Julian se sentait un peu comme un père désireux de témoigner de l'intérêt à sa fille sans pour autant se montrer trop curieux. En tout cas, si ce jeune Australien la contrariait, il devrait s'en expliquer avec lui !

— Oui, mais en y repensant, je suis un peu gênée par ce que j'ai écrit… Vous vous souvenez des derniers mots de votre récit ? Comme quoi « confier ce qui nous définit vraiment changerait peut-être notre vie ? » Eh bien, je pense que vous aviez raison : le seul fait d'écrire ces quelques pages a eu un effet un peu magique. Ma vie a changé depuis ce jour-là. Tout semble se mettre en place… C'est ce que je commence à penser, du moins. J'ai laissé le cahier dans un bar à vin, il y a plusieurs semaines.

— Je me demande qui l'a trouvé… Peut-être, comme je l'avais aussi écrit je crois, a-t-il déjà changé la vie d'une personne que nous n'avons pas encore rencontrée.

— C'est exact. Rien ne prouve qu'il ne soit pas en train d'agir en ce moment même… En tout cas, ce petit cahier a déjà fait beaucoup de bien autour de lui, vous ne croyez pas ?

Julian rendit volontiers son sourire à Monica – cette amie rencontrée depuis peu et qu'il avait l'impression d'avoir toujours connue.

Riley

Riley était assis sur son lit, un ordinateur portable de Brett, l'un de ses colocataires, posé sur ses genoux. Le sommier, étroit et inconfortable, était surmonté d'un matelas à ressorts, si rigides que Riley les sentait pointer à travers la toile quand il était couché. L'un d'eux lui picotait la cuisse droite en ce moment même. Il se déplaça vers la gauche, puis remit l'ordinateur en équilibre sur ses genoux. Il buvait du thé sans lait, puisque quelqu'un avait fini la bouteille qu'il avait achetée la veille. Son paquet de six cannettes de bière n'en comptait plus que quatre, et son morceau de cheddar avait été amputé d'un bon tiers, mais doté d'une empreinte de dents révélatrices. Quelques heures plus tôt, il s'était résolu à étiqueter toutes les denrées qui lui restaient, une mesure qu'il déplorait, et dont il imputait la responsabilité à ses colocataires. D'ordinaire, il ne marquait pas son nom sur ses affaires. Ce n'était pas son genre.

Le pâle soleil de décembre tentait vaillamment de filtrer à travers la grisaille qui recouvrait les vitres de Riley, opacifiées par les gaz d'échappement des milliers de voitures qui défilaient sur Warwick Road vingt-quatre heures sur vingt-quatre. Ces jours-ci, Riley s'étiolait comme une plante privée de soleil et d'air pur : amaigri, le teint terne, il se sentait faible et sans forces. Sa peau naturellement mate tirait sur le jaune et ses cheveux blonds devenaient plus foncés. *Bientôt*, pensa-t-il, *mes cheveux et ma peau seront de la même couleur*.

Pour la première fois depuis son arrivée à Londres, Riley avait le mal du pays. Perth lui manquait terriblement, tout comme la vie qu'il y menait – ses journées passées au soleil, à nourrir, à arroser, à désherber et à tailler les jardins de ses clients. Il leva les yeux vers les photos qu'il avait accrochées au-dessus de son lit : lui, adolescent, avec son père et ses deux frères, surfant tous les quatre sur la même vague. Ils souriaient à sa mère, qui prenait la photo. Comme toujours, elle avait mal cadré : il y avait beaucoup trop de ciel. Une autre le montrait, bébé, dans les bras de sa mère lors d'un voyage à Bali, où elle était née et où vivait encore toute sa famille ; sur la troisième photo, prise quelques mois plus tôt, ses meilleurs amis souriaient à l'objectif, bières à la main, lors de la soirée barbecue qu'ils avaient organisée pour Riley avant son départ en Europe. Pourquoi avait-il troqué une vie saine et harmonieuse, en contact permanent avec la nature, pour une existence de citadin prisonnier du béton, du bruit et de la pollution ?

Riley baissa de nouveau les yeux vers l'écran. Il vérifiait la progression des articles qu'il avait mis aux enchères sur eBay. La tenue d'apiculteur de Julian (à peine portée) était partie pour une jolie somme. Qui aurait cru que la capitale britannique abritait autant d'apiculteurs amateurs ? La lampe Tiffany, qu'il avait honnêtement décrite comme « hors d'usage » et « nécessitant des réparations », faisait l'objet de nouvelles enchères toutes les dix minutes. Plus incroyable encore : l'ancien téléphone portable de Julian était sur le point de se vendre à un prix plus élevé que le dernier iPhone ! Riley fit défiler la liste en soufflant sur une boucle de cheveux qui tombait sur son front.

Sa chambre était meublée avec parcimonie, comme le reste de l'appartement : une commode, un portant, quelques cintres en métal et une bibliothèque IKEA, manifestement montée de travers par une personne très maladroite (ou très ivre). Du coin de l'œil, Riley voyait pointer le carnet de Julian entre ses romans écornés et ses guides de voyage. Il fronça les sourcils. Pour un peu, il aurait cru que le petit cahier vert lui faisait signe.

Riley avait l'impression de s'enfoncer dans des sables de plus en plus mouvants. Il se souvint de la sensation de nœud dans son estomac quand il avait aperçu la carte postale de Koh Panam sur le tableau d'affichage de Monica. « C'est une coïncidence », s'était-il dit pour se rassurer. Monica avait brisé ses espoirs un instant plus tard en mentionnant le destinataire – un certain Hazard. Riley aurait dû en profiter pour tout lui raconter. C'était le moment idéal. « Hazard ? aurait-il répété d'un air faussement étonné. C'est le gars que j'ai rencontré en Thaïlande avant d'arriver à Londres ! Il m'a confié un cahier. C'est comme ça que je t'ai trouvée, d'ailleurs. » Monica l'aurait peut-être mal pris, mais au moins, il aurait essayé. Au lieu de quoi, il avait laissé filer l'occasion. Pire encore, il s'était enfui en courant, laissant Monica perplexe, la carte postale à la main. Bref, il avait aggravé son cas. Maintenant, il ne pourrait même pas prétendre qu'il n'avait pas trouvé le bon moment pour lui faire ses aveux. Ni qu'il s'agissait d'un autre Hazard – avec un prénom pareil, il n'y avait aucun doute possible. Il soupira.

Pourquoi ce type ne s'appelait-il pas Sam ou James, comme tout le monde ? Ou Riley, tout simplement ?

À présent, il ne lui restait qu'une issue : tout raconter à Monica. Et tant pis si elle ne voulait plus le revoir. Il était peut-être temps pour lui de passer à autre chose ? Il se pouvait aussi qu'elle le prenne bien – qu'elle trouve l'histoire plaisante et s'amuse à la raconter à ses amis lorsqu'ils lui demanderaient comment ils s'étaient rencontrés. Certes, Hazard avait joué les entremetteurs, mais ce qui s'était passé ensuite n'appartenait qu'à eux, non ? Riley ne se serait jamais engagé dans une relation avec elle s'il ne l'appréciait pas – s'il ne l'aimait pas sincèrement. Et cette sincérité, Monica ne pourrait pas l'ignorer.

Seulement, les fêtes de Noël approchaient (plus qu'une semaine avant le réveillon) et Riley ne voulait pas prendre le risque de gâcher la réception que Monica organisait avec soin depuis plusieurs jours. Il savait à quel point elle se réjouissait d'accueillir ses nouveaux amis au café pour le déjeuner de Noël. Il avait vu les listes posées sur la table basse de son salon : la liste des courses, le planning détaillé des préparatifs, la liste de cadeaux (elle l'avait cachée avant qu'il puisse voir ce qu'elle lui avait acheté). Encore indécise quant au choix de certaines recettes, elle avait même tenté de discuter avec lui des mérites respectifs de Jamie Oliver et de Nigella Lawson, avant de renoncer au vu de son manque total d'intérêt pour la question.

Elle avait invité les élèves du cours de dessin à prendre un verre au café avant de se rendre à leur propre fête de famille. La plupart d'entre eux ne seraient pas en ville ce jour-là, mais Betty et Baz avaient prévu de passer. Benji déjeunerait avec eux et partirait à Édimbourg quelques jours plus tard, pour célébrer Hogmanay, le nouvel an écossais, avec sa famille.

Le mieux, décida Riley, serait de le dire à Monica après Noël, mais avant le nouvel an.

Après s'être fait cette promesse, il se sentit un peu moins coupable. Il posa de nouveau les yeux sur le cahier vert pâle. Il voulait s'en débarrasser. Oublier son existence jusqu'à la fin de la semaine suivante. Or, il pouvait difficilement l'oublier s'il l'avait sans cesse sous les yeux.

Il aurait pu le jeter, mais le cahier avait été conçu pour passer de main en main, et il ne voulait pas endosser la responsabilité de briser la chaîne. Ne serait-ce pas cruel de détruire les récits écrits avec tant de soin et de sincérité par ses prédécesseurs ? Un geste aussi égoïste risquait fort de lui porter malchance. Il ferait mieux de le transmettre, comme Monica et Hazard avant lui. Qui sait ? Le cahier changerait peut-être encore la vie de quelqu'un ? Ce carnet était un peu magique, tout de même : il lui avait permis de rencontrer Monica et de se faire plusieurs amis à Londres. Il lui avait même trouvé un emploi – si l'on pouvait décrire ainsi la mission de « désencombrement » qu'il avait entreprise chez Julian. Et puis, celui qui en hériterait en ferait certainement meilleur usage et n'oublierait pas que le but du projet consistait à se montrer sincère. Non à multiplier les mensonges et les faux-semblants comme lui l'avait fait.

Un bruit de coups rythmés, entrecoupés de gémissements exagérés, s'éleva dans la pièce voisine. Les cloisons de l'appartement étaient si minces que Riley pouvait entendre un pet délivré deux pièces plus loin. Il n'ignorait rien (bien malgré lui) de la vie sexuelle plutôt active de Brett, qui occupait la chambre voisine. Sa copine actuelle était clairement en train de simuler, estima-t-il. Personne ne pouvait prendre autant de plaisir dans les bras d'un lourdaud pareil !

Il prit le cahier sur l'étagère, chercha un stylo dans la poche latérale de son sac à dos et commença à écrire.

Lorsqu'il releva les yeux, la nuit était tombée. Il avait l'impression qu'un poids s'était détaché de ses épaules. Tout allait bien se passer. Il s'approcha de la fenêtre pour fermer les rideaux trop courts. Un cri de surprise lui échappa : il se passait quelque chose d'extraordinaire ! Il devait le dire à Monica.

Monica

Monica venait de retourner le panneau fixé sur la porte du café, annonçant qu'il était « FERMÉ » jusqu'au lendemain matin, quand Riley surgit sur le trottoir, le souffle court, les joues rouges, comme s'il avait couru sans s'arrêter depuis Earl's Court. Si elle n'avait pas ouvert la porte, il aurait foncé dedans.

— Regarde, Monica ! IL NEIGE !

Il secoua la tête, répandant des gouttelettes d'eau autour de lui tel un jeune retriever après une baignade.

— Je sais, répondit-elle, mais je doute qu'elle tienne. Ça arrive rarement.

Il se figea, déconcerté. Ce n'était manifestement pas la réponse qu'il attendait.

— Riley, tu n'as jamais vu la neige ?

— Bien sûr que si. J'en ai vu au cinéma et sur YouTube, mais jamais en vrai ! précisa-t-il en désignant les flocons qui tombaient du ciel nocturne.

Cette fois, ce fut à Monica de paraître déconcertée.

— Et alors ? fit-il avec une pointe d'indignation. Tu as déjà vu une tempête de sable, peut-être ?

Elle secoua la tête.

— C'est bien ce que je pensais, asséna-t-il. Bon, on ne va pas rester là, quand même ! Il y a une patinoire près du Musée d'histoire nationale. Allons-y !

— Près du Musée d'histoire naturelle, rectifia Monica. Et je ne peux pas sortir maintenant. Je dois encore tout ranger, fermer la caisse et dresser les tables pour demain matin. Désolée.

Avait-il oublié qu'il s'était enfui à toutes jambes la dernière fois qu'ils s'étaient vus ?

— Ah non ! protesta-t-il. Je t'emmène. Laisse-toi faire, s'il te plaît. Tout ça peut attendre. Saisis l'instant présent. Cesse de t'inquiéter et amuse-toi un peu. On ne vit qu'une fois, non ?

Monica ne put retenir une grimace. Quelle succession de clichés ! On aurait dit qu'il lisait le scénario d'un mauvais film américain.

— Maintenant, tu vas sans doute me dire que personne n'est jamais mort en regrettant de ne pas avoir passé plus de temps au travail ?

Elle leva les yeux vers son visage radieux et plein d'espoir, et sentit fondre son irritation. Il avait raison. Pourquoi ne pas s'amuser un peu ?

Enfant, Monica avait pris des cours de patin à glace, de danse classique, de piano, de flûte, de gymnastique et de théâtre. Assidûment, jusqu'à l'âge de seize ans, puis elle avait tout arrêté. Elle n'avait jamais repris depuis... Saurait-elle encore patiner ? Elle fut vite rassurée : il ne lui fallut que quelques minutes pour retrouver son aisance d'autrefois.

Bientôt, elle s'élançait et tournoyait sur la glace avec aisance, voire avec panache. Pourquoi donc avait-elle cessé de patiner ? *C'était un tel plaisir !* Et la danse, le piano, le théâtre ? Pourquoi avoir troqué la passion contre la raison et abandonné ses rêves d'enfant pour une carrière et un travail acharné ?

Elle se tourna vers Riley. En parlant de rêves… Même dans ses songes les plus fous, elle n'aurait jamais imaginé sortir avec un type pareil. Le prince charmant en personne. Elle devait encore se pincer pour le croire. Dans la rue, les passants les suivaient du regard, manifestement éberlués. Riley avait sans doute l'habitude d'être dévisagé : il ne leur accordait aucune attention. Quant à Monica, elle ne parvenait pas à en être flattée. Tous ces gens se demandaient sûrement ce que cet Adonis faisait avec une fille comme elle !

Pour l'heure, Riley ressemblait à Bambi lors de sa première incursion sur le lac gelé : ses jambes refusaient de coopérer et à peine parvenait-il à se relever qu'il retombait. Monica se dirigea vers lui. Couché sur le dos, ses boucles blondes étalées autour de son visage comme un halo doré, il avait tout d'un ange tombé du ciel. Elle lui tendit la main. Il la saisit, se hissa maladroitement sur ses jambes – et perdit de nouveau l'équilibre, entraînant Monica dans sa chute.

Étendue de tout son long en travers de Riley, Monica sentit le rire du jeune homme naître au creux de son ventre, monter dans sa poitrine et exploser à son oreille. Amusée, elle plaqua un baiser sur ses lèvres. Ces gestes tendres, si joyeux, si naturels, donnaient raison aux clichés qu'elle avait rejetés auparavant. Certes, Riley ne correspondait pas tout à fait à ses critères – mais le moment était peut-être venu d'en changer, non ?

Leurs regards se croisèrent, et Riley lui sourit.

— Tu es incroyable, tu sais ! Tu virevoltes sur la glace comme la fée clochette autour de Peter Pan. Je suis fasciné.

Monica sentit son cœur gonfler dans sa poitrine. Elle lui inspirait de la fascination ? Cette soirée était décidément à marquer d'une pierre blanche.

Elle se redressa, puis Riley se leva à son tour (seul, cette fois) et aida une gamine à faire de même. La fillette le regarda comme s'il était le Père Noël. Visiblement, même les moins de dix ans étaient sensibles à son charme.

Ils regagnèrent le café vers 22 heures. Monica savait qu'elle devait se remettre au travail : le rangement interrompu en début de soirée ne se ferait pas tout seul... mais pour l'heure, elle se laissait griser par l'ivresse du moment. Une sorte de folie passagère à laquelle elle s'adonnait (presque) sans réserve.

En allumant les lumières du café, Monica aperçut la carte postale affichée derrière le bar et repensa à la sortie précipitée de Riley, quelques soirs plus tôt.

— Riley, qu'est-ce qui t'a pris l'autre soir ? demanda-t-elle d'un ton qu'elle espérait neutre. Tu es parti en coup de vent sans me dire au revoir. Je t'avais contrarié ?

— Pas du tout. Ne pense pas ça, je t'en prie ! J'étais juste un peu... Comment dire ? Je crois que j'ai paniqué.

Il baissa les yeux d'un air contrit. Elle le crut sur parole. Il était trop franc, trop direct, pour jouer double jeu. Et puis, ne lui arrivait-il pas, à elle aussi, de paniquer à propos de leur relation – et de toutes celles qui l'avaient précédée ? Elle ne pouvait pas lui en vouloir ! Au fond, elle était même soulagée de découvrir que Riley luttait, comme elle, contre des émotions contradictoires. Ils avaient peut-être plus de points communs qu'elle ne le pensait.

— Et si on buvait un peu de vin chaud ? suggéra-t-elle, espérant que l'alcool les aiderait à renouer avec une atmosphère joyeuse et détendue.

Elle se dirigea vers la petite cuisine aménagée au fond du café, alluma l'un des brûleurs de la gazinière et versa une bouteille de vin dans une grande casserole. Puis elle ajouta du sucre, de la cannelle, de la muscade, des tranches d'orange et des clous de girofle. Elle entendit Riley glisser un CD dans la chaîne hi-fi. Ella Fitzgerald. Bon choix. Elle remua le vin pendant dix minutes, ce qui était loin d'être suffisant, mais son instinct l'appelait dans la pièce voisine. Et pour une fois, elle décida de s'y fier.

Elle apporta deux verres de vin à peine infusé dans la grande salle du café. Riley s'en empara, les posa sur une table, puis il prit une de ses mains dans la sienne et l'invita à danser. Ils se mirent à tournoyer doucement, au rythme de la chanson. Riley évitait adroitement les tables et les chaises, faisant tourner Monica au bout de son bras sans jamais la lâcher, avant de l'attirer de nouveau contre lui. Ses bras, ses jambes, si gauches sur la glace, se révélaient merveilleusement habiles sur le parquet ciré du café. Monica était stupéfaite. S'agissait-il bien du même homme ?

Elle s'interrogea un moment, puis cessa de s'interroger. Elle cessa même de s'inquiéter. L'anxiété qui lui nouait la gorge s'évanouit comme par magie. Et les questions qui surgissaient d'ordinaire à tout instant dans son esprit la laissèrent en paix. Elle ne se demanda pas ce qui allait se produire, ne formula aucune hypothèse et n'élabora aucune stratégie quant à la suite de la soirée. Mieux encore : elle ne s'interrogea pas sur l'avenir de sa relation avec Riley. Même la plus récente de ses angoisses (« Qui est en train de lire les âneries que j'ai écrites dans *Le Carnet des Silences* ? »)

ne vint pas la tarauder. Seuls comptaient le rythme de la musique et le plaisir de danser avec Riley.

Un autobus passa sur Fulham Road, éclairant brièvement le trottoir. Monica aperçut alors une jeune femme figée devant la vitrine du café, un bébé dans ses bras – un splendide bébé joufflu – telle une Madone à l'Enfant des temps modernes. Le bébé tenait les cheveux de sa mère dans son poing fermé comme pour s'assurer qu'elle ne le quitterait pas.

La jeune femme planta ses yeux dans ceux de Monica, l'air de dire : « Où vas-tu comme ça ? Tu danses sur du vide. Ce qui compte vraiment, c'est ce que j'ai. »

L'autobus poursuivit sa route vers Putney, plongeant de nouveau la rue dans l'obscurité, et la vision s'évanouit. Peut-être n'était-ce que le fruit de son imagination ? Une production de son inconscient pour la rappeler à l'ordre ? *N'oublie pas tes rêves et tes ambitions inassouvies, Monica !* Réelle ou non, la vision mit un terme à son euphorie. Et le nœud familier se reforma dans sa gorge.

Alice

Il était presque 23 heures et Alice arpentait les rues avec Bunty pour essayer de l'endormir. Le stratagème semblait fonctionner : les pleurs en provenance de la poussette s'étaient espacés, avant de céder la place à un merveilleux silence. Alice se dirigea vers son appartement, pressée de s'endormir à son tour. Qui aurait cru qu'un jour viendrait où son rêve le plus cher ne serait ni l'argent, ni le plaisir, ni la célébrité, ni même une paire de Manolo Blahnik, mais huit heures de sommeil ininterrompu ?

Alors qu'elle passait devant l'un de ses cafés favoris (comment s'appelait-il, déjà ? Chez Daphné ? Chez Belinda ? Un prénom démodé, en tout cas), une scène inhabituelle attira son regard. Elle s'arrêta, intriguée. Les lumières étaient allumées à l'intérieur. Étroitement enlacé, un couple dansait entre les tables dans la salle déserte. On se serait cru dans une comédie romantique américaine.

Alice aurait dû poursuivre son chemin, mais elle demeurait clouée sur place, incapable de s'arracher au spectacle.

L'obscurité qui régnait sur Fulham Road lui permettait d'observer les danseurs en toute discrétion. Elle vit l'homme poser sur sa partenaire un regard si tendre, si aimant, qu'elle faillit en pleurer.

Max la regardait comme ça au début. Comme si elle était une princesse, droit sortie d'un conte de fées. Comme s'il devait se pincer pour y croire. Depuis combien de temps ne l'avait-il pas regardée ainsi ? Des siècles ? Bien sûr, le fait de voir l'amour de sa vie en plein accouchement, de l'entendre hurler de douleur, de la voir transpirer, pousser, se contorsionner et maudire la terre entière avait certainement arraché Max à sa vision idyllique. Alice comprenait ça très bien. Aussi lui avait-elle demandé de « rester près d'elle » durant la phase finale, mais il avait insisté pour voir son premier-né venir au monde – une terrible erreur. Elle l'avait su tout de suite : il avait tourné de l'œil et s'était ouvert la tête contre les montants métalliques du lit, obligeant la sage-femme à appeler du renfort. Depuis, les bévues et les maladresses s'étaient accumulées. La veille, Max avait confondu son dentifrice avec sa crème contre les hémorroïdes. Pas étonnant que leur relation batte de l'aile ces derniers temps !

Plus Alice regardait danser le couple du café, plus elle en était convaincue : ces gens-là n'avaient pas de bébé. Ils dormaient tout leur soûl, et la femme n'avait pas de vergetures ni d'hémorroïdes. Elle était libre, insouciante, indépendante. Le monde lui appartenait. Elle... Comme pour rappeler à Alice qu'elle n'était ni libre ni insouciante, Bunty se mit à pleurer. Évidemment, puisque la poussette ne bougeait plus.

Alice prit sa fille dans ses bras avec une pointe de lassitude qu'elle regretta aussitôt. Pour se venger (qui sait ?), l'enfant referma les doigts sur ses cheveux et les attira vers sa bouche, lui arrachant un cri de douleur. Un bus passa à cet instant sur Fulham Road, illuminant le trottoir. La dame du café se retourna, l'aperçut et la couva d'un regard empreint de pitié. « Ma pauvre chérie, semblait-elle dire. Tu préférerais sans doute être à ma place ? »

Sans aucun doute, acquiesça Alice en silence.

Les courtes plages de sommeil dont Alice avait bénéficié au cours de la nuit précédente avaient été hantées par la vision récurrente du couple dansant – à une différence près : dans ces rêves, c'était Alice qui dansait, tandis que quelqu'un d'autre – elle ignorait qui – l'observait depuis la rue. Elle secoua vigoureusement la tête pour déloger la vision de son esprit et se concentrer sur sa tâche. Ce faisant, elle ne parvint à déloger que son stupide serre-tête de Noël.

Alice et Bunty portaient toutes deux des antennes de renne en plastique. Alice inclina davantage Bunty vers elle afin de frôler le bout de son nez. Le visage de Bunty, son grand sourire et ses joues roses, occupait l'essentiel du cadre. On devinait celui d'Alice dans le coin supérieur gauche : de longues mèches blond doré (réalisées et offertes par @danielaimevoscheveux) et un peu de son profil. Satisfaite, Alice prit la photo (suivie de quelques autres, par précaution).

Le vrai prénom de Bunty était Amelie, mais Alice et Max l'avaient surnommée « Bébé Bunty » après sa naissance, quand ils se disputaient encore sur le choix du prénom (en sortant de l'hôpital, ils se disputaient sur à peu près tout, à dire vrai), et le surnom était resté. Dérivé d'un ancien terme anglais ou écossais, c'était mignon et affectueux. À présent, @babybunty, le fil Twitter d'Amelie, avait presque autant d'abonnés que @aliceaupaysdesmerveilles.

Alice ouvrit la meilleure des cinq photos sur Facetune et se mit au travail : elle blanchit l'intérieur de son œil rougi par le manque de sommeil, puis elle gomma ses cernes et effaça toutes ses ridules. Bunty, qui souffrait d'éruptions cutanées (insoupçonnables sur son compte Instagram) bénéficia du même traitement. Ensuite, Alice ajouta un filtre, tapa « C'est bientôt Noël ! » sous la photo, compléta l'ensemble avec une ribambelle d'émojis festifs et de hashtags, mentionna @bebesedeguise qui lui avait envoyé les antennes de renne, et cliqua sur « Envoyer ». Elle posa son téléphone sur la table, écran caché, attendit cinq minutes, puis le retourna pour consulter le nombre de likes : déjà 547. Pas étonnant, les images de mamans et bébés assortis remportaient toujours un franc succès.

Bunty se mit à hurler, provoquant une montée de lait dans le sein gauche d'Alice. Elle baissa les yeux : son T-shirt était trempé. Or elle venait de s'habiller et c'était son dernier vêtement propre. Le manque de sommeil lui donnait l'impression de se dissocier de son propre corps, comme si elle regardait sa vie au lieu de la vivre. Elle faillit pleurer. Elle avait très souvent envie de pleurer ces derniers temps.

Elle grimaça quand Bunty referma ses gencives sur son mamelon endolori. Elle se souvint de la photo d'allaitement résolument idyllique qu'elle avait postée la veille sur @babybunty, la lumière, l'angle et le filtre choisis masquant les gerçures, la douleur et les larmes. Comment un acte aussi naturel que celui de nourrir son propre enfant pouvait-il être aussi pénible ? Pourquoi personne ne l'avait avertie qu'elle souffrirait le martyre ?

Parfois, elle rêvait d'étrangler la sage-femme qui venait lui rendre visite, et surtout de lui arracher le badge qu'elle portait autour du cou du Centre de protection maternelle et infantile, il était retenu par un ruban imprimé sur toute sa longueur. RIEN NE VAUT LE LAIT DE MA MAMAN RIEN NE VAUT LE LAIT DE MA MAMAN, lisait Alice chaque fois que cette femme se penchait vers Bunty. Les lettres capitales se détachaient sur le fond rouge du ruban comme pour la fustiger d'avoir seulement envisagé de recourir au lait maternisé. Alice en faisait des cauchemars. Tout de même, il n'était pas normal qu'elle rêve d'étrangler la sage-femme, si ?

Elle repoussa l'avocat écrasé sur un toast qu'elle avait photographié au petit-déjeuner et ouvrit le placard, Bunty toujours amarrée sur son sein gauche, pour sortir le paquet de biscuits à la marmelade d'orange qu'elle réservait aux cas d'urgence. Elle les mangea un par un, puis attendit, près du paquet vide, que ce sentiment familier de haine de soi lui noue la gorge. Elle n'eut pas à attendre longtemps.

Quand Bunty fut rassasiée, quand elle eut fait un rot bien sonore et régurgité une gorgée de lait sur l'autre versant du T-shirt de sa mère, Alice entreprit de fouiller dans la pile de vêtements pour bébé envoyée par @babyandme, l'un de ses principaux sponsors. Elle devait absolument poster une photo de mode avant qu'il soit trop tard pour la livraison de Noël. Elle dénicha un adorable manteau en tweed à pans croisés, accompagné d'un bonnet et de chaussons assortis. Elle les examina d'un œil critique. Ça ferait l'affaire.

Étape suivante : emmener Bunty se promener. Leur petite maison était tellement encombrée de boîtes en carton, de jouets pour bébés, de piles de vêtements et d'assiettes sales qu'elle n'aurait pu servir de toile de fond. @aliceaupaysdesmerveilles vivait dans une maison immaculée, meublée et décorée avec goût – une source d'inspiration pour ses milliers d'abonnées. Pas question de leur montrer l'envers du décor ! De toute façon, les mamans parfaites emmenaient promener leur bébé au grand air le plus souvent possible, non ? Or Alice tenait à être une maman parfaite. Son image de marque en dépendait.

Trop fatiguée pour se mettre en quête d'un chemisier propre, elle se contenta d'enfiler son manteau et de le boutonner pour dissimuler les taches qui maculaient son T-shirt. Elle sentait le lait caillé, mais personne ne s'approcherait suffisamment d'elle pour s'en apercevoir. Elle enleva les antennes de renne et les remplaça par un bonnet en laine orné d'un gros pompon (@jaimelespompons) pour couvrir ses cheveux sales. Elle s'observa d'un œil critique dans le miroir de l'entrée : elle avait si mauvaise mine que personne ne la reconnaîtrait. Elle prendrait une douche et se changerait à leur retour, afin d'être de nouveau présentable quand Max rentrerait du bureau. Les apparences comptaient beaucoup pour lui. Avant la naissance de Bunty, il ne l'avait jamais vue autrement que parfaitement maquillée, coiffée et épilée. Depuis, Alice avait quelque peu réduit son niveau d'exigence.

Elle passa ensuite un temps infini à ranger le strict nécessaire dans les compartiments de son vaste sac à langer – carrés de mousseline, lingettes, liniment, coussinets d'allaitement, couches, gel premières dents, hochet et doudou (un lapin en peluche abondamment mâchonné). Depuis l'arrivée de Bunty, quatre mois auparavant, Alice avait l'impression de se préparer à escalader l'Everest chaque fois qu'elle sortait de chez elle. L'époque où elle se contentait de glisser ses clés, son porte-monnaie et son portable dans les poches de son jean était définitivement révolue. La femme qui quittait aujourd'hui la petite maison de Fulham n'était plus la même. Et ne vivait plus la même vie.

Après avoir emmitouflé Bunty sous plusieurs épaisseurs de lainage et l'avoir installée et attachée dans sa poussette, Alice se mit en route. Elle venait d'atteindre le coin de la rue quand sa fille se mit à pleurer. Alice écarquilla les yeux. Elle l'avait nourrie une demi-heure plus tôt – Bunty ne pouvait pas déjà avoir faim, tout de même ?

Pendant sa grossesse, Alice s'était imaginé qu'elle serait capable de déceler les moindres envies de son bébé, de décrypter la raison de ses pleurs : faim ou fatigue ? Inconfort ou ennui ? En réalité, tous les cris de Bunty paraissaient motivés par la même émotion : une violente déception. « Ce n'est pas ce à quoi je m'attendais », semblait-elle dire. Sur ce point, Alice la recevait cinq sur cinq. Elle accéléra le pas, espérant que le mouvement de la poussette l'apaiserait, sans l'endormir complètement avant qu'elle la prenne en photo.

Alice se dirigea vers la petite aire de jeux du square le plus proche de chez elle. Elle installerait sa fille dans la balançoire pour bébé, ce qui lui permettrait de montrer sa tenue de manière avantageuse. Et comme Bunty adorait la balançoire, elle consentirait peut-être à sourire. Quand elle fronçait les sourcils, elle ressemblait étrangement à Winston Churchill. Une grimace pareille lui ferait à coup sûr perdre des abonnées !

Alice regrettait que ses anciennes camarades de classe ou d'université ne soient pas devenues mères, elles aussi. Ensemble, elles auraient pu partager leurs impressions et leurs soucis. Était-il normal de trouver la maternité si pénible, si éreintante ? Alice se posait sans cesse la question, mais elle n'osait se confier à personne. Ses amies s'estimaient encore trop jeunes pour avoir des enfants. Pourquoi Alice avait-elle pensé autrement ? Elle avait vingt-six ans, elle aussi. Mais elle avait voulu tout avoir en même temps : un mari séduisant et fortuné, une maison victorienne dans la bonne partie de Fulham, un joli bébé aux joues roses. Et elle avait tout obtenu. À présent, elle menait une vie de rêve, non ? Ses abonnées le pensaient, en tout cas. Comment pouvait-elle se montrer si ingrate ?

Le terrain de jeux était vide, mais pas la balançoire : quelqu'un avait oublié un carnet sur le siège. Alice regarda autour d'elle. Personne. Elle prit le cahier. Il ressemblait beaucoup à celui qu'elle avait utilisé pour noter les tétées de Bunty. « 5 h 40, 10 minutes sein gauche, 3 minutes sein droit. » Elle essayait d'instaurer une sorte de routine, comme les experts le lui avaient conseillé. Ça n'avait pas duré longtemps. Elle avait jeté le cahier dans la poubelle à couches quelques jours après son retour de la maternité : il ne faisait que lui rappeler son échec complet.

Sur la couverture de son cahier figurait le titre : *Journal d'allaitement de Bunty*. Elle avait dessiné un cœur autour du prénom de sa fille. Celui-ci portait aussi un titre, mais il avait été tracé à la plume d'une écriture plus soignée : *Le Carnet des Silences*. Alice sourit. C'était joli. Très poétique.

Elle ouvrit le cahier et s'apprêtait à commencer sa lecture quand il se mit à pleuvoir. Oh non ! Le ciel n'allait pas s'y mettre, lui aussi ! Ce n'était pas une petite averse, en plus : de grosses gouttes s'écrasaient sur les pages du cahier, brouillant les mots écrits à l'encre. Elle les essuya d'un revers de manche et fourra le carnet dans son sac, entre une couche et un paquet de lingettes. Elle tâcherait de retrouver son propriétaire, mais pas tout de suite : elle devait rentrer avant d'être trempée jusqu'aux os. Et sa fille avec.

Julian

Julian était plutôt satisfait de sa tenue de tai-chi. Il l'avait achetée en ligne – les premiers vêtements neufs qu'il s'offrait depuis la mort de Mary. Enthousiasmé par la facilité avec laquelle on pouvait faire du shopping sur Internet, il en avait profité pour renouveler son stock de caleçons et de chaussettes. Il était temps ! Il demanderait peut-être à Riley de vendre les anciens sur eBay – pour le seul plaisir de se payer sa tête. Ça lui servirait de leçon. Dire que ce garçon avait essayé de dévaliser sa garde-robe… Quel toupet !

Julian avait opté pour un look de vieux ninja : pantalon noir et tunique noire, tous deux amples, tous deux fermés sur le devant par un petit cordon tressé. Mme Wu (il avait du mal à l'appeler Betty) avait été impressionnée : elle avait levé les sourcils si haut que, pendant un moment, ils ne se rejoignaient plus au milieu de son front.

Julian et Mme Wu s'échauffaient, comme toujours avant le début de la séance proprement dite. Il était, pensait-il, beaucoup moins chancelant et un peu plus souple que le jour où Mme Wu était venue lui donner sa première leçon, deux semaines auparavant. Dès la deuxième séance, elle avait pris l'habitude d'apporter un sachet de graines, qu'elle répandait sur le sol de la cour en arrivant, afin d'attirer des oiseaux autour d'eux.

« C'est bon d'être entouré par la nature, avait-elle expliqué. C'est bon pour le karma. Les oiseaux ont froid, ils ont faim. Nous les nourrissons, ils sont heureux. Alors, nous sommes heureux, nous aussi. »

Parfois, quand il se penchait vers l'avant, les bras tendus vers l'arrière, comme le faisait Mme Wu, Julian voyait des oiseaux plonger en piqué vers un petit tas de graines. Il avait alors l'étrange impression qu'ils suivaient le cours de tai-chi, eux aussi.

— Vous sentez la présence de vos ancêtres, Julian ?

— Non. Je devrais les sentir ?

Où étaient-ils et à quel endroit aurait-il dû « sentir leur présence » ? Quelle pensée désagréable ! Il promena un regard circonspect autour de lui, s'attendant presque à voir son père assis sur le banc, sourcils froncés derrière ses lunettes de lecture.

— Ils sont toujours autour de nous, affirma Mme Wu, manifestement en paix avec cette notion. Vous les sentez ici, dit-elle en se frappant la poitrine du plat de la main. Et dans votre âme.

— Depuis quand sommes-nous devenus vieux ? demanda Julian, orientant la conversation vers un sujet moins dérangeant. J'ai l'impression d'avoir toujours vingt ans, mais quand je regarde mes mains, je ne les reconnais pas. Ce sont des mains de vieillard ! Hier, je me suis servi du sèche-mains au Monica's Café, et ma peau s'est mise à onduler sur mes os – vous vous rendez compte ?

— Vieillir n'est pas bon dans ce pays, dit Mme Wu.

Julian avait déjà découvert que c'était son sujet de conversation préféré.

— En Chine, les anciens sont respectés. Pour leur sagesse. Parce qu'ils ont beaucoup vécu et beaucoup appris. En Angleterre, les anciens ne sont pas bien traités. Les jeunes ne veulent pas s'en occuper. Alors, on les enferme dans des maisons de retraite. Des prisons pour vieux. Ma famille ne ferait jamais ça ! Ils n'oseraient pas.

Julian la croyait volontiers. Il n'était pas très sûr, en revanche, d'être un sage et d'avoir beaucoup appris. Au fond, il ne se sentait guère différent de l'homme qu'il était à vingt ans – raison pour laquelle il éprouvait toujours un choc quand il se regardait dans le miroir.

— Vous avez une belle famille, madame Wu, dit-il en levant la jambe droite, les bras tendus de chaque côté du corps.

— Betty ! rectifia-t-elle avec virulence.

— Baz – je veux dire : Biming – est un garçon adorable. Son petit ami Benji aussi.

Mme Wu se figea.

— Son petit ami ? répéta-t-elle, manifestement perplexe.

Julian comprit qu'il venait de commettre un grave impair. Il était allé beaucoup trop loin. Il avait cru que Mme Wu était au courant pour son petit-fils et Benji.

— Eh bien, reprit-il d'un ton dégagé, ils s'entendent très bien. Ils sont très amis, vous comprenez ?

Mme Wu le fixa sans rien dire d'un regard dur, avant d'adopter la posture suivante avec son élégance coutumière.

Julian poussa un soupir de soulagement. Il avait sauvé la situation.

Monica

Cette année, Monica s'en était donné à cœur joie avec les décorations de Noël. Les cours de dessin de Julian avaient manifestement libéré le génie créatif qui sommeillait en elle depuis l'enfance. Elle avait installé un grand sapin dans le coin bibliothèque, orné de décorations en verre et d'une guirlande de petites ampoules blanches. Une couronne de houx et de lierre était posée au centre de chaque table, et un gros bouquet de gui, accroché au plafond, surplombait le bar. Benji distribuait de chaleureuses accolades aux clients – hommes, femmes et enfants confondus.

— Tantouze ! cria Baz depuis la table six.

— Tatie Danielle ou Tante Gertrude ? répliqua Benji en souriant.

Une compilation de Noël résonnait en boucle dans les enceintes depuis le début de la journée. Si Monica entendait encore une seule fois Bono demander s'ils savaient que c'était Noël – « Do They Know it's Christmas », le tube du Band Aid, sorti en 1984, elle finirait par jeter l'iPad de Benji dans l'évier avec la vaisselle sale.

Les riches effluves du vin chaud emplissaient le café. À la tombée du jour, pour inaugurer la soirée du réveillon, Monica avait demandé à Benji d'offrir un verre de vin « complémentaire » à tous les habitués. Le jeune homme avait fait mine de prendre un mot pour un autre, et s'amusait à « complimenter » les clients en même temps qu'il leur tendait un verre : « Vous êtes à ravir, madame Corsellis. Méfiez-vous : le père Noël risque de vous embarquer sur son traîneau ! » Non content de flatter les vieilles dames, il offrait des pièces en chocolat aux enfants, ce qui donnait lieu à une rafale de sourires – et autant d'empreintes de doigts chocolatées. Monica luttait vaillamment contre l'envie de suivre les gamins avec une éponge. N'était-ce pas un bon entraînement aux joies de la maternité ? Elle baissa les yeux vers sa montre. Il était presque 17 heures.

— Benji, je peux te laisser un moment ? Je vais apporter un thermos de vin au cimetière.

— Vraiment ? Je ne suis pas sûre que les résidents du Brompton soient en mesure d'en profiter ! plaisanta l'une des femmes dans la file d'attente.

Monica monta dans le bus et sourit au chauffeur coiffé d'un bonnet de Noël. Depuis quand n'avait-elle pas été aussi heureuse à l'approche du réveillon ? Une douce exaltation s'emparait d'elle, comme avant, lorsqu'ils célébraient Noël en famille, tous trois réunis autour de la table près d'un sapin illuminé.

Elle se dirigeait vers la tombe de l'amiral quand elle aperçut Riley approcher en sens inverse. Il avait dû entrer par l'autre côté, près de Earl's Court.

— Que Dieu vous garde, belle dame ! chantonna-t-il en s'asseyant près d'elle sur la pierre tombale.

Il l'attira contre lui et l'embrassa. La chaleur de leur baiser, la légère ivresse qu'il lui procura, décupla l'effet du vin chaud qu'elle avait bu avant de partir. Étroitement enlacés, telles les branches de lierre qui couraient sur les tombes voisines, ils auraient peut-être prolongé indéfiniment leur étreinte si la voix de Julian ne s'était fait entendre.

— Pardonnez-moi de vous déranger, mais…

Ils sursautèrent comme deux collégiens pris en faute.

— Vous ne nous dérangez pas, assura Riley. C'est nous qui avons pris votre place, au contraire.

— Je vous ai apporté du vin chaud, annonça Monica en montrant le thermos à Julian.

— Je ne suis pas surpris de constater que vous vous entendez à merveille, déclara le vieil homme d'un air taquin. Je l'ai pressenti dès l'instant où Riley a fait irruption dans le café, le soir de mon cours de dessin. Nous autres, artistes, nous voyons ce que les autres ne voient pas. C'est une bénédiction… et une véritable malédiction, parfois – croyez-moi ! En tout cas, ce soir, tout va pour le mieux dans le meilleur des mondes, n'est-ce pas ? Et moi qui pensais que Noël ne pouvait pas être plus joyeux cette année !

Monica remplit trois tasses de vin chaud et trempa ses lèvres dans la sienne en se félicitant d'avoir trouvé un excellent prétexte pour décliner le verre de Baileys que Julian lui aurait certainement proposé. La boisson favorite de Mary était si sucrée que Monica avait l'impression de sentir ses dents se dissoudre à chaque gorgée.

— Joyeux Noël, Mary ! s'exclama-t-elle, un peu honteuse d'avoir nourri des pensées peu charitables envers l'épouse de Julian.

— Joyeux Noël, Mary ! répétèrent les deux hommes.

— Julian, j'ai d'excellentes nouvelles du front, déclara Riley. Nous avons gagné près de mille livres sur eBay. Votre cagibi est une vraie mine d'or.

— Je vous félicite, mon garçon, répondit Julian. Je vais pouvoir aller faire les soldes en ligne dès le lendemain de Noël. J'ai trouvé un site web absolument fabuleux : Monsieur Porter. On y trouve tout ce dont un gentleman a besoin. Vous devriez y jeter un œil.

— Merci, mais je crois que je vais m'en tenir à Primark. Question de budget.

— Julian, je dois retourner au café pour aider Benji à fermer, dit Monica. Je vous attends pour déjeuner demain. Vers 11 heures, comme convenu.

— Je te raccompagne, Monica, annonça Riley en se levant.

Julian lui décocha un clin d'œil entendu qui aurait semblé incongru chez n'importe quel autre homme de son âge.

Riley enlaça Monica par l'épaule et ils se dirigèrent tous deux vers la sortie du cimetière. Lorsqu'ils débouchèrent sur Fulham Road, ils trouvèrent l'avenue quasiment déserte, plongée dans un calme inhabituel. Londres s'était vidée en fin d'après-midi, chacun se hâtant de rejoindre ses proches pour les fêtes. Les rares passants racontaient tous une histoire : il y avait le monsieur qui achetait des cadeaux de dernière minute, la mère de famille pressée de ramener ses enfants à la maison pour pouvoir emballer leurs présents, le groupe de trentenaires qui sortaient d'un restaurant à l'issue d'un long repas de Noël entre collègues.

Monica s'était rarement sentie aussi détendue. Elle ne cherchait même pas à savoir quand Riley quitterait Londres – bientôt, sans doute. Mais à quoi bon le lui demander ? Elle n'avait pas envie de connaître ses intentions. Pas pour le moment, en tout cas. Elle avait enfin réussi à classer toutes ses angoisses (finir vieille fille, abandonnée de tous, etc.) dans un coin de son esprit, sous l'étiquette « dossiers en attente ». Seule importait la beauté de l'instant qu'elle partageait maintenant avec Riley, sa tête nichée au creux de son épaule, leurs pieds foulant à l'unisson les trottoirs de Fulham Road, un cantique de Noël en arrière-fond. N'était-ce pas merveilleux ? Elle se félicita intérieurement : après des semaines de dur labeur, elle était enfin devenue une véritable adepte de la pleine conscience !

— Monica, dit Riley d'une voix étrangement mal assurée, j'espère que tu sais à quel point je t'apprécie. Vraiment. Je t'aime beaucoup, tu sais.

Monica sourit et blêmit en même temps, comme si elle était sur des montagnes russes. Le plaisir et la peur que suscitaient en elle les aveux de Riley étaient si étroitement liés qu'elle n'aurait su dire où finissait l'un et où commençait l'autre.

— Tu le penses vraiment ? C'est typiquement ce que pourrait dire le héros d'un roman avant d'annoncer à sa maîtresse qu'il a une femme et des enfants à la maison, répliqua-t-elle d'un ton moqueur.

Ce n'était pas son cas, n'est-ce pas ?

Riley éclata d'un rire franc.

— Non, bien sûr que non ! Personne ne m'attend à Perth. Je voulais juste te faire part de mes sentiments pour toi.

— Moi aussi, je t'aime beaucoup.

C'était le moment idéal pour prononcer la phrase qu'elle avait savamment répétée, seule dans son salon, choisissant chaque terme avec soin, avant de l'énoncer à voix haute pour atteindre le degré de nonchalance requis. Elle s'était même enregistrée sur son iPhone pour écouter l'effet produit.

Zut ! Avait-elle pensé à effacer le fichier ? Elle balaya cette pensée importune et se jeta à l'eau.

— Aimerais-tu rester chez moi ce soir, puisque tu dois revenir demain matin, de toute façon ? Je n'ai pas fini les préparatifs : je dois encore farcir la dinde et éplucher les choux de Bruxelles, mais je te promets de ne pas te mettre à contribution !

Riley hésita – assez longtemps pour qu'elle entende une petite voix familière lui susurrer à l'oreille : « Tu vois ? Tu ne lui plais pas tant que ça ! »

— J'aimerais beaucoup, répondit-il, mais j'ai promis à mes colocataires de dîner avec eux ce soir, puisque je ne serai pas là demain. Je suis vraiment désolé.

Monica fit brutalement taire la petite voix comme on écrase un insecte gênant. La journée du lendemain s'annonçait parfaite. Rien, absolument rien, ne devait venir la gâcher.

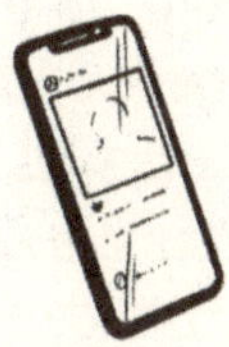

Alice

Pour Noël, Alice n'avait qu'une envie : faire la grasse matinée. Rien d'extravagant, seulement jusqu'à 7 heures du matin – mais Bunty en avait décidé autrement. Réveillée à l'aube, elle avait aussitôt réclamé du lait et de l'attention. Consciente que son propre lait risquait d'être encore alcoolisé par ses excès de la veille, Alice avait dû lui préparer un biberon avec du lait en poudre, ce que Bunty détestait. Résultat : l'enfant pleurait et sa mère s'en voulait de ne pas être capable de la nourrir correctement. Même l'appartement était dans un état déplorable ; la cuisine, surtout, avait tout du magasin de jouets après le passage d'une horde de gamins surexcités. La veille, Alice avait envisagé de tout ranger et d'éplucher les légumes en prévision du repas de Noël avant d'aller se coucher, mais sa terrible dispute avec Max avait sonné le glas de ce beau projet. Elle ouvrit l'armoire à pharmacie pour attraper une boîte de Nurofen, comme si elle pouvait chasser ce piteux souvenir, en même temps que sa gueule de bois, avec un comprimé d'ibuprofène.

Max était rentré tard, un peu ivre, après avoir partagé un repas de Noël manifestement très festif avec toute son équipe. De son côté, Alice était épuisée et quasiment certaine de souffrir d'un début de mastite : ses seins étaient douloureux, durs comme des cailloux, et elle avait un peu de fièvre. Sur Internet, plusieurs sites conseillaient aux femmes atteintes de mastite de placer des feuilles de chou réfrigérées dans leur soutien-gorge. L'idée semblait judicieuse, mais Alice ne pouvait pas sortir sans réveiller Bunty, qui avait enfin sombré dans un profond sommeil. Elle avait préféré attendre le retour de Max. Quand elle avait enfin entendu sa clé tourner dans la serrure, elle lui avait demandé de ressortir aussitôt pour aller acheter du chou.

Il était donc ressorti – ou plutôt, il avait disparu pendant une éternité, tandis qu'Alice ruminait sa rancœur, se répétant qu'il s'était amusé toute la journée, alors qu'elle était plongée jusqu'au cou dans les couches sales et les lingettes pour bébé. Lorsqu'il avait enfin ressurgi, il lui avait tendu un sachet de choux de Bruxelles en lui expliquant que la plupart des magasins du quartier avaient déjà fermé ou n'avaient plus rien en stock.

« Que veux-tu que je fasse avec des choux de Bruxelles ? s'était-elle écriée. Les feuilles sont bien trop petites !

— Je croyais que tu voulais les manger. Au repas de Noël, comme tout le monde. » Une réplique plutôt sensée, elle l'admettait, à présent. Mais sur le moment, furieuse, elle lui avait jeté le sachet de légumes à la figure. Il l'avait esquivé de justesse, et les choux avaient heurté le mur de la cuisine, décentrant le montage de photos qu'elle avait patiemment agencé à l'aide des premiers portraits de Bunty pris pour son compte Instagram.

Alice avait alors sorti une bouteille de vin du réfrigérateur ainsi qu'une boîte de chocolats à la menthe (achetés en prévision du repas de Noël) et les avait engloutis en un temps record, tout en s'immergeant dans la lecture de ses comptes Instagram favoris. *Ça lui apprendra !* avait-elle pensé, bien décidée à ne plus lui adresser la parole.

Une fois de plus, rien n'avait fonctionné comme prévu. Max n'avait rien appris, ou du moins, pas ce qu'elle avait l'intention de lui apprendre. De son côté, elle n'avait rien gagné non plus, hormis une mauvaise nuit passée à se tourner et à se retourner entre les draps. Enfin assoupie, elle s'était réveillée à 3 heures du matin, déshydratée et en sueur, l'haleine empestant le sauvignon blanc. Elle s'était accablée de reproches pendant deux heures, après quoi Bunty s'était réveillée à son tour, ajoutant à ses récriminations des cris bien plus sonores.

Max entra dans la cuisine et posa un baiser sur le haut de sa tête (qui était encore plongée dans ses mains) :

— Joyeux Noël, ma chérie !

— Joyeux Noël, Max, répondit-elle, aussi joyeusement que possible. Tu ne voudrais pas prendre le relais avec Bunty le temps que je dorme un peu plus ?

Max écarquilla les yeux, comme si elle lui avait suggéré d'inviter le couple de petits vieux d'à côté à participer à une séance d'échangisme.

— Dormir un peu ? répéta-t-il. Tu sais bien que je m'occuperais volontiers de Bunty (non, elle n'en savait rien), mais pas aujourd'hui : mes parents seront là dans quelques heures et nous avons beaucoup à faire !

Joignant le geste à la parole, il désigna d'un air réprobateur les jouets de Bunty éparpillés sur le comptoir, l'évier débordant de vaisselle sale, les poubelles remplies à ras bord et le tas de pommes de terre à éplucher.

— Quand tu dis « nous », Max, ça veut dire que tu vas m'aider ? demanda Alice.

Elle avait veillé à s'exprimer d'un ton neutre, sans laisser paraître son agacement. Elle ne voulait pas d'une autre dispute le jour de Noël.

— Bien sûr que je vais t'aider, ma chérie ! Je dois d'abord finir de remplir un dossier pour le boulot, et je suis à toi. Au fait, tu mettras une tenue plus appropriée avant l'arrivée de mes parents, n'est-ce pas ?

— Évidemment, assura Alice, qui n'avait pas prévu de le faire.

Tandis que Max tournait les talons pour aller s'enfermer dans son bureau, elle songea qu'elle aurait surtout aimé pouvoir changer de vie aussi facilement que de vêtements.

Alice installa Bunty dans un transat et s'attela à la tâche : elle avait à peine quelques heures devant elle pour ranger et préparer le déjeuner de Noël. Elle ne détestait pas la mère de Max (ou plutôt : elle s'efforçait de l'apprécier), mais elle était consciente de ne pas lui plaire. Parce qu'elle ne correspondait pas à ses critères. De son côté, Valerie veillait à ne jamais se montrer ouvertement critique, gardant pour elle ses jugements et ses remarques, d'autant plus virulents qu'ils étaient contenus. Au fond, elle ne supportait pas d'avoir pour belle-fille une banlieusarde élevée dans les cités de Birmingham par une mère célibataire qui travaillait comme femme de service dans les écoles du quartier.

Le père d'Alice avait déserté le domicile conjugal quand son plus jeune frère n'avait que quelques mois. Pendant la messe de mariage de Max et Alice, Valerie s'était tenue raide comme la justice dans son tailleur lavande et chapeau assorti, glissant des regards furibonds vers la famille de la mariée installée de l'autre côté de la travée. Elle rêvait mieux pour son fils unique. Beaucoup mieux. Elle avait placé la barre si haut qu'Alice n'avait jamais espéré l'atteindre, en dépit de ses jolies tenues, de ses manières soignées et de sa prononciation irréprochable.

Max ne se rendait compte de rien, bien sûr. Sa mère, estimait-il, ne pensait jamais à mal.

Après deux heures d'activité frénétique, la cuisine était de nouveau présentable et le déjeuner quasiment prêt. Il ne le serait peut-être pas à l'heure dite, mais tout le monde serait servi avant 15 heures. Quant à Alice, elle était encore loin d'être prête ou présentable : ses cheveux sales s'empilaient sur le haut de son crâne en un chignon désordonné, elle avait le teint gris d'une femme qui a trop bu, mangé trop de chocolat et pas assez dormi, et ses rondeurs postnatales, accrues par sa dépendance aux biscuits à la marmelade d'orange, étaient clairement visibles sous son legging.

Elle entra sans frapper dans le bureau de Max. Il rabattit vivement le couvercle de son ordinateur portable, comme s'il ne voulait pas qu'elle voie ce qui s'affichait sur l'écran. Elle posa Bunty sur ses genoux et se dirigea sans un mot vers la salle de bains.

Alice s'était imaginé que le bébé les rapprocherait, Max et elle. Qu'ils auraient un nouveau but dans la vie et partageraient une aventure commune. En réalité, l'arrivée de Bunty les éloignait chaque jour davantage.

Elle repensa à l'ordinateur portable fermé trop vivement, aux réunions tardives et aux silences de plus en plus prolongés qui s'instauraient entre eux. Max avait-il une liaison ? Et si c'était le cas, serait-ce si terrible ? Au moins, elle cesserait de se sentir coupable lorsqu'elle faisait mine de dormir ou d'avoir la migraine pour s'épargner une partie de jambes en l'air. Elle referma la porte de la salle de bains derrière elle. Non, ce serait trop affreux. Déjà qu'elle se sentait incompétente, peu sexy et pas très aimable ces derniers temps… si Max venait à confirmer la piètre opinion qu'elle se faisait d'elle-même en se tournant vers une autre femme, elle ne s'en remettrait pas. Et s'il demandait le divorce, ce serait pire encore. Elle ne supporterait pas de renoncer à sa vie de rêve, celle pour laquelle elle avait tant travaillé, celle que ses milliers d'abonnées lui enviaient sur Instagram !

Arrête, Alice. Tu vois tout en noir ! C'est purement hormonal. Les choses ne vont pas si mal, se rappela-t-elle en se glissant sous le jet puissant de la douche.

Sur le moment, tout à son inquiétude de voir Max la quitter, elle ne pensa pas un instant au vide qu'il laisserait derrière lui en partant. En y repensant en fin de journée, elle en fut surprise. Ne lui manquerait-il pas ? Si, bien sûr que si. Il lui manquerait terriblement.

Julian

Ce matin-là, Julian choisit ses vêtements avec plus de soin que d'habitude, puisque c'était un jour de fête. Il opta pour un ensemble signé Vivienne Westwood, une de ses plus anciennes amies (il ferait bien de reprendre contact avec elle, d'ailleurs : elle pensait probablement qu'il avait passé l'arme à gauche depuis des lustres). Constitué d'un kilt et d'une veste taillés dans des motifs contrastants aux ourlets asymétriques, il était à la fois élégant et excentrique. *Si on ne porte pas du Westwood à Noël, quand le fait-on ?* se demanda-t-il en souriant. Il avait réglé sa radio sur une station qui passait « Fairytale of New York » des Pogues, dont il connaissait les paroles par cœur. « I could have been someone ! » chanta-t-il à tue-tête en même temps que Shane Mac Gowan.

Julian avait été quelqu'un, puis il avait sombré dans l'anonymat. Aujourd'hui, il avait de nouveau le sentiment d'exister. Il était redevenu quelqu'un. Un homme qu'on invite à déjeuner le jour de Noël. Un homme qui a des amis.

Car les habitués du café et les élèves du cours de dessin étaient ses amis, n'est-ce pas ? De vrais amis. Monica ne l'avait pas invité par compassion ou par sens du devoir, il en était convaincu.

Il se souvenait encore de son premier Noël après le départ de Mary : submergé par le chagrin, il n'avait pas pensé un instant à la date du jour, avant d'allumer la télévision au milieu de l'après-midi le 25 décembre. Les programmes « spécial fêtes de fin d'année » n'avaient fait qu'accroître son chagrin. Il était retourné se coucher avec une boîte de haricots froids, une fourchette et une pile de regrets.

Il esquissa un mouvement de tai-chi devant le miroir en pied de son dressing. Ainsi vêtu, en équilibre sur un pied, les bras tendus vers l'arrière, il ressemblait à un vieil Écossais complètement frappé. Il passa au salon, où l'attendaient ses cadeaux pour Monica, Riley, Benji, Baz et Mme Wu. Il les avait posés sur la table basse, à côté d'une grande feuille de papier doré, prêts à être emballés. L'opération lui prit plus de temps que prévu, ses doigts gourds s'emmêlant à plusieurs reprises dans le rouleau de scotch. Il tenta de les libérer d'un coup de dent – et ne parvint qu'à manger des morceaux de l'adhésif.

En sortant un moment plus tard sur Fulham Road, Julian vit Riley arriver du cimetière. Il avait dû couper à travers depuis Earl's Court. Il n'avait donc pas passé la nuit chez Monica. Étrange… Ces jeunes gens étaient un peu vieux jeu. Autrefois, Julian se montrait nettement plus expéditif ! Il garda ses remarques pour lui et salua Riley, qui écarquillait les yeux, visiblement impressionné par sa tenue.

Monica les accueillit sur le seuil du café, vêtue d'une robe rouge sur laquelle elle avait noué un tablier blanc. Elle venait sans doute de quitter la cuisine surchauffée, car elle avait les joues rouges et les cheveux en désordre – des mèches brunes, que l'humidité faisait boucler, s'échappaient de sa queue-de-cheval. Elle était ravissante.

— Entrez vite ! dit-elle en agitant la cuillère en bois qu'elle tenait à la main.

Une table, assez grande pour huit personnes, avait été dressée pour quatre au centre du café. Elle était couverte d'une nappe en lin blanc parsemée de pétales de rose enduits de peinture dorée. Une pomme de pin surmontée d'une petite carte, également peinte en doré indiquait la place de chaque convive. Des crackers enveloppés dans du papier rouge, des bougies rouges et dorées, et une couronne de houx et de lierre complétaient l'ensemble. Même pour un artiste aussi critique que Julian, c'était magnifique.

— Vous n'avez pas dormi de la nuit, j'imagine ? demanda-t-il. Félicitations, Monica ! C'est superbe – tout comme vous, d'ailleurs. Et c'est un pro qui vous parle !

Les joues déjà rouges de la jeune femme rougirent plus encore.

— Je me suis levée tôt, admit-elle. Allez rejoindre Benji dans le coin bibliothèque et mettez vos cadeaux sous le sapin.

Une bouteille de champagne rafraîchissait dans un seau à glace sur une table basse, près d'un grand plateau de blinis au saumon fumé. L'odeur de la dinde en train de cuire embaumait l'air, et des cantiques de Noël, chantés par la chorale du King's College, s'échappaient des enceintes. Tout semblait réuni pour faire de ce repas de Noël un moment inoubliable.

Monica les rejoignit, ôta son tablier et s'assit dans un des fauteuils rassemblés près du sapin.

— Nous avons une heure devant nous avant de mettre les derniers légumes à cuire. On pourrait ouvrir quelques cadeaux en attendant, vous ne croyez pas ?

— Peut-on commencer par les miens, s'il vous plaît ? s'exclama Julian.

Contrairement à Monica, il était incapable d'attendre pour savourer son plaisir : à ses yeux, « tout de suite » valait toujours mieux que « plus tard ». Sans laisser à ses amis le temps de protester, il prit son petit tas de cadeaux posés sous le sapin et les distribua.

— Je vous préviens : je n'ai rien acheté, précisa-t-il. J'ai tout trouvé chez moi !

Benji, qui avait été le premier à ouvrir son paquet, observait son contenu avec ravissement.

— L'édition originale du *Sergeant Pepper's Club Band* ! souffla-t-il, ébahi. Vous ne pouvez pas me donner un trésor pareil, Julian : ça vaut une fortune !

Il s'accrochait au disque comme s'il ne pouvait déjà plus s'en séparer.

— Je préfère le donner à quelqu'un qui l'appréciera à sa juste valeur, mon garçon. Je sais à quel point vous aimez les Beatles. Je suis moins fan que vous, pour être honnête. Je les ai toujours trouvés trop propres sur eux. Alors que les Sex Pistols… en voilà des vrais rebelles !

Il se tourna vers Riley : le jeune homme contemplait son cadeau – un T-shirt vintage des Rolling Stones – d'un air extatique.

— Eh bien, mon garçon, vous mouriez d'envie de fouiller dans ma garde-robe, n'est-ce pas ? Vous aviez raison : c'est une mine d'or. Je vous ai trouvé cette pièce de collection… Qu'en dites-vous ? Vous pouvez le vendre si vous voulez, mais je pense qu'il vous ira à ravir.

Julian se tourna vers Monica. Il était impatient de voir sa réaction ; elle comptait plus à ses yeux que celles des deux garçons réunis.

— Allons ! Déchirez le papier, mon enfant ! s'écria-t-il en la voyant tirer doucement sur le ruban adhésif.

Elle parut choquée.

— On ne pourra pas le réutiliser si on le déchire, répliqua-t-elle d'un ton sentencieux, comme si elle réprimandait un bambin surexcité.

Enfin, elle ouvrit le paquet – et laissa échapper un cri de stupeur. C'était la réaction qu'il attendait. Les garçons s'approchèrent pour regarder le cadeau posé sur ses genoux.

— Comme c'est beau ! s'exclama Monica. Bien plus que moi, je pense.

Il avait peint son portrait en s'appuyant sur les images gravées dans sa mémoire et sur les croquis qu'il avait griffonnés en cachette pendant les cours de dessin. Ce n'était qu'une petite toile, montrant Monica, le menton posé au creux de sa main, une mèche de cheveux enroulée autour de son index. Comme tous les portraits de Julian, les coups de pinceau, toujours audacieux, balayaient la toile de manière presque abstraite, et le tableau se révélait aussi juste dans les détails qu'il omettait que dans ceux qu'il restituait. Il regarda la vraie Monica. Elle semblait sur le point de pleurer. De joie, espérait-il.

— À part notre récente incursion dans l'univers de Pollock, c'est la première toile que je peins depuis quinze ans, confia-t-il. Je suis un peu rouillé, j'en ai peur !

Il s'apprêtait à poursuivre ses explications quand on frappa à la porte. Benji se leva pour aller ouvrir : à cette heure-ci, ce ne pouvait être que Baz et sa grand-mère. Julian posa leurs cadeaux sur la table basse, en prévision de leur arrivée. Il se tenait dos à la porte, et ne vit donc pas l'expression qui se peignait sur le visage de Baz, avant qu'il les rejoigne dans le coin bibliothèque. Un étrange silence s'était abattu sur la petite assemblée.

— Quelque chose ne va pas, Baz ? demanda Monica. Où est Betty ?

Julian fut saisi d'un terrible pressentiment. Il sentit le regard de Baz rivé sur lui, mais n'osa pas relever les yeux, qu'il garda obstinément fixés sur ses chaussures – des mocassins noirs, résolument classiques et cirés avec soin. *Si peu de gens savent cirer leurs souliers de nos jours.*

— Grand-maman n'est pas sortie de sa chambre depuis hier soir, déclara Baz d'une voix frémissante de colère contenue.

— Pourquoi ? demanda Benji. Elle est malade ?

— Tu ferais mieux de poser la question à Julian, répliqua Baz.

L'intéressé venait d'engloutir la moitié d'un blini au saumon. Il voulut l'avaler pour ne pas parler la bouche pleine, mais il avait la gorge trop sèche. Il prit sa coupe de champagne et en but une grande gorgée, avant de répondre.

— Je suis terriblement désolé, Baz. Je croyais que votre grand-mère était au courant. Mais ce n'est plus si grave, aujourd'hui ! Je suis certain que Mme Wu finira par comprendre ! Rien à voir avec les années 1960, quand mon ami Andy Warhol était le seul homme ouvertement homosexuel que je connaissais. Tous les autres refusaient de sortir du placard.

Monica, Riley et Benji l'écoutaient d'un air horrifié. Ils venaient de comprendre, manifestement.

— Grand-maman ne comprendra rien du tout, Julian. Elle a un train de retard, c'est vrai, mais je ne pense pas qu'elle puisse le rattraper. Elle pleure depuis des heures en répétant que sa vie n'a servi à rien. Elle s'est tuée à la tâche pour monter ce restaurant avec mon grand-père en pensant qu'ils le légueraient à leurs descendants. Maintenant, elle a perdu tout espoir de me transmettre quoi que ce soit. Elle est bouleversée.

Baz s'assit et se prit la tête entre les mains. Julian se surprit à regretter l'instant précédent : il préférait subir sa colère que son désespoir.

— Et tes parents, Baz ? Comment ont-ils réagi ? demanda Benji.

Il tendit la main vers lui, mais Baz la repoussa vivement, comme si sa grand-mère les observait.

— Ils se sont montrés étonnamment optimistes, répondit-il. Je pense qu'ils s'en doutaient depuis un bon moment.

— Je ne cherche pas à excuser ma bévue, mon garçon, reprit Julian, mais ne pensez-vous pas que certaines choses ont besoin d'être dites ? N'est-ce pas un soulagement ? Garder le secret peut nous rendre malades. Je suis bien placé pour le savoir.

— C'était mon secret, pas le vôtre ! s'écria Baz avec virulence. De quel droit avez-vous parlé à ma grand-mère ? Vous m'avez volé la possibilité de lui révéler la situation par moi-même, avec mes propres mots. Ou de ne rien lui dire du tout. La vérité n'est pas toujours bonne à dire, figurez-vous ! Certains secrets servent à protéger les gens que nous aimons… Si vous aviez tenu votre langue, Grand-maman aurait pu vieillir et mourir paisiblement, persuadée que ma future épouse chinoise et moi reprendrions le restaurant et le remplirions de petits Wu !

— Mais je…, commença Julian.

— N'essayez pas de vous défendre, l'interrompit Baz. Je ne vous écouterai pas ! Au fait, que ce soit bien clair : je n'ai jamais cru que vous étiez l'ami d'Andy Warhol, de Marianne Faithfull ou de la princesse Margaret. Vous n'êtes qu'un imposteur ! Un imposteur ridicule, en plus ! Assis là dans votre jupe à carreaux… Rentrez dans votre cottage pourri et ne vous mêlez plus de mes affaires !

Il se leva et sortit en claquant la porte. Un silence stupéfait s'abattit sur l'assemblée, si pesant qu'on aurait pu entendre une aiguille de pin tomber sur le parquet ciré.

Riley

Riley n'aurait jamais pu imaginer que le petit Baz, si chaleureux et toujours de bonne humeur, puisse se mettre dans une telle colère. Fou de rage, il s'était déchaîné contre Julian, qui s'était recroquevillé dans son fauteuil comme une mouche desséchée prise dans une toile d'araignée. Depuis que Riley le connaissait, il semblait chaque jour plus grand, plus charismatique, regagnant peu à peu sa prestance d'autrefois. Il avait suffi de quelques minutes pour tout balayer : sa haute stature, son assurance et son exubérance retrouvées s'étaient évanouies sous le feu des reproches de Baz.

Riley tourna les yeux vers Benji, victime collatérale de l'affaire : il paraissait à la fois horrifié et terrorisé. Le fracas de la porte que Baz avait claquée en partant résonnait encore à leurs oreilles quand Benji prit la parole, d'une petite voix qui ne lui ressemblait pas :

— Vous croyez que je devrais essayer de le rattraper ?

— Non, répondit Monica. Je crois qu'il vaut mieux le laisser tranquille, le temps qu'il règle la situation avec sa famille.

— Tu crois vraiment qu'il pourra régler la situation ? Et s'ils me détestent, au contraire ? S'ils l'empêchent de me voir ?

— Franchement, je n'ai pas l'impression qu'ils aient un problème avec toi. Ni même avec le fait que Baz soit gay, intervint Riley. On est en 2018, quand même ! Sa grand-mère va seulement devoir renoncer à ses projets dynastiques… De toute façon, ils ne peuvent pas vous empêcher de vous voir. Vous êtes majeurs et vaccinés, non ? On n'est pas dans *Roméo et Juliette* !

— Je ferais mieux de partir, dit Julian d'une voix lasse. Avant de vous causer d'autres ennuis.

— Pas question ! décréta Monica en se tournant vers lui, bras tendus comme un agent de la circulation face à un flot de voitures. Vous ne bougerez pas d'ici. Baz ne pensait pas ce qu'il a dit. Il n'était plus en état de réfléchir, vous l'avez bien vu ! Et de toute façon, ce n'est pas votre faute. Vous ne pouviez pas savoir qu'il avait caché la situation à sa famille.

— C'est vrai, je n'en savais rien. Dès que j'ai compris mon erreur, j'ai fait machine arrière. J'ai cru bien faire, vraiment ! J'étais persuadé de l'avoir convaincue.

— Tout finira peut-être par s'arranger, déclara Monica. Ne serait-ce pas formidable, Benji, si tu n'avais plus à redouter que la famille de Baz découvre que vous sortez ensemble ? Si vous pouviez passer devant le restaurant en vous tenant par la main ? Vous pourriez même emménager ensemble, qui sait ? Croyez-moi : un jour viendra où vous remercierez Julian d'avoir révélé le pot aux roses. Oh, mon Dieu. Les pommes de terre !

Monica se précipita dans la cuisine. Julian sortit de son sac une bouteille de porto poussiéreuse.

— Je pensais l'ouvrir après le déjeuner, mais vu les circonstances, il me semble qu'une bonne gorgée ne nous ferait pas de mal ! dit-il en remplissant les verres de Benji et de Riley, avant d'en verser une bonne rasade dans le sien.

Riley se sentait terriblement mal à l'aise. Il n'avait pas l'habitude des conflits. Étaient-ils propres à l'Angleterre ou seulement à ce cercle de gens dans lequel il avait atterri ?

Tous trois demeurèrent assis près du sapin, buvant en silence, trop stupéfaits par les récents événements pour en parler. Après une quinzaine de minutes qui leur parut une éternité, la voix de Monica jaillit de la cuisine.

— Le déjeuner est prêt !

Les trois hommes quittèrent le coin bibliothèque pour venir s'asseoir dans la grande salle, autour de la table dressée pour le déjeuner. Ce changement de lieu contribua à détendre l'atmosphère. Chacun ouvrit son cracker, déplia le chapeau en papier qu'il contenait et le posa sur sa tête. Les sourires réapparurent et, avec eux, un peu de la bonhomie qui avait présidé au début de la fête. Tous quatre semblaient déterminés à oublier l'incident – pour le moment, du moins.

— Monica, ce repas est extraordinaire. Comme toi, dit Riley en posant discrètement la main sur son genou, qui frôlait le sien sous la nappe en lin.

Incapable de résister, il fit remonter ses doigts le long de sa cuisse. Monica rougit, toussa et manqua de recracher son chou de Bruxelles. Était-elle troublée par son compliment ou par le contact de ses doigts ? Il s'enhardit, glissant sa main plus haut encore.

— Arrgghh ! cria-t-il.

Elle venait de lui piquer la main avec sa fourchette.

— Qu'y a-t-il, Riley ? demanda Benji.

— Rien. J'ai une crampe, mentit-il.

Il observa ses amis. Monica coupait chaque morceau de viande ou de légume avec précision et mâchait le tout pendant des siècles. L'assiette de Julian ressemblait à une peinture abstraite. Il piochait dedans avec gourmandise et fermait les yeux en souriant pour mieux savourer. Quant à Benji, il poussait sa nourriture sur les côtés d'un air mélancolique, se contentant d'une bouchée de temps à autre.

Ils lurent à voix haute les mauvais calembours que renfermaient leurs crackers, ouvrirent une autre bouteille de vin qu'ils vidèrent plus vite que de raison, et la fête prit enfin un nouveau départ. L'incident semblait relégué au second plan. Ils auraient tout loisir de s'en occuper plus tard ?

Riley aida Monica à débarrasser les assiettes sales. Ils les rangèrent dans le lave-vaisselle. Ou, plutôt, Riley les mit dans le lave-vaisselle, puis Monica les ressortit et les rangea à des endroits différents. « J'ai ma façon de faire », expliqua-t-elle. Amusé, Riley la souleva dans ses bras et l'assit sur le comptoir de la cuisine. Il l'embrassa, noua ses bras autour de sa taille et la serra contre lui. Elle sentait le cassis et le clou de girofle. Leur baiser, le vin et les émotions de la journée lui faisaient tourner la tête.

Il ôta l'élastique qui retenait les cheveux de Monica et les fit tomber sur ses épaules. Puis il enroula une longue mèche brune autour de son doigt, tirant doucement sa tête en arrière, et embrassa le creux humide et salé à la base de son cou. Monica enroula ses jambes autour de ses hanches, l'attirant encore plus près. Riley poussa un soupir d'aise. Il adorait les voyages. Il adorait Londres. Il adorait Noël. Et il commençait à penser qu'il adorait Monica.

— Trouvez-vous une chambre ! chantonna Benji d'une voix moqueuse.

Riley se retourna : Benji et Julian se tenaient sur le seuil de la cuisine. Julian portait une saucière et Benji un ramequin de choux de Bruxelles.

— Mais pas avant d'avoir mangé du pudding ! ajouta Julian sur le même ton.

Monica posa le pudding de Noël au centre de la table. Julian l'imbiba de cognac et Riley craqua une allumette pour le flamber – se brûlant les doigts au passage.

— C'est ce qui arrive quand on joue avec le feu ! plaisanta Monica en haussant un sourcil de manière suggestive.

Riley lança un regard vers Julian et Benji. Dans combien de temps rentreraient-ils chez eux ?

— We wish you a merry Christmas ! We wish you a merry Christmas and a happy New Year ! fredonna Benji en souriant.

Riley enlaça Monica, qui posa la tête sur son épaule.

À cet instant, la porte s'ouvrit derrière eux. Personne n'avait pensé à aller la verrouiller après le départ de Baz. Riley se retourna, prêt à voir apparaître Baz ou Mme Wu. Ce n'était ni l'un ni l'autre.

— Joyeux Noël ! s'écria un grand brun d'une voix tonitruante. Je suis ravi de voir que mes projets se sont réalisés !

C'était Hazard.

Hazard

Koh Panam, trois jours avant Noël. La plage était envahie par de nouveaux arrivants, dont au moins trois couples de jeunes mariés qui truffaient chacune de leurs phrases des mots « mon mari » et « ma femme » comme s'ils cherchaient à remporter le premier prix au concours du conjoint le plus démonstratif en public. Hazard prenait le thé au Lucky Mother avec Daphné, Rita et Neil. Ils avaient instauré ce rituel typiquement britannique quelques semaines auparavant et l'avaient trouvé réconfortant, même si Hazard n'avait aucun souvenir de la dernière fois où il avait pris le thé avec des amis à Londres : en milieu d'après-midi, dans son bureau de la City ou son appartement de Fulham Road, il était généralement plus enclin à gober des amphétamines avec une rasade de boisson énergétique qu'à siroter une tasse de Earl Grey en croquant dans un biscuit – mais c'était de l'histoire ancienne. Au Lucky Mother, Rita avait même appris à Barbara à préparer des scones, qu'ils dégustaient chauds avec de la confiture à la noix de coco. S'ils avaient pu faire venir de la crème fraîche par avion depuis le Devon, ils auraient atteint la perfection.

Neil leur montra le tatouage qu'il s'était offert lors de sa dernière virée à Koh Samui : une phrase en thaï, enroulée autour de sa cheville gauche.

— Qu'est-ce que ça veut dire ? demanda Hazard.

— Calme et paix, répondit Neil.

Vu l'expression choquée qui se peignit sur le visage de Barbara lorsqu'elle se pencha pour lire l'inscription, ce n'était pas tout à fait le cas. Le tatoueur thaïlandais avait manifestement joué un tour à Neil… Hazard fit un clin d'œil à Barbara pour l'inviter à garder le silence. Ce que leur ami ne savait pas ne pouvait pas lui faire de mal.

— Qu'avez-vous prévu pour le déjeuner de Noël, Barbara ? demanda Daphné. De la dinde ?

— Du poulet. Pas le poulet trop maigre qu'on vend sur l'île. J'ai trouvé de gros poulets de Samui. Vraiment très gros. Tout est plus gros là-bas. Même les touristes !

Barbara gonfla les joues et se dandina sur place comme un Bibendum, tandis que ses hôtes savouraient son compliment involontaire.

En les écoutant, Hazard fut soudain envahi par le mal du pays. Il pensa à Londres en hiver. À la dinde farcie aux châtaignes, aux pommes de terre sautées et aux choux de Bruxelles du repas de Noël. À « Vive le vent » et aux comptines diffusées dans les supermarchés. À l'horloge parlante pour le décompte de minuit. Aux autobus à impériale, aux gaz d'échappement et aux rames de métro bondées. À la BBC et au Kebab Kid de New King's Road.

Il sourit. Le moment était venu de rentrer chez lui.

Le seul vol sur lequel Hazard parvint à réserver un billet était celui dont personne ne voulait : il quittait Bangkok le soir du réveillon pour atterrir à Heathrow le matin de Noël. Il régnait une ambiance résolument festive à bord, le personnel de cabine distribuant gratuitement du champagne aux passagers qui le souhaitaient. C'est-à-dire tous – sauf Hazard, qui s'efforçait de garder les yeux fixés droit devant lui, rivés sur le film qu'il avait choisi, sans prêter attention au bruit des bouchons métalliques qu'on dévissait et des bouchons de champagne qu'on faisait sauter dans les rangées voisines. Quand serait-il capable d'entendre ce « pop » sans éprouver un désir viscéral ? se demandait-il en serrant les dents.

L'aéroport et les rues étaient déserts. On se serait cru dans un film de zombies – sans le brouillard, la pluie et les hordes de morts-vivants dépenaillés. Le ciel était clair et les passants, souvent coiffés de petits chapeaux en papier et vêtus de pull-overs de Noël kitsch, semblaient emplis d'amour pour leur prochain.

Hazard avait réussi à partager l'un des rares taxis disponibles jusqu'à Fulham Broadway, où il descendit d'un bond, saluant l'air froid comme un vieil ami. Il hissa son sac à dos sur son épaule et traversa le carrefour désert. Une éternité semblait s'être écoulée depuis son départ. Il revenait changé, profondément différent de l'homme qu'il était quelques mois plus tôt. Il n'avait pas encore annoncé son retour à ses parents : il ne voulait pas bouleverser leurs projets de fin d'année. Et puis, il préférait prendre le temps de s'acclimater avant de retrouver ses proches et d'entreprendre le long travail de reconstruction qui l'attendait.

En descendant Fulham Road vers son appartement, il aperçut le café de Monica quelques dizaines de mètres plus loin. Il mourait d'envie de savoir ce qui s'était passé depuis qu'il avait glissé *Le Carnet des Silences* dans les bagages de Riley. À dire vrai, sa curiosité s'était presque muée en obsession : son esprit tourmenté avait trouvé là un parfait dérivatif à ses anciennes addictions. Mieux valait penser à Riley, Julian et Monica que céder à son envie de boire une bière bien fraîche ? Alors il avait imaginé mille et une fins heureuses à leur histoire – toutes plus improbables les unes que les autres. Dans la vraie vie, il en était conscient, Monica n'avait certainement pas revu Julian, et encore moins rencontré Riley.

En arrivant devant le café, il ne put s'empêcher de jeter un œil à l'intérieur. La grande salle semblait droit sortie d'une carte de vœux : des bougies, du houx, du lierre et une table croulant sous les restes d'un festin de Noël. Et ce n'était pas tout : Monica et Riley se tenaient autour de la table. Enlacés. Et, face à eux, vêtu d'un incroyable kilt bicolore, se dressait un vieil homme qui ne pouvait être que Julian Jessop.

Hazard recula, stupéfait. Son esprit lui jouait-il des tours ? Non, il ne rêvait pas. Les trois protagonistes du *Carnet des Silences* étaient bien là, sous ses yeux. Mais alors… Il avait réussi ! Il était génial ! Quel talent d'entremetteur ! Et quelle générosité il avait déployée envers ces inconnus ! Il avait hâte de rencontrer Monica et Julian, à présent. Hâte de reprendre sa place dans le récit (il en était l'architecte, après tout) et d'en discuter avec eux. Il poussa la porte et se tint sur le seuil, tel un conquérant de retour sur ses terres.

L'assistance ne réagit pas tout à fait comme il s'y attendait. Loin de l'accueillir sous les vivats, Monica, Julian et le quatrième larron, un grand rouquin, le fixaient d'un air perplexe. Quant à Riley, il avait l'air d'un lapin pris dans les phares d'une voiture.

— C'est moi – Hazard ! précisa-t-il. Eh bien, Riley, j'ai l'impression que tu as trouvé le cahier dans tes bagages !

— C'est vous qui m'avez envoyé la carte postale ? intervint Monica en le regardant, non avec gratitude comme il l'avait imaginé, mais avec dégoût et suspicion. Je crois que vous nous devez des explications.

Hazard comprit alors, mais un peu tard, qu'il aurait mieux fait de s'abstenir.

Monica

Monica était épuisée par les préparatifs du repas, le service, le tourbillon d'émotions et la quantité inhabituelle d'alcool qu'elle avait ingérée – mais elle ne se rappelait pas avoir été aussi heureuse. Elle débordait de bons sentiments, d'amitié et, grâce au baiser torride échangé avec Riley dans la cuisine du café, de phéromones. Elle avait même réussi à ne pas penser aux conséquences fâcheuses que pouvait avoir sur l'hygiène et la sécurité un baiser échangé sur le plan de travail d'une cuisine professionnelle.

Puis un homme entra dans le café. Il avait des cheveux sombres et ondulés qui n'avaient pas vu une paire de ciseaux depuis un certain temps, la mâchoire carrée d'un héros de bande dessinée, une courte barbe et un bronzage intense. Il portait un gros sac à dos et paraissait littéralement tombé de l'avion – une destination exotique, sans doute. Il lui semblait vaguement familier et il les regardait comme s'il s'attendait à être reconnu. Était-ce une célébrité ? Un type qui bossait à la télé ou dans les médias ? Si oui, que faisait-il dans son café le jour de Noël ? Il se prénommait Hazard, apparemment. Hazard ?

Il fallut quelques secondes à Monica pour se souvenir de l'endroit où elle avait vu ce prénom. La carte postale ! Et de l'endroit où elle avait vu ce visage : sur le trottoir, devant le café, quelques mois plus tôt. Ce crétin lui avait foncé dessus. Dans une version plus épaisse, plus pâle et moins chevelue qu'aujourd'hui – mais tout aussi arrogant. Comment l'avait-il appelée ce soir-là ? Grosse vache ? Sale connasse ? Quelque chose dans ce goût-là.

Monica était si absorbée dans ses pensées qu'elle n'entendit pas ce qu'il dit à Riley après s'être présenté, mais les deux hommes s'étaient reconnus, manifestement. Pourtant, quand elle avait montré la carte postale à Riley, il ne lui avait pas dit qu'il connaissait Hazard… Un nœud d'anxiété s'enroulait et se déroulait dans son estomac tandis que son esprit se débattait avec ces informations disparates.

En tout cas, songea-t-elle, pas question d'offrir une chaise à cet individu : il resterait debout le temps de s'expliquer. « Quelle connasse » – voilà ce qu'il avait dit ce soir-là.

— Eh bien, commença Hazard en lançant un regard nerveux à Riley, j'ai trouvé un cahier vert pâle, intitulé *Le Carnet des Silences*, sur une table dans le bar qui se trouve juste en face, de l'autre côté de la rue. J'ai lu l'histoire de Julian – il inclina la tête vers l'intéressé – et j'ai décidé de donner un coup de pouce à votre campagne d'affichage…

Parvenu à ce stade du récit, il se tourna vers Monica d'un air engageant. Elle lui décocha son regard le plus noir.

— Je suis désolé, se récria-t-il, mais vous n'aviez affiché qu'une seule annonce, ici, dans la vitrine. Julian n'avait aucune chance de la trouver ! Alors je l'ai photocopiée en plusieurs exemplaires, que j'ai collés un peu partout dans le quartier. Puis je suis parti en voyage. J'ai emporté le cahier jusqu'en Thaïlande et j'ai continué de penser à vous. J'avais envie de vous aider, Monica.

Elle se crispa à l'énoncé de son prénom. Elle n'aimait pas la familiarité avec laquelle cet homme s'adressait à elle, comme s'ils se connaissaient.

— J'ai commencé à observer de près tous les gars célibataires qui venaient séjourner sur ma petite île, poursuivit-il. Chaque fois qu'un nouveau touriste arrivait, je me demandais s'il ferait un bon petit ami. Pour vous, je veux dire…

Hazard laissa sa phrase en suspens. Sans doute avait-il perçu son désarroi. Elle était mortifiée. Tout était clair, à présent.

— Et tu es arrivé sur cette île – n'est-ce pas, Riley ? lança-t-elle d'une voix tremblante.

Elle était à peine capable de le regarder. Il se contenta de hocher la tête. *Lâche. Traître.*

Monica examina mentalement la nouvelle version des faits. Le soir du cours de dessin, Riley n'avait pas poussé la porte par un heureux hasard. Il avait été envoyé par Hazard (le bien nommé !) pour se taper la vieille fille qui se morfondait au fond de son café sur Fulham Road. Sur le pont au-dessus de la Tamise, il ne l'avait pas embrassée parce qu'elle était jolie et qu'il ne pouvait pas lui résister. Bien sûr que non. Il l'avait embrassée parce qu'il avait lu son récit et qu'il avait eu pitié d'elle. Ou parce qu'il savait qu'elle ne le repousserait pas, tant elle cherchait à se caser. Ou les deux. Hazard et Riley avaient-ils ri de son désespoir ? Avaient-ils parié sur la suite de l'histoire ? « Je te donne 50 livres si tu te tapes la patronne ! » Hazard l'avait-il délibérément ciblée après lui avoir foncé dessus ce soir-là, et si oui, pourquoi ? Que lui avait-elle fait ? Julian était-il dans le coup, lui aussi ?

Elle se sentit brusquement exténuée. Le vin et le repas qu'elle avait savourés avec tant d'enthousiasme lui pesaient sur l'estomac. Elle allait être malade. Elle allait vomir sur sa belle table. Parsemer ses pétales de rose de morceaux de carotte régurgités. Tous ses rêves d'avenir, ces projets ridiculement optimistes qui s'étaient peu à peu formés dans son esprit, se voyaient anéantis et remplacés par une intrigue fade et sans relief, à laquelle elle était habituée.

— Vous feriez mieux de partir, dit-elle. Vous avez mangé à ma table. Vous avez bu mon vin. Maintenant, FOUTEZ LE CAMP de mon café !

Monica avait crié et juré. Ce qu'elle ne faisait jamais.

Riley

Comment tout avait pu si mal tourner en si peu de temps ? Un moment auparavant, Riley envisageait de déguster une grosse part de pudding avant d'aller passer la nuit chez Monica, son seul souci étant de savoir s'il pouvait manger la première sans risquer de gâcher la seconde. Et quelques minutes plus tard, Monica le jetait dehors. Tout ça, par la faute de Hazard.

— Je suis vraiment désolé, Monica, dit ce dernier. Je voulais seulement vous aider !

— Pas du tout. Vous vouliez vous amuser, jouer avec ma vie, nous manipuler comme si nous étions dans une émission de téléréalité. Je ne suis pas votre bonne œuvre, moi ! Ni votre cobaye !

Que pouvait dire Riley pour la rassurer ? Pour lui faire comprendre ce qui s'était passé ?

— Monica, je t'ai rencontrée grâce à Hazard, c'est vrai, mais ce n'est pas grâce à lui que je suis resté ici. Je tiens vraiment à toi. Tu dois me croire ! Monica fit volte-face pour le foudroyer du regard. Il aurait mieux fait de se taire, manifestement.

— Pourquoi devrais-je te croire ? Tu m'as menti depuis le début. Je te faisais confiance, moi ! Je pensais que tu étais réel. Pas que tu sortais des pages de ce cahier !

— Je ne t'ai jamais menti. Je ne t'ai pas dit toute la vérité, je l'admets, mais je n'ai jamais menti.

— Arrête, la sémantique et toi, ça fait deux.

La sémantique ? De quoi parlait-elle ?

— Tu es venu ici et tu es sorti avec moi à cause du *Carnet* – c'est tout ce qui compte. Et moi qui croyais à notre bonne étoile... Je pensais que le destin nous avait réunis ! Comment ai-je pu être aussi stupide ?

Elle semblait sur le point de pleurer, à présent. Riley sentit sa gorge se nouer. Il la préférait en colère.

— Eh bien, c'est un peu vrai, admit-il en toute sincérité. Tu donnes l'image d'une femme forte et déterminée. Mais comme j'avais lu le *Carnet*, je savais qu'en fait tu es très... (il chercha le mot juste et le trouva in extremis)... vulnérable. Je crois que c'est ce qui m'a plu chez toi. C'est pour ça que je t'aime.

Riley n'avait encore jamais fait une telle déclaration à Monica. Elle lui avait échappé, à dire vrai. Il espéra qu'elle l'avait entendue. Et comprise. Mais elle saisit le pudding de Noël (qui, heureusement, ne flambait plus) et le leur balança à la figure, prenant son élan, comme un lanceur sur un terrain de cricket. Qui visait-elle ? Lui ou Hazard ? Difficile à dire. Il fit un pas de côté et le gâteau s'écrasa au sol.

— Dehors ! hurla-t-elle.

— Riley, chuchota Hazard, je pense qu'il vaut mieux obéir à la dame et attendre que les choses se calment, tu ne crois pas ?

— Ah ! Je suis une dame maintenant, plus une sale connasse ? Connard toi-même. Et donneur de leçons, avec ça ! s'écria Monica.

Riley écarquilla les yeux. Avait-elle complètement perdu la boule ?

Ils se dirigèrent à reculons vers la porte, de peur que Monica ne continue à les bombarder avec ce qui restait sur la table. Une fois dehors, Riley aperçut Julian quelques dizaines de mètres plus haut sur l'avenue. Il l'appela, mais Julian ne l'entendit pas. De dos, il paraissait nettement plus âgé que le vieux dandy avec lequel il avait déjeuné. Les épaules voûtées, il traînait les pieds, comme s'il cherchait à faire le moins de bruit possible sur le bitume. Un taxi passa à vive allure, éclaboussant ses jambes nues. Julian n'y prêta aucune attention.

— C'est ta faute, Hazard ! s'écria Riley.

Il se crispa au son de sa propre voix : on aurait dit un enfant gâté furieux de ne pas avoir obtenu ce qu'il désirait.

— Eh ! C'est pas juste, répondit Hazard sur le même ton. J'étais convaincu que tu avais parlé du *Carnet des Silences* à Monica. C'est toi qui as fait le choix de ne rien dire, pas moi. Un choix plutôt stupide, d'ailleurs. On ne gagne jamais rien à dissimuler ce genre de choses, ça finit toujours par te revenir en pleine figure. Tu devrais le savoir, mon vieux !

Riley lui jeta un regard assassin. Monica avait raison : ce type était vraiment donneur de leçons.

— Regarde, le bar est ouvert. Allons boire un verre ! décréta Hazard.

Riley hésita. Il n'était pas certain de vouloir passer du temps avec Hazard ce soir (ni aucun soir, d'ailleurs), mais il voulait parler de Monica à quelqu'un, et il n'était pas d'humeur à rentrer pour retrouver ses colocataires, sans doute pas encore remis de leurs divers excès festifs. Finalement, son besoin de parler l'emporta, et il se laissa entraîner vers le bar d'en face.

— C'est ici que j'ai trouvé le cahier de Julian, déclara Hazard. Sur cette table, là-bas. J'ai l'impression que ça fait une éternité. Qu'est-ce que tu bois ?

— Un Coca, répondit Riley. J'ai assez bu pour aujourd'hui.

— Un Coca et un double whisky, commanda Hazard au barman – un jeune gars morose, coiffé d'une paire de bois de renne en plastique.

Riley se pencha vers lui. Les bois de renne clignotaient par intermittence.

— Désolé. Ce sera deux Coca, s'il vous plaît.

Il se tourna vers Hazard.

— Tu oublies que j'ai lu ton histoire. Je sais que tu ne veux pas vraiment boire un double whisky.

— Ah oui ? Et si j'en ai vraiment envie, au contraire ? Et puis, qu'est-ce que ça peut te faire si je décide de m'autodétruire ? Vu ce qui s'est passé ce soir, je ne suis pas exactement ton meilleur ami, si ?

— Tu as raison, mais je ne te laisserai pas gâcher ta vie sous mes yeux. Tu t'es bien débrouillé jusqu'à présent – pourquoi tout saborder ce soir ? Quand je t'ai rencontré à Koh Panam, je t'ai pris pour un véritable ascète !

— Et si je ne prenais qu'un seul whisky ? Je n'en mourrai pas, va ! Et c'est Noël, après tout.

Hazard le regardait comme un gamin conscient d'aller trop loin, mais déterminé à tenter sa chance.

— C'est ça. Et dans dix minutes, tu me diras qu'un de plus ne te tuera pas non plus, et d'ici minuit, je me demanderai comment faire pour te ramener chez toi. Tu m'as causé assez d'ennuis, mec. Je préférerais arrêter les frais, d'accord ?

Hazard sembla se recroqueviller sur lui-même comme un ballon privé d'air.

— Et merde. Je sais que tu as raison. Je me serais détesté au réveil. Ça fait quatre-vingt-quatre jours que je n'ai rien pris – ni came ni alcool. Mais ne va pas croire que je passe mon temps à faire le décompte, hein !

Il prit sans enthousiasme le verre et la bouteille de Coca-Cola que lui tendait le barman. Puis il s'approcha de la table qu'il avait montrée à Riley et se glissa sur la banquette.

— N'est-il pas étrange de penser que la dernière fois que nous avons pris un verre ensemble, nous étions à l'autre bout de la terre sur une des plus belles plages du monde ? lui fit-il remarquer.

— Ah, Koh Panam ! Tout était plus simple là-bas, répondit Riley en soupirant.

— Crois-moi : au bout de deux mois sur place, tu commences à réaliser à quel point cette simplicité est superficielle. On rencontre plein de gens sympas, mais rien ne dure. À la fin, je m'ennuyais à mourir. J'avais hâte de retrouver mes vrais amis ! Le problème, c'est que je ne suis pas sûr qu'il m'en reste : je les ai remplacés il y a des années par des gens qui voulaient faire la bringue autant que moi. Et ceux-là, je n'ai aucune envie de les retrouver… Ils me colleraient un verre de whisky ou un sachet de coke dans les mains avant que j'enlève mon manteau. Pour un addict, un type sobre, c'est l'ennemi à abattre. Je suis bien placé pour le savoir.

Hazard fixa son verre de Coca d'un air si pitoyable que Riley fut saisi de compassion. Il avait du mal à rester en colère contre lui.

— Je ne suis pas d'accord, dit-il. Pour moi, le superficiel a du bon. C'est toute cette profondeur qui cause problème ! Qu'est-ce que je vais dire à Monica ? Elle est persuadée que nous avons tout organisé pour nous moquer d'elle, toi et moi. Elle n'en avait pas l'air, tout à l'heure, mais en fait, elle manque cruellement de confiance en elle. Cette histoire l'a bouleversée !

— Écoute, je ne suis pas expert en psychologie féminine, tu t'en doutes, mais je suis certain que Monica verra les choses autrement quand elle se sera calmée. Elle comprendra qu'elle a réagi de façon excessive. Au fait, en parlant de réaction, la tienne m'a impressionné : ce petit pas de côté pour éviter le pudding – chapeau, mec !

— C'est toi qu'elle visait, pas moi ! Et pour faire un truc pareil, il fallait vraiment qu'elle soit très en colère. En temps normal, elle ne supporte pas de voir la moindre miette par terre.

Hazard sourit.

— Alors, tu l'aimes tant que ça ? J'avais raison ou j'avais pas raison ?

— Quelle importance, maintenant ? répondit Riley d'un ton sec.

Un ange passa puis, regrettant sa brusquerie, il reprit d'un ton plus amène :

— Pour être franc, c'est assez troublant, à cause de ce fichu carnet. Comme j'ai lu son récit, j'ai eu l'impression de la comprendre et de la connaître dès notre première rencontre. Mais ce que je savais m'a un peu effrayé aussi. Je ne suis à Londres que pour quelques semaines, alors qu'elle cherche à s'engager pour la vie… Il vaut peut-être mieux qu'on en reste là, elle et moi.

Riley se tut. Pourquoi avait-il dit ça ? Il ne le pensait pas du tout.

— Attends un jour ou deux, et va lui parler, répliqua Hazard. Tu sais quoi ? Essaie d'être sincère, mec. Je suis sûr qu'elle te pardonnera.

Comment Hazard pouvait-il en être sûr ? Il était incapable de comprendre quelqu'un comme Monica ! D'ailleurs, c'était bien le seul réconfort que Riley puisait dans ce marasme : si Monica ne l'aimait guère en ce moment, elle n'aimait vraiment pas Hazard. Mieux : elle le détestait.

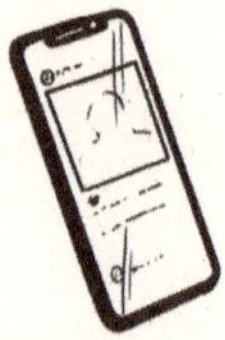

Alice

Le repas de Noël fut un désastre. Max ouvrit le champagne à 11 heures, quand ses parents arrivèrent. Alice but deux coupes le ventre vide. Puis elle engloutit le verre de vin rouge qu'elle avait mis de côté pour parfumer la sauce qu'elle servirait avec la dinde. L'absence de sommeil, la nervosité et l'excès d'alcool lui firent perdre les pédales : elle s'embrouilla dans ses temps de cuisson. La dinde était sèche ; les choux de Bruxelles, trop cuits, se transformèrent en bouillie et les pommes de terre sautées étaient dures comme des cailloux. Quant à la sauce, elle oublia complètement de la préparer.

La mère de Max enchaîna les « oh ! » et les « ah ! » de rigueur pendant le repas, masquant comme toujours ses critiques sous des apparences élogieuses. « Quelle bonne idée d'utiliser de la farce prête à l'emploi, s'exclama-t-elle avec enthousiasme. Je fais toujours la mienne. C'est idiot, parce que ça me prend un temps fou pour parvenir au bon résultat. » Alice songea au repas autrement plus joyeux qu'elle aurait pu passer chez sa mère, avec ses frères, ses sœurs et leurs familles, tous entassés dans le salon trop exigu. Au fil des ans, les tapis, les rideaux et les meubles, choisis par sa mère pour leur prix et leurs qualités pratiques plutôt qu'esthétiques, avaient fini par créer un chaleureux patchwork de motifs et de couleurs contrastés. Réunis autour de la table, ils porteraient tous des pulls de Noël ridicules et des chapeaux en papier, échangeraient des blagues et s'apostropheraient joyeusement les uns les autres.

Chez Alice et Max, les murs étaient peints dans des nuances élégantes (choisies chez Farrow & Ball, évidemment), les meubles étaient coordonnés et discrets, agrémentés çà et là d'une touche de couleur. La plupart des cloisons avaient été abattues pour « créer de l'espace » et la décoratrice d'intérieur avait passé des heures, et dépensé une grande partie de la prime de Max, à concevoir une ambiance qui s'adapterait à chaque occasion. Tout était de bon goût. Absolument sans âme. Rien à détester, rien à aimer.

Après le déjeuner, Alice aida Bunty à déballer ses cadeaux. Elle l'avait beaucoup trop gâtée. Inutile d'avoir fait de longues études de psycho pour comprendre qu'elle cherchait à compenser les Noëls de son enfance, quand la majorité des cadeaux glissés sous le sapin étaient faits maison ou de seconde main. Elle se souvenait encore du mépris avec lequel, à dix ans, elle avait accueilli la boîte à couture fabriquée avec amour par sa mère, remplie d'aiguilles et de fils, de boutons et de coupons de tissus multicolores. Cette année-là, elle voulait un lecteur CD. Comment avait-elle pu se montrer aussi ingrate ?

Alice se força à revenir au moment présent. Elle ouvrit son compte Instagram et téléchargea une photo de Bunty en train de mâcher l'emballage d'un de ses cadeaux.

Elle tapait la légende et les hashtags habituels quand Max lui arracha brutalement le téléphone des mains.

— Si tu vivais ta vie au lieu de passer ton temps à la prendre en photo ? grogna-t-il.

Il lança son portable dans un coin. L'appareil atterrit dans une boîte de Duplo, les pulvérisant comme un boulet de canon. Un silence stupéfait s'abattit sur le petit groupe. Alice attendit que ses beaux-parents prennent sa défense, qu'ils disent à Max tout le mal qu'ils pensaient de ses manières de rustre. Depuis quand parlait-il à sa femme sur ce ton ?

Mais sa belle-mère n'avait visiblement aucune envie de voler à son secours.

— Alice, ma chérie… À quelle heure Bunty fait-elle sa sieste ? demanda-t-elle comme si de rien n'était.

— Elle… Elle n'a pas d'heure fixe, répondit Alice en retenant ses larmes.

La mère de Max pinça les lèvres en signe de désapprobation. Alice se prépara à subir le sermon habituel sur la sacro-sainte routine des nouveau-nés, pimenté de souvenirs extatiques sur l'enfance de Max – un bébé parfait, qui avait fait ses nuits dès la seconde où il était sorti de la maternité.

— Et si vous emmeniez la petite faire un tour, Max et toi ? reprit-elle. Pendant ce temps, je remettrai un peu d'ordre dans cette maison. Le grand air vous fera du bien, j'en suis sûre.

Alice perçut sa proposition pour ce qu'elle était (une critique à peine voilée de la manière dont elle tenait son ménage), mais elle ne dit rien. Inutile de se disputer avec sa belle-mère, en plus de tout le reste ! Et puis, c'est vrai, le grand air lui ferait du bien. Elle mourait d'envie d'échapper un moment à cette atmosphère – tout en sachant que ses beaux-parents se livreraient à une critique en règle de ses multiples défauts dès qu'elle aurait passé la porte. Refusant de s'humilier davantage en plongeant la main dans la boîte de Duplo pour récupérer son portable, elle prit Bunty dans ses bras, hissa le sac à langer sur son épaule et quitta la pièce. Suivie de Max, qui semblait aussi heureux de passer du temps avec elle qu'elle souhaitait en passer avec lui.

Ils installèrent Bunty dans sa poussette et sortirent. Alice se tourna aussitôt vers Max.

— Comment oses-tu m'humilier ainsi devant tes parents ? Nous sommes censés former une équipe !

Elle se tut, convaincue qu'il allait lui présenter ses excuses. Elle se trompait, une fois de plus.

— Une équipe ? répéta-t-il. Quelle équipe ? Quand tu n'es pas avec Bunty, tu passes ta vie sur les réseaux sociaux. J'ai des besoins, moi aussi !

— Bon sang, Max ! Tu es jaloux d'un bébé ? De ton bébé ? Je suis désolée de ne pas passer assez de temps à satisfaire tes moindres désirs – elle n'en passait pas du tout, en fait – mais Bunty a besoin de moi un peu plus que toi. Si tu m'aidais davantage, ce serait sans doute plus facile.

— Ce n'est pas seulement ça, marmonna Max d'un air triste. Tu as changé. Nous avons changé. Et j'ai du mal à m'y faire.

— Bien sûr qu'on a changé ! Nous sommes des parents, maintenant ! Je te rappelle que j'ai dû accoucher, ce qui revient à peu près à faire passer un melon à travers un trou de serrure, je me suis transformée en vache à lait en l'espace d'une nuit, et je n'ai pas dormi plus de trois heures d'affilée depuis des semaines. Comment veux-tu que je ne sois pas différente de la responsable des relations publiques libre et insouciante que tu as épousée ? Tu t'attendais à quoi ?

— Je ne sais pas… Le jour de notre mariage, quand je t'ai vue entrer dans l'église, j'ai pensé que j'étais l'homme le plus heureux, le plus chanceux du monde !

— Moi aussi, Max. Et c'est toujours vrai : nous avons beaucoup de chance. C'est seulement un mauvais moment à passer, tu comprends ? Tout le monde dit que les premiers mois avec un bébé sont difficiles à vivre. Tu le sais, n'est-ce pas ?

Elle espérait que Max confirmerait ses propos, mais il garda le silence.

— Tu sais quoi ? Va retrouver tes parents, dit-elle brusquement. Je n'ai plus la force de discuter. Je suis trop fatiguée. Je reviendrai à temps pour donner son bain à Bunty.

Elle avait l'impression qu'une brique supplémentaire venait d'être arrachée aux fondations déjà fragiles de son mariage.

Alice s'assit sur un banc dans le square désert. Posant le pied sur la Maclaren de Bunty, elle la poussa doucement d'avant en arrière pour inciter sa fille à s'endormir. Pour l'heure, Bunty mâchonnait son poing, répandant des filets de bave sur sa barboteuse brodée de rennes (@minimoi).

Alice plongea machinalement la main dans sa poche pour en sortir son portable, avant de se rappeler qu'il était resté à la maison. Quel ennui ! Elle refusait d'aller le chercher, mais elle se sentait terriblement démunie sans rien à liker, à poster ou à commenter. Et elle ne voulait surtout pas penser à sa dispute avec Max. Trop déprimant. Il lui fallait une distraction, mais laquelle ? Comment s'occupait-elle avant de créer son compte Instagram ? Elle ne s'en souvenait pas.

Elle ouvrit son sac à langer. Elle avait peut-être laissé le dernier numéro de Grazia à l'intérieur ? Hélas, non.

En revanche, elle aperçut la couverture vert pâle du cahier d'exercices qu'elle avait trouvé sur la balançoire du square quelques jours plus tôt. Elle avait complètement oublié son existence. Elle décida d'y jeter un œil, faute de mieux.

« Chacun de nous ment sur sa propre vie. » Là-dessus, elle était entièrement d'accord. Les centaines de milliers d'abonnées d'@aliceaupaysdesmerveilles n'avaient pas la moindre idée de ce que vivait la vraie Alice. Elle pensa aux nombreux posts qui la montraient, elle et Max, tendrement enlacés au-dessus du couffin de leur nouveau-né. D'où sortait ce cahier vert ? L'avait-on laissé là à son intention ?

« Mais que se passerait-il si nous cessions de mentir ? » Cesser de mentir ? Pour quoi faire ? Franchement, la vérité n'était pas toujours bonne à dire. Ni plaisante. Ni même inspirante. Elle ne rentrait pas dans les petits cadres d'Instagram. Sur son compte, Alice présentait une certaine version de la vérité, celle que ses followers avaient envie de voir. Un commentaire désabusé ou une photo trop réelle lui aurait fait perdre une foule d'abonnés. Personne n'avait envie de savoir qu'elle se disputait avec Max, qu'elle avait des vergetures et que Bunty souffrait de conjonctivite et d'eczéma.

Alice commença par lire le récit de Julian. Il avait tout l'air d'un type fabuleux – mais si malheureux ! Que faisait-il en ce jour de fête ? Avait-il invité des amis à partager le repas de Noël dans son atelier de Fulham Road ? Ou avait-il déjeuné seul, face à l'assiette vite de sa chère Mary ?

Elle passa au récit suivant, celui de Monica. Alice connaissait bien le café. Elle était à peu près sûre de l'avoir tagué dans une de ses récentes publications. Rien de très novateur : une photo montrant son cappuccino surmonté d'une mousse veloutée où était tracé un cœur, et son bol de fromage blanc et granola aux fruits rouges, accompagnés d'une légende vantant les mérites d'un petit-déjeuner à la fois sain et savoureux. Si ses souvenirs étaient exacts, ladite Monica s'affairait dans la grande salle quand Alice avait pris la photo. Une jolie femme, âgée d'une dizaine d'années de plus qu'elle, toujours en mouvement, toujours tirée à quatre épingles.

Tandis que le visage de Monica se précisait dans son esprit, Alice s'aperçut avec stupeur que cette femme-là était aussi celle dont le souvenir la hantait – celle qui dansait avec tant d'insouciance et d'abandon dans le café désert, quelques soirs auparavant. Incroyable ! Elle n'avait pas fait le rapprochement sur le moment, tant la danseuse semblait différente de la patronne du café qu'elle avait l'habitude d'observer en plein jour.

En se plongeant dans les confidences de Monica, Alice fut plus stupéfaite encore de découvrir que cette femme désirait à tout prix être mère. *Méfie-toi de tes rêves !* pensa-t-elle en posant les yeux sur Bunty qui commençait à s'agiter dans sa poussette. Elle plissait le front d'un air mécontent, comme chaque fois qu'elle s'apprêtait à pousser de grands cris furieux. Avant d'être enceinte, Alice avait-elle éprouvé un désir d'enfant aussi vif, aussi désespéré que celui Monica ? Elle ne s'en souvenait pas, mais ce devait être le cas.

C'était extraordinaire, tout de même. Dire qu'elle avait envié la vie censément libre et insouciante de Monica, alors que Monica, elle, rêvait de vivre sa vie de jeune maman ! Elle avait l'impression d'être reliée par un fil invisible, mais extrêmement solide, à cette femme forte et triste qu'elle n'avait jamais vraiment rencontrée. Elle regarda de nouveau Bunty, ses joues rondes et ses grands yeux bleus, et se sentit submergée d'amour pour ce petit être qu'elle avait mis au monde. Un amour si pur, si viscéral, qu'elle se promit de ne jamais le laisser dépérir.

Le récit de Hazard venait ensuite. *Voilà un prénom romantique !* Elle l'imagina parcourant la lande à cheval, torse nu, quelque part en Cornouailles… Elle secoua la tête. Où allait-elle chercher tout ça ? Les hormones lui montaient à la tête. Pour en revenir au vrai Hazard, elle espérait qu'il était séduisant. Au moins un peu. Avec un prénom pareil, ce serait dommage d'être laid, chétif et couvert d'acné, non ?

Alice était résolument opposée à l'usage des drogues, quelles qu'elles soient. À mesure qu'elle tournait les pages du cahier, plongée dans les confessions de Hazard, elle dut cependant admettre que sa propre relation avec l'alcool ne différait guère de celle qu'il entretenait avec la cocaïne. Elle ne buvait pas seulement pour s'amuser en soirée : elle buvait pour survivre à ses journées. Elle chassa cette pensée déplaisante de son esprit. Elle s'autorisait un verre de vin (parfois, trois) le soir. Était-ce un péché mortel ? Et elle n'était pas la seule : la plupart des mères de famille qu'elle connaissait faisaient pareil. Les réseaux sociaux débordaient de mèmes sur « l'heure du vin » et « le petit remontant de maman ». En se servant un verre, Alice avait le sentiment d'être une grande personne, et pas seulement la mère de Bunty. Elle s'offrait une parenthèse, un « temps pour elle ». Et franchement, elle le valait bien.

Parvenue aux dernières lignes du récit de Hazard, Alice comprit ce qu'il avait accompli. *C'est pas vrai ! Quel talent, ce type !* Il avait trouvé l'homme dont rêvait Monica (un certain Riley) et l'avait envoyé à Londres pour la sauver du célibat. Elle avait l'impression d'avoir atterri au beau milieu d'un roman de Danielle Steel. Le plus dingue, c'est que les projets de Hazard avaient abouti : Riley était sûrement l'homme qu'Alice avait vu danser avec Monica – celui qui la contemplait avec tant d'adoration.

Elle mourait d'envie de lire le récit de Riley, qui occupait les trois pages suivantes, mais elle devait rentrer chez elle pour donner son bain à Bunty. Tant pis. Riley attendrait. En revanche, elle pouvait s'autoriser un petit crochet par le Monica's Café. Elle jetterait un coup d'œil à l'intérieur pour satisfaire sa curiosité (et pour éviter de penser à sa terrible dispute avec Max). Elle était quasiment certaine que le café serait fermé, mais elle ne perdrait rien à passer devant la vitrine. Bunty apprécierait cette petite promenade supplémentaire.

Alice sortit du square et tourna à gauche sur Fulham Road, près du restaurant chinois. Il était là depuis des lustres, mais elle n'y avait jamais mangé. Elle était plutôt « maki au crabe et à l'avocat » que « nouilles sautées au poulet ». Les trottoirs étaient quasiment déserts, la majeure partie des habitants du quartier s'étant réfugiés à la campagne pour les fêtes. C'est pourquoi elle remarqua deux hommes, en grande discussion devant le restaurant. Ils formaient un couple assez improbable. Le premier, visiblement d'origine chinoise, semblait très fâché : il se dégageait de sa petite personne une énorme énergie, en totale contradiction avec sa taille. Le second était un grand rouquin bien bâti, qu'Alice était certaine d'avoir déjà vu quelque part. Elle l'observa à la dérobée. Il était en larmes. Que leur arrivait-il ? Peut-être n'était-elle pas la seule à passer une mauvaise journée ? Cette pensée peu charitable lui procura une joie mauvaise qu'elle étouffa avec une pointe de culpabilité.

Alice poursuivit son chemin. Son impatience allait croissant à mesure qu'elle approchait du café de Monica. Depuis quand n'avait-elle pas éprouvé une telle excitation ?

Ces derniers temps, elle agissait toujours par devoir plus que par plaisir. Les tâches domestiques se succédaient, l'occupant du matin au soir : nourrir, essuyer, nettoyer, changer, cuisiner, repasser, laver – et tout recommencer, à l'infini. Aussi était-elle ravie de ne pas savoir ce qui allait se produire dans les instants à venir. Avec un bébé, la vie était si prévisible ! Elle rougit. Avait-elle déjà oublié à quel point elle avait de la chance ?

En s'approchant du café, elle constata que les lumières étaient allumées. Monica travaillait-elle le jour de Noël ? Pas forcément. De nombreux commerçants du quartier laissaient les lumières allumées vingt-quatre heures sur vingt-quatre, ce qui avait le don d'agacer Alice : @aliceaupaysdesmerveilles militait activement pour la sauvegarde de la planète. Elle avait cessé d'utiliser des gobelets et des sacs en plastique bien avant que ce soit à la mode. Elle avait même essayé les couches réutilisables pendant un certain temps, puis elle avait renoncé. Trop compliqué.

Encore quelques mètres, et elle parvint devant la vitrine du café. Elle s'arrêta et regarda à l'intérieur. Monica était là, comme Alice l'avait espéré. Mais elle était seule, assise à une table dressée pour plusieurs personnes. Et elle pleurait. De grosses larmes roulaient sur son visage marbré et bouffi. Le résultat n'avait rien de photogénique. C'était même carrément pitoyable. Monica avait-elle oublié qu'on pouvait la voir de la rue ? Quand on pleure comme ça, mieux vaut se cacher ! Si elles devenaient amies, Alice tâcherait de lui en parler. Gentiment, avec tact. Elle lui rendrait un fier service.

En attendant, la fin heureuse du conte de fées imaginé par Hazard n'était pas au rendez-vous. Alice sentit sa belle humeur s'envoler. Que s'était-il passé ? Qu'était-il arrivé à Monica et Riley, ce couple romantique qu'elle avait vu danser ici même quelques soirs auparavant ?

Alice croyait aux vertus de la solidarité féminine. Quoi qu'il arrive, les femmes devaient se serrer les coudes. Elle avait aussi fait sienne la devise selon laquelle « dans un monde où tout est possible, choisis d'être gentil ». Elle l'avait même fait imprimer sur un T-shirt. Il était donc hors de question qu'elle abandonne cette femme éplorée à son sort. Une femme qu'elle connaissait, en plus ! Ou du moins, qu'elle avait l'impression de connaître. Mieux que la plupart de ses prétendues « meilleures amies », à dire vrai.

Alice sortit le cahier de son sac en guise d'introduction, plaqua un sourire amical, mais soucieux, sur son visage, et entra, enjambant soigneusement la masse brune et visqueuse étalée sur le parquet. C'était quoi, ce truc ?

Monica leva les yeux. De longues traînées de mascara noircissaient ses joues.

— Bonjour, je m'appelle Alice. J'ai trouvé *Le Carnet des Silences*. Ça ne va pas ? Je peux vous aider ?

— Ce foutu carnet ? J'aimerais ne l'avoir jamais trouvé et ne jamais le revoir ! martela Monica avec un débit de mitraillette. Je ne veux pas être impolie et je suis sûre que vous - comme tous les autres - croyez me connaître, puisque vous avez lu les pages que je n'aurais jamais dû écrire, mais vous vous trompez : vous ne me connaissez pas. Et je ne vous connais pas non plus. D'ailleurs, je n'en ai aucune envie. Alors fichez le camp et laissez-moi tranquille !

Alice s'esquiva sans demander son reste.

Monica

Monica ne sortit pas de chez elle avant le lendemain de Noël en fin de journée. Il faisait nuit noire quand elle descendit l'escalier pour se rendre au café. La grande salle ressemblait à un décor de théâtre abandonné au beau milieu d'une représentation. Tout évoquait le départ précipité des convives : la table encore dressée pour le dessert, les verres à moitié pleins, le sapin de Noël et les cadeaux encore emballés glissés dessous. Étalé sur le plancher, piqué d'un brin de houx, le pudding de Noël ressemblait à une grosse bouse de vache aux raisins secs.

Monica remplit un seau d'eau chaude agrémenté d'une bonne dose de produit nettoyant, enfila une paire de gants en caoutchouc et se mit au travail. Elle avait toujours trouvé le ménage thérapeutique – presque trop, pour être honnête. Les cinq étoiles que lui avaient décernées les autorités de contrôle sanitaire, affichées bien en vue dans la vitrine du café, comptaient parmi les réalisations dont elle était le plus fière. Même les expressions relatives au ménage lui semblaient réconfortantes : laver de tout soupçon, essuyer une tempête, balayer devant sa porte.

Sitôt calmée, Monica avait compris qu'elle avait réagi de manière excessive. Il était peu probable que Hazard et Riley se soient associés pour lui tendre un piège : Riley ne mentait pas en disant qu'il l'aimait vraiment (ces baisers étaient trop passionnés pour être factices), mais elle se sentait tout de même humiliée. Elle ne supportait pas l'idée que Riley lui avait délibérément caché une partie de la vérité pendant tout ce temps ; que Hazard et Riley l'avaient prise en pitié en lisant son récit dans le *Carnet* ; qu'ils avaient parlé d'elle, qu'ils avaient envisagé de voler à son secours. Et elle se sentait bête. Or elle n'avait pas l'habitude de se sentir bête. Elle avait remporté un premier prix d'économie à la fac, bon sang !

Elle commençait à peine à admettre que le bonheur peut surgir à tout moment, sans prévenir, et qu'elle était digne d'être aimée par un véritable Apollon, quand la lumière s'était faite : tout cela n'était qu'un coup monté. « Si c'est trop beau pour être vrai, disait souvent sa mère, c'est probablement le cas ». Or Riley paraissait vraiment trop beau pour être vrai.

Au cours des semaines précédentes, Monica avait senti qu'elle se détendait, qu'elle se laissait vivre, même. Elle s'était montrée joyeuse et insouciante. Et elle n'avait récolté que des ennuis.

Alors, quelle voie choisir ? Elle ne savait plus quoi penser.

Ce qu'elle savait, en revanche, c'est qu'elle ne souhaitait pas revoir Riley. Ni Hazard. Ni même Julian. Pas avant un bon moment, du moins. Elle voulait que tout redevienne comme avant, avant de trouver ce fichu cahier dans son café, avant d'écrire son histoire, et avant de se trouver empêtrée dans les plans de quelqu'un d'autre. Le monde d'avant était peut-être fade et sans relief, mais il était prévisible et sûr. Pile ce qu'il lui fallait.

Elle s'aperçut brusquement qu'elle n'avait pas annulé le cours de dessin de la semaine à venir. Elle prit son portable et ouvrit le groupe WhatsApp qu'elle avait créé. « Le cours est annulé jusqu'à nouvel ordre », tapa-t-elle. Elle n'ajouta ni explications ni excuses. De quoi aurait-elle dû s'excuser ?

Elle s'avança vers le coin bibliothèque. Le beau portrait que Julian lui avait offert était encore posé sur la table basse. Une autre Monica la fixait – une Monica encore ignorante du mensonge qui rongeait sa nouvelle existence.

Elle tendit la main vers le sapin et prit le paquet que Riley lui destinait. « À Monica, avec toute mon affection, Riley », lut-elle sur l'étiquette collée sur l'emballage. Elle faillit le jeter sans l'ouvrir (un geste bravache dont elle aurait été fière), mais sa curiosité l'emporta.

Elle déplia soigneusement le papier cadeau. Il renfermait un magnifique carnet bleu turquoise – un Smythson, devina-t-elle au premier coup d'œil. Avait-elle dit à Riley que c'était sa marque préférée ? Il avait dû lui coûter une fortune ! Les mots « MES RÊVES, MES ESPOIRS » étaient gravés en lettres dorées sur la couverture. Elle porta le carnet à son nez et huma le parfum du cuir. Puis elle l'ouvrit et découvrit le message suivant, inscrit sur la page de garde : « Joyeux Noël, Monica ! Je sais à quel point tu aimes la papeterie et les listes. Et je sais à quel point tu mérites que tes espoirs et tes rêves deviennent réalité. Baisers, Riley. »

C'était le cadeau idéal. Ce ne fut qu'en voyant le message de Riley se brouiller sous ses yeux que Monica s'aperçut qu'elle pleurait, maculant de taches salées le beau papier couleur crème. Ce qui la fit pleurer davantage.

Elle pleurait ce qui aurait pu advenir, la vision d'un avenir parfait qui avait, pendant un moment, scintillé devant elle, l'incitant à croire qu'il pouvait se réaliser. Elle pleurait la perte de ses certitudes : elle se croyait forte et intelligente, elle se révélait naïve et stupide. Mais surtout, elle pleurait la disparition de la femme qu'elle avait cru devenir : une femme drôle, impulsive et spontanée, qui prenait des décisions sur un coup de tête sans se soucier des conséquences ; une femme qui confiait ses secrets aux pages d'un cahier et les dispersait aux quatre vents ; une femme qui tombait amoureuse de beaux inconnus.

Cette femme-là n'existait plus.

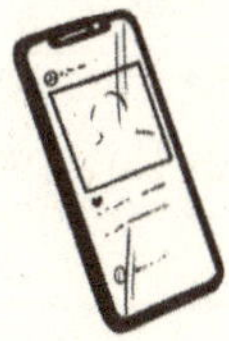

Alice

En ce lendemain de Noël, assise dans le rocking-chair de la chambre d'enfant, Alice allaitait Bunty. Il était 23 heures. Elle était encore bouleversée par sa dispute de la veille avec Max. Et son altercation avec Monica n'avait rien arrangé. Sa vision de la solidarité féminine n'en sortait pas grandie, hélas ! Elle ouvrit le sac à langer posé à ses pieds et en sortit le cahier vert pâle. Puis elle tourna le variateur d'intensité de la lampe Beatrix Potter installée sur la commode, afin de pouvoir lire sans réveiller Bunty, qui venait de s'assoupir. Elle tourna les pages du cahier pour reprendre sa lecture là où elle s'était interrompue : en haut de la première page du récit de Riley. Un frisson d'excitation la parcourut. Quels secrets se dissimulaient sous cette couronne de boucles blondes et ce sourire enchanteur ?

Je m'appelle Riley Stevenson. J'ai trente ans et je suis jardinier à Perth en Australie (je préfère le préciser puisqu'il y a aussi un Perth en Écosse). Pour répondre aux questions de Julian, je connais le prénom de tous mes voisins, et ils connaissent le mien. Ils me connaissent depuis que je suis tout petit, en fait. C'est un peu étouffant, parfois. Pour être franc, c'est même une des raisons pour lesquelles je suis parti.

Mince alors ! Il était passé d'un extrême à l'autre… Londres devait lui paraître gigantesque. Presque trop anonyme, peut-être ? Alice souleva prudemment Bunty afin de pouvoir tourner la page.

Quant à ce que je suis vraiment, j'ai bien réfléchi : je crois que je suis vraiment, vraiment fâché que tout le monde ici me prenne pour un brave garçon un peu naïf, sous prétexte que je ne suis pas aussi torturé que la plupart des Anglais que j'ai croisés depuis mon arrivée. Et je ne suis pas parano : ils me prennent réellement pour un benêt. Je ne comprends pas. Depuis quand le fait d'être joyeux et direct est-il un défaut de caractère ? Simple ne veut pas dire simplet !

Quel gentil garçon ! pensa Alice, attendrie.

Parfois, je surprends le regard de Monica ou de Julian posé sur moi. Un regard attendri comme si j'étais un adorable bambin. Je sais très bien ce qu'ils pensent : « Quel gentil garçon, ce Riley ! »

Elle tressaillit. Ce cahier lisait-il dans ses pensées ?

En fait, je n'aime pas du tout ce carnet. Il m'a permis de rencontrer des gens formidables, mais depuis que je l'ai trouvé, je suis aussi devenu moins sincère, pas plus. Ma relation avec Monica est basée sur un mensonge : je ne lui ai pas encore dit que c'est grâce à ce cahier que nous nous sommes rencontrés, et je ne me rappelle même pas la raison qui m'a incité à lui cacher cette partie de l'histoire. Je crois que cette ville, et la vie que je mène depuis mon arrivée, loin du soleil, des arbres et de la terre, modifient ma nature profonde. Je dois revenir à mes racines. Même ce que j'ai écrit sur cette page ne me ressemble pas ! En temps normal, je ne suis pas porté sur l'auto-analyse : me regarder le nombril ne m'intéresse pas. Je suis un gars simple et droit. Du moins, je l'étais. Et vous savez quoi ? Le Carnet *ne dit pas la vérité sur les autres non plus.*

En lisant le récit de Julian, on pense avoir affaire à un vieillard triste et terne. Or le Julian que je connais est un être extraordinaire. Absolument unique en son genre. Il rend la vie plus vivante, plus colorée. Il vous donne envie de partir à l'aventure et d'explorer de nouveaux territoires.

Quant à Hazard, si je ne l'avais pas rencontré, je l'aurais pris pour un type arrogant et imbu de lui-même. Or l'homme avec lequel j'ai discuté en Thaïlande était sympathique, calme et un peu triste.

Enfin, il y a Monica, qui se croit indigne d'être aimée. Or elle est chaleureuse, gentille et généreuse. Elle aime rassembler ses amis autour d'elle et prendre soin d'eux. Elle a l'âme d'une jardinière, comme moi, et je sais qu'elle sera une maman formidable. Si elle s'autorisait à se laisser aller (rien qu'un peu), tout irait pour le mieux dans son petit monde.

Je vais dire la vérité à Monica. Que se passera-t-il ensuite ? Je n'en ai aucune idée. Mais au moins, j'aurais fait ce qu'il faut pour planter nos racines dans un sol solide et donner une chance à notre relation.

Et vous, qu'allez-vous faire ? J'espère que ce cahier vous portera plus chance qu'à moi !

Alice relut les dernières lignes avec une mélancolie croissante. L'état pitoyable dans lequel elle avait trouvé Monica la veille n'incitait pas à l'optimisme : manifestement, les aveux de Riley ne leur avaient pas permis de « donner une chance à leur relation ». Rageuse et en larmes, Monica ne lui avait paru ni chaleureuse, ni généreuse, ni gentille. Pour tout dire, elle s'était même montrée un peu méchante avec elle.

Alors que Riley… Quel gentil garçon ! Un jardinier sans jardin.

Alice se redressa. Elle venait d'avoir une idée.

Julian

Julian était confortablement enveloppé dans son cocon. La sonnerie d'un interphone retentissait au loin de temps à autre, mais il ne se sentait pas concerné. Même s'il avait voulu répondre, il en aurait été incapable. Il était beaucoup trop loin, maintenant.

— Julian ! appela Mary. Lève-toi, voyons ! Tu ne peux pas rester au lit toute la journée.

— Laisse-moi tranquille. J'ai travaillé toute la nuit. Va voir dans l'atelier : j'ai presque fini.

— J'ai vu. C'est superbe, comme toujours. Tu es superbe, mon chéri. Mais il est presque midi !

Elle marqua une pause, avant de reprendre d'un ton enjôleur :

— Rejoins-moi dans la cuisine. Je vais te préparer des œufs Benedict.

Julian tendit la jambe sous les couvertures pour s'assurer que Keith était là, allongé au bout de son lit, comme d'habitude. Il n'y était pas.

Il ouvrit un œil. Mary n'était pas là non plus. Il y avait belle lurette qu'elle n'était plus là. Il referma les yeux.

Seule une pensée, de plus en plus ténue, l'empêchait de s'endormir complètement : il avait quelque chose à faire – mais quoi ? Il ne s'en souvenait plus. En tout cas, on l'attendait quelque part.

Il entendit un petit bruit strident. Une alarme – tout près de son oreille, cette fois. Il tendit la main vers sa table de chevet. Ses doigts rencontrèrent un petit appareil rectangulaire, lisse et plat. Un téléphone portable. Depuis quand en avait-il un ? Il se redressa sur un coude. Un message venait de s'afficher sur l'écran : « Le cours est annulé jusqu'à nouvel ordre. » Il soupira. C'était donc ça, la pensée qui le tenait réveillé ? Maintenant, il pouvait dormir sur ses deux oreilles. Avec un peu de chance, il n'entendrait même pas le début des travaux, et les bulldozers se chargeraient de l'emporter, avec le reste des gravats, quand ils remplaceraient les ateliers par un complexe de loisirs institutionnels.

Les mots « BATTERIE FAIBLE » se mirent à clignoter sur l'écran. Et alors ? Il reposa le téléphone sur la table de chevet et tira le vieil édredon sur sa tête, respirant avec plaisir sa bonne odeur de moisi.

Hazard

Hazard était de retour à Londres, après quatre jours passés chez ses parents dans l'Oxfordshire. Aussi incroyable que cela paraisse, ils ne lui tenaient pas rigueur de son comportement erratique : tous deux semblaient surtout soulagés de le trouver en bonne santé et relativement heureux, bien que la mère de Hazard ait paru assez surprise de le voir chaque matin au petit-déjeuner, comme si elle s'attendait à ce qu'il découche pour aller faire la tournée des pubs du village. Pour être juste, c'est exactement ce qu'aurait fait l'ancien Hazard. Parviendrait-elle un jour à lui refaire confiance ? Peut-être pas.

Hazard serait volontiers resté plus longtemps, si ses parents n'avaient prévu d'accueillir chez eux les membres du Rotary Club local pour la Saint Sylvestre : il jugea plus sage de s'esquiver pour passer la soirée à l'abri de toute tentation. Il avait prévu de se coucher bien avant minuit, heureux de commencer la nouvelle année seul, dans son propre lit, certain de se réveiller le lendemain au même endroit, toujours seul (nulle blonde inconnue sous sa couette) et sans gueule de bois, ce qui ne lui était pas arrivé depuis… une éternité. Bref, une expérience inédite pour laquelle il remercierait sa bonne étoile.

Hazard prit son téléphone pour regarder l'heure. C'était un modèle basique, muni d'une carte prépayée. Il n'avait jamais sonné, puisque personne ne connaissait le numéro (hormis sa mère, qui l'avait appelé dans la matinée). Il n'avait même pas pris la peine de choisir la sonnerie. D'un naturel sociable et travailleur, Hazard avait du mal à s'adapter à cette nouvelle existence de chômeur solitaire. Elle n'était pas appelée à durer, de toute façon : tôt ou tard, il faudrait qu'il replonge dans la vie réelle.

Il était 16 h 30. Il mit son manteau, sortit et se dirigea vers le cimetière. Il était persuadé que les dégâts provoqués par l'engin incendiaire qu'il avait accidentellement déclenché le jour de Noël étaient réparés : il trouverait Monica, Julian et Riley en grande conversation sur la pierre tombale de l'amiral. Puisqu'il ne pouvait se risquer à contacter son ancien cercle d'amis, il espérait se joindre au leur.

Il passa devant le Monica's Café. Les lumières étaient éteintes. « FERMÉ JUSQU'AU 2 JANVIER », indiquait une affichette sur la porte.

Une fois assis sur la pierre tombale de l'amiral, Hazard guetta l'arrivée de Julian et de Monica, censés entrer par le côté sud du cimetière. Il était si absorbé par sa tâche qu'il ne vit pas arriver Riley par la porte nord. Il sursauta en apercevant sa haute silhouette à quelques mètres de la tombe, puis sourit. Riley accepterait peut-être de noter son numéro de téléphone ? Comment le lui proposer sans paraître désespéré ?

— Les autres ne sont pas là ? demanda Riley. J'attends ce rendez-vous depuis le début de la semaine… J'espérais qu'ils viendraient !

— Non. Je suis là depuis 15 minutes. Seul avec les corbeaux. Alors, comment ça se passe entre toi et Monica ?

Les épaules de Riley s'affaissèrent.

— Elle ne répond pas à mes appels, et le café est fermé. Je m'inquiète aussi pour Julian. Son téléphone est déchargé. Je suis allé sonner à l'interphone de la résidence tous les matins depuis le lendemain de Noël – en vain. En temps normal, Julian sort faire ses courses entre 10 heures et 11 heures, et il ne quitte jamais le quartier. Je ne comprends pas où il est passé... Tu crois qu'on devrait appeler la police ?

— Essayons encore une fois de sonner à sa porte, suggéra Hazard. Je t'accompagne. De toute façon, si je reste assis ici plus longtemps, je vais me geler les fesses sur la pierre tombale de l'amiral.

« J. & M. JESSOP », lisait-on sur la sonnette de Julian, bien que « M. » ait disparu depuis près de quinze ans. Hazard fixa la sonnette avec désarroi. N'était-ce pas horriblement triste ? Il faillit en parler à Riley, puis se retint. Il devenait de plus en plus sentimental, ces derniers temps. De toute façon, Riley était occupé : il appuyait continûment sur le bouton de l'interphone depuis trois bonnes minutes. Sans obtenir la moindre réponse.

— Allons demander à Monica si elle a de ses nouvelles. Si ce n'est pas le cas, nous appellerons la police, suggéra Hazard.

— Elle ne veut pas me parler, répondit Riley. Tu auras peut-être plus de chance que moi ? Elle ne sera sans doute pas ravie de te revoir, mais tu peux toujours essayer !

Il semblait soulagé de ne pas être seul dans la ligne de mire.

— Elle habite le quartier ? demanda Hazard.

— Oui. Au-dessus du café.

— Parfait. Allons-y.

Désormais mus par un objectif commun, tels deux soldats en mission commando, ils se dirigèrent résolument vers le café. Riley désigna la porte, peinte en jaune pâle, qui conduisait à l'appartement de Monica, et Hazard appuya sur la sonnette. Pas de réponse. Ils tambourinèrent à la porte du café. Toujours pas de réponse. Hazard descendit du trottoir et se posta au milieu de la chaussée. Inclinant la tête en arrière, il tenta d'apercevoir Monica par la fenêtre, obligeant un taxi à donner un coup de volant (et de klaxon) pour l'éviter.

— Fais gaffe ! s'exclama Riley. Tu as passé trop de temps sur une île avec une seule route, ma parole !

— On ne prend pas des stupéfiants pendant une décennie sans développer un certain manque de respect pour la mort, répliqua Hazard. Après tout ce que j'ai traversé, tu crois vraiment que je vais me laisser écraser par un taxi sur Fulham Road ? Ce serait d'un banal ! Eh, regarde ! Il y a de la lumière là-haut. MONICA ! ON A BESOIN DE TOI ! MONICA ! MONICA, TU AS VU JULIAN ? VIENS NOUS AIDER !

Alors qu'il était sur le point de renoncer, la fenêtre à guillotine se releva d'un coup sec et le visage de Monica apparut dans l'encadrement.

— Taisez-vous, bon sang ! Que vont penser les voisins ? chuchota-t-elle d'un air furieux, sur un ton que n'aurait pas renié la mère de Hazard. Attendez-moi. Je descends.

La porte s'ouvrit quelques minutes plus tard. Monica avait les cheveux en désordre, rassemblés en chignon à l'aide d'un crayon. Elle portait un T-shirt trop large et un pantalon de jogging informe – une tenue qui laissa Hazard sans voix. Il n'avait pas imaginé qu'elle possédait ce genre de vêtements. Elle ouvrit la porte du café et les poussa sans ménagement à l'intérieur.

— Monica, j'ai cherché à te joindre toute la semaine. Il faut vraiment qu'on parle ! supplia Riley.

— Commençons par traiter le problème en cours, tu veux bien ? intervint Hazard, avant que le jeune homme entre dans le vif du sujet. Vous discuterez plus tard, tous les deux. Pour le moment, la seule question qui nous préoccupe, c'est Julian. Monica, avez-vous eu de ses nouvelles depuis le soir de Noël ?

Elle fronça les sourcils.

— Non. Oh mon Dieu ! J'étais tellement absorbée par mes soucis que je n'ai pas pensé à lui un seul instant. Je suis vraiment une mauvaise amie... Pourvu qu'il ne lui soit rien arrivé ! Je suppose que vous avez essayé de l'appeler sur son portable ?

— Des dizaines de fois, assura Riley. Il faudrait aussi appeler l'atelier, mais je ne connais pas le numéro de la ligne fixe. Il n'est pas dans l'annuaire.

— Fulham 3276, énonça Monica.

— Incroyable ! Tu l'as mémorisé ?

— Je te rappelle que j'ai une excellente mémoire visuelle. Comment crois-tu que je suis devenue juriste ? répliqua Monica, bien décidée à ne pas succomber à ses flatteries. Dans cette partie de Fulham, tous les numéros commencent par 385. Pour joindre l'atelier, il faut donc appeler le 0207 385 3276.

Elle composa le numéro sur son portable et enclencha le haut-parleur. L'appel sonna dans le vide une bonne dizaine de fois.

Penchés sur le téléphone de Monica, ils écoutaient les sonneries avec tant d'anxiété qu'ils n'entendirent pas les coups frappés à la porte du café. C'était Baz. En blouson de cuir noir, l'air désespéré sous ses petites lunettes rondes cerclées de métal – les mêmes que celles de John Lennon, pensa Hazard. Monica tourna la clé dans la serrure et le fit entrer.

— Salut tout le monde. Je dois vraiment, vraiment, parler à Benji. Savez-vous où il est ? demanda-t-il en reprenant son souffle. Je voudrais lui présenter mes excuses. J'ai perdu les pédales l'autre jour.

— Tu aurais dû te réveiller plus tôt, répliqua Monica. Benji est en Écosse pour le nouvel an. Il a essayé de te joindre avant de partir. Il voulait vraiment, vraiment, te parler, lui aussi ! Baz, je te présente Hazard.

Hazard s'efforça de rester stoïque. Elle prononçait son prénom comme s'il s'agissait d'un gros mot.

— Salut, dit Baz en lui jetant à peine un regard. Monica, tu n'aurais pas le numéro de téléphone fixe de ses parents ? Son portable sonne dans le vide. Soit il a des problèmes de réseau, soit il est déchargé.

— Non, désolée. En fait, on a le même problème avec Julian. Impossible de le joindre. Et personne ne l'a vu depuis Noël.

Un silence embarrassé ponctua ses propos. Manifestement, la seule mention du mot « Noël » faisait ressurgir à leur mémoire des souvenirs qu'ils auraient préféré oublier.

— Il y a de quoi s'inquiéter, en effet, murmura Baz. Allons voir ma grand-mère. Elle lui donne un cours de tai-chi tous les matins. Elle en saura peut-être plus que vous.

Ils sortirent du café et se dirigèrent vers le carrefour de Fulham Broadway. Tout à leur inquiétude, ils semblaient avoir oublié les griefs qui les opposaient un moment plus tôt – mais la paix demeurait fragile.

Interrogée, Betty secoua vigoureusement la tête.

— Je suis allée chez lui pour tai-chi, comme d'habitude. Pas de réponse lundi, mardi, mercredi, jeudi, vendredi, énuméra-t-elle. J'ai pensé qu'il est en famille pour les fêtes.

— Il n'a pas de famille au Royaume-Uni, précisa Monica. Allons tous ensemble à l'atelier et voyons si nous pouvons entrer.

Ils traversèrent Broadway en file indienne et se rendirent aux Chelsea Studios. L'échec des tentatives répétées de Riley et de Mme Wu avait balayé leur optimisme. Lorsqu'ils arrivèrent devant le portail de la résidence, ils n'avaient pas grand espoir d'obtenir une réponse en sonnant à l'interphone. Effectivement, ils n'en obtinrent aucune.

— Il faut trouver un voisin, décréta Mme Wu.

Elle appuya sur toutes les sonnettes de la liste dans un ordre aléatoire, comme si elle dirigeait une pièce de musique expérimentale avec un orchestre symphonique.

— Ma grand-mère a quitté la Chine communiste dans les années 1970, chuchota Baz à Riley et Hazard. Mon père et elle ont traversé la baie à la nage jusqu'à Hong Kong. Ils avaient attaché leurs biens les plus précieux sur leur dos, comme des tortues. On ne plaisante pas avec Betty Wu !

Enfin, une voix grêle jaillit de l'interphone – une voix de femme, manifestement contrariée.

— Si vous essayez de me vendre des torchons ou de me parler du salut éternel, vous pouvez passer votre chemin. Ça ne m'intéresse pas !

— Ouvrez la porte, s'il vous plaît. Nous sommes inquiets pour notre ami. Pas vu depuis des jours, dit Mme Wu.

Ils entendirent un soupir agacé, puis plus rien. Quelques instants plus tard, le portail s'ouvrit sur une femme d'un certain âge. Sous ses cheveux blond platine, son visage était lisse comme de la cire, mais son cou, en partie masqué par un foulard Hermès, était aussi plissé que celui d'une dinde. C'était le genre de femme hautaine et arrogante qui s'installe sur la banquette arrière quand son mari la conduit en ville.

— Qui cherchez-vous ? demanda-t-elle sans se présenter.

— Julian Jessop, répondit Monica d'un ton ferme, visiblement décidée à ne pas se laisser intimider.

— Jessop ? Je vous souhaite bien du courage, ma chère ! Nous vivons ici depuis presque six ans et je peux compter sur les doigts de la main le nombre de fois où j'ai vu cet individu. Il ne vient jamais aux réunions de l'association des résidents.

Elle agita vers eux sa main aux griffes manucurées en les toisant d'un air soupçonneux, comme si elle les tenait pour personnellement responsables du manque de participation de Julian.

— Je suis la présidente de l'association, ajouta-t-elle – une information à la fois prévisible et superflue. Eh bien, entrez donc ! Seigneur… C'est un vrai troupeau !

Ils passèrent près d'elle, la remerciant d'un signe de tête avant de se diriger, toujours en file indienne, vers l'atelier de Julian.

— Si vous le trouvez, dites-lui que Patricia Arbuckle souhaite le voir de toute urgence ! cria la présidente d'association. S'il persiste dans son silence, j'appelle mon avocat !

Riley frappa violemment contre la porte du cottage. Hazard tendit l'oreille, espérant entendre du bruit à l'intérieur. Il avait les mains moites d'anxiété. Pourtant, il ne connaissait pas Julian : il avait seulement l'impression de le connaître.

— JULIAN ! cria Mme Wu.

Hazard sursauta. Cette petite dame avait du coffre ! Monica et Riley s'approchèrent des vitres nettoyées par Monica, et jetèrent un œil à l'intérieur.

— Je ne vois rien d'anormal, même si c'est un peu difficile à dire, dit Monica. Il a tout remis en désordre.

Elle souleva la fenêtre à guillotine, qui s'ouvrit sur une trentaine de centimètres. *Ce qu'il nous faudrait*, pensa Hazard, c'est un gamin. *Et encore ! Un petit gamin.*

— Je passe par la fenêtre ! déclara Mme Wu, qui avait effectivement la taille requise. Biming ! Prends mes pieds ! Toi, mon grand, tu prends le reste !

Hazard mit quelques secondes à comprendre qu'elle s'adressait à lui.

Mme Wu leva les mains au-dessus de sa tête. Il posa les siennes sous ses aisselles tandis que Baz et Riley s'emparaient de ses jambes. Puis ils la soulevèrent et l'orientèrent vers la fenêtre, le visage tourné vers le sol.

— En avant, marche ! ordonna-t-elle comme un général d'infanterie.

Ils l'introduisirent sous le battant de la fenêtre entrouverte comme on glisse un paquet dans une boîte aux lettres. Elle se laissa rouler au sol, puis se redressa, indemne.

— La porte, Grand-mère ! cria Baz. Ouvre-nous la porte !

Mme Wu obtempéra, les faisant tous entrer à l'intérieur quelques instants plus tard. Le cottage de Julian sentait le renfermé. Les rideaux étaient tirés, il faisait un froid glacial et les toiles d'araignée étaient de retour. Riley, qui connaissait les lieux mieux que quiconque, effectua rapidement le tour du rez-de-chaussée.

— Il n'est pas en bas, annonça-t-il. Allons voir dans sa chambre – à l'étage, précisa-t-il en désignant l'escalier en fer forgé qui menait à la mezzanine.

Monica s'engagea la première sur les marches en colimaçon, suivie de Riley et Mme Wu.

Hazard retint son souffle. Il entendit Monica crier : « Julian ! » d'un ton horrifié. Il se raidit, prêt au pire. Monica reparut et se pencha au-dessus de la balustrade.

— Il est vivant, mais frigorifié et très confus, annonça-t-elle.

Hazard expira lentement. Son souffle forma de petits nuages dans l'air froid.

— Dieu seul sait quand il a mangé pour la dernière fois, poursuivit Monica. Baz, peux-tu allumer le chauffage ? Madame Wu, pourriez-vous apporter un peu de votre merveilleuse soupe aux raviolis ? Julian refuse d'aller à l'hôpital, mais je vais tâcher de faire venir un médecin. Riley, s'il y a encore des magasins ouverts, peux-tu essayer de trouver des sachets d'Angel Delight ? Au caramel, bien sûr.

Pourquoi « bien sûr » ? se demanda Hazard. Il faillit lever la main et demander à Monica de lui confier une mission, à lui aussi, mais il préféra s'abstenir, de peur qu'elle lui lance un truc à la figure. Le pudding de Noël lui avait servi de leçon. Il se dirigea vers la cuisine. Avec un peu de chance, il trouverait une bouilloire en état de fonctionnement. D'après sa mère, en temps de crise, rien ne valait une bonne tasse de thé.

Monica

Il ne ressemblait pas au Julian que Monica connaissait. Il était recroquevillé dans son lit, si maigre, si desséché, que son corps soulevait à peine les couvertures. Une fourchette sale et trois boîtes de conserve vides (des haricots blancs à la sauce tomate) étaient posées au pied du lit, son téléphone portable (déchargé, évidemment) sur la table de nuit. Le kilt écossais et la veste qu'il arborait le jour de Noël gisaient en tas dans un coin, comme si la personne qui les portait s'était évaporée ou qu'elle avait brutalement explosé, comme la méchante sorcière du *Magicien d'Oz*.

Pendant un court instant, qui avait paru durer une éternité, Monica l'avait cru mort. Il était totalement immobile et sa main, quand elle l'avait touchée, était froide et moite. « Julian ! » avait-elle crié, paniquée. Il avait battu des paupières et émis un gémissement à peine audible.

Il était maintenant assis dans un fauteuil près de la cheminée, où crépitait un bon feu. Après avoir vainement cherché la chaudière, Baz avait compris que Julian n'avait pas le chauffage central, seulement quelques radiateurs électriques qu'il n'avait pas pris la peine d'allumer. La température du cottage avait donc drastiquement baissé au cours des jours précédents. Monica avait enveloppé le vieil homme dans plusieurs couvertures pour le réchauffer et Betty lui avait servi un gros bol de soupe au maïs et au poulet.

Appelé par Monica, un médecin généraliste du quartier était passé leur rendre visite. Après avoir examiné Julian, il avait prescrit de la chaleur, de la nourriture et des fluides, ainsi que des antibiotiques pour ses escarres. En partant, il avait murmuré d'un air sombre que « chacun de ces épisodes affaiblissait le cœur déjà faible » de Julian. Ce n'était donc pas la première fois qu'il venait en urgence à son chevet, avait compris Monica avec un regain d'inquiétude. Pour l'heure, le patient revenait lentement à la vie : un semblant de rose teintait ses joues et son regard se faisait plus vif.

Convaincue que Julian avait été terriblement affecté par les disputes qui avaient éclaté à Noël, Monica faisait de son mieux pour se montrer amicale envers Riley en présence de leur hôte. Riley, quant à lui, semblait prêt à tout pour regagner ses faveurs. Lorsqu'elle avait décrété (avec une certaine malice) que les toilettes du rez-de-chaussée avaient besoin d'un bon nettoyage, il avait trottiné jusqu'à la petite pièce nauséabonde comme un bon toutou, muni d'un seau, d'un bidon d'eau de Javel et d'une brosse à récurer. Il était hors de question qu'elle reprenne leur relation là où ils l'avaient laissée. En revanche, elle accepterait volontiers de rester son amie, si cela faisait plaisir à Julian.

En ce qui concernait Hazard, elle n'avait pas changé d'avis. Elle ne parviendrait jamais à apprécier quelqu'un qui jouait si négligemment avec la vie d'autrui. Que faisait-il là, d'ailleurs ? Qui l'avait invité à se joindre à eux ? Elle connaissait bien ce genre d'homme : ils étaient si habitués à susciter l'admiration et à voir leurs moindres désirs exaucés qu'ils s'invitaient chez vous sans même se demander s'ils seraient les bienvenus.

Tout l'agaçait chez lui, depuis son sourire trop parfait et sa barbe de hipster jusqu'à ses mocassins bon chic bon genre. L'année de ses seize ans, peu après la mort de sa mère, Monica avait accepté de se rendre au bal de fin d'année du lycée. Elle n'en avait aucune envie, mais son père avait insisté, convaincu que la soirée lui changerait les idées. Elle avait dansé avec un joli garçon séducteur et sûr de lui, tout à fait dans le genre de Hazard, qui avait fini par l'embrasser. Sous le charme, elle s'était dit que le pire était peut-être derrière elle. Ou du moins, que son horizon commençait à s'éclaircir. Puis elle avait découvert que ce garçon s'était moqué d'elle. Il l'avait embrassée pour gagner un pari : il fallait se taper la forte en thème, lui faire lever le nez de ses fichus bouquins. Profondément humiliée, Monica n'avait pas remis les pieds au lycée pendant des semaines.

Hazard. Même son prénom l'agaçait. Était-ce seulement un prénom, d'ailleurs ? Ou l'invention de parents excentriques ? En tout cas, ils avaient été bien inspirés, c'était le genre d'homme insouciant et désinvolte qui aime s'en remettre au hasard.

Hazard se tourna vers elle à cet instant précis, comme s'il avait deviné le cours de ses pensées.

— Au fait, Monica, avez-vous réussi à persuader Julian de donner des cours de dessin au café ? demanda-t-il.

— Oui.

Elle devait d'ailleurs fixer la date du prochain cours : Julian en avait besoin pour se reconnecter au monde réel.

— Je peux venir ? insista Hazard, malgré sa réponse laconique. Je n'ai pas dessiné depuis la fac. J'aimerais m'y remettre.

Monica imagina Hazard à l'université – étudiant qui ne mettait jamais les pieds en cours, préférant organiser des dîners entre jeunes coqs en cravate noire et des parties de strip-poker avec des filles bien nées prénommées Daphné ou Davina.

— Impossible. Le cours est complet. Désolée, ajouta-t-elle sur un ton qui ne l'était pas.

Malgré son grand âge, Julian avait l'ouïe aussi fine qu'une chauve-souris.

— Bien sûr qu'il y a de la place, mon garçon, protesta-t-il. On ajoutera une chaise de plus – n'est-ce pas, ma chère ?

— Voulez-vous mon nouveau numéro de portable ? demanda Hazard à Monica en sortant de sa poche un appareil étonnamment démodé.

— Pour quoi faire ?

Pensait-il que toutes les femmes s'arrachaient son numéro de téléphone ?

— Eh bien… Pour me tenir au courant de la date du cours de dessin ? répondit-il d'un air décontenancé.

— Oh, je vois. Inutile de téléphoner. Vous n'avez qu'à venir directement au café. Les cours ont lieu tous les lundis à 19 heures.

Se montrait-elle trop agressive ? Un peu gênée, elle décida de lui de tendre un minuscule rameau d'olivier.

— Que faisiez-vous en Thaïlande ? demanda-t-elle sur un ton qu'elle espérait plus amical.

— En Thaïlande ? J'étais… en cure de désintoxication, répondit-il.

Monica faillit lever les yeux au ciel. Elle voyait très bien à quel genre de « cure » il faisait allusion : les magazines people que ses clientes laissaient au café (et qu'elle lisait en cachette) étaient remplis de reportages sur les célébrités qui « partaient en désintox ». Hazard avait sans doute passé un mois à se faire pomponner dans un centre de thalasso rutilant – smoothies bio et massages à gogo –, histoire de perdre quelques kilos avant les fêtes. Le tout pour un prix exorbitant, sans nul doute financé par les rendements des donations que lui avaient accordées papa et maman.

— Quelle chance vous avez, de pouvoir prendre de si longues vacances ! répliqua-t-elle.

— Oh, ce n'était pas vraiment des vacances… Je suis entre deux boulots en ce moment.

Là encore, elle voyait très bien de quoi il parlait : l'expression « entre deux boulots » n'était qu'une manière élégante de signifier qu'il n'avait pas besoin de travailler. Issu d'un milieu privilégié, il n'avait jamais eu à se soucier de réussir ses examens ou de vendre suffisamment de cafés latte pour payer son loyer. Il savait qu'il pouvait compter sur son réseau d'amis et d'anciens camarades de classe pour lui dégoter un poste dans un secteur florissant, un emploi enviable et peu fatigant qui ne l'empêchait pas de mener une vie sociale trépidante, de prendre des vacances et de « partir en désintox » quand ça lui chantait.

Baz avait dû regagner le restaurant pour aider ses parents : l'établissement affichait complet pour le réveillon. Les autres membres de leur petit comité de sauvetage ne voulaient pas quitter Julian : s'ils le laissaient seuls, leur vieil ami ne risquait-il pas de retourner se coucher dans son lit glacé ? Betty avait accompagné son petit-fils et était revenue avec une cargaison de raviolis à la vapeur et de rouleaux de printemps – de quoi dîner tous ensemble, avait-elle annoncé. Sur ordre de Julian, Riley était descendu chercher une bouteille de champagne à la cave. Il était remonté avec le précieux butin – mais pâle et tremblant.

Monica n'avait pas encore eu l'occasion de lui demander à quel genre de spectacle il avait été confronté au sous-sol du cottage.

— Madame Wu..., dit Julian.

— Betty ! rectifia-t-elle d'une voix de stentor.

— Je suis désolé de vous avoir contrariée l'autre jour. Quand je vous ai parlé de Baz et de Benji.

— Biming ! cria-t-elle.

— Benji est vraiment un gentil garçon, vous savez, reprit-il. Il rend Biming très heureux. N'est-ce pas tout ce qui compte ?

Sa voix était encore éraillée, mais il reprenait des forces à vue d'œil, constata Monica avec soulagement. Quant à Betty, elle s'était figée, les sourcils levés si haut qu'ils ne se rejoignaient même plus au milieu de son front. C'était assez terrifiant, à dire vrai. Julian avait peut-être réellement envie de mourir ?

La vieille dame soupira.

— Bien sûr, je veux que Biming soit heureux. Je l'aime beaucoup. C'est mon seul petit-fils. Et je suis sûre que ce Benji est bon garçon. Mais il ne peut pas être femme de Biming ! Il ne peut pas avoir bébé Wu. Et il ne peut pas travailler au restaurant : il ne connaît pas secrets de cuisine chinoise !

— Ce n'est pas tout à fait vrai. Ils pourraient adopter. Beaucoup de couples d'hommes le font de nos jours, déclara Julian.

— Adopter petite fille de Chine ? répliqua Betty d'un air pensif.

— Et Benji est un excellent cuisinier, renchérit Monica. C'est lui qui fait la cuisine au café. Il est bien meilleur que moi.

— Pff, fit Betty en croisant les bras.

Monica l'observa à la dérobée. Elle semblait tout de même un peu moins contrariée. Peut-être consentirait-elle à assouplir ses positions ?

— Biming me dit qu'il s'est fâché contre vous, dit Betty à Julian. J'ai honte pour lui. Il doit montrer du respect envers les anciens.

— Ne vous inquiétez pas, madame Wu. Il s'est excusé en arrivant ici, même si ce n'était vraiment pas nécessaire, assura Julian.

Monica sourit. Elle avait entendu les excuses de Baz – sincères, mais pas entièrement repentantes. Il avait regretté d'avoir qualifié le cottage de « pourri », et affirmé que les lieux étaient bien plus pimpants depuis que Monica avait fait un peu de ménage. Ce qui lui donna une idée.

— Julian, dit Monica, pourquoi ne pas commencer l'année par un grand ménage ? Je n'ai pas terminé la dernière fois, vous savez. Je pourrai revenir la semaine prochaine, si vous voulez.

— Et si vous passiez chez moi par la même occasion ? lança Hazard. Mon appart a besoin d'un bon coup de chiffon, lui aussi !

— Parce que vous êtes trop paresseux pour faire le ménage vous-même ? rétorqua Monica, outrée. Ou parce que vous pensez que c'est un travail de bonne femme auquel vous refusez de vous abaisser ?

— Du calme ! Je plaisantais, dit Hazard, interloqué. Détendez-vous, on est là pour fêter la Saint Sylvestre, non ?

Monica le fixa. Il lui rendit son regard. Elle le détestait toujours autant, mais il lui tenait tête, au moins. Elle détestait voir son adversaire capituler trop rapidement.

— Plus que cinq minutes avant minuit ! s'exclama Riley. Tout le monde a une coupe de champagne ?

— J'ai du thé à la menthe, répondit Hazard. Le thé est le nouveau champagne. Tout le monde en boit.

— Vous mettez déjà en pratique vos résolutions du nouvel an ? s'enquit Monica – sans ironie, cette fois.

Elle-même aimait tellement les bonnes résolutions qu'elle en prenait tout au long de l'année. Pourquoi les limiter au seul mois de janvier ?

— On peut dire ça, marmonna-t-il.

Monica faillit lui demander s'il avait vérifié la date limite de consommation qui figurait sur le paquet de thé à la menthe, mais elle se retint. Il était peu probable qu'il en meure – et c'était bien dommage. Soudain, le ciel nocturne s'illumina au-dessus de Fulham et les détonations des feux d'artifice se répercutèrent à travers les rues voisines. Monica se tourna vers les immenses baies vitrées de l'atelier de Julian : elles étaient inondées d'une explosion de couleurs.

Une nouvelle année venait de commencer.

Riley

Le vendredi suivant, Riley fut soulagé de voir apparaître la silhouette de Julian sur le sentier qui menait à la tombe de l'amiral. Sur les instructions de Monica, il s'était rendu quotidiennement au cottage depuis le réveillon du nouvel an sous prétexte de trier les affaires de leur vieil ami. En fait, il s'agissait surtout de bien vérifier qu'il se levait, qu'il s'alimentait et qu'il ne prenait pas froid. Il n'était pas encore redevenu lui-même, mais il semblait en voie de guérison. Et aujourd'hui, il affichait un air radieux.

— Riley ! Ravi de te voir, mon garçon ! Devine quoi ?

— Quoi ? fit Riley.

— Monica a réservé nos billets de train sur l'Eurostar. Nous partons tous ensemble à Paris ! Tu te souviens ? Pour notre petit voyage d'étude. J'ai passé tout l'après-midi à planifier nos visites dans les musées et les galeries d'art.

— Génial ! commenta Riley.

Il rêvait de visiter Paris depuis qu'il avait vu Nicole Kidman dans *Moulin Rouge*, quand il était ado. Pour l'heure, il attendait que Julian s'aperçoive qu'il n'était pas venu seul.

— Tu as un nouvel ami ? demanda enfin Julian en baissant les yeux vers le chien.

— J'espère qu'il deviendra le vôtre. Les ouvriers l'ont trouvé hier dans la maison vide qu'ils rénovent à côté de chez moi. Il devait appartenir à la vieille dame qui habitait là. Les ouvriers ont nourri ce pauvre chien de sandwiches et lui ont même donné leurs friands à la saucisse ! Je l'ai pris chez moi cette nuit. Je crois qu'il a besoin de retrouver un vrai foyer.

Il pensait secrètement que Julian trouverait du plaisir à veiller sur quelqu'un. Et cesserait ainsi de vouloir renoncer à la vie.

— C'est quoi ? demanda Julian.

— Un chien, répondit Riley.

— Non, je veux dire : quelle race de chien ?

— Aucune idée. Pour être franc, ses parents devaient pratiquer l'amour libre ! Je dirais que c'est un croisement entre un corniaud et… un terrier, peut-être ?

— Peut-être. En tout cas, il est évident qu'il compte un jack russell parmi ses ancêtres, dit Julian.

Le vieil homme et l'animal échangèrent un long regard de connivence. Tous deux partageaient des yeux larmoyants, des moustaches grisonnantes, des articulations rouillées et un regard désabusé sur le monde.

— Comment s'appelle-t-il ? demanda Julian.

— Je ne sais pas. Les maçons l'ont baptisé Wojciech.

— Seigneur !

— Ils sont polonais.

— Je l'appellerai Keith, déclara Julian. Pour un chien, c'est parfait.

— Vous seriez prêt à l'adopter, alors ?

— Je suppose que oui. Il donne l'impression d'être un drôle de vieux bonhomme. Comme moi. On se tiendra compagnie – pas vrai, Keith ?

— Pour ne rien vous cacher, il… Il a souvent des gaz, avoua Riley.

— Ah oui ? Décidément, nous avons beaucoup en commun, lui et moi ! Je pourrai rejeter la faute sur lui quand j'aurai des invités à la maison. Crois-tu que tu vas aimer Paris ? ajouta-t-il en s'adressant à son nouveau compagnon. Mais dis-moi, Riley, comment parviendrons-nous à tout voir en une seule journée, de la Renaissance à l'Art Moderne ? N'est-ce pas trop ambitieux ? Et comment choisir ? Faire des choix n'est pas mon fort. Mary me le disait souvent.

Riley haussa les épaules. L'histoire de l'art n'était pas son fort à lui.

— N'oubliez pas la tour Eiffel, répliqua-t-il.

— Il s'agit d'un voyage culturel, jeune homme, pas d'une virée pour attrape-nigauds ! Mais s'il faut en passer par là, je suis d'accord avec toi : autant opter pour la tour Eiffel.

Riley n'écoutait plus que d'une oreille : il observait une jeune femme qui marchait dans leur direction, poussant une voiture d'enfant devant elle avec vigueur comme si elle était à la salle de sport. Une très jolie maman – quoique trop distinguée à son goût. Elle avait une vingtaine d'années, des cheveux blonds parfaitement coiffés, constellés de mèches dorées qui devaient lui coûter une fortune dans son salon londonien, alors qu'en Australie, le soleil vous les offrait à longueur d'année pour rien. Elle ressemblait à un poney paré pour un concours de dressage. Elle serrait une bouteille d'eau (réutilisable) dans sa main manucurée. À Perth, les mères de famille n'étaient pas aussi élégantes : les cheveux en bataille, elles sortaient en tongs et robes de plage froissées. Riley attendit que la jeune femme poursuive son chemin sur le sentier, mais elle s'arrêta devant la tombe de l'amiral.

— Bonjour, dit-elle. Vous êtes certainement Julian. Et vous, Riley, n'est-ce pas ?

— Oui, acquiesça-t-il, troublé. Je suis Riley.

— Je le savais ! Et votre accent australien vient de me le confirmer. Je m'appelle Alice. Et voici Bunty, ajouta-t-elle en montrant le bébé dans la poussette. Et lui, qui est-ce ?

Elle désignait le chien, maintenant assis sur la pierre tombale à côté de Julian.

— Keith, répondirent Julian et Riley à l'unisson.

— Et… comment nous avez-vous connus ? demanda Riley avec méfiance.

— J'ai trouvé *Le Carnet des Silences* dans le square en bas de chez moi, répondit-elle.

Riley avait passé tellement de temps à réfléchir aux dégâts causés par ce stupide carnet qu'il n'avait pas une seule minute cherché à savoir ce qu'il était devenu, maintenant qu'il l'avait abandonné sur une balançoire dans le square voisin de son appartement, une petite enclave de verdure où il venait souvent s'asseoir pour se changer les idées.

— Incroyable ! s'exclama Julian avec ravissement. Mon petit cahier continue donc son périple ! Comment allez-vous ? Je suis enchanté de vous rencontrer.

Riley retint un soupir. Julian était encore sensible au charme des jolies femmes, apparemment.

— Oh, mon Dieu ! Julian, votre veste est tout simplement divine ! Versace, n'est-ce pas ? Années 1980 ?

Riley, devenu coutumier des tenues excentriques de Julian, avait à peine sourcillé en apercevant la veste en soie aux motifs chamarrés cachée sous son manteau. Vu l'excitation d'Alice, il s'agissait d'une pièce de collection. Une de plus.

— Enfin ! s'écria Julian. Une fashionista ! Je commençais à perdre espoir : mes nouveaux amis sont charmants, certes, mais si mal fagotés ! Pour la veste, vous avez raison, bien sûr. Ce merveilleux Gianni ! Une perte tragique pour l'humanité. Je ne m'en suis jamais remis.

« Mal fagotés » ? Riley fusilla Julian du regard. N'avait-il pas remarqué ses nouvelles baskets – le tout dernier modèle de Nike, en édition limitée, déniché sur eBay ? Feignant un surcroît d'émotion, Julian se tamponnait les yeux avec un mouchoir de soie. Il en faisait des tonnes – Alice devait bien s'en être aperçue, non ?

— Pourriez-vous enlever votre manteau, le temps que je vous prenne en photo ? demanda Alice.

Elle plaisantait, ou quoi ? Il faisait un froid glacial et Julian avait failli mourir d'hypothermie quelques jours plus tôt. *Il ne va quand même pas obéir aux caprices de cette fille ?* Eh bien, si. Médusé, Riley vit Julian ôter son manteau. Et prendre la pose pour Alice, qui avait brandi son téléphone portable.

— Mes bottes de cow-boy ? dit le vieil homme en réponse à une nouvelle question d'Alice. Elles viennent de chez Semelles en chaleur sur King's Road. Quel super-nom, n'est-ce pas ? C'est probablement fermé aujourd'hui. Transformé en Pret A Manger, ou une horreur du même genre.

Un voile de mélancolie assombrit ses traits, qu'il chassa aussitôt.

— Quel plaisir de poser pour vous, mon enfant ! Cela me rappelle les heures fabuleuses que j'ai passées en compagnie de mon grand ami David Bailey.

Alice se lança dans une autre série d'exclamations admiratives. *Ah oui ?* pensa Riley. Où était-il ce David Bailey, et tous ces autres « grands amis », durant les quinze années que Julian avait passées à vivre en ermite dans son atelier de Fulham ?

— Je crois que je vais vous laisser seuls, déclara-t-il. Manifestement, vous n'avez pas besoin de moi !

Il comprit qu'il avait parlé comme un enfant jaloux en voyant Alice se tourner vers lui.

— En fait, Riley, je suis absolument charmée d'avoir fait la connaissance de Julian, mais c'est vous que je voulais voir.

Julian battait des cils. Riley n'en revenait pas. Monica ne se serait jamais abaissée à ce genre de flatterie avec leur vieil ami.

— J'ai une proposition à vous faire, reprit Alice en lui tendant un morceau de papier. Pourriez-vous me retrouver à cette adresse, demain à 10 heures ? Julian, vous viendrez aussi, n'est-ce pas ? Vous allez adorer, je vous le promets. J'ai noté mon numéro de portable pour le cas où vous auriez un empêchement, mais je sais que ça n'arrivera pas. Bon, je vous laisse. Je dois emmener Bunty à Monkey Music. À plus !

— N'est-elle pas merveilleuse ? commenta Julian quand Alice se fut éloignée. J'ai hâte de savoir ce qu'elle veut te proposer, Riley. Et toi ? Il faut la présenter à Monica. Elle va l'adorer, j'en suis sûr.

Monica vaut cent fois Alice, pensait Riley. Il n'avait aucune envie d'aller à ce mystérieux rendez-vous, mais il était clair que Julian, lui, n'en démordrait pas.

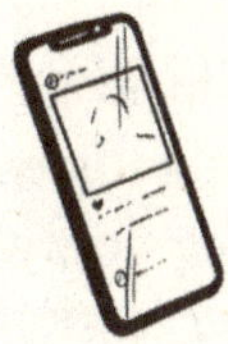

Alice

Alice attendait l'heure de son rendez-vous avec impatience. Depuis la naissance de Bunty, ses activités ne tournaient plus qu'autour des bébés. Bébés nageurs, massage pour bébés, yoga pour bébés, le tout ponctué d'interminables conversations avec d'autres mamans à propos des étapes cruciales du développement de bébé, de l'importance d'instaurer une routine, de l'apparition des premières dents et du sevrage. Alice avait le sentiment d'avoir perdu son identité pour devenir un simple appendice – la mère de Bunty ou l'épouse de Max. Sauf sur le web. En ligne, elle demeurait @aliceaupaysdesmerveilles.

Elle vit les deux hommes approcher. Riley arpentait le pavé londonien d'un air nonchalant, comme s'il se promenait sur la plage. Il était trop exubérant et trop solaire pour vivre en cage dans une grande ville. Le pensait-elle parce qu'elle avait lu son histoire dans *Le Carnet des Silences* ? Peut-être. Étrange, n'est-ce pas, d'en savoir plus sur quelqu'un qu'il n'en sait sur vous-même ? Spectaculaire comme un oiseau de paradis, Julian, lui, ne pourrait jamais être mis en cage.

— Julian ! s'exclama-t-elle. Vous êtes encore mieux habillé qu'hier.

— Et vous, trop gentille, ma chère enfant, répondit-il.

Il se pencha, prit sa main et y déposa un baiser. Alice, ravie, se laissa faire. Elle avait toujours pensé que les hommes ne faisaient ça que dans les films.

— C'est la veste en soie de style Nehru que porte Sean Connery dans *James Bond contre Dr. No*, tourné en 1962, précisa Julian. Elle s'accorde à merveille avec ces mocassins en croco, vous ne trouvez pas ?

— Sean était-il aussi l'un de vos grands amis ? demanda Riley – avec une pointe d'irritation qui n'échappa pas à Alice.

— Non, non. Juste une connaissance. Je l'ai achetée lors d'une vente aux enchères au bénéfice d'une association caritative, expliqua Julian.

— S'il vous plaît, s'il vous plaît, puis-je prendre des photos ? s'enquit Alice avec excitation. Dites oui, je vous en supplie !

Julian ne se fit pas prier. Il s'adossa contre un réverbère et regarda l'objectif d'un air affable. Il sortit même une paire de Ray Ban Aviator de la poche intérieure de sa veste pour compléter son look. Assis près de lui, Keith était tout aussi élégant : Julian l'avait affublé d'un nœud papillon.

— Je suis désolé d'interrompre votre séance photo, dit Riley, mais pourriez-vous nous expliquer ce que nous faisons ici ?

Il les observait avec agacement, incapable de partager leur enthousiasme.

— Eh bien, dit-elle, vous ne le savez probablement pas, mais je suis influenceuse.

— Pardon ? lancèrent Julian et Riley en chœur.

— J'ai plus de cent mille abonnés.

Julian jeta un regard autour d'eux, comme s'il s'attendait à découvrir une foule de gens massés derrière elle.

— Sur Instagram, précisa-t-elle.

Julian lui lança un regard perplexe. Allait-elle devoir tout lui expliquer, depuis l'invention d'Internet jusqu'à l'apparition des premiers réseaux sociaux ?

— Tu es sur Insta, Riley ? demanda-t-elle, espérant le rallier à sa cause.

Il haussa les épaules.

— C'est pas mon truc. On n'y trouve que des photos de gens ultra-minces qui font du yoga au coucher du soleil, c'est pas ça ?

— Il y a un peu de ça, c'est vrai, mais pas seulement, répondit Alice en s'efforçant de ne pas paraître vexée. Cette maison, par exemple, reprit-elle en désignant la grande bâtisse victorienne qui se dressait devant eux, a été léguée à une association caritative par son ancien propriétaire. Implantée dans le quartier depuis des années, cette structure aide les mères de famille en grande difficulté. Quand l'association a hérité de cette maison, ses responsables l'ont transformée en garderie afin de permettre aux mères toxicomanes ou alcooliques de confier gratuitement leurs enfants à du personnel compétent, le temps qu'elles suivent une cure de désintoxication. Ces femmes refusent souvent de demander de l'aide parce qu'elles craignent que leurs enfants leur soient enlevés et placés en familles d'accueil. En venant ici, elles se sentent en confiance. Et les bénévoles s'assurent que les enfants sont bien nourris, vêtus, lavés et, surtout, qu'on joue avec eux. L'asso s'appelle « Les Bonnes Fées de Maman ».

— Trop cool ! s'exclama Riley. Alors, tu travailles ici ? demanda-t-il. On peut se tutoyer, n'est-ce pas ?

— Bien sûr, acquiesça Alice. Mais non, je ne travaille pas ici. Enfin, pas exactement. L'association organise chaque année plusieurs collectes de fonds, et j'en fais la promotion sur @aliceaupaysdesmerveilles.

Les deux hommes la regardèrent d'un air interrogatif.

— C'est le nom de mon compte Instagram, précisa-t-elle. Un seul message de ma part peut générer plusieurs milliers de livres de dons. Comme quoi, Insta ne sert pas seulement à montrer des yogis assis en tailleur sur une plage !

— Je vois. Mais que sommes-nous venus faire ici ? insista Riley. Tu organises une vente de crêpes et tu as besoin d'un coup de main ?

Elle sourit.

— Non, je te rassure. Notre équipe de bénévoles prend tout ça en charge. Et je n'ai pas besoin de Julian : il est juste là pour faire joli. C'est toi dont j'ai besoin, Riley. Suivez-moi. Je vais vous montrer.

Riley parut content qu'on ait besoin de lui. Et Julian semblait ravi de faire joli. Alice appuya sur la sonnette. Un instant plus tard, une dame à l'allure de matrone, dotée d'une poitrine aussi large qu'un pare-chocs, vint leur ouvrir.

— Bonjour, Lizzie. Voici Riley et Julian, dit Alice.

— Ah oui ! Entrez donc. Je vous attendais. Ne faites pas attention au désordre. Ni au bruit. Ni à l'odeur ! J'étais en train de changer les couches de nos petits pensionnaires.

C'était trop d'informations pour Julian, qui avait blêmi et évita de lui serrer la main.

— Oh, désolée, reprit Lizzie en baissant les yeux vers Keith. Je n'avais pas vu votre chien. Je crains qu'il ne soit pas le bienvenu ici. Question d'hygiène.

— Keith n'est pas un chien, répliqua Julian.

Lizzie lui jeta un regard capable de réduire au silence une horde de bambins surexcités.

— C'est mon aide-soignant, poursuivit-il sans se laisser impressionner. Mais ne vous inquiétez pas : je vais le porter. Je vous promets qu'il ne touchera pas même le sol.

Sans attendre la réponse, Julian glissa Keith sous son bras et entra. Alice plissa le nez. L'animal venait de lâcher un pet en passant devant Lizzie. L'avait-il fait exprès ? Elle n'en aurait pas été surprise. Ce chien était plus malicieux qu'il n'en avait l'air.

Les murs du couloir étaient couverts de dessins d'enfant. Une comptine passait sur un lecteur CD dans la pièce voisine. Les enfants et leur animatrice entonnaient le refrain en chœur : « Une poule sur un mur, qui picotait du pain dur ! » C'était assourdissant. Ajoutée à la cacophonie ambiante, l'odeur mêlée de pâte à modeler, de peinture à l'eau, de produits nettoyants et de caca de bébé, vous faisait presque tourner la tête.

— Venez, dit Alice en les entraînant vers la cuisine, située à l'arrière de la maison. Voilà, Riley : c'est pour ça que je t'ai fait venir !

Elle ouvrit les portes-fenêtres qui donnaient sur la cour extérieure – un espace qui n'avait de « jardin » que le nom. L'herbe mesurait trente centimètres de haut et les parterres de fleurs étaient tellement envahis par les mauvaises herbes qu'on voyait difficilement s'ils contenaient des fleurs, des arbustes ou des amas de ronces. Une rose trémière avait échappé à ses tuteurs, créant un mur d'épines semblable à celui qui protège la Belle au bois dormant.

— Waouh ! s'exclama Riley avec ravissement, comme l'avait espéré Alice. Je suis jardinier, tu le sais ?

— Bien sûr que je le sais ! J'ai lu le *Carnet*, rappelle-toi. Et c'est précisément pour cette raison que je t'ai fait venir. Cet endroit est dans un tel état que nous ne pouvons pas laisser les enfants sortir. En termes d'hygiène et de sécurité, c'est un vrai cauchemar.

— Tu devrais en parler à Monica, dit Riley. L'hygiène et la sécurité, c'est son dada.

— Exactement, confirma Julian, comme s'ils concouraient pour savoir lequel d'entre eux connaissait le mieux la patronne acariâtre de leur café favori. Si Monica passait à « Questions pour un champion », ce serait son sujet de prédilection !

Comment pouvait-on s'intéresser aux questions d'hygiène et de sécurité au point d'en faire son « dada » ? Alice préféra garder ses commentaires pour elle. Riley et Julian étaient manifestement très attachés à Monica.

— La plupart des enfants que nous accueillons ici n'ont pas de jardin chez eux. Alors, ce serait super-génial de leur en offrir un vrai. Avec peut-être une cabane et un bac à sable, qu'en penses-tu ?

— J'ai hâte de commencer, dit Riley en retroussant ses manches comme s'il s'imaginait déjà en train de débroussailler les parterres de ronces.

— Nous ne pourrons pas te payer, j'en ai peur. Nous avons tout juste de quoi acheter quelques plantes et le strict nécessaire en matière d'outils. Qui sait, avec un peu de chance, la jardinerie du quartier acceptera de nous faire don d'un peu de matériel, mais…

— C'est là que j'interviens ! interrompit Julian, qui avait l'air de se sentir exclu. Riley, je serai ravi de contribuer au budget de ce jardin en vous offrant ma part des bénéfices sur les ventes que tu as réalisées sur eBay.

Il paraissait très content de lui, comme un vieil oncle bienveillant qui distribue des rouleaux de réglisse à une fête d'anniversaire.

— Vous ne pouvez pas faire ça, protesta Riley. Vous êtes retraité. Vous avez besoin de cet argent.

— Enfin, mon garçon, je ne compte pas sur ma maigre retraite pour survivre, heureusement ! J'ai gagné beaucoup d'argent quand j'étais plus jeune. Aujourd'hui, mes placements me rapportent plus qu'il n'en faut. Je peux contribuer à votre projet sans aucun souci. Vraiment.

Il leur offrit un sourire radieux. Que Riley et Alice lui rendirent aussitôt.

— Une poule sur un mur, qui picotait du pain dur ! s'écrièrent les enfants assis dans le salon.

— Picoti, Picota, chantonna Riley.

Julian

Julian vérifia le contenu de ses poches pour la septième fois. Il n'avait pas besoin de son billet : c'est Monica qui l'avait, avec tous les autres. Il soupçonnait qu'elle ne leur faisait pas totalement confiance. Euros ? OK. Passeport ? OK. Horaires des trains et des musées ? OK. Guide de voyage ? OK. Deux semaines plus tôt, Riley lui avait demandé s'il possédait un passeport valide. Il s'était alors rendu compte que le sien était périmé. Comme il n'avait pas quitté le pays depuis plus de quinze ans (il avait à peine quitté Fulham), il ne s'en était pas aperçu. Monica l'avait aidé à en obtenir un nouveau en un temps record.

Il avait craint de la voir perdre son sang-froid quand il avait insisté pour que Keith soit muni d'un passeport et d'un billet de train, lui aussi. Il avait dû poser un petit ultimatum : soit ils allaient tous les deux à Paris, soit ils restaient tous deux à Londres. C'était un peu mélodramatique, mais Keith commençait tout juste à sortir de sa déprime, et tout le monde devait visiter Paris au moins une fois avant sa mort.

Quoi qu'il en soit, Monica s'était débrouillée pour permettre au chien de voyager avec eux. C'était vraiment la personne la plus efficace qu'il ait jamais rencontrée ! Dommage qu'il ne l'ait pas connue dans les années 1960 (elle n'était même pas encore née), quand il avait du mal à se souvenir de la date du jour, et de l'endroit où il était censé être. Mary aurait-elle apprécié Monica ?

Ils s'étaient tous donné rendez-vous au café. Riley avait persuadé le chauffeur du minibus des Bonnes Fées de Maman de les conduire jusqu'à la gare de Saint-Pancras, d'où partait l'Eurostar. Julian n'avait pas été aussi excité depuis qu'on lui avait demandé de faire le portrait de la princesse Diana. Quoique… En y réfléchissant, il n'était pas tout à fait certain qu'on le lui ait demandé. Ce qui était sûr, c'est qu'il n'avait jamais fait son portrait. Alors, peut-être ne le lui avait-on jamais proposé ? Parfois, il ne savait plus démêler le vrai du faux. Si vous racontez une histoire assez souvent, elle finit par devenir vraie, c'est pas dingue, ça ?

Julian s'arrêta à quelques mètres du café, attendant que ses amis, déjà tous arrivés, les remarquent, lui et Keith. Ils furent accueillis, comme il l'avait espéré, par un chœur d'exclamations enthousiastes.

— Julian ! Keith ! s'écria Riley. Vous avez hissé le drapeau anglais, à ce que je vois !

— Je ne sais pas pourquoi je suis surprise, déclara Monica en les regardant des pieds à la tête.

Julian portait un T-shirt des Sex Pistols barré de l'inscription « God Save the Queen », des Doc Martens et un bombers Vivienne Westwood brodé d'un drapeau britannique. Keith portait lui aussi un gilet aux couleurs de l'Union Jack, avec toute la confiance et la nonchalance d'un mannequin habitué à défiler sous les sunlights. Un mannequin perclus d'arthrose, cela va sans dire.

Monica avait engagé ses deux intérimaires habituelles pour la journée, afin que Benji et elle puissent partir l'esprit tranquille : le café serait entre de bonnes mains. Sophie et Caroline n'avaient pas pu prendre de congé. Aussi Julian avait-il invité Hazard et Alice à les remplacer au pied levé. Baz n'avait pas pu venir, car le restaurant était à court de personnel, mais il avait insisté pour que sa grand-mère soit du voyage. Mme Wu n'était jamais allée à Paris.

Postée près du chauffeur, Monica compta les personnes rassemblées sur le trottoir. Elle avait vraiment l'âme d'une maîtresse d'école, songea Julian pour la énième fois.

— Cinq, plus moi, ça fait six. Et sept, avec le chien. Il manque quelqu'un. Votre amie, n'est-ce pas, Julian ?

— Oui. Regardez, la voilà ! répondit-il en apercevant Alice sur le trottoir.

La jeune femme avait installé sa fille dans un porte-bébé, et juché un énorme cabas en cuir sur son épaule. Un Anya Hindmarch, reconnut Julian avec satisfaction.

— Monica, voici Alice. Je suis certain que vous allez bien vous entendre !

Il se trompait. Monica et Alice se regardèrent en chiens de faïence pendant un court instant, avant d'échanger des salutations polies, mais forcées. Que se passait-il ?

— Je vous reconnais, dit Monica. Nous nous sommes déjà rencontrées, il me semble.

— En effet. Vous m'avez demandé de ficher le camp de votre café, si je me souviens bien. Je m'appelle Alice. Et voici Bunty.

— Je suis désolée, dit Monica en serrant la main qu'elle lui tendait. Je n'étais vraiment pas en forme ce jour-là. On peut recommencer à zéro ?

— Bien sûr, répondit Alice.

Julian vit son expression passer de la surprise à l'hésitation, tandis que ses lèvres esquissaient le sourire radieux (fruit de plusieurs années d'orthodontie coûteuse) auquel il était accoutumé.

— Parfait. Tout le monde est là. Vous pouvez grimper à bord. Attention à vos têtes !

Cette précision arriva un peu trop tard pour Hazard, qui mesurait plus d'un mètre quatre-vingts : il se cogna le front en franchissant les portes du minibus. Si Julian ne la connaissait pas si bien, il aurait juré que Monica retenait un petit rire moqueur.

— N'oubliez pas d'attacher vos ceintures, reprit-elle. La sécurité avant tout !

— On se croirait dans le van de l'*Agence tous risques* ! s'écria Julian. Même si je ne suis pas sûr qu'ils avaient l'habitude de boucler leur ceinture.

Ses compagnons lui lancèrent des regards perplexes.

— Oh, mon Dieu. Êtes-vous trop jeunes pour avoir connu l'*Agence tous risques* ?

— Nous ne sommes pas tous nés à l'âge de bronze, vous savez ! rétorqua Riley. Moi, j'ai l'impression d'être de retour au collège, quand tout le monde se battait pour s'installer sur les sièges du fond.

— J'ai toujours préféré m'asseoir à l'avant, répondit Monica, qui était effectivement assise à l'avant, près du chauffeur, son sac de voyage sur les genoux.

— J'ai apporté fortune cookies, annonça Mme Wu en fouillant dans son sac

Elle leur distribua les biscuits, emballés dans des sachets en plastique. Hazard, qui n'avait manifestement jamais su résister à ses impulsions, ouvrit aussitôt le sien, cassa le biscuit en deux et sortit le petit morceau de papier roulé à l'intérieur.

— Qu'est-ce que ça dit ? demanda Julian, qui était assis à côté de lui.

— « À l'aide ! Je suis retenu prisonnier dans une fabrique de biscuits ! » répondit Hazard. Non, sérieusement, ça dit : « Vous mourrez seul et mal habillé. » Pas très gai, dites-moi.

— Voilà bien une chose qu'on ne pourra jamais dire de moi, remarqua Julian. Je mourrai peut-être seul, mais je ne suis jamais mal habillé.

— Jamais mal, mais toujours trop habillé, répliqua Riley derrière lui.

Julian voulut lui donner une petite claque sur le haut du crâne, mais Riley se baissa, et la main de Julian s'abattit sur Alice, assise près du jeune homme.

— Désolée, mon enfant ! s'exclama-t-il, alors que Bunty, réveillée en sursaut, se mettait à pleurer.

— Ainsi font, font, font les petites marionnettes…, chanta Alice à Bunty pour la calmer.

— Ainsi font, font, font les vieux peintres à lunettes, murmura Benji à Monica.

— J'ai entendu ! dit Julian, qui venait de chausser une paire de lunettes noires à montures carrées.

— Devinez ce que dit mon cookie ? dit Benji, changeant rapidement de sujet. « Vous partez en voyage ! » C'est dingue, non ? Comme quoi, ces trucs-là ne prédisent pas que des âneries.

Julian vit le regard d'aigle de Mme Wu se fixer sur le petit ami de son petit-fils comme si elle voulait le changer en statue de sel – mais il décida de ne pas y prêter attention. Rien ne pourrait gâcher cette journée. Ce voyage à Paris s'annonçait absolument fabuleux.

Hazard

Julian descendait l'allée centrale du wagon, Keith coincé sous son bras, oscillant à chaque pas entre les rangées de sièges. Il revenait d'une excursion à la voiture-bar. Hazard se raidit. Pourvu qu'il ne tombe pas ! À son âge, il suffisait d'une simple chute pour se fracturer la hanche. Il faudrait arrêter le train en pleine voie, faire sortir Julian sur un brancard. Et ils pourraient tous dire adieu à leur voyage à Paris.

— Naturellement, la carte des vins proposés dans ce train est épouvantable, déclara Julian en parvenant sain et sauf à sa place. Je m'y attendais. Et j'ai tout préparé !

Il sortit une bouteille de champagne de son sac. Hazard jeta un regard à Monica. Combien de temps lui faudrait-il pour protester ?

— Julian ! grommela-t-elle. Il n'est même pas 9 heures du matin ! On vient à peine de prendre notre petit-déjeuner !

Pas longtemps.

— Allons, chère amie ! Nous sommes en vacances, non ? De toute façon, il y a tout juste de quoi remplir un petit verre par personne. Vous vous joindrez à moi, n'est-ce pas, madame Wu ? Et toi, Alice ?

Hazard détourna les yeux. Julian avait-il la moindre idée de ce qu'il risquait en exhibant cette bouteille sous son nez ? Sans doute pas. S'il avait su que Hazard mourait d'envie de la lui arracher des mains et de la vider d'un trait (sans se donner la peine de remplir un verre), il se serait abstenu. Plusieurs voyageurs les observaient à la dérobée, manifestement intrigués, ou amusés, par leur petit groupe. Il faut dire qu'ils formaient une assemblée assez hétéroclite ! Soixante-dix-neuf ans séparaient la plus jeune (Bunty) des plus âgés (Julian et Mme Wu). Au fait, Betty était-elle plus jeune ou plus âgée que Julian ? Personne n'avait osé poser la question.

Julian semblait maintenant parfaitement heureux. Son verre de champagne posé à portée de main sur la tablette, il avait ouvert son carnet de croquis et entrepris de dessiner Keith, qui lui faisait face, sagement assis sur son siège, les yeux tournés vers les moutons qui paissaient dans les champs du Kent. Il n'avait probablement jamais vu de mouton auparavant. Un contrôleur s'approcha et les observa d'un air réprobateur.

— Excusez-moi. Pas de chiens sur les sièges. Il devra s'asseoir par terre, dit-il à Julian.

— Ce n'est pas un chien, répliqua Julian.

— Qu'est-ce que c'est, alors ?

— C'est ma muse.

— Pas de muses sur les sièges non plus, asséna le contrôleur.

— Je suis désolé, cher monsieur, dit Julian, qui ne l'était visiblement pas, mais où est-il écrit dans le règlement de votre compagnie que les muses n'ont pas le droit de s'asseoir sur les sièges ?

— Julian ! intervint Monica avec indignation. Faites ce qu'on vous dit. Keith ! Descends de là !

Keith obéit aussitôt. Il savait qu'il ne fallait pas tenir tête à Monica, même si Julian n'avait pas compris.

Monica se replongea dans ses grilles de Sudoku. Chaque fois qu'elle peinait à trouver une solution (ce qui n'arrivait pas souvent), elle se tapotait la tempe du bout de son crayon, comme un magicien cherchant à faire sortir un lapin de son chapeau. Bunty frappait la fenêtre de ses petits poings fermés, le nez écrasé contre la vitre. Assise près d'elle, sa mère la prenait en photo avec son iPhone. Riley regardait des vidéos de surf sur YouTube tout en croquant des M&M'S tirés d'un énorme sachet qu'il faisait passer à la ronde. Quant à Betty, elle tricotait, dévidant à toute allure la pelote de laine posée, avec d'autres écheveaux multicolores, sur la tablette de son siège.

Hazard avait été ravi lorsque Julian lui avait proposé de venir avec eux à Paris. Il espérait que ce groupe un peu étrange, mais sympathique, l'accepterait et remplacerait bientôt ses anciens amis. La seule ombre au tableau était l'accueil plutôt froid que lui avait réservé Monica lorsqu'il était arrivé devant le minibus. Elle semblait l'avoir pris en aversion depuis leur première rencontre, ce qui le peinait et lui semblait terriblement injuste. Après tout, n'avait-il pas passé des semaines à essayer de l'aider ? Il lui avait même envoyé une carte postale de Koh Panam ! Et ce, alors qu'il n'avait écrit à personne pendant tout son séjour en Thaïlande, pas même à ses parents, comme sa mère le lui avait fait remarquer plus d'une fois depuis son retour. Et dire qu'il s'attendait à ce que Monica lui soit reconnaissante… Il s'était trompé sur toute la ligne. Elle lui en voulait à mort. Il ne comprenait toujours pas bien pourquoi, d'ailleurs. Il décida de tenter sa chance. Une fois de plus.

— Monica ?

Elle lui lança un regard soupçonneux.

— Merci beaucoup de m'avoir invité aujourd'hui. Je suis très heureux de vous accompagner.

— C'est Julian que vous devriez remercier, pas moi. C'était son idée.

Elle s'était exprimée d'un ton sec, comme chaque fois qu'elle lui parlait. Décidément, autant essayer de caresser un hérisson !

Auparavant, Hazard n'avait jamais prêté attention à l'opinion que son entourage se faisait de lui, mais depuis qu'il était sobre, il se surprenait à espérer un compliment, voire des félicitations de temps à autre. Il rêvait de s'entendre dire qu'il faisait du bon boulot et qu'il n'était pas un si vilain garçon. Il se doutait bien que ce genre de compliments ne viendrait pas de Monica – mais il continuait d'espérer gagner sa considération. Il rassembla son courage en pensant à Tom Cruise dans *Top Gun*. *Viens*, *Goose*, *on y retourne.*

— Je vous admire beaucoup, vous savez, dit-il.

Et c'était vrai, s'avoua-t-il à lui-même. D'ordinaire, lorsqu'il admirait une femme, c'était de manière purement charnelle. L'admiration désintéressée qu'il éprouvait pour Monica était donc une nouveauté.

Elle leva les yeux. *Ah ! J'ai attiré son attention !* Que disait Tom Cruise, dans ce cas-là ? *Chargé et prêt à tirer.*

— Oh, vraiment ? demanda-t-elle.

Ne lâche pas la cible !

— Mais oui ! Vous avez l'art de réunir les gens autour de vous… Des gens très différents, mais tous extrêmement sympathiques. Je trouve ça merveilleux !

— Ce n'est pas moi, c'est le cahier de Julian qui nous a tous réunis, protesta Monica – d'un ton moins mordant, tout de même.

— C'est vrai : le cahier a donné le coup d'envoi, renchérit Hazard, mais c'est vous, et votre café, qui avez permis à ce petit groupe de perdurer.

Cette fois, Monica esquissa un sourire. Il ne lui était pas personnellement adressé, mais il était orienté dans sa direction, constata Hazard avec satisfaction. *C'est un succès ! Retour à la base. Demain est un autre jour.*

Il se tourna vers Alice. *Ce n'est pas du tout la même limonade*, songea-t-il. Drôle d'expression, d'ailleurs ! Alice n'avait rien à voir avec un verre de limonade – hormis son côté pétillant, peut-être. En tout cas, elle était nettement plus amicale et détendue que Monica. Et ainsi qu'il l'avait découvert un moment plus tôt, elle était la créatrice d'@aliceaupaysdesmerveilles. Une de ses ex était folle de ce compte Instagram : elle hurlait de joie chaque fois qu'Alice taguait l'un de ses posts, ce qui avait le don d'agacer Hazard. Il n'en était pas moins impressionné par l'étonnante capacité de cette influenceuse à fidéliser un si grand nombre d'abonnés. Il sortit son téléphone, en se félicitant d'avoir troqué son vieux Nokia contre un modèle plus récent, et ouvrit discrètement le compte Instagram d'Alice.

Il y trouva, comme il s'y attendait, un grand nombre de photos d'Alice portant les bons vêtements au bon endroit avec les bonnes personnes. Mais il y trouva aussi, de manière tout à fait inattendue, deux photos de Julian : la première avait manifestement été prise au Brompton Cemetery, près de la tombe de l'amiral ; la seconde le montrait en pleine rue, appuyé contre un réverbère, Keith à ses pieds. Bien cadrées (et sans doute, bien retouchées), les images étaient vraiment réussies. Très photogénique, un brin cabotin, Julian paraissait encore plus excentrique sur Instagram que dans la vraie vie.

— Alice, s'écria-t-il, stupéfait, vous avez posté Julian sur votre compte Instagram ?

— Évidemment ! N'est-il pas merveilleux ? Combien a-t-il de likes maintenant ?

— Attendez, je regarde, répondit Hazard. Pas croyable ! La seconde photo en a plus de *dix mille* !

— Le chien y est pour beaucoup, expliqua doctement Alice. Il n'y a jamais trop de chiens sur Insta.

— Et il a suscité beaucoup de commentaires. Vos abonnés veulent tous savoir comment le suivre. Il faut lui créer un compte ! déclara Hazard. Julian, je peux vous emprunter votre téléphone ?

Il récupéra l'appareil puis le tendit à Alice, qui se mit à l'œuvre.

— Ah. Il faut donner un nom à son compte, commenta-t-il, en suivant les différentes étapes du processus. Vous avez une idée ?

— Pourquoi pas @fabuleuxa80 ? répondit Alice.

— Je n'ai que soixante-dix-neuf ans ! protesta Julian. Je suis né le jour de la déclaration de guerre. Mon arrivée est donc passée complètement inaperçue, hélas. Depuis, je me bats pour qu'on m'accorde un peu d'attention.

Assis deux rangs plus loin, il avait crié pour se faire entendre de ses amis, et plusieurs voyageurs, abaissant leur journal, le regardaient fixement.

— Vous ne pouvez pas avoir « que » soixante-dix-neuf ans : c'est une contradiction dans les termes, répliqua Alice. De toute façon, c'est très proche de quatre-vingts : ça fera l'affaire ! Bien. Maintenant, je télécharge les deux photos… Je tague le nom des designers dont il porte les vêtements… Et j'ajoute les hashtags habituels : blogueuses, influenceuses, et tutti quanti. Julian va faire sensation !

Hazard l'observait avec fascination. Elle se frayait un chemin dans la jungle des réseaux sociaux avec autant de facilité qu'un Indien dans la forêt amazonienne. Après dix minutes d'intense concentration – sourcils froncés, doigts voletant sur l'écran –, elle posa d'un air satisfait le téléphone de Julian sur la tablette de son siège.

— Et voilà ! J'ai aussi tagué son nouveau compte sur le mien pour que mes abonnés puissent le suivre. Ça devrait le faire.

— Je ne sais pas ce que vous mijotez, tous les deux, mais j'espère que c'est légal, intervint Julian. Je n'ai pas été arrêté depuis cette fameuse nuit avec Joan Collins. En 1987, si ma mémoire est exacte.

Il brûlait manifestement de leur faire le récit de cette « fameuse nuit », mais personne ne se risqua à le lui demander.

Monica

La vue depuis le sommet de la tour Eiffel méritait amplement la longue attente qu'il avait fallu endurer pour y accéder, mais Monica était épuisée. Pas seulement par les kilomètres parcourus dans le métro, les rues et les musées de Paris, mais aussi par la constante attention que le groupe demandait. Elle passait son temps à vérifier qu'ils étaient au complet et qu'ils n'avaient perdu personne. En milieu de matinée, après une ou deux frayeurs, elle avait décidé de brandir son parapluie afin que ses amis l'aperçoivent à travers la foule. Mais Hazard s'était moqué d'elle. Vexée, elle l'avait replié et remis dans son sac. S'ils perdaient un membre du groupe, elle l'en tiendrait pour seul responsable. Elle s'imaginait déjà dire à Baz qu'ils avaient égaré sa grand-mère : « La dernière fois qu'on l'a vue, elle grignotait un fortune cookie près de la pyramide du Louvre », expliquerait-elle d'un air contrit à la police.

Keith ne faisait qu'ajouter une complication supplémentaire. Aucun musée parisien n'acceptait les animaux. Julian avait tenté de persuader les vigiles du Centre Pompidou que Keith n'était pas un chien, mais un *chien guide*. À quoi on lui avait rétorqué avec un brin de malice : « Si monsieur est non voyant, il ne regrettera sans doute pas de ne pas *voir* les tableaux. » Julian ne s'était pas laissé abattre : il avait acheté un grand cabas en toile dans une boutique de souvenirs, barré de l'inscription « Mes parents sont allés à Paris, et tout ce qu'ils m'ont rapporté, c'est cet horrible sac ». Il avait fourré Keith à l'intérieur et franchi de nouveau les portes du musée, donnant des sueurs froides à Monica. D'autant qu'après avoir pénétré sans encombre dans le vaste hall, puis dans les salles d'exposition, il avait continué à jouer avec le feu : chaque fois qu'il s'arrêtait devant l'un de ses tableaux préférés, il se penchait vers le sac posé à ses pieds et murmurait : « Keith ! Il faut que tu voies celui-ci. Une des pièces maîtresses. »

Les commentaires que leur faisait Julian sur les œuvres d'art étaient fascinants, même si Monica le soupçonnait de s'arranger avec la vérité historique. Il préférait l'enjoliver, voire la recréer de toutes pièces, plutôt que d'admettre son ignorance – elle s'en était aperçue en croisant ses élucubrations avec les informations qu'elle lisait dans son guide de voyage. Pour l'heure, elle semblait être la seule du groupe à l'avoir remarqué, mais ses camarades ne tarderaient pas à ouvrir les yeux : chacun des commentaires de Julian était plus coloré, et inexact, que le précédent.

Paris scintillait sous le pâle soleil d'hiver, rappelant à Monica les rêveries qu'elle avait entretenues lorsqu'elle avait commencé à organiser leur voyage. Elle s'était imaginé passer la nuit à Paris avec Riley. Se promener avec lui le long des berges de la Seine, tendrement blottie contre son épaule… Quelle idiote ! Ça ne marchait pas comme ça dans la vraie vie – elle devrait le savoir, non ?

Elle observa Julian, qui prenait la pose sous l'objectif conjoint d'Alice et de Hazard, nonchalamment appuyé à la balustrade du second étage de la tour Eiffel, les yeux baissés vers la capitale française étendue à ses pieds, telle une Kate Moss grisonnante aux mains noueuses. Intriguée, une petite foule de curieux s'était massée autour d'eux. Betty ajoutait au spectacle : en équilibre sur un pied, elle effectuait un mouvement de tai-chi en compagnie d'un pigeon venu se poser sur sa main (elle avait emporté dans son énorme cabas un sachet de graines pour oiseaux et une foule d'autres objets non encore identifiés). Ne craignait-elle pas que ce pigeon lui fasse caca dessus ? Monica avait des haut-le-cœur rien que d'y penser.

Depuis le début de la journée, elle s'efforçait d'apprécier Alice, son visage délicat, sa silhouette parfaite et son magnifique bébé. Hazard et Alice lui rappelaient les élèves les plus cool du lycée, ceux qui semblaient s'intégrer sans difficulté. Ils avaient le chic pour faire et dire ce qu'il fallait. Même quand ils portaient une tenue ridicule, personne ne se moquait d'eux. Pire, le lendemain, la moitié de la classe avait adopté la tendance qu'ils avaient lancée par inadvertance. Studieuse et réservée, Monica s'était promis de ne pas céder à ces futilités : elle devait travailler dur pour espérer entrer à Cambridge et faire quelque chose de sa vie. Malgré tout, un certain ravissement la saisissait quand ils l'invitaient à se joindre à leur table à l'heure du déjeuner – un petit événement qui n'avait lieu que deux ou trois fois par an.

Elle avait gardé de cette époque une habitude censée lui permettre de se sortir de toutes les situations embarrassantes : elle regardait droit devant elle en essayant d'avoir l'air le plus heureux possible. Elle aurait volontiers adopté cette stratégie aujourd'hui, mais le fichu carnet l'avait rendue inopérante : Hazard et Alice savaient à quel point elle était insatisfaite de sa vie. Insatisfaite, certes. *Mais pas superficielle, au moins !* songea-t-elle en les voyant tous deux se pencher sur le téléphone de Julian pour télécharger sur son compte Instagram les photos qu'ils venaient de prendre. À quoi bon tout ce cirque ? Pourquoi chercher à tout prix à être validé et liké par des cohortes d'inconnus ?

La mère de Monica n'aurait pas approuvé le comportement d'Alice. Monica se rappela les nombreuses fois où elle l'avait accompagnée dans ses activités bénévoles, notamment dans un centre d'accueil pour femmes victimes de violences familiales. « Veille sur ton indépendance financière, Monica. N'accepte jamais de dépendre d'un homme. On ne sait pas ce qui peut arriver ! Tu dois être capable de subvenir à tes besoins et à ceux de tes futurs enfants. » Le compte Instagram d'Alice ne constituait sûrement pas un vrai boulot : il ne servait qu'à booster son ego et à accroître sa notoriété. Elle brassait de l'air, pas de l'argent.

— J'adore votre robe, Alice ! lança-t-elle avec enthousiasme.

Elle tenait vraiment à faire un effort – et puis, n'était-ce pas ce qu'on disait aux femmes dans son genre ?

— Oh, merci ! répondit la jeune femme en lui offrant un sourire parfait qui creusa deux jolies fossettes au milieu de ses joues. Elle m'a coûté trois fois rien, mais ne le dites à personne !

À qui le dirais-je ? pensa Monica avec un regain d'irritation. Elle sentit qu'on lui prenait la main. C'était Riley. Elle le repoussa, puis se reprocha de se montrer si revêche.

— Merci d'avoir organisé cette journée, Monica. C'était génial ! Vraiment ! dit-il.

Si sincères fussent-ils, ces remerciements l'attristaient. Elle ne pouvait s'empêcher de songer à tout ce qu'ils auraient pu faire s'ils ne s'étaient pas éloignés l'un de l'autre – à cause de ce fichu carnet, encore une fois. Elle aurait voulu recréer la relation détendue, simple et heureuse qu'ils entretenaient quelques semaines plus tôt, mais elle en était incapable. Autant essayer de nettoyer une tache de vin sur un tapis : vous aurez beau frotter, jouer du fer à vapeur et de la brosse à récurer, il restera toujours une trace dans les fibres du tissu. Et de toute façon, à quoi bon renouer avec Riley ? Il allait bientôt entamer son grand périple à travers l'Europe, puis il retournerait en Australie. Non, vraiment, mieux valait garder intact le mur qu'elle avait érigé entre eux.

— Regarde-les, tous les trois, suspendus à leur téléphone portable ! chuchota Riley. Ils visitent un des monuments les plus géniaux du monde, dans une ville absolument géniale, et tout ce qui les intéresse, c'est la tenue vestimentaire de Julian.

À cet instant, elle lui pardonna presque tout – hormis sa manière de répéter le mot « génial » à tout bout de champ. Ça la rendait dingue.

Il fallut un certain temps à Monica pour ramener le groupe au niveau du sol : elle semblait la seule à se préoccuper du départ imminent de leur train pour Londres. En sortant de l'ascenseur, comme le berger qui ramène ses moutons à la bergerie, elle fermait la marche, les yeux rivés devant elle pour s'assurer que ses amis s'engageaient bien un à un dans le tourniquet de sortie. Betty passa la première, mais son énorme cabas se bloqua entre les montants métalliques. Trop large. Monica vit un charmant jeune homme lui faire signe de passer le sac par-dessus le portillon. Mme Wu lui tendit le cabas à bout de bras. Il s'en saisit – et prit la fuite. Pas si charmant que ça, le jeune homme.

Betty se mit à crier en mandarin. Une bordée de jurons, probablement. C'est alors que Benji passa à l'action : d'un bond, il franchit le portillon et s'élança à la poursuite du voleur. Les touristes massés sur le parvis de la tour Eiffel l'encourageaient dans une cacophonie de langues différentes, comme les supporters de la finale de la Coupe du monde de football. Benji rattrapait le voleur. Il le saisit par le bras. La foule applaudit vigoureusement. Mme Wu lança même son poing en l'air en signe de victoire. Mais l'homme se libéra de sa veste et reprit sa fuite, en T-shirt, le sac de Betty toujours plaqué contre son cœur. La foule gémit et jura dans toutes ses langues. Benji reprit sa course, parvint une seconde fois à hauteur du malfaiteur et le plaqua au sol d'un tacle magistral.

— BUT ! cria Riley.

La foule poussa des hurlements de joie en voyant Benji s'asseoir sur le voleur et lui tenir les mains dans le dos. Le sac de Betty gisait au sol, environné de fortune cookies, de graines pour oiseaux et de pelotes de laine. Monica appela la police.

Betty donna un coup de pied dans le tibia du malfaiteur.

— Vous foutez pas ma gueule, monsieur ! rugit-elle.

Il regrettera le jour où il a croisé Betty Wu, pensa Monica. Restait à espérer que Betty n'avait pas vu Keith lever la patte sur son tricot.

Riley

Le retour fut moins agité que l'aller, tout le monde étant épuisé par cette combinaison enivrante d'exercice physique, de visites culturelles et de drame. Riley regarda avec intérêt Betty se lever et se diriger vers le siège vide à côté de Benji. Ce dernier parut surpris. Un peu terrifié, aussi. Bien plus qu'au moment d'appréhender le voleur sous la tour Eiffel. Tout en faisant mine d'être plongé dans la lecture de son guide de voyage, Riley tendit l'oreille.

— Monica dit que tu cuisines bien, déclara Betty.

— J'adore cuisiner, mais je suis loin d'être aussi doué que vous, madame Wu, répondit Benji – avec juste ce qu'il fallait de déférence et de bonhomie, nota Riley.

Il nota aussi que Betty n'avait pas crié « appelez-moi Betty ! ». En revanche, elle l'avait tutoyé, ce qui lui paraissait bon signe.

— La semaine prochaine, tu viens au restaurant et je t'apprends à préparer soupe won-ton.

C'était un ordre, pas une suggestion.

— Grand-mère a appris recette à ma mère, ensuite ma mère m'a appris recette. Pas écrit dans un livre. Tout dans la tête, expliqua Betty en se tapotant les tempes à plusieurs reprises, comme un pic-vert martèle le tronc d'un arbre.

Sans attendre la réponse de Benji, la vieille dame se leva et regagna sa place, laissant le jeune homme abasourdi. Riley sentit son cœur gonfler dans sa poitrine. La ville lumière avait peut-être un effet magique ? Il aimait les histoires qui se terminent bien.

Alice s'assit à côté de Julian et ouvrit le nouveau compte Instagram de celui-ci sur son téléphone portable.

— Oh mon Dieu ! Vous avez déjà plus de trois mille abonnés ! s'écria-t-elle.

Julian lui jeta un regard perplexe.

— C'est bien, ça ? demanda-t-il. Comment m'ont-ils connu ?

— C'est mieux que bien, c'est SPECTACULAIRE, Julian ! En douze heures à peine, vous vous rendez compte ? Vous allez faire SENSATION. J'ai posté certaines de vos photos sur ma page et j'ai suggéré à mes followers de vous suivre. Et ça marche ! Regardez tous les commentaires ! Ils vous ADORENT ! Oh, vous avez reçu un message en privé. On l'ouvre ?

Julian hocha la tête, manifestement dépassé. Alice tapota l'écran à plusieurs reprises, les yeux plissés.

— Je N'Y CROIS PAS ! s'exclama-t-elle, si fort qu'elle réveilla Bunty qui se mit à pleurer, suscitant les regards désapprobateurs de leurs compagnons de voyage. Vous avez un message de VIVIENNE WESTWOOD ! La vraie Vivienne !

Qui est Vivienne Westwood ? se demanda Riley. Et pourquoi déclenchait-elle une pareille excitation chez Alice ? Il aurait aimé qu'elle se calme, toutes ces exclamations lui donnaient mal à la tête. Il n'aurait jamais imaginé que quelqu'un puisse le fatiguer à ce point.

— Vivienne est ravie de découvrir que vous portez encore ses créations – je l'ai taguée, vous comprenez ? Elle vous invite à son QG, pour essayer la dernière collection.

— Cette chère Vivi ! On s'est toujours bien entendus, elle et moi, déclara Julian. Mais je crains de ne pouvoir m'offrir ses dernières créations : je n'ai pas vendu de tableau depuis plus de dix ans.

— Pas besoin de vendre vos toiles, Julian. C'est ça qui est génial avec Insta : dès que vous aurez assez d'abonnés, les designers vous donneront GRATUITEMENT toutes leurs créations. Vous ne croyez tout de même pas que j'ai ACHETÉ ça ? demanda-t-elle en montrant son sac et ses vêtements.

— Mazette ! siffla Julian. Eh bien, ma chère enfant, vous feriez mieux de me montrer comment faire. Je ne suis pas très doué pour manipuler cet appareil. C'est difficile, quand on a de vieilles mains comme les miennes. J'ai l'impression de taper sur l'écran avec un régime de bananes !

— Ne vous inquiétez pas. Je vous achèterai un petit stylet qui vous facilitera la vie. Vous allez adorer Insta, j'en suis sûre ! C'est tellement joli… C'est de l'ART, mais en plus moderne. Exactement ce qu'il vous faut. Si Picasso était encore vie, il serait à fond sur Instagram.

Cette fois, Julian ouvrit de grands yeux, mais se garda de tout commentaire. Il avait entrepris de remplir de champagne les verres en plastique achetés gare du Nord, en même temps que la bouteille. Il tenait à célébrer la victoire héroïque de Benji sur le vilain agresseur de Betty. En le voyant servir tout le monde, Riley se souvint que seuls Alice et lui-même avaient lu les aveux de Hazard dans *Le Carnet des Silences*. Il lança un regard vers le fêtard repenti : assis seul, la tête appuyée contre la vitre, celui-ci semblait dormir – mais ses mains le trahissaient : il serrait les poings si fort que ses jointures blanchissaient. Riley alla s'asseoir à côté de lui.

— Tu t'en sors très bien, murmura-t-il. Le vrai héros ici, c'est toi.

— Merci, dit Hazard en se tournant vers lui. C'est gentil de me dire ça.

Il paraissait sincèrement reconnaissant, mais très fatigué.

— Tu cherches toujours du travail ? reprit Riley. Alice m'a proposé de remettre un jardin en état. J'adorerais que tu viennes m'aider. Si tu as le temps, bien sûr.

— Volontiers. Ça me plairait beaucoup. Pour être honnête, je suis un peu paumé depuis mon retour. Je ne veux pas bosser de nouveau à la City, mais je ne suis pas sûr de savoir faire autre chose. Ce n'est pas bon pour moi d'avoir trop de temps libre. Je passe mes après-midi à regarder des rediffusions de *Chapeau melon et bottes de cuir*. Addict un jour, addict toujours ! Et je serai content de gagner un peu d'argent. J'aurai bientôt dépensé la totalité de ma dernière prime. Si je ne retrouve pas de boulot, je vais devoir vendre mon appart.

— Là-dessus, j'ai peur de ne pas pouvoir t'aider. C'est pour une association. Ils n'auront pas les moyens de nous payer. Ça t'intéresse toujours ? demanda Riley.

— Absolument ! assura Hazard avec enthousiasme. Je m'occuperai des finances plus tard. Je finirai bien par trouver une piste. Au fait, ne t'inquiète pas pour Monica. Je suis certain qu'elle reviendra à de meilleurs sentiments.

S'ils avaient été des filles, songea Riley, ils se seraient étreints avec émotion à ce stade de la conversation. Mais ils n'étaient pas des filles. Alors Riley se contenta de donner un gentil coup de poing dans l'épaule de Hazard, avant de retourner à son siège.

Bunty, elle aussi, avait eu sa part d'excitation et d'énervement pour la journée. Épuisée, elle hurlait, le visage rouge, les poings crispés, très loin de l'adorable poupon rose et souriant de @babybunty. Alice l'avait juchée sur son épaule et la promenait dans la travée centrale, puisque rien d'autre ne semblait pouvoir l'apaiser. Ce spectacle pour le moins alarmant détournait-il Monica de son désir d'enfant ? Riley se posait la question. Car même pour un type comme lui, qui avait toujours envisagé de fonder une grande famille, il y avait de quoi y réfléchir à deux fois.

Le calme revint progressivement dans le wagon et Riley se replongea dans la lecture de son guide de voyage. Quelques minutes plus tard, il se rendit aux toilettes. Par chance, personne n'attendait devant la porte. Il appuya sur le bouton pour déclencher l'ouverture. Le panneau coulissa, révélant Bunty, couchée sur le dos dans le petit lavabo, entièrement nue, les jambes en l'air, couvertes de caca. Il y en avait partout : dans l'évier, sur le miroir, et même sur les murs. Un paquet de lingettes à la main, Alice jeta à Riley un regard navré.

— Désolée, dit-elle. Je pensais avoir mis le verrou.

Horrifié, Riley ne parvint à produire qu'un bruit étranglé tandis qu'il appuyait, presque frénétiquement, sur le bouton qui actionnait la porte. Le panneau coulissa dans l'autre sens. La vision d'horreur disparut, mais resta gravée sur sa rétine. Il entendit la voix étouffée d'Alice, de l'autre côté de la porte.

— Attends, Riley. J'ai besoin d'aide !

— OK, cria-t-il. Je vais chercher Monica !

C'était ce qu'elle voulait dire, n'est-ce pas ?

Monica

Riley revint des toilettes d'un pas mal assuré, l'air hagard.

— Ça ne va pas ? demanda Monica.

— Si, très bien. Mais je crois qu'Alice a besoin d'aide, répondit-il en se glissant rapidement à sa place.

Monica se leva. Qu'arrivait-il à Alice ? Pourvu que la journée ne soit pas gâchée par un nouvel incident – et si près du but : dans une heure, ils seraient de retour chez eux, sains et saufs, avec toutes leurs affaires ! La porte des toilettes était verrouillée. Monica frappa contre le battant.

— Alice ? C'est Monica. Vous avez besoin d'un coup de main ?

— Volontiers, répondit Alice. Attendez, j'en ai pour une minute !

Le panneau coulissa quelques instants plus tard. Alice fit un pas dans le couloir et lui tendit la petite fille.

— Pouvez-vous garder Bunty, le temps que je finisse de nettoyer les toilettes ? Je l'avais posée sur le matelas à langer, mais chaque fois que le train prend un virage, j'ai peur qu'elle tombe. Ce ne sera pas long. Merci beaucoup !

La porte se referma. Monica était seule avec l'enfant. Elle se pencha pour humer l'odeur de son crâne duveteux. Bunty sentait le lait de toilette pour bébé, le coton fraîchement lavé et le parfum délicat des êtres encore neufs, – un parfum qui rappelait à Monica tout ce qu'elle n'avait pas. La porte s'ouvrit et Alice la rejoignit dans le couloir.

— Elle est vraiment magnifique ! s'extasia Monica.

Elle s'attendait qu'Alice lui retourne une des réponses polies et spirituelles dont elle avait le secret : « Oui, quel trésor, n'est-ce pas ? » ou « Sauf à 3 heures du matin, je vous le garantis ! ». Mais Alice ne dit rien de tout cela : elle se figea et la dévisagea avec attention.

— Tu sais, Monica – je peux te tutoyer, n'est-ce pas ? Les bébés ne détiennent pas la clé du bonheur. Et mariage ne rime pas toujours avec partage. Je suis bien placée pour le savoir.

— Je suis sûre que tu as raison, répondit Monica, un peu décontenancée. Il y a des tas d'avantages à être célibataire.

Pour la première fois, cette phrase cent fois rebattue lui parut exacte.

— Des tonnes d'avantages, renchérit Alice. Quelle époque bénie ! Tu manges ce que tu veux, quand tu veux, tu as le contrôle total de la télécommande, tu peux sortir à tout moment sans devoir dire où tu vas, ou avec qui ; tu passes tes soirées en jogging et en pantoufles. Et tu t'offres régulièrement des câlins avec ton amoureux…

Elle s'interrompit, l'air nostalgique, avant de poursuivre :

— Je suis tombée sur une phrase assez juste sur Instagram l'autre jour : « Être mère est une qualité, pas un état civil. » J'y repense souvent. C'est tellement vrai, tu ne trouves pas ? Il y a tant de façons d'être mère ! Regarde ce que tu as fait en ouvrant ce café : tu t'occupes d'un tas de gens, tous les jours. Tu les nourris, bien sûr, mais surtout tu prends soin d'eux. Tu les maternes, en quelque sorte !

Monica n'en revenait pas. Comment une pensée aussi bouleversante (quoiqu'un peu condescendante) pouvait-elle lui être délivrée devant les toilettes d'un train, et inspirée par une petite phrase assez niaiseuse glanée sur Instagram ? Comment, surtout, pouvait-elle émaner d'une femme aussi futile qu'Alice ? Elle s'était trompée sur son compte, manifestement.

Après avoir effectué plusieurs allers et retours dans le wagon pour aider Bunty à s'endormir, Monica la rendit à Alice et s'assit à côté de Riley.

Il la dévisagea avec attention, d'un air interrogateur, comme chaque fois qu'il s'apprêtait à faire une déclaration importante. Monica devina que le champagne servi par Julian l'aidait à surmonter son appréhension. Elle s'appuya contre le dossier du siège et attendit qu'il se lance.

— Monica, je suis vraiment désolé de ne pas t'avoir parlé du *Carnet des Silences*. Je n'avais pas décidé de te le cacher – pas du tout ! Mais, décemment, je ne pouvais pas t'en parler le soir de notre rencontre, en présence de tous les élèves du cours de dessin. Ensuite, nous nous sommes revus et… j'ai raté l'occasion. Plus le temps passait, moins je savais comment m'y prendre. Tu ne me croiras probablement pas, mais je m'étais promis de te le dire après Noël.

Il s'était exprimé avec tant de franchise, tant de sérieux, qu'elle le crut. Sans arranger complètement la situation, ses excuses aidaient Monica à envisager Riley sous un meilleur jour. Soulagée, elle prit sa main et posa la tête sur son épaule.

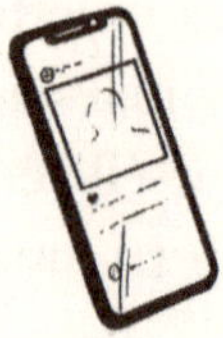

Alice

Alice alla droit au frigo pour se servir un grand verre de chablis. Elle n'ignorait pas qu'elle avait bu plus que sa part de champagne pendant le trajet du retour (elle espérait que personne ne l'avait remarqué), mais elle en sentait à peine les effets. Elle s'assit sur le comptoir de granit noir et ôta ses bottines, qui tombèrent sur le sol de béton ciré. Sa cuisine minimaliste, tout en angles droits et lignes épurées, possédait, comme Max aimait à le dire, un « facteur waouh », mais elle n'était pas chaleureuse. Parfois, il n'est pas nécessaire qu'une pièce fasse de l'effet ou qu'elle dise quoi que ce soit de vous : vous souhaitez simplement qu'elle se taise et se contente d'être une pièce dans la maison.

Alice avait passé une excellente journée. Si elle n'avait pas eu à déployer des trésors de patience pour calmer Bunty, l'allaiter en public sans choquer Julian et changer ses couches dans les toilettes exiguës du train, tout aurait été absolument parfait.

Elle n'oublierait jamais l'expression de Riley quand il avait fait irruption dans les WC de l'Eurostar. Dire qu'il prétendait être en contact avec la nature ! En refermant la porte d'un air horrifié, il était quand même parvenu à marmonner un « ça va, Alice ? » d'une voix étranglée, ses bonnes manières l'emportant sur son dégoût. Quel gentil garçon, vraiment ! Et Benji, ce grand rouquin qu'elle avait vu pleurer devant un restaurant chinois le jour de Noël, s'était mué en sauveur de vieilles dames, arrachant héroïquement le sac de Mme Wu des mains d'un voleur ! C'était aussi passionnant qu'un film Netflix ! Elle entendit la porte de la maison claquer. Max rentrait du travail – tard, comme d'habitude.

— Bonsoir, chérie ! Bunty n'est pas encore couchée ? Il est 21 h 30 ! Qu'est-ce qu'on mange ? Je suis affamé.

Alice jeta un œil dans le frigo. Les seuls ingrédients non alcoolisés étaient un demi-citron, du beurre, une laitue fatiguée et un quart de quiche, dont Max ne voudrait pas (« les vrais hommes ne mangent pas de quiche », répétait-il souvent).

— Je suis désolée, chéri, dit-elle, en essayant d'être désolée. Je n'ai rien préparé. J'ai passé la journée à Paris, tu te souviens ? Je viens de rentrer, moi aussi.

— Eh bien, je suis ravi que tu aies passé la journée à te balader à Paris, pendant que je me tue à la tâche pour que notre Bunty continue à porter les couches jetables les plus chères de la planète. Je suppose que je vais devoir appeler Deliveroo ?

Alice observa la plaquette de beurre encore intacte, en se demandant à quelle vitesse il faudrait la lancer pour blesser son adversaire, sans pour autant causer des lésions durables. Trop risqué. Elle décida de laver « par mégarde » son caleçon Calvin Klein d'un blanc de neige avec ses chaussettes rouge vif. La conversation qu'elle avait eue avec Monica sur les avantages du célibat lui trottait dans la tête.

Bunty se remit à pleurer. Elle n'appréciait visiblement pas son séjour prolongé près de la porte ouverte du réfrigérateur. Alice l'emmena dans la chambre d'enfant en passant devant Max sans dire un mot.

Un moment plus tard, tandis qu'elle allaitait Bunty, soutenant son crâne duveteux, elle prit de sa main libre son téléphone dans son sac et ouvrit Instagram. Lucy Yeomans, la rédactrice en chef du magazine *Porter* (soixante mille abonnés à son compte Insta), avait tagué la photo de Julian à Paris. Lui-même avait maintenant plus de vingt mille followers. *Tu es loin d'être invisible maintenant, Julian !* pensa-t-elle. Ce qui lui fit penser au petit cahier vert pâle. Elle se pencha pour l'attraper (il était resté là où elle l'avait laissé, au pied du rocking-chair), coucha Bunty, enfin assoupie, dans son berceau, trouva un stylo, et commença à écrire.

Alice adorait se rendre dans les locaux des Bonnes Fées de Maman. Dans la cité où elle avait grandi, de nombreuses mères de famille avaient des problèmes de drogue ou d'alcool, et leurs enfants, souvent livrés à eux-mêmes, étaient mal nourris, voire pas nourris du tout certains soirs. La mère d'Alice avait instauré un système d'entraide, mobilisant plusieurs de leurs voisines, pour veiller à tour de rôle sur ces gamins. Elles s'assuraient qu'ils mangeaient correctement et à leur faim, leur donnaient des vêtements ou des jouets dont leurs enfants n'avaient plus usage, leur offraient un peu de calme et une oreille attentive. Un tel système semblait inexistant à Londres : la capitale, trop vaste, encourageait l'anonymat plutôt que l'entraide. Ce genre d'association permettait de combler le vide.

Alice commençait seulement à mesurer à quel point sa propre mère était incroyable. Elle avait élevé seule ses quatre enfants et trouvé un emploi qui lui permettait de gagner sa vie tout en rentrant assez tôt à la maison pour préparer le dîner et les aider à faire leurs devoirs. Quand elle était au collège, Alice faisait mine de ne pas reconnaître sa mère lorsqu'elle lui servait son repas à la cantine, l'appelant « madame Campbell » d'un ton distant. Comme ça devait lui faire de la peine ! songea-t-elle, la gorge nouée.

D'ordinaire, les mamans qui venaient déposer ou chercher leurs enfants au local de l'association entraient et sortaient en coup de vent. Aucune d'entre elles ne s'était jamais attardée devant les portes-fenêtres de la cuisine pour contempler le jardin. Ce n'était plus le cas aujourd'hui : un petit groupe de quatre ou cinq d'entre elles s'était réuni dans la cuisine, les yeux tournés vers le jardin. Ou plutôt, vers Riley, Hazard et Brett, le colocataire australien de Riley, qui luttaient contre les chardons géants et une rose trémière assez envahissante. Un travail très physique, manifestement : malgré le froid, ils étaient tous en T-shirt.

— Ils peuvent venir tondre ma pelouse quand ils veulent ! glissa l'une des femmes d'un ton coquin, déclenchant l'hilarité générale.

Un moment plus tard, Alice aidait les trois hommes à charger les sacs de mauvaises herbes et de branchages dans le minibus qui les amènerait à la déchetterie. Une jeune maman qui passait par là s'arrêta pour les observer. Ravissante, vêtue avec élégance, elle promenait son bébé dans une poussette très semblable à celle de Bunty.

— Êtes-vous jardiniers ? demanda-t-elle à Hazard d'une voix haut perchée, avec un accent qui hésitait entre la haute société londonienne et l'actrice de film porno.

— Euh… oui, répondit Hazard, qui ne s'était de toute évidence jamais considéré comme tel.

— Voici ma carte. J'ai besoin d'un jardinier. Appelez-moi si vous êtes intéressé : vous viendrez faire un devis.

Hazard prit la carte et l'examina avec attention. *En voilà un qui a l'air d'avoir une idée derrière la tête*, pensa Alice en l'observant.

Elle ne constata la disparition du carnet que plus tard dans la soirée. Elle était pourtant certaine de l'avoir mis dans son sac, à l'abri des regards indiscrets. Elle ne voulait pas le laisser traîner : elle craignait trop que Max, ou quelqu'un d'autre, lise ce qu'elle avait écrit. Emportée par ses émotions, elle avait confié au cahier des sentiments qu'elle-même refusait d'admettre. Pas question de les partager – n'en déplaise à Julian et à ses discours sur la sincérité ! Elle avait d'abord envisagé de passer le cahier à la déchiqueteuse le lendemain matin, dans le bureau de Max, puis elle avait renoncé : il lui paraissait injuste de détruire les récits de ces prédécesseurs. Elle l'avait alors glissé dans son sac en se promettant d'arracher les pages qu'elle avait rédigées (sans endommager les autres) et de le rendre à Julian.

Maintenant, il avait disparu.

Julian

Julian avait persuadé Alice de s'inscrire au cours de dessin. En arrivant ce soir-là, il avait proposé aux élèves de dessiner Keith. Son nouveau compagnon n'était pas le sujet idéal – il était incapable de demeurer immobile plus de trente secondes –, mais c'était le seul moyen que Julian avait trouvé pour contourner le diktat ridicule de Monica, qui s'obstinait à refuser l'accès du café aux quadrupèdes. « Ce n'est pas mon chien, Monica, avait-il affirmé. C'est notre modèle. »

— Les portables dans le chapeau, comme d'habitude, s'il vous plaît ! ordonna-t-il tandis que son couvre-chef faisait le tour des tables.

Alice écarquilla les yeux, l'air horrifié. Elle avait confié Bunty à Caroline et Sophie sans un instant d'hésitation, mais elle s'accrochait à son téléphone comme une gamine à sa poupée.

— Je vous promets, Julian, que je n'y toucherai pas. Parole de scout ! Croix de bois, croix de fer, si je mens, je vais en Enfer ! J'aimerais juste le garder sur le coin de la table au cas où je recevrais des notifications importantes.

— Tu as raison. Imagine que tu manques l'annonce de la sortie du nouveau sac à main Gucci, par exemple ? Ce serait terrible ! s'écria Hazard d'un ton mélodramatique.

Alice le foudroya du regard, mais finit par tendre son portable à Julian.

— Sais-tu que l'industrie de la mode rapporte chaque année cinquante milliards de livres à l'économie britannique ? lança-t-elle à Hazard avec indignation. Comme quoi, ce ne sont pas seulement des paroles en l'air !

— Vraiment ? C'est la somme exacte ? demanda Hazard en souriant.

— Pour être honnête, je ne me souviens pas de la somme exacte, mais je sais qu'elle est très conséquente, avoua Alice.

Caroline et Sophie (Julian peinait encore à se rappeler laquelle était laquelle, mais cela n'avait sans doute guère d'importance) faisaient tour à tour sauter Bunty sur leurs genoux en s'extasiant sur ses « adorables fossettes » et ses « splendides yeux bleus ».

— Ça ne te rend pas nostalgique ? demanda la première à la seconde.

— Un peu, mais seulement parce que je peux la rendre à sa mère à la fin du cours. Pas question de revivre les nuits blanches…

— Ou les changements de couches. Sans parler des douleurs de l'allaitement ! renchérit la première en mimant une grimace de souffrance.

Les deux femmes éclatèrent de rire. Julian lança un regard inquiet vers Alice. Pourvu que la chère enfant n'en prenne pas ombrage ! Elle était de toute évidence faite pour être mère, et appréciait chaque instant passé avec la délicieuse Bunty, comme chacun pouvait le constater à longueur de page sur son compte Instagram.

— Bien. Le cours peut commencer. Mais avant cela, chers amis, j'ai une annonce à vous faire, déclara-t-il d'une voix forte, en s'efforçant de ne pas laisser paraître son excitation. Un photographe de l'*Evening Standard* va se joindre à nous pour prendre quelques clichés. Ils ont décidé de me consacrer un article, qui paraîtra dans les jours à venir. Ne faites pas attention à ce monsieur, il n'est pas là pour vous, mais pour moi. Vous n'êtes là que pour compléter le décor.

— Oh mon Dieu ! Nous avons créé un monstre ! glissa Hazard à Alice.

Il s'était exprimé à voix basse – pas assez cependant pour échapper à l'ouïe fine de Julian. Vexé, il braqua sur eux son regard le plus sévère, tel un professeur indigné par la conduite de deux garnements.

Aujourd'hui, Julian embrassait le style « Bon Chic Bon Genre » cher à Ralph Lauren, auquel il tenait à rendre hommage. L'avait-il rencontré ? Assurément. Quand le photographe et son assistant arrivèrent et commencèrent à s'agiter autour de lui, Julian mesura à quel point, au cours des quatre mois écoulés, sa vie avait changé depuis qu'il avait déposé *Le Carnet des Silences* à cet endroit même – et plus encore depuis qu'il avait commencé à « semer le trouble sur Instagram » (ainsi que l'avait exprimé le journaliste de l'*Evening Standard*) deux semaines auparavant.

Rien de tout cela n'était nouveau pour Julian. Il avait le sentiment étrange d'être revenu là où il aurait dû rester : sous les feux de la rampe. Les quinze années qu'il venait de vivre dans l'anonymat le plus complet lui semblaient déjà de l'histoire ancienne. Il avait la sensation de n'exister que dans le regard d'autrui – autrement dit : de cesser d'exister lorsqu'il cessait d'être *remarqué*. Cela faisait-il de lui un être horriblement superficiel ? Et si oui, en quoi était-ce un problème ? Tous ceux qui souhaitaient l'interviewer, qui lui envoyaient des invitations à des soirées, des avant-premières et des défilés ne semblaient pas de cet avis. Ils le trouvaient plutôt merveilleux. C'est donc qu'il l'était, non ?

Qu'en aurait pensé Mary ? Se serait-elle réjouie de le voir endosser de nouveau le costume de l'ancien Julian ? Pour être franc, il n'en était pas très sûr. La connaissant, elle aurait été plus encline à le sermonner qu'à le féliciter : il se rappelait très bien les nombreuses fois où elle l'avait mis en garde contre les dangers de la notoriété, « ce miroir aux alouettes », répétait-elle, en insistant sur l'importance d'être sincère et authentique en toutes occasions. C'est le souvenir d'un de ces sermons qui avait donné son sous-titre au petit cahier vert pâle. Le cahier qui avait tout changé.

Il s'assit sur un coin de table, les jambes croisées, légèrement incliné vers l'arrière, ainsi que le lui avait suggéré le photographe. Il regarda au loin, comme s'il entretenait des pensées bien plus érudites et artistiques que la plupart des simples mortels. C'était l'une de ses attitudes fétiches. Il craignait d'avoir oublié comment s'y prendre, mais c'est comme le vélo : ça ne s'oublie pas. Avait-il déjà fait du vélo ? Certainement. Avec élégance, bien sûr.

— Julian ? appela Riley avec une pointe d'irritation. Je sais que nous ne sommes ici que pour « compléter le décor », mais pourriez-vous m'aider ? J'ai du mal avec la perspective.

— Méfie-toi, Riley. Je crains que Julian ait perdu le sens des perspectives, lança Hazard d'un ton moqueur.

Quel bon mot ! Julian en rit avec les autres. Il est important de savoir rire de soi-même. Et puis, ses nouveaux amis n'avaient jamais eu à vivre sous le feu des projecteurs.

Ils n'avaient aucune idée de la tension permanente que cela représente.

Alors que la classe, et le photographe, achevaient leurs travaux respectifs, Benji sortit de la cuisine.

— Il y a de la soupe won-ton pour ceux qui restent dîner. Et des raviolis aux crevettes. Le tout fait de mes blanches mains ! annonça fièrement le jeune homme dont les grandes paluches aux ongles rongés, mouchetées de taches de rousseur, n'avaient jamais été décrites comme « blanches » auparavant.

— Vous pouvez manger. C'est un bon dîner. Je lui ai tout appris, précisa Mme Wu.

Hazard

Hazard adorait travailler aux Bonnes Fées de Maman. Plus il discutait avec les mères de leurs diverses dépendances – à l'héroïne, au crack, au crystal meth –, plus il les découvrait semblables aux siennes. Ils échangeaient des conseils sur l'attitude à adopter lorsqu'ils étaient en manque, et partageaient, avec une étrange gourmandise, les anecdotes les plus sordides de leur vie d'addict.

— Bon travail, les gars ! Fin, Zac, Queenie, on met tout dans les sacs ! ordonna Hazard à son petit groupe d'assistants.

Âgés de quatre à huit ans, les enfants le suivaient d'un bout à l'autre du jardin pour l'aider dans sa tâche : creuser des trous, planter des graines, ramasser les feuilles mortes. Il leur fit passer plusieurs grands sacs-poubelle dans lesquels ils jetèrent les mauvaises herbes qu'ils venaient d'arracher. Puis ils se tournèrent vers lui, attendant ses instructions. Hazard sourit. Six paires d'yeux le fixaient, comme s'il méritait d'être regardé et imité. L'estime qu'ils lui témoignaient l'aidait à reprendre confiance en lui. Elle le terrifiait, aussi. Car il ne pouvait pas les laisser tomber. Ces gamins avaient été si souvent déçus par les adultes au fil de leur courte vie !

— Fin ? Viens voir, dit-il en s'accroupissant pour se mettre à la hauteur du petit garçon qui courut vers lui, les joues rouges, les mains noires de terre. Ne dis pas à Queenie que je l'ai balancée, mais regarde dans tes poches avant de rentrer chez toi : j'ai l'impression qu'elle y a fourré quelques escargots.

Hazard avait pioché dans ses dernières économies pour acheter quelques brouettes, ainsi que des râteaux et des truelles conçus pour les petites mains de ses assistants. C'était la première fois qu'il passait autant de temps avec des enfants. Il n'avait jamais été le genre de personne à qui on propose de faire du baby-sitting. Pourtant – et il en était le premier surpris – il adorait la compagnie des gamins. Et il s'en sortait plutôt bien. Grâce à eux, il redécouvrait les joies simples : boire un grand verre de jus d'orange après avoir travaillé dur pour creuser une plate-bande, organiser une course d'escargots ou fabriquer une ferme à lombrics.

Hazard quitta ses petits amis peu après, et sortit du local d'un pas lourd. Il était épuisé, comme toujours à la fin de la journée ces temps-ci – mais c'était une bonne fatigue. Une fatigue d'honnête homme. Ses muscles semblaient grincer à chaque geste et son corps fourbu aspirait à un sommeil réparateur. Il n'aurait qu'à poser la tête sur l'oreiller pour s'endormir. Rien à voir avec la fatigue qui saisissait l'ancien Hazard après trente-six heures de fête non-stop, rendue possible par un cocktail de produits chimiques, une fatigue nerveuse qui donnait lieu à un sommeil amer et agité.

Il aimait se sentir relié à la nature. Il avait l'impression d'agir sur la réalité pour la première fois de sa vie : il fabriquait, il plantait, il embellissait concrètement un lieu et procurait du bien-être autour de lui. Il ne pourrait cependant pas continuer à travailler bénévolement plus de quelques semaines, sans quoi il serait bientôt à la rue. Si seulement il avait mis de côté les fortunes qu'il gagnait à la City, au lieu de les sniffer ! Par chance, il avait réussi à préserver sa cloison nasale. Un de ses anciens collègues lui avait raconté qu'il avait éternué lors d'une réunion – et vu tomber la moitié de son nez dans son mouchoir. Il avait fait mine d'ignorer le choc qui s'était peint sur le visage de ses clients et continué sa présentation. À l'époque, Hazard avait jugé cette attitude « hyper classe ».

Il sortit la carte de visite que lui avait donnée une jolie passante la semaine précédente. Il était conscient de la séduction que ses collègues et lui exerçaient sur les habitantes du quartier – et en premier lieu, sur les mères de famille qui bénéficiaient des services de l'association. Brett, Riley et lui étaient plaisants à regarder, mais leur attrait ne tenait pas seulement à leur physique : ce qui charmait ces dames, tous âges confondus, c'était le tempérament simple et direct, la bonne humeur et l'accent des jeunes Australiens – des inflexions et une façon de parler qui évoquaient irrésistiblement les plages, le bush, les kangourous et les koalas. Un antidote bienvenu à la grisaille londonienne.

Hazard avait passé l'après-midi à questionner Riley et Brett sur la communauté australienne de Londres. Ils lui avaient expliqué que la capitale fourmillait de jeunes Australiens détenteurs d'un visa « vacances travail » leur permettant de travailler pendant leur séjour, d'une durée maximum de deux ans. C'était un bon moyen de financer le voyage qu'ils effectuaient souvent en Europe à la fin de leurs études.

Fort de ces informations, Hazard avait poursuivi l'élaboration de son projet. Si Riley et lui recrutaient quelques Australiens détenteurs de ce permis de travail, ils pourraient leur apprendre les rudiments du métier dans le jardin des Bonnes Fées de Maman, avant d'aller travailler avec eux pour des particuliers à Fulham, Putney et Chelsea. Les entreprises spécialisées dans l'entretien d'espaces verts ne manquaient pas à Londres, mais la leur aurait un argument de vente unique, une raison d'être : ses employés viendraient tous du continent austral. D'ailleurs, Hazard l'appellerait « Les Jardiniers australiens ». Simple et efficace.

Une fois l'équipe constituée, elle devrait se faire connaître, bien sûr. De préférence auprès des habitantes du quartier assez fortunées pour disposer d'un jardin. Comment s'y prendre ? Et s'il en parlait à Alice ? Bien sûr ! C'était la personne idéale. Il lui suffirait de poster sur son compte Instagram un ou deux messages accompagnés de photos les montrant, Riley, Brett et lui au travail, pour qu'ils soient submergés d'appels. Et Alice serait ravie : quoi de plus bénéfique pour son karma que d'aider ceux qui l'avaient aidée ? Un prêté pour un rendu, comme on dit. La boucle serait bouclée.

Julian pourrait peut-être contribuer au projet, lui aussi, en dessinant un prospectus qu'ils glisseraient dans les boîtes aux lettres du quartier ? Oui, songea Hazard, ce serait formidable – à condition que Julian ait le temps de s'y consacrer, ce qui semblait compromis dans les jours à venir : leur ami brillait par son absence depuis qu'il avait repris du service auprès des fashionistas de tous bords. L'industrie de la mode l'avait aspiré dans une sorte de trou noir. Franchement, qu'est-ce qui leur avait pris, à Alice et lui, de lui créer un compte Instagram ?

En tout cas, plus il y pensait, plus il était impatient de se lancer. Il allait créer une petite entreprise, comme Monica ! Qu'en penserait-elle ? Il se posait souvent la question ces derniers temps. D'ailleurs « Que ferait Monica ? » était devenu son nouveau mantra. Sa manière à lui de chercher à devenir plus sérieux, plus réfléchi, plus fiable. Il avait encore du chemin à parcourir, mais il était sur la bonne voie.

Hazard ouvrit la porte de son immeuble et s'essuya vigoureusement les pieds sur le paillasson pour éviter de salir le sol immaculé du hall d'entrée. Avec ses parois de verre, son carré de verdure parfaitement entretenu et son concierge disponible vingt-quatre heures sur vingt-quatre, la résidence chic et chère qui abritait son appartement correspondait davantage à l'ancien Hazard, courtier à la City, qu'au nouveau, jardinier dans une association caritative. Un soir, il avait laissé ses affaires de jardinage, fourrées dans un vieux sac plastique avec des bulbes de tulipes, pendant quelques heures dans le hall d'entrée. En revenant les chercher, il avait trouvé un message scotché sur le sac : « AUX OUVRIERS : NE LAISSEZ PAS VOS AFFAIRES ICI ! ENLEVEZ-LES OU ELLES SERONT CONFISQUÉES ! »

Il s'approcha des boîtes aux lettres et prit son courrier. Une lourde enveloppe, mêlée aux factures et aux prospectus habituels, attira son attention. C'était le genre de lettre que sa mère qualifiait abusivement de « grosse commission », une expression imagée qui les faisait sourire, son père et lui. Plus grande que les enveloppes ordinaires, plus lourde aussi, celle-ci contenait un document imprimé sur du papier cartonné. Une invitation.

Hazard l'ouvrit en montant les escaliers. Il parcourut le texte gravé en belles lettres rondes sur le bristol de couleur crème :

Daphné Corsander et Rita Morris
vous invitent à célébrer leur mariage
le samedi 23 Février 2019 à 11 heures
à l'Église de Hambledore,
puis à l'Ancien Presbytère.
RSVP.

Dans le coin supérieur gauche, la mention « Pour M. Hazard Ford et son invité.e » était inscrite au stylo à encre.

Ainsi donc Daphné et Rita faisaient leur coming-out en fanfare ! Hazard était ravi pour elles. Comment Roderick avait-il réagi ? Pourvu qu'il ne soit pas trop inquiet de ce que son père en aurait pensé… En tout cas, la veuve joyeuse et sa fiancée n'avaient pas perdu de temps : le vingt-trois février n'était que dans trois semaines ! Elles avaient raison ; à leur âge, à quoi bon attendre pour s'engager ?

Hazard se sentait tiraillé. D'un côté, il avait très envie d'aller fêter cette union avec ses amis de Koh Panam ; de l'autre, il craignait de s'exposer à des tentations trop nombreuses, trop répétées, tout au long de la journée et de la soirée. Il n'était jamais allé à une fête, encore moins à un *mariage*, sans boire une goutte d'alcool. Saurait-il résister ? Il était clean depuis quatre mois. Il pouvait se faire confiance, non ? D'autant qu'aucun de ses anciens amis n'était susceptible d'assister à ce mariage.

Il relut la mention manuscrite dans le coin supérieur : « Et son invité.e ». Mais qui pouvait-il *inviter* ? Ses copines de la City auraient vite fait de lui servir à boire. Devait-il y aller seul, alors ? Non. Trop risqué. Mieux valait y aller accompagné par quelqu'un qui veillerait sur lui. Et s'assurerait qu'il reste dans le droit chemin.

Hazard s'assit sur son canapé en cuir crème, ôta ses lourdes bottes et étira ses orteils avec satisfaction (tout en plissant le nez, assailli par l'odeur de sa propre sueur). Il avait acheté un exemplaire de l'*Evening Standard* sur le chemin du retour afin de lire l'article consacré à Julian. Une photo occupait le centre de la page : le vieux peintre regardait au loin d'un air nostalgique. *Joli portrait*, songea Hazard, *mais très différent du Julian que je connais.* Manifestement séduit par cette personnalité hors norme, le journaliste se montrait enthousiaste, relatant la vie de Julian depuis la perte de sa virginité à l'âge de seize ans dans les bras d'une prostituée payée par son père, en guise de cadeau d'anniversaire, jusqu'à son « grand retour à la vie publique », en star des réseaux sociaux, à l'âge de soixante-dix-neuf ans. Il comprenait une longue digression sur l'amitié qui l'avait lié à Ralph Lauren : le couturier avait basé une de ses collections sur le style à la fois anglais et excentrique de Julian, après qu'ils avaient tous deux sillonné les vertes collines du Dorset – ses villages, ses pubs et ses terrains de cricket. *Vraiment ?* Amusé, Hazard replia le journal. Décidément, avec Julian, on n'était jamais au bout de ses surprises.

Riley

Quand Riley arriva ce jour-là devant la tombe de l'amiral, il n'y trouva que Monica.

— Tu es seule ? s'étonna-t-il. Je sais que Hazard termine de désherber le jardin d'une de nos clientes sur Flood Street, mais je pensais que les autres seraient là.

Monica regarda sa montre.

— Il est 17 h 20. Il ne viendra plus personne, maintenant… C'est étrange, tout de même ! Hormis le jour de l'an, Julian n'a jamais raté un vendredi. Même lorsqu'il sortait à peine de chez lui, il venait ici chaque semaine. J'espère qu'il va bien !

Riley prit son téléphone et se connecta sur le compte Instagram de Julian.

— Ne t'inquiète pas. Il va plus que bien. Regarde.

— Bon sang, c'est Kate Moss ! Monsieur boit des mojitos « avec ses chers camarades » au bar du Soho Farmhouse, dans la campagne d'Oxford ! Il t'avait dit, à toi, qu'il avait l'intention de partir en week-end ? Je n'en savais rien, confia Monica d'un ton boudeur.

Riley ne répondit pas. Julian était un grand garçon, après tout. Il n'avait pas besoin de leur permission pour aller passer le week-end avec des célébrités.

— En parlant de Julian, reprit Monica, je me suis aperçue que nous aurons un cours de dessin le 4 mars. Or ce sera le quinzième anniversaire de la mort de Mary. Je me suis dit que Julian pourrait trouver ça un peu difficile… alors j'ai pensé organiser une sorte de petite fête à la mémoire de son épouse. Qu'en penses-tu ?

— Je pense que tu es l'une des personnes les plus attentionnées que j'aie jamais rencontrées, répondit Riley avec sa franchise coutumière. Comment fais-tu pour te souvenir de ce genre de date ? Je me souviens à peine de mon propre anniversaire !

Monica rougit, ce qui la rendait moins intimidante et plutôt jolie. Maintenant qu'il n'y avait plus de secrets entre eux, Riley se sentait plus léger, plus insouciant. *Comme avant*, songea-t-il. Il se pencha et l'embrassa. Elle l'embrassa en retour. Brièvement, mais c'était un début.

— Je me sens toujours un peu mal à l'aise quand on m'embrasse dans un cimetière. Pas toi ? lui demanda-t-elle avec un sourire.

— Quelque chose me dit que l'amiral a vu bien pire au fil des ans, répondit Riley en glissant un bras sur ses épaules. Tu ne crois pas que Julian et Mary se sont embrassés ici, et plus encore, à un moment ou à un autre… Dans les années 1960, peut-être ?

— Ah, non ! dit Monica. Mary n'aurait jamais fait ça ! Pas dans un cimetière !

— Tu ne l'as pas connue. C'était une sage-femme, pas une sainte ! Je suis sûre qu'elle avait un petit côté farfelu. Il le faut, pour épouser Julian, tu ne crois pas ?

Il se pencha vers Monica, le souvenir de leurs étreintes

passées aidant son corps à s'imbriquer naturellement contre le sien. Il voulut l'embrasser de nouveau. Elle le repoussa. Doucement, mais fermement.

— Riley, je ne suis plus en colère contre toi. Et je suis contente qu'on soit restés amis. Mais à quoi bon reprendre notre relation ? Tu vas bientôt partir. Ça n'a aucun sens de recommencer, non ?

— Pourquoi faudrait-il que tout ait un sens ? Que tout fasse partie d'un plan ? Parfois, il faut laisser les choses pousser d'elles-mêmes, comme les fleurs sauvages.

Il était très satisfait de sa remarque. C'était poétique, non ? Joignant le geste à la parole, il tendit la main vers un bouquet de perce-neige qui pointaient leurs ravissantes têtes blanches à travers le sol gelé de février.

— C'est une belle idée, admit-elle. Mais je ne veux pas risquer de souffrir à nouveau en m'engageant dans une relation qui ne pourra pas durer, puisque tu devras bien finir par rentrer en Australie… La vie des humains n'est pas aussi simple que celle des fleurs !

— Ah oui ? fit Riley, un peu agacé d'entendre sa comparaison qualifiée de « simple » – pourquoi pas « simplette », pendant qu'elle y était ?

C'était pourtant évident ? Elle lui plaisait. Il lui plaisait. Où était le problème ?

— Pourquoi ne pas se laisser porter ? On verra bien ce qui se passe… Si tu ne veux pas me quitter en juin, tu pourras venir avec moi.

Sitôt énoncée, son idée lui parut excellente. Ils feraient de parfaits compagnons de voyage (et plus si affinités, espérait-il) ! Il s'occuperait des loisirs de plein air, et elle, des visites culturelles.

— Je ne pourrai pas venir avec toi, Riley. J'ai des responsabilités ici. Une entreprise, des employés, des amis, de la famille… Et Julian ? Regarde ce qui est arrivé la dernière fois qu'on l'a laissé seul : il a failli mourir d'hypothermie !

— C'est *simple*, Monica, je t'assure ! insista Riley.

Il le pensait vraiment. N'avait-il pas quitté sa vie à l'autre bout du monde sans un regard en arrière ?

— Écoute-moi, poursuivit-il. Pour le café, tu trouveras une personne de confiance qui le gérera pendant quelques mois. Tes amis et ta famille te manqueront, mais ils seront ravis que tu partes à l'aventure. Quant à Julian, il semble avoir trouvé des centaines de milliers de nouveaux « amis » ces dernières semaines. Je pense que nous n'avons plus à nous inquiéter pour lui.

Monica voulut intervenir, mais il l'interrompit.

— À quand remonte la dernière fois que tu as vu le monde au-delà de Fulham et Chelsea ? Es-tu déjà montée dans un train juste pour voir où il mène ? As-tu déjà commandé un plat au nom bizarre pour le seul plaisir de manger un truc auquel tu ne t'attendais pas ? As-tu déjà fait l'amour juste parce que tu en avais envie, tout simplement ?

Monica demeura silencieuse. Peut-être l'avait-il convaincue ?

— Tu veux bien y réfléchir ? demanda-t-il.

— Oui. Je te le promets.

Ils se levèrent et se dirigèrent vers la sortie du cimetière. Monica s'arrêta près d'une pierre tombale, inclina la tête et murmura quelques mots. *Ce doit être la tombe d'un proche*, songea Riley. Il lut l'inscription gravée dans le marbre.

— Qui est Emmeline Pankhurst ? s'enquit-il.

Elle lui jeta un de ces regards à la fois navrés et compatissants dont elle avait le secret. Il détestait ces regards mais il ne fit aucun commentaire. Souvent avec Monica, il avait l'impression de passer un examen auquel il n'était pas assez préparé.

Monica

Monica y avait réfléchi. Beaucoup. Elle avait aimé le portrait que Riley faisait d'elle – mais était-il ressemblant ? Était-elle cette baroudeuse prête à partir à l'aventure ? Saurait-elle modifier les règles de vie qu'elle s'était imposées depuis des années ? Voire, les jeter aux orties ?

Contrairement à la plupart de ses anciens camarades de classe, elle n'était pas partie, sac au dos, sur les routes d'Europe après avoir décroché son bac : elle était bien trop impatiente de commencer ses études à Cambridge. Pourtant, les voyages l'attiraient. Tant de villes d'Europe lui restaient à découvrir ! Et puis, voyager avec Riley serait une joie de chaque instant. Il était si beau (renversant, à dire vrai), si joyeux, si attentionné ! Chaque fois qu'elle l'accompagnait quelque part, elle avait le sentiment de porter des lunettes roses : avec lui, tout semblait plus gai.

Était-il réellement choquant qu'il n'ait jamais entendu parler d'Emmeline Pankhurst ? Monica n'avait pas voulu lancer la conversation sur le sujet : à quoi bon lui expliquer qu'Emmeline avait été la plus célèbre des suffragettes ? Il n'avait peut-être jamais entendu parler des suffragettes non plus ! Elle se raidit. Ce serait terrible, tout de même… *Oui, mais il est australien*, se rappela-t-elle. L'histoire du mouvement féministe anglais était peut-être moins connue aux antipodes ? Il est vrai, après tout, que les députés australiens avaient accordé le droit de vote aux femmes dès 1902.

Elle aperçut Hazard, assis au fond du coin bibliothèque, derrière une grande table couverte de paperasse.

— Tu es encore là, Hazard ? lança-t-elle en s'approchant.

— Oh, bonsoir, Monica ! Je n'ai pas vu le temps passer… J'espère que ça ne te dérange pas que je prenne autant de place ? J'ai du mal à travailler chez moi. C'est trop silencieux. Il faut croire que le brouhaha de mes anciens collègues me manque. Et puis, ton café est bien meilleur que le mien !

— Je te remercie. Tu ne me déranges pas du tout, mais je vais bientôt fermer. Tu peux rester encore un peu, si tu veux. Le temps que je finisse de tout ranger et de faire la caisse.

Monica se pencha pour voir ce qu'il faisait.

— Je peux te montrer sur quoi je travaille ? demanda-t-il. J'aimerais avoir ton avis.

Monica prit une chaise. Elle adorait donner son avis.

— J'ai rédigé cette brochure publicitaire pour « Les Jardiniers australiens ». Qu'en penses-tu ? Nous les avons glissées dans presque toutes les boîtes aux lettres de Chelsea et de Fulham. Ça nous a pris plusieurs jours !

— C'est magnifique, commenta-t-elle, impressionnée. Vous avez eu de bons retours ?

— Excellents. Et Alice a posté des photos de notre travail sur son compte Instagram, ce qui nous a valu de nombreux appels également.

Monica se demanda si ce n'étaient pas les travailleurs, plutôt que leur travail, qui avaient suscité l'intérêt des abonnées d'@aliceaupaysdesmerveilles, puis elle se reprit. Il était immoral de transformer quiconque – homme ou femme – en objet sexuel.

— Notre agenda est plein pour les deux mois à venir, poursuivit Hazard. Et j'ai largement de quoi occuper les cinq jeunes Australiens que Riley et moi avons formés. Si nous faisons du bon travail, le bouche-à-oreille devrait continuer à fonctionner et nous assurer du boulot pour le restant de l'année.

— As-tu fait tes projections d'entrées et de sorties ? demanda Monica. T'es-tu fixé un objectif pour la marge bénéficiaire ?

— Bien sûr. Veux-tu voir mon business plan ? suggéra Hazard.

Elle obtempéra. Elle n'aimait rien tant qu'un bon business plan ! Et celui de Hazard était franchement bon, constata-t-elle après l'avoir examiné avec attention. Elle ne put s'empêcher de lui proposer quelques améliorations, bien sûr – mais rien d'essentiel.

— N'oublie pas que tu dois souscrire une déclaration de TVA si ton chiffre d'affaires dépasse quatre-vingt-cinq mille livres, ajouta-t-elle. T'es-tu inscrit au Registre du commerce et des sociétés ?

— Pas encore. C'est compliqué ?

— Pas du tout. Ne t'inquiète pas, je vais te montrer.

Monica s'aperçut qu'elle commençait à apprécier Hazard. L'avait-elle mal jugé ? En matière de psychologie humaine, elle se trompait rarement. Hazard était peut-être un spécimen à part ?

— Tu sais quoi, Monica ? Je crois que je n'ai jamais eu une conversation aussi sérieuse avec une jolie femme, confia-t-il un moment plus tard. Parler d'affaires sans flirter, c'est une nouveauté pour moi !

Une jolie femme ? Monica savait qu'elle aurait dû monter sur ses grands chevaux féministes, mais elle n'en avait aucune envie. Et puis, à quoi bon le nier ? Le compliment la flattait. Était-elle superficielle pour autant ?

— En parlant d'événements mondains…, reprit Hazard.

Monica fronça les sourcils : ils ne parlaient pas d'événements mondains, mais de tableurs Excel ! Elle venait de détailler les nombreux avantages du codage par couleurs.

— La semaine dernière, j'ai reçu une invitation à un mariage, poursuivit-il. C'est une belle histoire d'amour : Rita et Daphné, que j'ai rencontrées en Thaïlande, ont décidé de passer devant Monsieur le maire. Toutes deux ont la soixantaine et toutes deux, pour autant que je sache, sont novices dans la communauté homosexuelle.

— Quelle belle histoire, en effet. Un nouveau départ dans la vie ! Riley est-il invité aussi ?

Hazard allait peut-être l'inviter ? Elle adorait les mariages.

— Non. Il ne connaît pas vraiment les mariées : il n'a passé que deux ou trois jours avec nous sur Koh Panam. En fait, je… Je voulais te proposer de m'accompagner. L'invitation est pour deux personnes, et… j'ai pensé à toi.

Elle écarquilla les yeux. *Pourquoi moi ?* songea-t-elle.

— Ça te paraîtra peut-être étrange, mais j'ai l'impression de t'être redevable, expliqua-t-il comme s'il avait lu dans ses pensées. Pas seulement pour tes conseils en matière de création d'entreprise, mais aussi parce que les projets que j'avais pour toi, sans te connaître, m'ont distrait de mes obsessions d'alcoolique, quand j'étais à Koh Panam.

Monica se sentit gagnée par une irritation qui lui était familière. Au cours des semaines précédentes, elle avait commencé à oublier qu'elle avait offert à Hazard une agréable distraction entre deux massages et trois séances de méditation dans un centre de remise en forme de Koh Panam. Maintenant, ça lui revenait en mémoire. Dans ces conditions, était-ce une bonne idée de passer une journée entière avec lui ? Leur amitié toute neuve, encore si fragile, n'y survivrait peut-être pas.

— Tu sais quoi ? dit Hazard, avant qu'elle puisse poliment décliner son invitation, et si on jouait ça au backgammon ? Tu sais jouer, n'est-ce pas ? Si je gagne, tu m'accompagnes à ce mariage. Si tu gagnes, tu pourras rester ici. À moins que tu souhaites venir, évidemment.

— D'accord, acquiesça Monica. Ne bouge pas, je vais chercher le jeu.

Personne ne l'avait jamais battue au backgammon. Et, à l'issue de la partie, elle n'aurait pas à prendre seule une décision qui ne la satisfaisait ni dans un cas, ni dans l'autre : le jeu la prendrait pour elle.

Plusieurs jeux de société étaient rangés sur une étagère du coin bibliothèque, à la disposition des clients : jeux d'échecs, jeux de dames, Scrabble, Trivial Poursuit et backgammon, ainsi que quelques jeux pour les plus jeunes.

— J'ai essayé de jouer avec Riley, dit Monica, en posant le plateau sur la table, mais il n'a pas voulu apprendre : il préfère le Monopoly.

L'espace d'un instant, elle crut entendre Hazard ricaner, mais elle se trompait ; il était juste pris d'une quinte de toux. Monica lança les dés : six et un. C'était l'une de ses ouvertures préférées. Il n'y avait qu'une seule bonne manière de l'exploiter, bloquer la barre mitoyenne. Ce qu'elle fit.

— Je suis ravi que tu aies fait ça, murmura Hazard.

— Pourquoi ? C'est une bonne idée. La meilleure qu'on puisse avoir avec ce lancer, à mon avis.

— Tout à fait. J'ai dit ça parce que cette entrée en matière me rappelle la dernière fois que j'ai joué au backgammon. Avec un Suédois, en Thaïlande. Il n'était pas très doué.

Ils poursuivirent la partie, en silence, avec une égale détermination. Ils étaient dans la dernière ligne droite, quand Monica lança une combinaison qui lui permettait de déposer un des jetons de Hazard sur la barre mitoyenne. Un mouvement décisif. Il ne s'en remettrait pas.

Sans se donner le temps de réfléchir, elle déplaça une autre pièce.

— Ha ! s'exclama-t-il. Tu as raté une occasion de me prendre un jeton !

— Oh non ! Comment ai-je pu être aussi bête ? se lamenta-t-elle en se frappant le front du plat de la main.

Hazard lança un double six. Elle retint un soupir. Tout portait à croire qu'elle allait devoir l'accompagner à ce mariage.

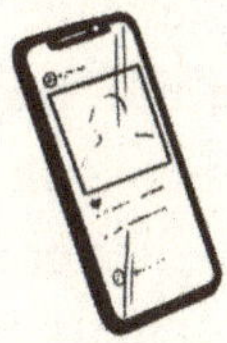

Alice

Alice venait de revêtir Bunty d'une magnifique robe rose et blanche brodée à la main par @bebevintage et de l'asseoir dans son transat pour la photo du jour, quand elle fit un caca si explosif qu'il échappa aux confins de sa couche et se répandit dans son dos, quasiment jusqu'aux omoplates.

Alice faillit fondre en larmes. Elle envisagea de prendre la photo quand même : elle pouvait positionner sa fille de sorte que les taches restent invisibles. Personne n'en saurait rien. Mais Bunty, qui jugeait désagréable sa station prolongée dans une couche sale, se mit à hurler. Une fois de plus.

Alice était épuisée. Elle s'était levée toutes les trois heures au cours de la nuit. Chaque fois qu'elle parvenait à se rendormir, Bunty se remettait à crier pour réclamer une ration supplémentaire, comme une cliente mécontente et imbue de sa personne au bar du Savoy.

Elle la changea, la prit dans ses bras et l'emmena dans la cuisine. Un peu de caféine l'aiderait peut-être à sortir de sa léthargie ?

Chaque fois qu'elle descendait les escaliers, son bébé dans les bras, elle imaginait une catastrophe. Dans une première version, elle gardait Bunty serrée contre elle et roulait jusqu'en bas des marches en l'écrasant sous son poids ; dans une seconde version, elle lâchait Bunty en tombant et la voyait heurter le mur, puis dévaler l'escalier et s'effondrer au sol comme une poupée désarticulée.

Les autres mères passaient-elles leur temps à imaginer les différentes façons dont elles pourraient accidentellement tuer leurs bébés ? Il y avait tant de scénarios possibles ! S'endormir en l'allaitant et l'étouffer par mégarde ; prendre le volant dans un état d'extrême fatigue, heurter un réverbère et plier l'arrière de la voiture contenant le siège bébé comme un accordéon ; ne pas remarquer, alors que votre enfant rampait au sol, qu'il venait d'avaler une pièce jaune oubliée sous la table et que son petit visage devenait tout bleu.

Alice en était persuadée : elle n'était pas assez mûre, ni assez responsable, pour veiller sur un autre être humain. Comment les médecins avaient-ils pu l'autoriser à quitter l'hôpital avec un vrai bébé sans même lui donner de mode d'emploi ? N'était-ce pas criminel de leur part ? Bien sûr, on trouvait des millions d'instructions sur Internet, mais elles se contredisaient toutes les unes les autres.

Jusqu'à une époque récente, Alice volait de succès en succès. Avant de partir en congé maternité, à six mois de grossesse, pour devenir maman à plein temps et influenceuse sur les réseaux sociaux, elle était responsable de plusieurs gros comptes clients dans une grande entreprise de relations publiques. Elle organisait des réunions, menait des présentations devant des centaines de personnes et planifiait des campagnes internationales. Maintenant, elle était démunie face à un bébé de quelques mois.

Et surtout, elle s'ennuyait. Mais elle ne pouvait le dire à personne. Comment @aliceaupaysdesmerveilles, avec sa vie parfaite, source de désir et d'inspiration pour tant de femmes, pouvait-elle avouer que, tout en l'aimant plus que la vie même, elle n'appréciait guère @babybunty ? En fait, elle n'aimait pas beaucoup la vie non plus. Et elle était sûre que sa fille partageait son sentiment.

Alice poussa la pile de magazines posée sur le fauteuil de la cuisine et assit Bunty bien au fond, le temps de mettre en marche la bouilloire et de sortir la bouteille de lait du réfrigérateur.

Un cri terrifiant lui perça les tympans. Bunty avait réussi à se projeter la tête la première hors du fauteuil. Elle gisait maintenant sur le sol de la cuisine. Alice se précipita pour vérifier qu'elle ne s'était pas blessée. Par chance, sa tête avait heurté un exemplaire de *Parents Magazine*, et non le sol en béton ciré. Comme quoi, ces revues n'étaient pas totalement inutiles.

Bunty lui lança un regard assassin, dont elle décrypta aisément le sens. *Quel genre de mère es-tu ?* semblait crier sa fille. *Je peux t'échanger contre une autre ? Je n'ai pas demandé à être prise en charge par une telle imbécile.*

La sonnette retentit dans l'entrée. Alice marcha vers la porte comme un automate, un avatar de l'ancienne Alice, laissant Bunty hurler sur le sol de la cuisine. Elle ouvrit le battant, puis fixa la visiteuse en silence. Qu'est-ce qu'elle faisait là ? C'était Lizzie, l'une des nounous bénévoles des Bonnes Fées de Maman.

— Mon pauvre canard, dit-elle. Je sais exactement ce que tu ressens. Alors je suis venue t'aider.

Avant même d'avoir eu le temps de se demander comment Lizzie savait ce qu'elle ressentait, Alice fut plaquée contre son imposante poitrine. Hébétée, elle fondit en larmes pour la première fois depuis qu'elle était revenue à la maison avec Bunty. Elle pleura et pleura encore, jusqu'à ce que le chemisier à fleurs de Lizzie soit complètement trempé.

Lizzie

Lizzie adorait son job à temps partiel aux Bonnes Fées de Maman. À dire vrai, elle était défrayée, plutôt que réellement payée, pour les services qu'elle rendait à l'association, mais elle n'avait plus à travailler pour gagner sa vie, heureusement ! Elle avait fêté ses soixante-cinq ans l'année précédente et pris sa retraite à ce moment-là. Mais, à rester chez elle, coincée entre quatre murs, elle avait l'impression de fonctionner au ralenti et de grossir à vue d'œil. Sans compter que la présence constante de Jack, son mari, lui tapait sur les nerfs. Les deux journées hebdomadaires qu'elle passait aux Bonnes Fées lui étaient vite devenues nécessaires. Lizzie s'était occupée d'enfants toute sa vie – d'abord en tant qu'aînée de six frères et sœurs, puis en tant qu'assistante maternelle et mère de sa propre progéniture de cinq enfants. Au cours des dernières années de sa carrière, elle s'était spécialisée dans la garde de nourrissons, se taillant une excellente réputation auprès des jeunes mamans ultra-privilégiées de Chelsea et de Kensington. « Lizzie est un amour absolu ! Une vraie perle ! s'exclamaient ces dames en la recommandant à leurs amies. Un cadeau du ciel ! » Ce qu'elles voulaient dire, en fait, c'est que Lizzie avait beau ne pas être du même milieu qu'elles, on pouvait lui faire confiance : elle ne piquerait pas l'argenterie.

Sa journée de travail au local de l'association touchait à sa fin. Les parents étaient tous venus chercher leurs enfants, y compris la mère de la petite Elsa – avec une demi-heure de retard, comme d'habitude. En fait, il n'y avait pas une, mais trois « petites Elsa » à la garderie. *La Reine des Neiges* avait manifestement fait de nombreux adeptes parmi les parents du quartier.

Lizzie traversa le couloir et se dirigea vers le hall d'entrée, pour récupérer son manteau. Elle s'apprêtait à l'enfiler quand elle remarqua un cahier tombé au sol. C'était un cahier vert pâle, semblable à celui que ses enfants utilisaient pour leurs exercices de maths à l'école primaire. Il avait dû tomber du manteau ou du sac de quelqu'un. Elle le ramassa. Sur la couverture, un titre avait été écrit en belles lettres rondes : *Carnet de Sciences.* Elle le glissa dans son sac à main. Son ou sa propriétaire viendrait sans doute le chercher le lendemain.

Lizzie ne repensa au cahier de sciences que deux ou trois jours plus tard. Personne ne l'avait réclamé lorsqu'elle était retournée travailler aux Bonnes Fées de Maman, mais elle l'avait laissé dans son sac en attendant que son propriétaire se manifeste. Profitant d'une pause bien méritée, elle s'installa dans la cuisine avec une tasse de thé et le sortit pour l'examiner de plus près. C'est alors qu'elle s'aperçut de son erreur : ce n'était pas un carnet « de sciences » – ainsi qu'elle l'avait cru en lisant le titre sans ses lunettes –

mais un « Carnet des Silences ». *Qu'est-ce que ça peut bien vouloir dire ?* se demanda-t-elle, intriguée. Elle le feuilleta. Il ne renfermait aucune des équations ou des définitions mathématiques qu'elle s'attendait à y trouver, mais des pages et des pages de textes écrits par plusieurs personnes différentes.

Un délicieux frisson d'excitation la parcourut. Elle avait toujours été curieuse. C'était l'un des nombreux avantages de son métier. Quand vous êtes nounou, vous pouvez apprendre toutes sortes de choses sur les gens qui vous emploient, rien qu'en ouvrant les tiroirs de leur commode. Le tiroir à chaussettes, notamment, était souvent rempli de petits secrets – c'était sans doute la cachette la plus connue au monde. Ce cahier en paraissait rempli, lui aussi. Était-ce un journal intime ? Ça y ressemblait, en tout cas. Lizzie chaussa ses lunettes pour commencer sa lecture. Elle n'avait jamais exploité les informations qu'elle recueillait ici ou là : elle mettait un point d'honneur à se montrer honnête et loyale envers ses clients. Elle était fascinée par la vie des gens, c'est tout. Elle ouvrit le cahier à la première page.

Êtes-vous certain de bien connaître vos proches ? Et eux, vous connaissent-ils bien ? Connaissez-vous seulement le prénom de vos voisins ?

Bien sûr ! songea Lizzie. Elle connaissait tous ses voisins. Elle connaissait leurs prénoms, ceux de leurs enfants et ceux de leurs chats. Elle avait identifié ceux qui ne recyclaient pas leurs déchets, ceux qui s'envoyaient des assiettes à la figure, ceux qui avaient une liaison et ceux qui claquaient tout leur salaire aux courses. Elle en savait bien plus sur eux qu'ils ne l'auraient souhaité. À force d'observer les allées et venues des habitants du quartier depuis son salon, dissimulée derrière ses voilages, elle avait acquis la réputation d'être une commère – et alors ? Au moins était-elle appréciée par la police de proximité.

Julian Jessop.

Parfois, il lui suffisait d'entendre le nom de quelqu'un pour que son décor familier s'évanouisse, et cède la place à une autre époque. La seule évocation du nom de Julian Jessop la transporta en 1970, sur King's Road, avec son amie Mandy. Alors, elles passaient tant de temps ensemble qu'on les avait surnommées « Lizetmandy ». Elles avaient quinze ans et s'étaient apprêtées pour l'occasion : minijupes, cheveux lissés en arrière et paupières ourlées de khôl noir.

Elles s'étaient arrêtées devant l'extraordinaire boutique de Mary Quant, lorsqu'un groupe de jeunes gens avait fait son apparition au coin de la rue. Les trois garçons portaient des pantalons à pattes d'éléphant ; la fille, une minirobe, plus mini encore que leurs minijupes à elles, et un manteau de fourrure. Et surtout, elle marchait *pieds nus*. En pleine rue ! Ses longs cheveux tombaient en boucles désordonnées sur ses épaules, comme si elle sortait du lit. Lizzie était persuadée qu'elle « sentait le sexe » – une expression qu'elle employait crânement, sans bien savoir ce qu'elle désignait. Une odeur de sardines en boîte, peut-être ? Un perroquet était assis sur l'épaule d'un des trois garçons. Un perroquet *vivant*.

Lizzie les avait regardés passer, bouche bée.

— Ça alors ! Tu sais qui c'était ? s'était exclamée Mandy. David Bailey, le photographe, et Julian Jessop, le peintre ! Ce qu'ils sont beaux, tous les deux ! Tu as vu Julian me faire un clin d'œil ? Il m'a fait un clin d'œil, je te jure !

C'était la première fois que Lizzie entendait parler de Julian, ce qu'elle se garda d'avouer à Mandy. Par la suite, elle avait croisé son nom à plusieurs reprises, en général dans les colonnes des magazines people. Puis plus rien : le peintre avait cessé de défrayer la chronique. Si elle avait pensé à lui à cette époque-là (ce qu'elle n'avait pas fait), elle aurait sans doute imaginé qu'il avait succombé à une overdose ou à une maladie vénérienne. Une fin tragique et vaguement glamour, en parfait accord avec sa vie. Elle se serait alors trompée : Julian était bien vivant, ainsi que l'attestait ce petit cahier vert pâle. Et il habitait toujours le quartier.

Monica. Lizzie la connaissait, elle aussi : elle était entrée une fois ou deux dans son café pour s'offrir un thé et une part de gâteau quand elle voulait se faire un petit plaisir. Elle avait trouvé Monica sympathique, à l'écoute de ses clients : elle prenait toujours le temps de discuter un moment avec vous, même lorsqu'elle était occupée. Un après-midi, Lizzie et elle avaient parlé de la bibliothèque du quartier, et elles étaient tombées d'accord sur l'importance de cette institution.

Ainsi, Monica n'était pas satisfaite de sa vie ? Lizzie savait exactement en quoi consistait son problème : elle était trop difficile. Comme toutes les femmes d'aujourd'hui, d'ailleurs. De son temps, les filles comprenaient très tôt la nécessité de s'installer. Et ce n'était pas compliqué : vous repériez un jeune gars, à peu près de votre âge, dont les parents connaissaient les vôtres et qui vivait dans la même ville. Et vous lui mettiez le grappin dessus. Il se pouvait que le gars se cure le nez au volant, qu'il dépense l'argent du ménage au pub ou qu'il soit maladroit au lit, mais vous saviez très bien que vous n'étiez pas parfaite non plus. De toute façon, un mari passable vaut mieux que pas de mari du tout. *Le problème avec ces nouvelles technologies*, songea Lizzie, *c'est qu'elles offrent tant de possibilités que les filles ne savent plus où donner de la tête. Elles continuent de chercher la perle rare jusqu'au jour où elles s'aperçoivent que leur jeunesse s'est enfuie. Et avec elle, la possibilité d'avoir des gosses.* Une chose était sûre : Monica ferait bien d'arrêter de lambiner et de se mettre au travail.

Et zut. Sa pause thé était terminée. Elle mourait d'envie d'en savoir plus, mais elle devait s'occuper des petits. La suite de l'histoire devrait attendre.

— Qu'est-ce que tu lis, Liz ? baragouina Jack, qui était en train d'extraire un morceau de poulet resté coincé dans ses molaires.

Pas étonnant qu'elle ne l'ait pas embrassé sur la bouche depuis des années ! Ces derniers temps, quand elle passait près de lui, elle se contentait de plaquer un baiser sur le haut de son crâne dégarni, comme un hélicoptère se posant sur une piste d'atterrissage.

— Un truc que j'ai rapporté du boulot, éluda-t-elle.

Elle était plongée dans le récit de Hazard. Lui aussi, elle le connaissait. Ou plutôt, elle connaissait un type nommé Hazard, récemment revenu de Thaïlande, qui donnait un coup de main au jardinier australien qui travaillait aux Bonnes Fées de Maman. Avec un prénom pareil, c'était forcément celui du carnet, non ? Il était plutôt joli garçon. Dommage qu'il porte la barbe. Elle n'avait jamais trouvé ça sexy. Elle se demandait toujours ce que les hommes avaient à cacher, là-dessous. À part leur menton, bien sûr.

Quoi qu'il en soit, ses aveux la touchaient. Toute cette histoire d'addiction… Elle ne le jugeait pas mal. Elle connaissait bien le processus : ce piège qui se referme lentement sur vous, cette mauvaise habitude dont vous ne pouvez plus vous défaire. Elle-même avait abusé du porto pendant un moment, sans parler des cartes à gratter. Quant à Jack, il fumait encore vingt John Player Special par jour, à grands frais, au mépris des horribles photos de poumons carbonisés imprimées sur les paquets de cigarettes.

Les confessions suivantes la firent sourire. Quel amour, ce Riley ! Elle le connaissait bien, lui aussi : c'était le jardinier australien qui faisait équipe avec Hazard. Il avait bien des soucis, ce pauvre garçon ! Avait-il réussi à parler à Monica ? Et Julian – animait-il un cours de dessin au café ? Hazard était-il toujours au régime sec ? Ce carnet était une merveille ! Bien meilleur que son feuilleton du dimanche soir.

Il ne restait plus qu'une histoire à lire. Qui avait trouvé le cahier après Riley ? Elle le saurait à sa pause du lendemain.

Le lendemain, en entrant dans la pièce réservée au personnel, Lizzie prit soin de réunir les composantes d'une pause idéale : un sachet de PG Tips, son thé préféré, deux biscuits fourrés à la confiture de fraise, la voix de Steve Wright, l'animateur vedette de Radio 2, s'échappant des enceintes, et sa lecture du moment : un cahier rempli de secrets. Comme aurait dit l'un de ses fils, « Que demande le peuple ? » Confortablement assise dans son fauteuil préféré, elle se mit à lire.

Je m'appelle Alice Campbell. Vous me connaissez peut-être sous le nom de @aliceaupaysdesmerveilles.

BINGO ! Lizzie avait un full. Elle connaissait les cinq personnages du bouquin. Et elle comprenait mieux comment le cahier avait atterri dans l'entrée de la garderie. Alice était la jolie blonde qui les aidait à collecter des fonds pour l'association. Lizzie se rappelait qu'Archie, l'un des tout-petits, avait joué avec le sac à bandoulière d'Alice.

Le bambin avait dû sortir le cahier, puis le laisser par terre avant de ramper vers d'autres aventures.

Lizzie s'inquiétait un peu chaque fois qu'Alice venait aux Bonnes Fées de Maman : elle était si jolie, si bien apprêtée, qu'elle risquait de donner des complexes aux autres mamans – celles que l'association soutenait : des femmes épuisées, sous dépendance, en proie à de terribles difficultés. Très différentes de la parfaite Alice, en somme. Mais Alice était-elle vraiment parfaite ? Ou n'était-ce qu'une façade ? Lizzie s'était souvent posé la question. Parfois, l'accent pointu, savamment modulé, de la jeune femme se fendillait, révélant des inflexions plus colorées. Venait-elle d'un milieu plus populaire que son mari ? Elle poursuivit sa lecture.

Si c'est le cas, sachez que celle que vous croyez connaître et celle que je suis en réalité sont de plus en plus différentes. Plus ma vraie vie me pèse, plus je guette les milliers de likes que suscite chacun de mes posts pour me persuader que tout va bien.

Avant, j'étais Alice, une responsable des relations publiques compétente et appréciée. Maintenant, je suis la femme de Max, ou la mère de Bunty, ou @aliceaupaysdesmerveilles. J'ai l'impression que tout le monde possède un morceau de moi, sauf moi.

Je suis à bout de forces. Trop de nuits blanches, trop de tétées, de lessives et de ménage. Trop d'heures passées à recréer sur Instagram la vie que je rêve d'avoir, et à répondre aux messages d'inconnus qui croient me connaître.

J'aime mon bébé plus que je ne l'aurais cru possible, mais je l'abandonne chaque jour davantage. Ma fille mérite une mère reconnaissante de la vie qu'elles partagent, et non une mère qui cherche à s'évader dans un monde virtuel plus beau et plus facile à gérer que le monde réel.

J'aimerais tant pouvoir raconter ce que je ressens ! Mais à qui me confier ? Pendant les séances d'éveil musical auxquelles j'emmène Bunty, je meurs d'envie de transpercer le tambourin rose d'un violent coup de poing. Et pas plus tard qu'hier, aux Bébés Nageurs, j'ai ressenti un désir presque incontrôlable de me laisser glisser vers le fond de la piscine pour ne plus remonter. Mais comment admettre que @aliceaupaysdesmerveilles n'est qu'une vaste supercherie ?

Et si je ne suis pas cette Alice, alors qui suis-je ?

Lizzie referma le cahier. Quand elle avait accouché de son premier enfant, les femmes de sa famille et de son cercle social l'avaient entourée de soins et d'attention. Toutes savaient percevoir les symptômes de la dépression postnatale, bien avant que celle-ci ne soit reconnue comme une maladie à part entière : à l'époque, les grands-parents, les tantes, les oncles, les parrains, marraines et amis faisaient front autour des jeunes mamans. Ils gardaient le bébé de temps à autre, leur apportaient des plats mijotés et les aidaient à tenir leur maison, afin d'atténuer le choc physique, émotionnel et hormonal de l'accouchement.

Et cette brave Alice croyait s'en sortir toute seule ? Devenir une mère parfaite sans l'aide de personne ?

À la fin de sa journée de travail, Lizzie chercha les coordonnées d'Alice dans le répertoire des Bonnes Fées de Maman. Cette pauvre petite avait besoin d'une *professionnelle*.

Hazard

Hazard avait emprunté le minibus des Bonnes Fées de Maman pour la journée. Il avait découvert que Monica ne savait pas conduire. En vraie Londonienne, elle n'avait jamais eu besoin d'apprendre : le réseau de transports publics était si développé qu'elle effectuait tous ses déplacements en métro ou en bus. Hazard avait d'abord pensé qu'ils pourraient se rendre au mariage de Rita et Daphné en train, mais la gare la plus proche se trouvait à plusieurs kilomètres de l'église. Alors, il faisait office de chauffeur. L'une des mamans avait collé une pancarte « CHAUFFEUR HAZARD-EUX » à l'arrière du bus, ce qui était hilarant. Ou pas.

Il se gara devant le café de Monica et donna un coup de klaxon.

— Tu ne serais pas mon chauffeur, *par hasard* ? lança Monica.

Celle-là aussi, il l'avait entendue un peu trop souvent. Il préféra taire ses protestations et la complimenter sur sa tenue, une ravissante robe tunique jaune clair, assortie à un chapeau à large bord.

— Quelle élégance ! On dirait un bouton-d'or. Un bouton-d'or particulièrement sexy, ajouta-t-il tandis qu'elle grimpait sur le siège passager. Je ne t'ai jamais vue porter autre chose que du noir, du blanc ou du bleu marine.

— Parfois, j'aime faire un effort, répondit-elle d'un air satisfait. Tu n'es pas mal non plus, dans ton costume à rayures. Un vrai dandy ! Tu as même taillé ta barbe, si je ne m'abuse.

— Elle désigna le sac en papier kraft qu'elle tenait à la main. J'ai apporté du café pour la route. Pour toi, c'est un grand latte au lait entier, n'est-ce pas ? Je sais que j'ai raison !

— C'est tout à fait ça, confirma-t-il, curieusement ravi qu'elle se rappelle ses préférences en matière de café. Moi, j'ai des bonbons aux fruits. Des Rowntree – tu sais, ceux qui ont la forme de petits fruits ? Sers-toi. Et n'hésite pas : j'ai acheté un paquet familial. J'adore ça.

Ils engagèrent la conversation, plaisante et légère, et la poursuivirent jusqu'à l'entrée de l'autoroute.

— Contente d'aller à ce mariage ? demanda-t-il en prenant l'embranchement qui menait à la M3.

— Pas vraiment. Je trouve les mariages plutôt déprimants. Ce n'est qu'un bout de papier, en fin de compte. Et le nombre de divorces ne cesse d'augmenter. Alors, ces cérémonies… C'est une perte de temps et d'argent, rien de plus !

— Tu crois ? fit-il, surpris.

— Non, bien sûr que non ! Tu as lu mon récit dans le *Carnet*, non ? Tu sais à quel point j'apprécie les mariages heureux et les histoires qui se finissent bien.

Monica laissa passer un silence, puis reprit tout à trac :

— Je suis désolée de m'être montrée si désagréable avec toi quand tu es arrivé. J'étais gênée par cette histoire de cahier. Et puis, je pensais que tu n'étais qu'un enfant gâté, entretenu par ses parents, qui prend plaisir à s'immiscer dans la vie des gens pour leur donner des leçons.

— Aïe. Je comprends que tu me détestais. En fait, j'ai toujours gagné ma vie. Mes parents font partie de la classe moyenne ; ils ont dépensé toutes leurs économies pour m'envoyer dans une école privée ultra-chic, où on se moquait de moi parce que j'étais le seul élève dont la maison avait un numéro, pas un nom.

— Et que faisais-tu avant de partir en Thaïlande ?

— Je bossais à la City. Courtier en Bourse. En y réfléchissant, j'ai compris que j'avais choisi ce métier parce que j'en avais assez d'être le plus pauvre de ma bande de copains. Je suppose que tu n'as pas lu mon récit dans le *Carnet* ? Riley ne t'a rien dit ?

— Non. Il est très délicat, tu sais. Il a considéré que c'était à toi de m'en parler. Alors, qu'est-ce que tu as écrit ? Je peux te poser la question, n'est-ce pas ? Puisque tu as lu mon récit, je peux bien connaître le tien !

— J'ai écrit que j'en avais assez de ce boulot de dingue, que je voulais prendre du recul pour me ressaisir et m'orienter vers un métier plus satisfaisant, répondit-il, ce qui était vrai – mais en partie seulement.

Il aurait pu être sincère, et tout lui raconter. Mais il en était incapable. En fait, Monica était la dernière personne au monde avec laquelle il souhaitait discuter de ses addictions. Elle était si sérieuse, si convenable, si clean – et son passé à lui, si sordide ! En sa compagnie, il avait l'impression d'être un type bien, lui qui avait si longtemps été un sale type. Elle n'avait sans doute jamais rien fumé d'autre que du tabac. *Tant mieux pour elle*, songea-t-il.

— Et tu y es parvenu ! s'exclama-t-elle. Ce carnet fait des miracles, je t'assure. Regarde Julian, avec ses centaines de nouveaux amis, et toi, avec les Jardiniers australiens : quel succès ! Je ne m'attendais pas à un démarrage aussi rapide. Tu as vraiment fait du bon boulot.

Hazard faillit rougir. Il n'avait pas l'habitude d'être content de lui. Et encore moins d'être complimenté.

— J'ai essayé de faire les choses comme il faut, pour une fois. Et j'ai pris exemple sur toi. Tu te débrouilles si bien avec le café ! Tu es bosseuse, créative et géniale avec ton équipe. En plus, tu as des principes.

En faisait-il un peu trop ? Avec Monica, il se surprenait à jouer les bons élèves, comme s'il devait s'appliquer pour lui plaire. Pourquoi se comportait-il ainsi ? Ça ne lui ressemblait pas du tout.

— Des principes ? répéta-t-elle. Lesquels ?

— Eh bien, si un client te met en rogne, par exemple, t'arrive-t-il de cracher dans son bol de soupe, avant de le lui apporter ? Juste pour te venger ?

Monica parut horrifiée.

— Bien sûr que non ! Ce ne serait pas du tout hygiénique, et très probablement illégal. Si ça ne l'est pas, j'aimerais que ça le devienne.

— Et si tu fais tomber une part de gâteau dans la cuisine, mais qu'elle atterrit dans le bon sens, tu la remets sur l'assiette ou tu la jettes ?

— Tu ne peux pas servir un gâteau qui est tombé par terre ! Le sol d'une cuisine abrite des centaines de bactéries au centimètre carré – tu imagines ?

— C'est bien ce que je disais : tu as des principes.

— Pas toi ?

— Si, bien sûr. Mais ils volent bas. Ils rasent le sol, pour tout…

— Hazard, coupa-t-elle en regardant le tableau de bord, tu dépasses la vitesse autorisée.

— Oups ! désolé, dit-il en donnant un petit coup sur la pédale de frein. Je crois que j'ai un léger problème avec les limites : il me suffit d'en voir une pour vouloir la dépasser. Au sens propre comme au figuré, d'ailleurs.

— On est vraiment très différents, toi et moi. Quand elles sont utiles, j'adore les limites. Les règlements, aussi.

— Voiture jaune, marmonna Hazard, alors qu'ils croisaient une Peugeot 205 d'un jaune tapageur.

Monica lui lança un regard perplexe.

— Tu ne jouais pas à « voiture jaune » avec tes parents quand tu étais petite ?

— Non. En quoi ça consiste ?

— Eh bien, chaque fois que tu vois une voiture jaune, tu dis « voiture jaune », expliqua-t-il doctement.

— Et comment on gagne ?

— Il n'y a ni gagnant ni perdant. Le jeu peut durer éternellement.

— Ce n'est pas très stimulant !

Hazard haussa les épaules.

— Ça fait passer le temps. Comment tu t'occupais, toi, pendant les longs trajets ?

— J'avais un petit carnet sur lequel je notais les numéros d'immatriculation des voitures qu'on croisait.

— Dans quel but ?

— Au cas où on les aurait croisées de nouveau.

— Et ça se produisait ?

— Jamais.

— Je pense que je vais m'en tenir à « voiture jaune », si ça ne te fâche pas. Pour en revenir à notre conversation, *Le Carnet des Silences* a-t-il fait des miracles pour toi aussi ?

— Eh bien oui. Il m'a aidée à sauver mon entreprise. Le cours de dessin a fait des petits : j'accueille maintenant plusieurs autres cours du soir, qui animent le café et contribuent à le faire connaître auprès des habitants du quartier. Et les nombreuses photos qu'Alice et Julian ont postées sur leurs comptes Instagram m'ont valu plein de nouveaux clients ! J'aurai peut-être bientôt besoin de recruter un autre barista. Avant de trouver le *Carnet*, j'étais convaincue que la banque allait me couper les vivres, que j'allais perdre le café, et toutes mes économies avec – tu te rends compte ?

— C'est fantastique ! Et... Penses-tu que le *Carnet* t'a aussi aidée dans ta vie sentimentale ? Est-ce que tout va bien entre toi et Riley, maintenant ?

Il avait marqué un temps d'hésitation. Pourvu qu'elle ne le juge pas trop indiscret !

— Eh bien, on vit au jour le jour. On se laisse porter. On attend de voir, quoi !

— Ne le prends pas mal, dit Hazard, mais je n'aurais jamais imaginé entendre ces expressions dans ta bouche.

— Moi non plus, figure-toi ! admit-elle en souriant. J'essaie d'être plus détendue, plus facile à vivre. Je dois dire que c'est un sacré challenge.

— Riley part dans quelques mois, non ? Début juin ?

— Oui, mais il m'a proposé de l'accompagner.

— Et tu as accepté ? demanda Hazard.

— Pour l'instant, je n'en ai aucune idée – ce qui n'est pas dans mes habitudes, d'ailleurs.

— Tout doit être tellement plus simple pour Riley !

— Pourquoi tu dis ça ?

— Eh bien, regarde-le : tu n'aimerais pas, toi aussi, traverser l'existence sans te poser trop de questions ? Vivre au petit bonheur, tout voir en deux dimensions ? Voiture jaune.

— Je sais que ce n'est pas ce que tu veux dire, mais tu le fais passer pour un idiot.

Elle avait raison : ce n'était pas ce qu'il voulait dire. Absolument pas.

Monica ôta ses escarpins et posa les pieds sur le tableau de bord, lui montrant, par ce simple geste, à quel point elle avait changé au cours des derniers mois.

— J'ai beaucoup changé depuis que j'ai rencontré Riley, déclara-t-elle comme si elle avait lu dans ses pensées.

— Ne change pas trop, d'accord ?

Elle ne répondit pas. Ils roulèrent encore pendant près d'une heure sur des routes plus étroites, moins fréquentées. Bientôt, ils furent en pleine campagne.

— D'après Google Maps, nous avons atteint notre destination, annonça Monica lorsqu'ils entrèrent dans un adorable village, si typique de la campagne anglaise qu'il devait figurer dans le Top Ten des décors naturels préférés des producteurs américains. Écoute ! On entend sonner les cloches. Je ne savais pas que l'Église anglicane célébrait les mariages homosexuels.

— Elles se sont mariées hier à la mairie. Ici, elles ne recevront qu'une bénédiction. Mais à peu de chose près, j'imagine que ça ressemblera à un mariage conventionnel, répondit Hazard.

Ils se garèrent dans le centre du village et suivirent la foule endimanchée jusqu'à l'entrée de l'église.

Monica

Monica entra dans les toilettes mobiles placées à proximité de la salle de réception, afin de vérifier que son mascara n'avait pas coulé. Elle avait un peu pleuré à l'église en voyant arriver les mariées, toutes deux en longues robes blanches. Les mariages lui faisaient toujours cet effet, même quand elle ne connaissait pas les protagonistes. Elle pleurait de joie pour les marié.es, bien sûr, mais, elle en était consciente : ses larmes étaient aussi teintées d'envie et d'amertume.

Hazard l'attendait à la sortie des toilettes. Ils pénétrèrent ensemble sous la vaste tente en toile beige. L'entrée était ornée de roses blanches et, de chaque côté, un serveur tenait un plateau d'argent rempli de coupes de champagne. Monica et Hazard en prirent chacun une.

— Je croyais que tu avais arrêté de boire quand tu étais en Thaïlande ? dit Monica. C'est Riley qui m'a dit ça.

À moins que cette confidence lui ait été faite par Alice ? Quelqu'un lui en avait parlé, en tout cas.

— C'est vrai, confirma Hazard. Je buvais beaucoup trop. Mais ce n'est pas comme si j'étais alcoolique : depuis mon retour, je m'autorise un verre ou deux de temps en temps, pour les grandes occasions, tu vois ? Je ne suis que modération en ce moment.

— Excellente initiative, acquiesça Monica.

Elle avait toujours considéré le contrôle de soi comme une forme d'art – très sous-estimée, hélas. Décidément, Hazard gagnait à être connu.

— N'oublie pas que tu dois nous ramener à la maison, d'accord ?

— Ne t'inquiète pas. Ce n'est qu'un verre, et nous ne partirons pas avant plusieurs heures... Et puis, ce serait impoli de ne pas trinquer à la santé des mariées, tu ne crois pas ?

Il leva sa coupe et avala une longue gorgée de champagne.

— Quels sont tes pronostics pour le menu de ce soir ? reprit-il. Poulet ou poisson ?

— Si j'en juge par l'ambiance générale, je parie sur le poisson. Du saumon poché.

Ils s'avancèrent sous la tente et se mêlèrent aux invités réunis pour le vin d'honneur. Monica s'amusait beaucoup. Depuis leur arrivée, Hazard lui chuchotait à l'oreille des commentaires hilarants sur les gens qu'ils croisaient, bien qu'il n'en connût aucun, à l'exception de Roderick et des mariées. Ils se racontèrent les souvenirs les plus savoureux des mariages auxquels ils avaient assisté, des plus romantiques aux plus désastreux.

C'était si reposant d'aller à une fête avec un simple ami ! D'ordinaire, quand Monica se rendait à un mariage en compagnie d'un homme, son imagination fonctionnait à plein régime. Elle notait ce qui ne lui plaisait pas, afin de ne pas reproduire les mêmes erreurs lors de son propre mariage ; elle se demandait lesquelles de ses cousines feraient de jolies (mais pas trop jolies) demoiselles d'honneur, et quels amis d'enfance son fiancé choisirait comme témoins ; et elle observait son compagnon à la dérobée pendant la messe, pour savoir s'il était saisi par l'émotion, et s'il pensait, comme elle, à leur future union.

Rien de tout cela avec Hazard. Ils passaient un bon moment. Ni plus ni moins. Elle était vraiment contente d'être venue.

Le dîner fut servi peu après. Ils étaient placés à la même table, mais une table si grande que Monica ne pouvait parler à Hazard sans crier. Elle peinait même à l'apercevoir derrière la gigantesque décoration florale. Un menu était posé près des fleurs. Saumon poché. Elle adorait avoir raison. Elle se pencha, attira l'attention de Hazard, pointa le doigt vers le menu, et lui fit un clin d'œil.

Le repas s'étira en longueur, l'arrivée de chaque plat étant suivie de plusieurs discours. Monica fit de son mieux pour bavarder avec les hommes assis à côté d'elle, mais elle fut rapidement à court de sujets de conversation : après avoir expliqué tour à tour comment ils connaissaient les mariées, s'être extasiés sur l'émotion suscitée par la bénédiction à l'église, et lamenté sur la hausse vertigineuse des prix de l'immobilier londonien, ils s'étaient arrêtés net.

Hazard, en revanche, pérorait sans discontinuer. Son comportement l'inquiétait : elle était quasiment sûre de l'avoir vu accepter un verre de vin blanc, puis un verre de rouge, que les serveurs venaient maintenant remplir à intervalles réguliers. Elle tenta de capter son regard pour lui rappeler qu'il devrait prendre le volant en fin de soirée, mais il détourna les yeux. Les invitées placées à sa gauche et à sa droite s'esclaffaient chaque fois qu'il ouvrait la bouche.

L'une d'elles semblait même avoir posé une main sur sa cuisse. Monsieur les faisait beaucoup rire, manifestement. Pourtant, son comportement n'avait rien d'hilarant : il était irresponsable et égoïste.

Quand le repas s'acheva et que les invités commencèrent à se lever, Monica s'approcha de Hazard, un verre d'eau gazeuse à la main.

— Hazard, siffla-t-elle, tu es censé nous ramener à la maison, pas te soûler.

Il leva les yeux vers elle.

— Oh, ne sois pas si rabat-joie ! C'est un mariage : on est tous censés se soûler. C'est pour ça qu'on est venus, non ? Laisse-toi aller, pour une fois. Amuse-toi un peu ! Attends, je te présente…, reprit-il en se tournant vers la blonde assise à son côté.

Une blonde aux lèvres visiblement gonflées par une injection de substance chimique, constata Monica, déjà agacée par sa tenue : la jeune femme avait choisi de dévoiler à la fois ses jambes et son décolleté, au mépris de toute élégance. Sans parler de décence, bien entendu.

— Annabel, acheva-t-elle. Bonsoir.

Elle étirait exagérément chacun des mots qu'elle prononçait. Elle se contenta d'agiter les doigts dans la direction de Monica, comme si elle ne voulait pas se fatiguer à lui tendre sa main entière.

— Hazard ? J'ai un peu de coco dans mon sac, si ça te tente, déclara-t-elle sans prendre la peine de baisser la voix.

De toute évidence, elle se fichait de savoir si Monica l'avait entendue ou non, mais elle ne l'avait pas pour autant incluse dans la conversation. La jugeait-elle trop coincée pour sniffer une ligne de cocaïne ?

— En voilà une bonne idée, ma belle ! répondit Hazard en se levant – avec difficulté, nota Monica. Je te suis.

Ça me donnera l'occasion de contempler ton splendide arrière-train et…

— Hazard ! coupa Monica. Il n'y a rien à contempler. Ne fais pas l'idiot !

Il la foudroya du regard.

— Ce que tu peux être rasoir ! Va te détendre dans une mercerie et fous-moi la paix, d'accord ? Tu n'es ni ma mère ni ma femme, ni même ma copine – et j'en remercie le ciel et toute sa bande !

Il tourna les talons et suivit le vaste arrière-train de sa conquête en se frayant un chemin à travers la foule des invités, tel un rat derrière le joueur de flûte de Hamelin. Annabel lança un coup d'œil victorieux à Monica par-dessus son épaule, puis elle secoua sa crinière blonde et hennit en découvrant ses dents trop larges sous ses lèvres pulpeuses.

Monica eut l'impression d'avoir reçu une gifle. Qu'était-il arrivé à Hazard ? Cet odieux personnage n'avait rien à voir avec lui ! *Oh que si*, souffla une petite voix au fond de son esprit, *tu l'as déjà vu – rappelle-toi : le soir où il t'a foncé dessus en pleine rue et t'a traitée de sale connasse !* Oui, c'était la même morgue, la même vulgarité. Et comment osait-il évoquer son goût pour les merceries ? Elle avait complètement oublié qu'elle avait écrit ça dans le cahier. Quel coup bas ! Elle n'avait plus aucune envie d'être là, avec lui. *Je veux rentrer chez moi*, songea-t-elle en se levant. Elle se mit à l'écart dans un coin tranquille, sortit son portable et appela Riley.

Réponds, je t'en prie !

— Allô, Monica ? Vous passez une bonne soirée ? demanda-t-il de sa voix enjouée.

— Pas vraiment. En tout cas, pas moi. Hazard passe une très bonne soirée, lui. Il est complètement bourré. Et pas près de s'arrêter. Je ne sais pas comment on va rentrer !

Il est beaucoup trop soûl pour conduire. Et on ne peut pas laisser le minibus ici : l'association en a besoin demain matin à la première heure pour emmener les enfants en excursion. Je suis désolée, Riley. Je ne sais vraiment pas quoi faire !

Monica détestait demander de l'aide. Jouer les demoiselles en détresse allait à l'encontre de ses principes féministes. Si sa mère l'entendait, elle devait se retourner dans sa tombe ! *En tout cas*, se promit-elle, *si j'arrive à sortir de cette fichue tente, je m'inscris dans une auto-école.*

— Ne t'inquiète pas, Monica. Je saute dans un train et je viens vous chercher. Envoie-moi l'adresse de la réception. Je prendrai un taxi à la gare. J'en ai pour quelques heures, mais la fête va se prolonger tard dans la soirée, non ?

— Merci. Je ne sais pas ce que je ferais sans toi ! Hazard a vraiment pété les plombs. Je ne comprends pas ce qui lui arrive. Je ne l'ai jamais vu comme ça.

Riley soupira.

— C'est ce qui arrive aux vrais addicts : s'ils replongent, ils ne peuvent plus s'arrêter. Quel dommage... Il s'en sortait si bien jusqu'à présent ! Presque cinq mois sans boire une goutte d'alcool.

Monica sentit son estomac se nouer.

— C'est pas vrai ! Je n'en savais rien. Il m'a dit qu'il pouvait se permettre un verre ou deux... J'aurais dû l'arrêter.

— Tu n'as rien à te reprocher, je t'assure. Il t'a menée en bateau. Et il a dû se mentir à lui-même. Le seul responsable, c'est moi : j'aurais dû t'avertir pour que tu veilles sur lui. Heureusement, il n'a pas touché à la cocaïne !

Monica ne fit aucun commentaire. À quoi bon alourdir la barque ?

— Allez, je file. À tout à l'heure, Monica. Courage !

Il raccrocha.

On peut se sentir très seul dans une pièce remplie de monde. C'est ce qui arriva à Monica au cours des heures suivantes : assise à la grande table désertée par ses occupants, elle avait l'impression d'être une gamine observant, le nez collé contre la vitre, une fête à laquelle elle n'est pas conviée. Hazard dansait (ou plutôt, il gesticulait) au centre de la piste. Les femmes se collaient à lui comme les mouches sur l'horrible ruban adhésif de Julian et… Elle sursauta : quelqu'un venait de lui taper sur l'épaule.

— Puis-je vous inviter à danser ?

C'était Roderick, le fils de Daphné. Hazard le lui avait présenté sur le parvis de l'église. Monica avait toujours jugé impoli de repousser les hommes qui avaient le courage d'inviter une femme à danser. Aussi se laissa-t-elle conduire vers la piste, où Roderick l'entraîna dans une version aussi maladroite qu'énergique du rock and roll des années 1950, comme si le temps s'était arrêté à Elvis Presley. Il en profita pour poser ses mains moites sur son dos, ses épaules ou ses fesses chaque fois que l'occasion se présentait. Monica se sentait comme une jument de compétition à un concours de dressage.

Hazard, qui n'avait rien manqué du spectacle, lui cria « bravo ! » à travers la foule en levant le pouce d'un geste triomphal. Il trouvait ça très drôle, manifestement. Roderick se pencha vers Monica, soufflant dans son cou son haleine chaude, où se mêlaient effluves de whisky et de pavlova aux fraises.

— Alors, toi et Hazard, vous êtes ensemble ? demanda-t-il.

— Ah ça, non ! s'écria Monica.

Roderick prit son cri du cœur pour un encouragement et plaqua ses mains sur ses fesses avec un enthousiasme décuplé.

Riley se fraya un chemin à travers une foule clairsemée, mais de plus en plus chancelante. Monica était assise seule à une grande table ronde, telle l'unique survivante d'un naufrage, échouée sur une île déserte. Hazard rôdait autour des tables vides, repérant les verres de vin abandonnés qu'il vidait d'un trait.

— Riley ! s'exclama Monica, si fort que tout le monde se retourna pour observer le nouveau venu.

Riley sourit – un rayon de soleil dans un ciel d'orage.

— Tu ne peux pas savoir comme je suis heureuse de te voir ! dit-elle.

Hazard

Hazard avait l'impression de rentrer chez lui après un long voyage. Il avait oublié à quel point il aimait cette sensation. Dès la toute première gorgée de champagne, il avait senti sa mâchoire se desserrer, ses épaules se dénouer, son corps tout entier se détendre. Après des mois passés à gérer des émotions que la sobriété avivait et rendait plus tranchantes, il avait accueilli avec soulagement le doux brouillard que procure l'ivresse. Avec un coup dans le nez, tout était plus facile. Une délicieuse lassitude le gagnait, l'enveloppant dans un cocon douillet.

Lorsqu'il avait reposé le verre vide sur le plateau du serveur, il ne se rappelait déjà plus pourquoi il s'était battu avec tant d'acharnement. Pourquoi avait-il cru que l'alcool était son ennemi, alors qu'il était son meilleur ami ?

L'idée de boire un verre ou deux s'était immiscée dans son esprit quand il avait découvert, lors du trajet en voiture, que Monica n'était pas consciente de la gravité de sa dépendance à l'alcool. *Je pourrais peut-être boire un verre en arrivant à la réception ?* avait-il estimé. *Rien qu'un seul. Deux, pas plus. Après tout, ça fait des mois que j'ai arrêté. Je vais beaucoup mieux maintenant. J'ai appris à connaître mes limites. À être raisonnable. Ce ne sera plus comme avant. Je ne suis plus le même homme.*

Ces pensées avaient tourné en boucle dans sa tête pendant la cérémonie de mariage à l'église, si bien qu'il n'avait pas hésité quand un serveur lui avait proposé un verre de champagne à l'entrée de la tente : il en avait pris un. Comme tout le monde. N'était-ce pas merveilleux d'être comme tout le monde ? Il avait dit à Monica qu'il n'était pas « vraiment alcoolique » et qu'il était maintenant la modération même. À mesure qu'il énonçait cette phrase, il avait commencé à s'en persuader. Après tout, les « vrais » alcooliques dormaient sur des bancs publics, sentaient la pisse et buvaient de l'alcool à brûler. Or il n'était pas comme ça. Il avait bu bien plus qu'il se l'était promis, mais ça n'avait pas vraiment d'importance : son incartade ne durerait pas. *Dès demain*, se jurait-il, *je me remets au régime sec.* Quelle était l'expression que sa mère employait dans ce genre de situations ? « Vaut mieux être pendu pour un mouton que pour un agneau. » C'était très juste, non ? Elle ne parlait pas d'alcool (plutôt d'une part de gâteau ou d'une tablette de chocolat), mais l'adage n'en était pas moins approprié.

Dans ces circonstances, la cocaïne lui était apparue comme un bonus : les quelques lignes qu'il avait sniffées avaient boosté sa confiance et son sentiment d'invincibilité. Il était devenu un superhéros. Il avait constaté avec plaisir qu'il n'avait perdu aucune de ses compétences en matière de flirt : les filles se collaient à lui comme des mouches. À croire qu'il avait le feu sacré ! C'était la première fois qu'il assistait à un mariage sans avoir couché avec au moins deux des invitées. Peut-être devrait-il remédier à cette situation avant la fin de la soirée ?

Il en était là de ses réflexions quand il aperçut une silhouette familière. Il se frotta les yeux, pensant que son esprit lui jouait des tours. Après tout, il avait confondu Monica avec sa mère un moment plus tôt. Il se redressa, riant de sa méprise. Mais non… c'était vraiment Riley ! Qu'est-ce qu'il venait faire là ? Il allait lui voler la vedette !

— Hazard, mon vieux, il est temps de rentrer, déclara-t-il.

— J'suis pas ton vieux, Riley. Qu'est-ce que tu fous ici ?

— Je suis ton preux chevalier. Je suis venu te chercher pour te ramener chez toi.

— Eh bien, tu peux remonter sur ton canasson et repartir d'où tu viens. Je m'amuse comme un fou avec mes nouvelles amies.

Il fit un geste vers la blonde et sa copine pour prouver ses dires.

— Comme tu veux. En tout cas, je ramène Monica chez elle. Avec le minibus. La soirée sera bientôt finie, donc à moins que tu veuilles passer la nuit avec tes nouvelles amies, je te suggère de venir avec nous. C'est à toi de voir, *mon vieux*.

Riley semblait un peu fâché. Bizarre. Riley ne se mettait jamais en colère – au contraire de Monica, qui était tout le temps fâchée. Contre lui, en tout cas. Elle se tenait à côté de Riley, bras croisés, sourcils froncés, et le toisait comme s'il avait volé le vin de messe caché dans la sacristie. Elle se prenait pour la femme du pasteur, ou quoi ? Il en avait vraiment ras la casquette de cette désapprobation permanente.

Hazard fit un rapide calcul mental (du moins, aussi rapide que le lui permettaient ses facultés après ce qu'il leur avait fait subir au cours des dernières heures). S'il restait là, il devrait compter sur la blonde pour le ramener chez elle. Non seulement il avait du mal à se souvenir de son prénom (Amanda ? Arabella ? Amelia ?), mais il savait que son principal attrait résidait dans son sac à main. Or il était presque sûr que ce sac ne contenait maintenant plus un microgramme de coke. Par conséquent, et bien qu'il n'en eût aucune envie, il avait plutôt intérêt à faire ce qu'on lui demandait. Sa décision prise, il suivit le preux chevalier et la femme du pasteur, aussi docilement qu'un superhéros pouvait se le permettre.

Au bout d'une heure de voyage, les effets de la dernière ligne de cocaïne que Hazard avait absorbée deux heures plus tôt commencèrent à s'estomper, le laissant nerveux et rongé par l'anxiété. Incapable de maintenir le fragile équilibre entre les phases d'euphorie et de descente, il sombra dans une léthargie nauséeuse, accentuée par les grandes quantités d'alcool qu'il avait ingérées. Allongé à l'arrière du minibus, il somnolait – mais l'expérience le lui avait appris : il serait incapable de s'endormir avant plusieurs heures. Des heures à lutter contre ses tourments. Il se souvenait aussi de cette sensation. Après les hauts viennent les bas. À chaque ombre, sa lumière ; à chaque force, sa résistance. Il avait voulu jouer aux superhéros. Maintenant, il en payait le prix.

Il sentit que quelqu'un – Monica, sans doute – l'enveloppait dans une couverture. Ou un manteau, peut-être ?

— Je crois que je t'aime, Monica, marmonna-t-il.

Il était certain de s'être montré odieux avec elle. Comme quoi, il était vraiment un sale type. Il ne méritait aucun de ses amis.

— Arrête, Hazard. La seule personne que tu aimes, c'est toi-même.

Là-dessus, elle se trompait. La seule personne qu'il n'avait jamais réussi à aimer, c'était lui-même, justement. Il avait passé des mois à consolider son amour-propre, brique par brique. Et il avait suffi d'une soirée pour que tout s'effondre.

— Je suis désolé, dit-il. Je croyais que je pourrais me contenter d'un seul verre.

Il était toujours confronté au même problème : il croyait pouvoir s'arrêter après un verre, mais il se trompait. Il n'y arrivait jamais. Avec lui, c'était tout ou rien. Et pas seulement avec l'alcool et la came. S'il se prenait de passion pour un truc, quel qu'il soit, il lui en fallait toujours plus. Plus d'argent, plus d'amis, plus de sensations – donc, plus d'alcool et de drogues.

Il entendait Monica et Riley bavarder sur la banquette avant. Il se souvenait très bien de l'époque (pas si lointaine, d'ailleurs) où il était capable de bavarder ainsi, de la météo, de la circulation, de connaissances mutuelles, mais pour l'instant, il s'en sentait absolument incapable. Une pensée fâcheuse se fraya un chemin parmi toutes les autres pensées fâcheuses qui encombraient son esprit : où étaient ses clés ? Il fouilla ses poches. Il savait qu'elles seraient vides. Et il avait raison.

— Monica ? Je ne trouve pas mes clés. J'ai dû les faire tomber dans le placebo.

— Le lavabo, corrigea Monica.

— Ne sois pas si pétanque !

— Pédante, rectifia-t-elle.

Il l'entendit soupirer. C'était le genre de soupir dont sa mère le gratifiait quand il était petit et qu'il avait déchiré son pantalon ou oublié d'apprendre ses leçons.

— Ne t'inquiète pas, Hazard. Tu pourras dormir sur mon canapé. Comme ça, au moins, je garderai un œil sur toi.

Il n'entendit plus rien pendant un moment, à l'exception du frottement régulier des essuie-glaces sur le pare-brise et du ronronnement des pneus sur le bitume.

— Voiture jaune, dit soudain Monica.

— Quoi ? fit Riley.

— Rien, répondit-elle.

Hazard aurait souri si sa joue n'avait été collée au revêtement en plastique du siège sur lequel il était couché.

Monica

Avant même d'avoir ouvert les yeux, Monica savait que quelque chose avait changé. Son appartement, qui sentait d'ordinaire le café, l'eau de Cologne Jo Malone, le Cif au citron, et, parfois, Riley, puait la vinasse. Et Hazard.

Elle se leva, enfila un sweat-shirt trop large sur son pyjama (pas question de faire assaut d'élégance) et rassembla ses cheveux en un chignon désordonné, puis elle s'aspergea le visage à l'eau fraîche et quitta la salle de bains – pour y revenir aussitôt. Cette fois, elle appliqua un peu de mascara sur ses cils et un trait de gloss sur ses lèvres. Pas pour séduire Hazard, mais pour s'assurer qu'il ne pourrait pas se moquer d'elle. À nouveau. Ensuite, elle ouvrit la porte du salon avec précaution et, sur la pointe des pieds, se glissa à l'intérieur. Hazard n'était plus là. Le canapé où il avait dormi était vide, la couette bien pliée près de l'accoudoir. La bassine qu'elle avait laissée par terre au cas où il serait (encore) pris de vomissements avait été rincée et rangée dans le coin cuisine, les rideaux tirés et la fenêtre entrouverte pour aérer la pièce. Pas trace de message à son intention.

Monica n'avait aucune envie de voir Hazard, surtout pas à cette heure matinale, après les événements de la veille, mais tout de même… C'était un peu malpoli de sa part de filer sans un mot de remerciement ! Elle haussa les épaules. Le connaissant, elle aurait dû s'y attendre.

La porte d'entrée s'ouvrit derrière elle, la faisant sursauter. Un énorme bouquet de roses jaune pâle franchit le seuil de l'appartement, suivi de Hazard.

— J'ai emprunté tes clés. J'espère que ça ne te dérange pas, dit-il en posant le trousseau sur la table d'une main qui tremblait.

Au cours des mois qui venaient de s'écouler, Monica avait perçu Hazard sous différentes facettes – le rustre qui l'avait traitée de connasse, le revenant qui se prenait pour un héros, l'apprenti jardinier, le créateur d'entreprise bosseur et déterminé, et l'odieux fêtard irresponsable de la veille – mais sous chacune de ces facettes, Hazard s'était toujours montré sûr de lui. Quel que soit l'endroit où il se trouvait, il semblait occuper plus d'espace que n'en requérait son 1,85 mètre.

Le Hazard d'aujourd'hui était différent. Il avait, pour commencer, une mine atroce – les yeux cernés, l'air fatigué, le teint gris. Il arborait toujours son costume à rayures, mais la veste froissée pendait mollement sur ses épaules. Et surtout, il paraissait hésitant, fragile. Il ne restait rien de l'audace et de l'assurance qu'il avait déployées quelques heures plus tôt. La lueur qui faisait briller ses yeux s'était éteinte, remplacée par un voile de tristesse.

— Merci, dit-elle en se saisissant des roses.

Elle les mit aussitôt à tremper dans l'évier de la cuisine qu'elle emplit d'eau froide – rien de tel pour les conserver plus longtemps – tandis que son hôte se laissait lourdement tomber sur le canapé.

— Je ne sais pas quoi dire, Monica. Je me suis terriblement mal conduit hier soir. Je suis vraiment, vraiment désolé. L'homme que tu as vu n'était pas moi. Ou plutôt, c'est une partie de moi que j'espérais garder à distance. Je déteste l'homme que je deviens quand j'ai trop bu… mais j'aimais celui que j'étais devenu ces derniers mois. Et j'ai tout gâché !

Il enfouit sa tête entre ses mains. Ses cheveux sales retombaient sur son front, dissimulant son regard.

— C'est exact. Tu as été odieux, dit Monica. Au-delà de tout ce que je pouvais imaginer.

Elle préféra en rester là. Pour la première fois depuis leur rencontre, elle parlait au vrai Hazard. Un homme imparfait, hésitant et vulnérable, dissimulé sous les atours d'un grand type fanfaron et charismatique. À quoi bon se mettre en colère et l'accabler de reproches ? De toute évidence, il s'en chargeait très bien lui-même.

— Écoute, on pourrait tout reprendre à zéro, tu ne crois pas ? Reste là. Je descends nous chercher du café, et je vais demander à Benji de me remplacer jusqu'en début d'après-midi.

Monica et Hazard s'installèrent sur le canapé, chacun à l'une des extrémités, sous la grande couette. Ils avaient posé entre eux un saladier de pop-corn, dans lequel ils piochaient tout en regardant une série sur Netflix. Alors que Hazard tendait la main pour se servir, Monica remarqua qu'il s'était rongé les ongles, laissant presque à vif la peau qui les entourait. Ce spectacle lui rappela l'état calamiteux de ses propres mains après la mort de sa mère : rouges, gercées, irritées par des lavages incessants. Sans bien savoir si ses confidences seraient utiles à Hazard, ou si elle ne cherchait qu'à guérir sa propre blessure intérieure, elle se lança.

— Moi aussi, je sais ce que c'est que de lutter contre une tentation obsessionnelle, contre un désir de faire ces trucs qu'on ne doit absolument pas faire, commença-t-elle sans le regarder.

Il ne répondit pas, mais elle devina qu'il l'écoutait avec attention, ce qui l'encouragea à continuer.

— Ma mère est morte quand j'avais seize ans, juste avant Noël, pendant ma dernière année de collège. Elle voulait mourir à la maison, alors nous avons transformé le salon en chambre d'hôpital. Comme son système immunitaire avait été anéanti par la chimio, les infirmières m'avaient demandé de veiller à ce que la pièce soit parfaitement aseptisée. C'était la seule chose que je pouvais contrôler : je ne pouvais pas empêcher ma mère de mourir, mais je pouvais lutter contre les microbes. Alors je passais mon temps à faire le ménage, et je me lavais les mains toutes les heures, à plusieurs reprises. Et, après sa mort, j'ai continué. Même quand ma peau a commencé à partir en lambeaux. Même quand les gens de ma classe ont commencé à me traiter de dingue. J'étais incapable de m'arrêter. Donc, tu vois, je sais ce que c'est.

— Je suis vraiment désolé d'apprendre ça. Ce n'est pas un âge pour perdre sa mère.

— Je ne l'ai pas *perdue*, Hazard. Je déteste cette expression. On dirait que je l'ai perdue dans la foule en allant faire des courses. Elle n'est pas non plus *partie*. En tout cas, ce n'était pas un départ doux et paisible. C'était dur, injuste et moche.

Les mots lui brûlaient la gorge. Hazard prit sa main, en desserra les doigts. Puis il la garda dans la sienne.

— Ton père ne t'a pas aidée ?

— Il se débattait contre son propre chagrin. Il est écrivain. Tu as peut-être lu sa série de livres pour enfants quand tu étais petit : elle se passe dans un monde imaginaire, Dragonlia.

Hazard hocha la tête.

— Mon père s'enfermait dans son bureau et s'immergeait dans un monde plus juste, où le bien triomphe du mal. Le premier Noël après la mort de maman, nous étions comme deux naufragés. Chacun sur son radeau, on essayait de ne pas couler.

— Comment t'en es-tu sortie ?

— Petit à petit. J'ai d'abord sombré, avant de remonter la pente. J'ai cessé d'aller en cours pendant un moment, j'ai même cessé de sortir. Je passais mes journées à la maison, plongée dans mes bouquins. Et je continuais à tout nettoyer. De manière obsessionnelle. Mon père a dépensé une bonne partie de ses droits d'auteur pour réunir une équipe de choc autour de moi – des thérapeutes en tous genres qui m'ont aidée à soigner mes obsessions. Quand j'ai passé mon bac, j'allais déjà mieux. Et aujourd'hui, j'en fais un peu trop sur le plan de l'hygiène, mais à part ça, je suis tout à fait normale ! conclut-elle avec une pointe d'ironie.

— Et moi qui pensais avoir rencontré la fille la plus saine d'esprit de cette ville de dingues ! Comme quoi, tout le monde peut se tromper…

— Exactement. Jusqu'à hier soir, je croyais que tu étais le type le plus sobre de la capitale, renchérit Monica en souriant.

Ils se tournèrent vers l'écran : un nouvel épisode venait de commencer.

Hazard prit une poignée de pop-corn et en lança un à travers la pièce – si vite que Monica n'eut pas le temps de le voir atterrir. Puis il recommença. Trois fois de suite.

— Arrête ! s'écria-t-elle. À quoi tu joues ?

— Ça s'appelle la thérapie par l'aversion, répondit-il en lançant un autre grain de pop-corn droit devant lui. Essaie de regarder l'épisode en entier, sans te soucier de ce pop-corn par terre.

Monica *pouvait* le faire. Bien sûr que oui. Combien de temps allait durer ce fichu épisode ? Elle demeura parfaitement immobile pendant quinze minutes (autant dire une éternité) en s'efforçant de ne pas penser aux vilains grains de maïs soufflés nichés dans les recoins de son salon. Puis elle se leva d'un bond. *Trop, c'est trop*, songea-t-elle. Et elle partit chercher son aspirateur de table.

— Tu t'en es bien sortie, commenta Hazard lorsqu'ils s'enfoncèrent de nouveau dans le canapé, après avoir traqué jusqu'au dernier les grains de pop-corn cachés sous les meubles.

— Tu ne peux pas savoir comme c'était difficile pour moi !

— Je le sais très bien, au contraire. C'est ce que je ressens chaque fois que je passe devant un pub. En fait, je crois que nous essayons tous d'échapper à la dureté de l'existence, d'une façon ou d'une autre – moi avec l'alcool, Julian en se terrant chez lui, Alice avec les réseaux sociaux. Toi, non. Tu es bien plus courageuse que n'importe lequel d'entre nous. Tu affrontes la vie de plein fouet, tu te bats et tu essaies de tout contrôler. Un peu trop, parfois.

— On devrait tous imiter Riley, tu ne crois pas ? C'est pour ça qu'il me fait tant de bien.

— Hmm, marmonna Hazard.

Ils gardèrent le silence pendant un moment. Ils étaient maintenant assis l'un près de l'autre, épaule contre épaule, les jambes étendues sur les accoudoirs du canapé.

— Je crois que tu aurais dû écrire ça dans le *Carnet*, reprit soudain Hazard. Raconter comment tu as surmonté la mort de ta mère à l'adolescence. C'est ce combat-là qui te définit vraiment, pas toutes tes envies de mariage et de bébé !

Elle savait qu'il avait raison.

— Au fait, enchaîna-t-il, j'ai toujours voulu te demander : quand tu ranges tes courses sur tes étagères, est-ce que tu tournes les étiquettes des boîtes de conserve vers toi ?

Elle haussa les épaules.

— Évidemment ! Sinon, comment je ferais pour les lire ?

Il tendit la main, ôta un grain de pop-corn accroché dans ses cheveux et le posa sur la table basse. Elle avait cru qu'il allait l'embrasser. Elle se trompait, bien sûr.

— Hazard ? dit-elle.

Il la dévisagea avec intensité.

— Tu veux bien jeter ce grain de pop-corn à la poubelle ?

Riley

Les Anglais, décida Riley, étaient comme leur météo : changeants et imprévisibles. Compliqués. Même lorsque le temps semblait au beau fixe, un grain pouvait surgir de nulle part, noircir le ciel et cribler de grêlons gros comme le poing les trottoirs et les capots des voitures. Vous aviez beau avoir dûment consulté la météo, vous n'étiez jamais sûr de ce qui vous attendait.

Depuis le mariage de Rita et de Daphné, Hazard était à côté de ses pompes. Pourtant, il ne buvait plus et n'avait plus touché à la cocaïne. Cette fois, il semblait avoir retenu la leçon ! Mais il avait en permanence l'air accablé et contrit, comme s'il ne parvenait pas à se pardonner son incartade.

Monica, à l'inverse, s'était épanouie. Riley passait beaucoup de temps avec elle, et même *très* près d'elle. Elle lui faisait penser à une rose : belle, entêtante, et prometteuse, mais terriblement piquante si vous cherchiez à la cueillir.

Il avait passé plusieurs nuits chez elle. Pourtant, ils n'avaient toujours pas couché ensemble, ce qui le laissait perplexe. Pour lui, le sexe était un plaisir simple, au même titre que le surf, les viennoiseries tout juste sorties du four ou une balade en pleine nature au lever du jour. Maintenant qu'il n'y avait plus de secrets entre eux, il ne voyait pas l'intérêt de différer ce plaisir. Pour Monica, la situation semblait beaucoup plus compliquée : elle abordait la question avec prudence et gravité, comme s'il s'agissait d'une grenade menaçant de lui exploser à la figure.

Elle n'avait toujours pas répondu à son invitation. Souhaitait-elle parcourir l'Europe avec lui ? Ça ne changeait rien à ses plans, puisqu'il n'en avait pas. À quoi bon s'embarrasser d'un itinéraire et d'un planning ? Un beau jour, il remplirait son sac à dos, se rendrait à la gare et verrait bien ce qui se passerait. Tout de même, il aurait aimé savoir si elle allait l'accompagner. Ainsi, quand il s'imaginait sur les marches du Colisée, il saurait s'il devait se représenter Monica près de lui. Ou non.

Il arracha une mauvaise herbe dans la plate-bande de Mme Ponsonby. Pour être honnête, son jardin était déjà immaculé avant qu'il vienne travailler chez elle. Cette Mme Ponsonby était le genre de femme qui cherche à ce que tout soit parfait en permanence. Donc, pas de mauvaises herbes, pas de poils pubiens dans la douche et pas de mari. Pas beaucoup de distractions non plus, sans doute. Elle lui avait préparé, à lui et à Brett, une tasse de thé – une variété qui se voulait originale, avec un léger parfum de fleurs. Il préférait le thé ordinaire. Le genre qui n'a rien à prouver.

Quand Mme Ponsonby avait tendu sa tasse à Riley, elle avait effleuré son bras et soutenu son regard une seconde de plus que nécessaire.

« Si vous avez besoin d'autre chose, Riley, n'hésitez pas », avait-elle susurré.

On se serait cru dans un mauvais film porno des années 1970. Riley, là encore, était perplexe. Ses riches clientes des beaux quartiers le déroutaient. Quel était leur problème, au juste ? Elles s'ennuyaient ? Elles étaient en quête d'une forme d'exercice physique plus amusante que leur cours de Pilates hebdomadaire ? Elles s'émoustillaient du risque qu'elles prendraient en s'offrant une liaison avec un jardinier ? Il se pouvait aussi que Riley s'imagine des choses : Mme Ponsonby avait peut-être seulement l'intention de lui proposer un cookie aux graines de courge bio.

Dès qu'il aurait terminé son travail chez elle, il se rendrait au local des Bonnes Fées de Maman pour jeter un œil aux jonquilles qu'il avait mises en pot, en prévision du cours de dessin du 4 mars. Ce soir-là, dans le café rempli de fleurs printanières, ils rendraient hommage à Mary, la femme de Julian. Monica ferait un gâteau. Lizzie, la nouvelle amie d'Alice, avait proposé de chercher des photos de Mary sur Internet et d'en faire un montage qu'ils afficheraient dans le café sur un panneau de carton.

Alice avait beaucoup changé depuis que Lizzie était entrée dans sa vie. Elle semblait moins fatiguée maintenant que Bunty faisait ses nuits : Lizzie avait aidé Alice à « instaurer une routine » qui avait grandement amélioré les choses. Riley n'avait toujours pas compris en quoi consistait cette fameuse « routine », mais Alice en parlait comme si Lizzie avait réussi à séquencer le génome humain. Il ne savait pas non plus en quoi consistait le séquençage, mais ce n'était pas la question. Comme Lizzie venait souvent garder Bunty, la petite n'était plus arrimée en permanence sur les hanches d'Alice. Qui avait aussi cessé de consulter son portable toutes les trente secondes. Apparemment, Lizzie l'avait convaincue de limiter le temps qu'elle passait sur les réseaux sociaux. Enfin, depuis quelques jours, Alice commençait toutes ses phrases par « Lizzie m'a dit » – ce qui, pour être franc, était un peu agaçant.

Julian ignorait tout des préparatifs en cours. Il était loin de se douter que Monica avait mémorisé cette date. Même Alice avait réussi à garder le secret ! La surprise s'annonçait magistrale.

Lizzie

Lizzie avait, jusqu'à présent, résisté à l'envie de fouiller dans les tiroirs d'Alice. Sa curiosité lui semblait un peu déloyale. Elle n'avait pas les mêmes sentiments envers Max, qu'elle n'avait qu'entraperçu lorsqu'elle venait garder la petite. Aussi s'était-elle autorisé une fouille en règle de ses tiroirs. Elle n'y avait trouvé aucune indication que Max allait voir ailleurs : pas de reçus douteux dans ses poches, de rouge à lèvres sur ses cols de chemise ou de numéros de téléphone griffonnés sur des bouts de papier. Avec le temps, Lizzie était devenue une experte en matière d'infidélité conjugale ; elle la flairait sitôt franchi le seuil d'un appartement, comme un chien truffier à l'orée du bois. Ce soir, elle avait été soulagée de ne rien trouver. Alice avait beau être futile et bavarde comme une pie, elle avait bon cœur et ne méritait pas qu'on la trompe. Lizzie n'avait pas acquitté Max pour autant. Il était fidèle, mettons – mais terriblement absent et indifférent aux difficultés que rencontraient sa femme et son bébé.

Lizzie avait aussi surveillé le local à poubelles. Alice et Max jetaient un grand nombre de bouteilles de vin dans le container à verre, et elle soupçonnait Alice d'en boire la plus grande part. Cependant, et Lizzie s'en félicitait, le nombre de bouteilles vides avait tendance à diminuer depuis qu'elle avait repris la petite Bunty en main.

Enfin, elle avait jeté un coup d'œil dans la poubelle de la salle de bains. Toujours intéressant. Le contenu de celle-ci ne l'avait pas déçue : elle y avait trouvé une plaquette de somnifères vidée de ses comprimés (pas étonnant que Max ne soit pas réveillé par les pleurs de sa fille) et un test de grossesse usagé. Négatif, Dieu merci. Une grossesse aussi rapprochée aurait pu faire plonger la pauvre Alice au fond du gouffre. En tout cas, ce test le prouvait : Max et elle couchaient encore ensemble – et ça, c'était plutôt une bonne nouvelle.

À présent, Lizzie s'amusait à surfer sur l'ordinateur portable des Campbell à la recherche de photos de Mary. Elle adorait fouiller sur Internet. C'était comme un gigantesque tiroir à chaussettes, attendant de dévoiler tous ses secrets. Elle avait rapidement parcouru l'historique de navigation : Max, comme on pouvait s'en douter, regardait du porno, mais rien de trop dégoûtant ou d'illégal.

Elle avait tapé « Mary et Julian Jessop » dans la fenêtre Google et trouvé une magnifique photo prise le jour de leur mariage sur les marches de l'hôtel de ville de Chelsea. Mary portait une minirobe blanche et des bottes blanches à talons hauts ; Julian, en blanc également, arborait une veste cintrée, un pantalon à pattes d'éléphant et une chemise en soie violette. Ils riaient tous deux aux éclats. Lizzie alluma l'imprimante d'Alice et lança l'impression. Le nom de jeune fille de Mary était indiqué en petits caractères sous la photo de mariage : Sandilands. Lizzie ouvrit à nouveau le moteur de recherche et tapa « Mary Sandilands ». Le résultat fut encore plus intéressant.

Elle venait de commencer à lire, quand elle entendit la clé tourner dans la serrure. Elle referma rapidement la page.

— Coucou, Lizzie ! Tout s'est bien passé ? demanda Alice.

— Comme sur des roulettes. J'ai donné du riz et de la compote de pommes à Bunty, qui s'est endormie d'un seul coup, pile à l'heure. Je doute qu'elle te réveille avant 6 heures du matin.

— Tu es un ange !

Alice enleva son manteau en cachemire et l'accrocha près de la porte, puis elle ôta ses talons vertigineux et s'assit à la table de la cuisine, à côté de Lizzie. Max s'était dirigé droit vers l'escalier. Lizzie entendit la porte de son bureau se fermer derrière lui.

— Et vous, vous avez passé une bonne soirée ? demanda Lizzie.

— Très bonne, merci, répondit Alice – sans grand enthousiasme, nota Lizzie. On a testé le nouveau restaurant, juste en bas de la rue. Un endroit fabuleux. Super tendance. Hazard était là aussi, avec une fille ravissante. Et toi ? Tu as réussi à trouver des photos de Mary ?

— Oui. J'en ai de très jolies. Mary était vraiment canon ! Elle me rappelle Audrey Hepburn. De grands yeux innocents, comme Bambi. Tiens, regarde.

Assise dans son lit, Lizzie écoutait Jack ronfler. Parfois, le bruit s'arrêtait pendant ce qui semblait durer des siècles, et elle se demandait alors s'il était mort, et, si oui, à quel point elle s'en souciait. Puis, comme un moteur de voiture qui revient brusquement à la vie, son mari redémarrait.

Elle se gratta la tête. Et zut. Elle était presque sûre qu'un des garnements des Bonnes Fées lui avait encore refilé des poux. Allait-elle dormir dans la chambre d'amis jusqu'à ce qu'elle les ait exterminés ? Elle lança un regard vers le crâne presque chauve de Jack. La probabilité qu'un pou y trouve à se cacher était infime. Et elle n'avait aucune envie de discuter poux avec lui : il lui avait fallu des semaines pour se remettre de l'histoire du ver solitaire.

Elle ouvrit son propre tiroir à chaussettes – quelle ironie ! – et sortit le cahier qu'elle avait trouvé aux Bonnes Fées de Maman. Son tour était arrivé. Et elle savait exactement quoi écrire.

Hazard

Six jours après le mariage de Rita et de Daphné, Hazard commença enfin à se sentir mieux. Il s'était remis physiquement de sa cuite, et se sentait plus résolu que jamais à décrocher. Le fait de replonger de façon si spectaculaire lui avait rappelé les multiples raisons pour lesquelles il préférait vivre au régime sec. Il avait aussi appris qu'« un seul verre » demeurerait à jamais un mirage, une illusion.

D'un point de vue professionnel, ses affaires marchaient bien. Pour la première fois depuis des lustres, il se sentait heureux et serein. Au fond, il n'y avait guère que sa vie sociale, ou plutôt son inexistence, qui le souciait : mis à part ses nouveaux amis du cours de dessin, il ne voyait personne. Il vivait presque en reclus depuis qu'il avait cessé de boire. Et cette situation ne pouvait plus durer. Par ailleurs, il ne comprenait pas ce qui lui était passé par la tête, l'autre soir, chez Monica : il avait failli l'embrasser ! Non seulement elle n'était pas du tout son genre, mais elle sortait avec Riley. Or Hazard mettait un point d'honneur à ne pas flirter avec les compagnes de ses amis. Enfin, à ne *plus* flirter avec elles.

Mais quel était son genre de femme, au juste ? Ça aussi, il l'avait oublié.

Il était en train de démêler la masse désordonnée de ses cheveux quand il aperçut un message griffonné sur un bout de papier, à moitié caché sous les babioles qui encombraient sa commode, telle une bouteille jetée dans la mer de son ancienne vie et échouée sur les rives de sa nouvelle existence. « ELLE S'APPELLE BLANCHE », lut-il sur le papier, de son écriture malhabile, rendue tremblante par ses excès. En dessous, une autre main, visiblement féminine, avait ajouté : « ET SON NUMÉRO EST LE 07746 385412. APPELLE-LA. »

Hazard sourit. La plupart des femmes auraient été furieuses de trouver ce message. Blanche gagnait-elle à être mieux connue ? Il s'en souvenait à peine. Il faut dire qu'il était complètement défoncé quand il l'avait rencontrée. D'après ses souvenirs épars, elle était pile son genre de femme : très jolie, blonde, sûre d'elle et prête à tout. Il ferait bien de l'appeler, non ? Un nouveau resto venait d'ouvrir sur Fulham Road. Le genre d'endroit hyper branché qu'il affectionnait. Blanche aussi, sans doute. Ils pourraient y aller dès ce soir, si elle était disponible.

Hazard ne s'était pas trompé sur le resto. Décoré dans un style minimaliste et industriel, il était rempli de gens riches, beaux et vaguement célèbres, occupés à rire, échanger des ragots et se prouver qu'ils étaient les meilleurs. C'était épouvantable. Il ne pouvait s'empêcher de penser à sa table au Monica's Café et au vieux fauteuil en cuir dans lequel il aimait s'asseoir, au fond du coin bibliothèque. Il regarda la femme qu'il avait invitée à dîner, en tentant de lire ce qui se cachait sous ses parfaites mèches blondes – mais il ne perçut que son propre reflet dans le miroir de ses yeux bleus.

Blanche poussait d'un bord à l'autre de son assiette la salade d'endives et de betteraves qu'elle avait commandée, sans en avaler plus d'une petite bouchée à la fois. Elle ne la terminerait sans doute pas. Hazard, lui, était affamé : il avait englouti avec appétit les minuscules portions de nourriture qu'on lui avait servies. C'était très nouveau pour lui : il n'avait pas réellement *mangé* dans un restaurant chic depuis des années. Avant de décrocher, il passait la majeure partie de son temps à s'éclipser pour aller sniffer un rail dans les toilettes, puis à feindre l'enthousiasme pour des aliments auxquels la coke donnait un goût de carton.

— Tu ne trouves pas que ce resto est génial ? demanda Blanche pour la troisième fois, en criant pour se faire entendre – le brouhaha était assourdissant.

— J'adore ! mentit Hazard.

Peut-être devrait-il faire l'effort d'alimenter la conversation ?

— Je me demande ce que mon ami Julian penserait des œuvres, reprit-il en désignant les sculptures accrochées au plafond. Il est artiste peintre.

Hideuses et dénuées de sens, les « œuvres » en question ressemblaient à des mobiles pour enfants conçus par un gars sous acide.

— Oh, un artiste ! Je le connais ? s'époumona Blanche.

— J'en doute. Il a soixante-dix-neuf ans.

Elle esquissa un sourire ironique.

— Oh, Hazard ! Tu es trop gentil de t'occuper d'un vieux gâteux ! Je me souviens, quand j'étais au collège, on devait aller prendre le thé une fois par semaine avec des personnes âgées. On appelait ça « la récré des mémés ». Ça n'avait rien d'une récré, évidemment. On devait rester assises là, dans un endroit qui sentait le pipi, à écouter leurs âneries sur le bon vieux temps… On n'avait qu'une envie : aller fumer des clopes avec nos copains avant de retourner au collège ! gloussa-t-elle. Et ton Julian, tu crois qu'il te léguera un gros paquet de fric ?

Hazard la fixa. Il n'arrêtait pas de penser à Monica. Ce serait tellement plus drôle s'il était venu avec elle ! *Drôle ?* se répéta-t-il, étonné. Ce n'était pas un adjectif qu'il associait à Monica, d'ordinaire. De toute façon, s'ils avaient dîné ensemble ce soir, ils n'auraient pas choisi ce resto. Monica n'aurait jamais accepté de réserver une table dans ce genre d'endroit. Il se força à suivre le fil de sa conversation avec Blanche – un concentré d'inepties sur leurs connaissances mutuelles, les derniers gadgets à la mode et les lieux sans âme que fréquentait le Tout-Londres.

Hazard comprit qu'il ne pourrait pas endosser le costume de l'ancien Hazard : le vêtement ne lui allait plus. Il avait trop changé au cours des derniers mois. Et il n'arrivait pas à se défaire de l'idée que c'était maintenant auprès de Monica qu'il se sentirait à sa place. Monica, la femme la plus forte, et la plus vulnérable, qu'il connaissait.

Il demanda l'addition peu après. Il la régla au comptoir (en grimaçant devant le prix exorbitant de la salade que son invitée n'avait pas mangée) et laissa Blanche avec des amis qu'elle avait repérés au bar. En sortant, il aperçut Alice et son mari à l'autre extrémité de la salle. *C'est merveilleux !* songea-t-il. Même après des années de mariage et la naissance d'un enfant, Alice et Max sortaient encore dîner en tête à tête. Ils étaient si à l'aise l'un avec l'autre qu'ils n'avaient même pas besoin de parler.

Hazard poussa la porte et s'engagea sur Fulham Road. En passant devant le Monica's Café, il leva les yeux : une lumière était allumée dans l'appartement. Monica était probablement chez elle avec Riley. Occupée à faire l'amour à l'australienne.

Il se dirigea vers son appartement vide, calme et sûr.

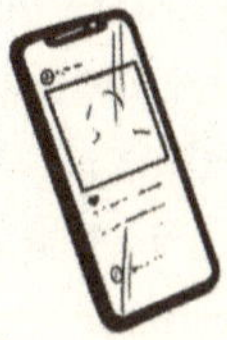

Alice

Trois jours après sa « soirée en amoureux » avec Max, Alice ne parvenait toujours pas à se faire une opinion : avait-elle passé un bon ou un mauvais moment ? Ni l'un ni l'autre, en fait. Entraînée par les résolutions qu'elle avait prises après sa conversation avec Monica dans l'Eurostar, elle avait réservé une table pour deux dans le resto qui venait d'ouvrir sur Fulham Road. En arrivant devant l'établissement avec Max, elle avait commis l'erreur de définir les règles du jeu : ils pourraient parler de tout, sauf de Bunty. Le problème, c'est qu'ils semblaient tous deux avoir oublié de quoi ils parlaient avant la naissance de leur fille. Désemparés, ils avaient laissé s'installer de longues plages de silence au cours du repas. Vu de loin, ils ressemblaient sans doute à ces vieux couples dont ils se moquaient quand ils avaient commencé à sortir ensemble. Assis l'un en face de l'autre au restaurant, ils n'avaient absolument rien à se dire.

Alice chassa ce souvenir de son esprit et téléchargea sur son compte Instagram la photo qu'elle venait de prendre.

Son premier post depuis trois jours. Comme quoi, elle faisait de sacrés efforts pour décrocher ! Mais comment résister à l'envie de publier cette photo-là ? Le café de Monica était splendide : des bougies partout, des bouquets de jonquilles sur toutes les tables, et sur la plus grande d'entre elles, plusieurs photos encadrées de Julian et de Mary, un gros gâteau au citron (la pâtisserie préférée de Julian) et quelques bouteilles de Baileys.

— Je commence à avoir le trac, avoua Monica. N'est-ce pas un peu morbide d'organiser une fête en l'honneur d'une morte ? On devrait peut-être tout ranger avant l'arrivée de Julian, vous ne croyez pas ?

— Pas du tout, protesta Hazard. C'est une charmante attention, au contraire ! On devrait célébrer davantage la vie des gens qu'on a aimés… N'est-ce pas ce que fait Julian tous les vendredis à 17 heures depuis quinze ans ? La seule différence, c'est que maintenant, il a des amis pour trinquer avec lui en l'honneur de sa femme !

Alice était surprise ; elle ne s'attendait pas à tant de sensibilité de sa part. Décidément, Hazard était un tissu de contradictions ! Si elle n'était pas mariée à Max, elle aurait un peu le béguin pour lui. Le voyant froncer les sourcils, elle suivit la direction de son regard : il observait Riley, qui venait de prendre Monica dans ses bras. Elle retint un sourire. C'est fou, les trucs qu'on remarque autour de soi quand on n'est pas plongé en permanence dans son portable !

Il était plus de 19 heures, maintenant. Tout était prêt. Installés à leurs places habituelles, les élèves du cours de dessin brûlaient d'impatience. Il ne manquait plus que Julian.

— Il n'est jamais arrivé en retard au cours, déclara Monica, ignorant les preuves du contraire. C'est bien la seule chose qu'il prend au sérieux. À part la mode, bien sûr. Et ce vieux chien hirsute.

— Ce n'est pas un chien, mon enfant, intervint Riley en essayant d'imiter l'accent britannique de Julian : c'est un *chef-d'œuvre*. On pourrait peut-être ouvrir une bouteille de Baileys ? Il nous rattrapera en arrivant.

— Bonne idée, acquiesça Monica, en lançant de nouveau un regard inquiet vers la porte.

De festive, l'ambiance devint pesante. Ils tentèrent de distraire Monica, mais rien n'y faisait. Elle essaya d'appeler Julian à plusieurs reprises sans obtenir de réponse. À 19 h 30, Alice alluma son portable et ouvrit la page Instagram de Julian.

— J'ai retrouvé notre invité vedette, annonça-t-elle. Il boit un coup avec les acteurs d'une émission de téléréalité. Ils sont à Sloane Square. Il vient de poster une photo.

— C'est pas vrai ? Quel connard ! s'exclama Monica.

Elle avait crié. Et juré. Alice ne l'avait pas vue aussi fâchée depuis le jour de Noël, quand elle lui avait demandé de « ficher le camp » de son café.

— Je vais lui envoyer un message via Insta, proposa-t-elle. Il le verra forcément.

« JULIAN, RAMENEZ VOTRE VIEILLE CARCASSE AU CAFÉ OU MONICA VA EXPLOSER. BISES, ALICE », tapa-t-elle tandis que Monica arpentait la salle de long en large, les poings crispés. Sa colère semblait augmenter à chaque pas.

Il était 20 heures passées quand Julian apparut enfin, beaucoup moins navré que Monica ne l'aurait souhaité. *Il ferait bien de changer d'attitude*, songea Alice, *et plus vite que ça !* Quand Monica vous avait dans le collimateur, vous passiez un sale quart d'heure. Elle-même s'en souvenait avec un certain effroi.

— Désolé, tout le monde ! claironna Julian. J'espère que vous avez commencé sans moi. Vous ne devinerez jamais ce qui m'est arrivé ! Mais… Que se passe-t-il, ici ?

— Eh bien, nous vous avons préparé une surprise. Nous avons pensé que vous vous sentiriez peut-être un peu seul ce soir, puisque c'est le quinzième anniversaire de la mort de Mary, expliqua Monica d'une voix glaciale. Mais vous aviez oublié que c'était aujourd'hui, n'est-ce pas ?

— Non, bien sûr que non ! mentit Julian. Merci à vous tous pour cette merveilleuse surprise. Vous ne pouvez pas savoir à quel point je suis touché.

Alice regarda Monica. Julian avait-il réussi à la calmer ? Pas le moins du monde.

— Ah oui ? Qu'avez-vous fait de votre sincérité, Julian ? N'est-ce pas vous qui nous avez incités à « confier ce qui nous définit vraiment » ? En êtes-vous seulement encore capable ? s'écria-t-elle.

L'assistance s'était tue, chacun observant tour à tour Julian et Monica comme des spectateurs à la finale de Wimbledon.

— Vous avez raison : je ne suis qu'un vieil imbécile – désolé, marmonna Julian sans grande conviction en tendant les mains devant lui comme pour repousser un agresseur.

Peine perdue : Monica n'avait pas terminé.

— Pourquoi passer vos journées avec vos « amis » d'Instagram, des gens futiles et superficiels, plutôt qu'avec ceux qui vous aiment vraiment ? Vous n'avez aucune idée de ce qu'est l'amitié !

Alice fut soulagée de voir s'ouvrir la porte du café – l'arrivée d'un visiteur, quel qu'il soit, ferait retomber la tension. Monica s'interrompit pour regarder l'inconnue aux cheveux blancs, élégamment vêtue, qui venait d'entrer.

Alice fronça les sourcils. Son visage lui semblait vaguement familier.

— C'est une soirée privée, dit Monica. Nous sommes fermés jusqu'à demain matin.

— C'est vous que je viens voir, répliqua posément la nouvelle venue. Vous devez être Monica. Je suis Mary. La femme de Julian.

Mary

Mary n'avait pas trouvé le temps d'ouvrir le courrier avant la fin de la journée. Gus et William, les fils d'Anthony, étaient venus déjeuner avec leurs femmes et leurs enfants – cinq gamins à eux deux, que Mary aimait comme s'ils étaient ses propres petits-enfants. Elle glissait des pièces de monnaie dans leurs poches, et les gavait de chocolat et de Curly au fromage dès que leurs mères avaient le dos tourné.

Ce jour-là, elle avait adoré jouer les matriarches. Assise à l'une des extrémités de la longue table de cuisine en chêne, elle s'était réjouie de voir ses convives, petits et grands, faire un sort à son rôti de bœuf et à ses pommes de terre sautées, sous le regard attendri d'Anthony, son conjoint, installé à l'autre bout de la table. Mais à soixante-quinze ans, elle commençait à manquer d'énergie. Pour être franche, la journée lui avait paru assez épuisante.

Le contenu de la boîte aux lettres ne semblait guère exaltant. C'était souvent le cas ces dernières années : les surprises étaient réservées aux plus jeunes. Une facture d'électricité, un catalogue de vente par correspondance et une lettre de remerciement d'une amie que Mary avait reçue à déjeuner la semaine précédente. Il y avait aussi un petit paquet rectangulaire, assez mince, adressé à « Mary Jessop » – un patronyme qu'elle n'avait pas utilisé depuis quinze ans. Elle avait repris son nom de jeune fille aussitôt après avoir quitté les Chelsea Studios, et s'en était très bien portée. En s'appelant de nouveau Mary Sandilands, elle avait eu l'impression de redécouvrir la jeune fille qu'elle avait été.

Elle avait tout abandonné quinze ans plus tôt – et pas seulement son nom marital. Elle avait rédigé une courte lettre, expliquant qu'après des années d'humiliation et de souffrance elle en avait assez. Assez de partager son mari avec une ribambelle d'autres femmes. Elle avait aussi laissé des instructions, principalement d'ordre domestique, inscrites sur des petits papiers cachés dans toute la maison. Elle connaissait assez Julian pour savoir qu'il aurait du mal à se débrouiller sans elle. Et puis, chaque fois qu'il trouverait un de ses messages, il se souviendrait peut-être de tout ce qu'elle avait fait pour lui ? Cette pensée l'avait un peu réconfortée, jusqu'à ce qu'elle revienne à une vision plus réaliste de la situation : incapable de vivre seul, Julian avait sans doute vidé les placards de ses vêtements et invité sa dernière conquête à emménager avec lui.

Une petite voix intérieure lui conseilla de s'asseoir avant d'ouvrir le paquet, ce qu'elle fit. Elle s'installa confortablement dans le fauteuil de la cuisine, chaussa ses lunettes et ouvrit l'enveloppe à l'aide d'une paire de ciseaux. Elle y trouva un simple cahier d'exercices, recouvert de film plastique transparent. Trois mots figuraient sur la couverture : *Le Carnet des Silences*. Quel étrange objet… Pourquoi diable le lui avait-on envoyé ? Elle l'ouvrit à la première page.

Elle reconnut tout de suite l'écriture de l'auteur. Elle se rappelait encore la première fois qu'elle l'avait vue. Le message, rédigé au stylo-plume, sur un carton d'invitation, était le suivant : *« Chère Mary, je serais très honoré si vous acceptiez de vous joindre à moi pour dîner à l'Ivy, samedi soir, à 21 heures. Sincèrement vôtre, Julian Jessop. »*

Tout, dans ce message, lui avait semblé fabuleusement glamour. Le restaurant, pour commencer : elle avait entendu parler de l'Ivy, un des restos les plus chics de Londres, mais elle n'y avait jamais mangé. L'heure tardive, ensuite : un dîner à 21 heures – n'était-ce pas excitant ? Et surtout, l'auteur de ces quelques lignes. Julian Jessop, l'un des artistes les plus en vue de la capitale. Elle avait retourné le carton. Une esquisse figurait au verso – à peine quelques traits de crayon, mais elle s'était reconnue aussitôt.

Pourquoi elle ? Mary n'en avait aucune idée, mais elle était terriblement reconnaissante à Julian de l'avoir invitée. Et elle l'était restée pendant près de quarante ans, jusqu'au jour où sa gratitude s'était évanouie. Comme le reste. Elle était partie peu après.

Elle commença à lire.

JE SUIS SEUL.

Julian ? Le soleil autour duquel ils tournaient tous, le centre de gravité de leur petit monde ? Comment était-ce possible ? Comment pouvait-il se sentir seul ? Et invisible ?

Elle poursuivit sa lecture.

Mary est partie la première… Elle venait d'avoir soixante ans.

Le salaud. Il l'avait éliminée. Quel culot ! Cela dit, elle n'aurait pas dû être surprise : Julian avait toujours entretenu une relation assez désinvolte avec la vérité. C'était sa capacité à réécrire les événements en fonction de ses besoins qui lui avait permis de mentir à Mary pendant si longtemps. Tous ces modèles dont il se contentait de « reproduire les formes sur la toile, rien de plus » – comment pouvait-elle « imaginer une chose pareille ? » Elle était « folle, jalouse et paranoïaque ». Pourtant, l'odeur de leurs ébats, mêlée à celle de la peinture, flottait dans l'air quand elle rentrait du travail. Encore aujourd'hui, l'odeur de la peinture à l'huile restait associée dans son esprit à celle de la trahison.

Du temps de leur mariage, elle veillait à ne jamais lire les potins mondains dans les journaux, et elle faisait mine de ne pas remarquer le silence qui s'abattait parfois sur l'assistance lorsqu'elle entrait dans une pièce, ou la manière dont ses amis changeaient abruptement de sujet quand elle se mêlait à leur conversation. Elle feignait aussi d'ignorer les regards apitoyés de certaines femmes, et les regards hostiles de certaines autres.

Elle baissa de nouveau les yeux vers le cahier. Le gros mensonge de Julian sur sa mort présumée était suivi d'une vérité toute simple :

Avec Mary, j'étais le plus aimé. Il n'aurait pu en être autrement. Aujourd'hui, je me rends compte à quel point je l'ai tenue pour acquise.

Elle s'en rendait compte, elle aussi. Lorsqu'ils vivaient ensemble, Julian lui faisait sentir, à chaque instant, à quel point il la surpassait dans tous les domaines. Et par conséquent, à quel point elle devait se montrer reconnaissante d'être admise à partager sa vie, à briller (mais pas trop) dans son firmament.

Comparé à tous ceux qui l'avaient précédé, l'événement qui avait fait déborder le vase était assez mineur.

Ce jour-là, elle était rentrée plus tôt que prévu de l'hôpital : ce qu'elle avait d'abord pris pour un accouchement imminent n'était que des contractions de Braxton-Hicks. Mary avait rassuré la patiente et l'avait renvoyée chez elle. Ensuite, pressée de rentrer, elle n'avait pas pris la peine de se changer, et elle avait poussé la porte du cottage dans son uniforme de sage-femme. Julian était étendu sur le canapé, entièrement nu, sa blouse de peintre jetée sur ses épaules, une Gauloise à la main. Delphine, le modèle qu'il venait d'embaucher, se tenait près du feu. Nue, elle aussi, mais juchée sur des talons aiguilles, elle jouait (péniblement) un air langoureux sur l'alto de Mary.

D'autres femmes avaient joué avec son mari pendant des années, mais aucune ne s'était permis de jouer avec son alto. Mary avait jeté Delphine dehors, sourde aux protestations de Julian, qui pourfendait son « imagination débridée » et « son satané alto » en jurant ses grands dieux que la jeune femme n'était qu'une « adorable muse au service de l'art ».

Mary avait passé des décennies à espérer que Julian finirait par mûrir, qu'avec l'âge, il renoncerait à séduire toutes les jolies filles qui croisaient sa route. *Il finira bien par admettre qu'il n'en a plus le désir, ni l'énergie, ni même la capacité ?* songeait-elle. Elle avait espéré en vain. La seule chose qui avait changé, au fil du temps, c'était le nombre d'années qui la séparait des maîtresses de son mari. D'après ses estimations, Delphine, la dernière en date, devait avoir une bonne trentaine d'années de moins qu'elle. Le lendemain, profitant de l'absence de Julian, parti peindre le portrait de la comtesse de Denbigh dans le Warwickshire, elle avait fait ses valises, laissé ses instructions dans les tiroirs, et quitté les Chelsea Studios.

Elle n'y était jamais retournée.

Elle avait rencontré Anthony un an plus tard. Il était fou d'elle. Et il l'était resté. Il ne cessait de remercier la bonne étoile qui leur avait permis de se connaître. Avec lui, Mary se sentait unique, aimée et choyée. Il ne cherchait pas à ce qu'elle lui soit reconnaissante, mais elle l'était – à chaque instant.

Elle avait essayé de contacter Julian pour discuter du divorce, mais il n'avait jamais pris ses appels. Ni répondu à ses lettres. Au bout de quelques années, elle avait fini par renoncer. Elle n'avait pas besoin d'un document officiel pour se sentir en sécurité avec Anthony, et puis le mariage ne lui avait guère réussi la première fois – à quoi bon faire une seconde tentative ?

Parfois, elle se demandait si Julian était mort. Il y avait si longtemps qu'elle n'avait pas eu de ses nouvelles ! Elle aurait pu le rechercher sur Google ou contacter l'un de leurs anciens amis communs, mais elle ne parvenait pas à s'y résoudre. Par fierté, sans doute. De toute façon, puisqu'elle était toujours légalement son épouse, elle serait avertie de son décès, non ?

Elle parcourut les récits qui succédaient à celui de Julian dans le cahier, mais elle avait du mal à se concentrer. Et elle ne put s'empêcher d'émettre des jugements un peu expéditifs au fil de sa lecture :

Monica : elle ferait bien de se détendre un peu.

Hazard : en voilà un qui a du cran. Affronter ses démons n'est jamais facile.

Riley : quel gentil garçon ! J'espère qu'il s'en sortira avec sa copine.

Alice : elle n'a aucune idée de la chance qu'elle a d'avoir cet adorable bébé.

Il ne restait plus qu'un récit. À peine une dizaine de lignes, sans doute rédigées par la personne qui lui avait envoyé le cahier. Une écriture très ronde, qui s'étalait sans complexe sur la page. De grandes boucles, nota Mary, et un cœur à la place du point sur le dernier « i ».

Chère Mary,

Je m'appelle Lizzie Green. Voici ma vérité : je suis extrêmement curieuse. Indiscrète, diraient certains. J'aime les gens, leurs bizarreries, leurs forces, leurs faiblesses et leurs secrets. C'est comme ça que je vous ai retrouvée. Pas morte du tout, mais bien vivante, à Lewes, dans le Sussex.

Ce qui me définit aussi, en plus de la curiosité, c'est la loyauté. Par conséquent, je déteste la tromperie, le mensonge, le manque d'honnêteté. Or, Julian, comme vous le savez, n'a pas été honnête.

S'il y a une chose que Le Carnet des Silences *devrait accomplir, c'est de rendre son créateur plus sincère.*

C'est pourquoi je vous ai envoyé ce cahier, et c'est pourquoi je vous annonce que Julian donne un cours de dessin au Monica's Café tous les lundis à 19 heures.

Bises,
Lizzie

Julian

Julian était assailli d'émotions si contradictoires qu'il en avait le tournis. Comment était-il possible d'être à la fois si horrifié et si content de la revoir ? Elle avait changé, évidemment – quinze années s'étaient écoulées depuis son départ. Son visage s'était (un peu) affaissé. Mais elle était aussi droite, solide et élancée qu'un bouleau argenté. Et tout aussi lumineuse.

Avait-elle toujours été aussi resplendissante ? Ou l'était-elle devenue depuis qu'elle l'avait quitté ? Ces réflexions en amenèrent une autre, plus inconfortable : et si c'était lui qui avait brisé cet éclat ? C'est ce qui l'avait attiré vers elle au tout début de leur histoire. Puis il l'avait éteinte.

Il se rappela la première fois qu'il l'avait vue, à la cafétéria de l'hôpital St. Stephen's. Il s'était cassé l'orteil en escaladant le mur d'enceinte des Chelsea Studios – il avait perdu ses clés. Il avait entendu une autre sage-femme l'appeler, et il avait retenu son prénom. *Mary.* Incapable de détacher son regard de son visage, il l'avait dessiné sur une page du carnet de croquis qu'il glissait toujours dans sa poche, puis il avait griffonné une invitation à dîner au recto. Il avait arraché la page, et l'avait déposée sur le plateau de Mary en boitillant vers la sortie.

— Bonsoir, Mary, dit-il d'une voix tremblante. Tu m'as manqué.

Trois petits mots pour décrire quinze années de remords et de solitude – mais il était incapable d'en dire plus.

— Est-ce pour cette raison que tu m'as tuée ? répliqua-t-elle.

— C'est toi qui m'as tué en partant, dit-il en s'agrippant à la chaise la plus proche.

— Pourquoi avez-vous menti, Julian ? demanda Monica.

Elle s'était exprimée avec douceur, cette fois. Il voulut répondre, mais Mary le devança.

— Il désirait que vous l'aimiez. C'est un désir qui l'a gouverné toute sa vie : être aimé. Voyez-vous, le Julian que j'ai connu…

Elle s'interrompit, cherchant les mots justes. Pendant un instant, seul le bruit de la circulation sur Fulham Road rompit le silence qui s'était abattu sur l'assistance.

— Si la vérité ne correspondait pas à ses attentes, poursuivit Mary, il n'hésitait pas à la changer. Un peu comme s'il ajoutait de la couleur à un tableau pour masquer les imperfections. N'est-ce pas, Julian ?

— C'est vrai, mais il n'y avait pas que ça, dit-il.

Il s'arrêta, à bout de souffle, comme un poisson échoué sur le rivage.

— Continuez, dit Monica. On vous écoute.

— Je crois qu'il était plus facile pour moi de me convaincre que tu étais morte, Mary. Sans quoi, ton absence m'aurait accablé. Je me serais constamment reproché ton départ – puisque tu t'es détournée de moi, n'est-ce pas ? Toutes ces autres femmes, ces mensonges... Je suis désolé. Je suis vraiment, vraiment désolé.

— Tes infidélités ne sont pas seules en cause. J'en avais pris l'habitude. Ce qui m'a poussée à partir, c'est aussi cette manière que tu avais de me donner l'impression que j'étais insignifiante. Tu possèdes une telle énergie... Un vrai soleil ! Quand tu t'intéresses à quelqu'un, tu tournes tes rayons vers lui, et il s'épanouit dans ta chaleur. Puis tu t'en vas rayonner ailleurs, et la personne que tu délaisses reste dans l'ombre, désemparée. Elle cherche à recréer le souvenir de ta lumière – mais toi, tu es déjà loin !

Julian n'osait pas regarder Monica, sa nouvelle amie, qu'il venait de laisser tomber, comme tant d'autres avant elle au fil des années.

— Je ne voulais pas te faire de mal, Mary. Je t'aimais. Je t'aime encore, déclara-t-il. Quand tu es partie, mon univers entier s'est effondré.

— C'est pour ça que je suis venue ce soir. J'ai lu ton récit dans le cahier.

Il s'aperçut alors qu'elle tenait *Le Carnet des Silences* à la main. Ça alors ! Comment était-il entré en sa possession ?

— Quand je suis partie, je pensais que tu remarquerais à peine mon absence, et que tu aurais vite fait de me remplacer par une de tes modèles. Je n'imaginais pas que tu le vivrais si mal. J'étais en colère contre toi, mais je n'ai jamais souhaité te faire souffrir.

Elle s'approcha, posa le cahier sur la table et prit ses mains dans les siennes.

— Assieds-toi, vieil imbécile !

Il obtempéra, et elle s'assit près de lui. Monica leur apporta une bouteille de Baileys et des verres.

— C'est gentil, mais je n'en bois plus depuis des années, dit Mary. Trop de souvenirs. Et puis, c'est terriblement écœurant, vous ne trouvez pas ? Vous n'auriez pas un bon verre de vin rouge, plutôt ?

— Ne t'inquiète pas, Monica : on pourra rapporter les bouteilles et se faire rembourser, précisa Riley, comme s'il s'agissait d'une information de la plus haute importance.

— Julian, nous allons vous laisser discuter, tous les deux, annonça Hazard. Vous avez certainement beaucoup de choses à vous dire.

Julian hocha la tête et salua distraitement ses élèves, qui quittèrent le café un moment plus tard, derrière Hazard. Seuls Riley et Monica demeurèrent sur place pour débarrasser les reliefs de la soirée.

— Es-tu heureuse, maintenant ? demanda Julian à Mary.

Il se surprit à espérer une réponse positive. Il tenait vraiment à ce qu'elle soit heureuse. Loin de lui et des tourments qu'il lui avait imposés.

— Oui, répondit-elle. Après t'avoir quitté, j'ai appris à être mon propre soleil. Puis j'ai rencontré un homme adorable, veuf depuis quelques années. Il s'appelle Anthony. Nous vivons dans le Sussex.

Julian soupira. Certes, il voulait qu'elle soit heureuse – mais pas trop, tout de même.

— Toi aussi, tu sembles heureux, reprit-elle. Tes nouveaux amis ont l'air très sympathiques ! Prends soin d'eux, Julian. Et surtout, pas question de te laisser de nouveau distraire par le miroir aux alouettes – tu m'entends ?

Monica posa une bouteille de vin rouge et deux verres à pied sur la table.

— Je suis peut-être trop vieux pour changer, marmonna-t-il, plein de compassion pour sa petite personne.

— Il n'est jamais trop tard, assura Monica. Après tout, vous n'avez que soixante-dix-neuf ans. Vous avez encore de nombreuses années devant vous pour vous amender.

— Soixante-dix-neuf ? répéta Mary. Pas du tout. Il a quatre-vingt-quatre ans !

Monica

Le Carnet des Silences n'était qu'un tissu de mensonges. L'amitié de Monica pour Julian, qui avait pris tant d'importance dans sa vie ces derniers temps, n'était pas aussi solide qu'elle semblait l'être. Sur quoi d'autre Julian avait-il menti ? Dire qu'elle avait passé des heures à planifier et à organiser un hommage funèbre pour une dame encore bien vivante !

Il était presque minuit quand Julian et Mary quittèrent le café. Mary serra Monica dans ses bras en partant.

— Merci d'avoir veillé sur mon Julian, lui murmura-t-elle à l'oreille.

Son souffle était aussi léger qu'une brise d'été, et la peau de ses mains, qu'elle referma brièvement sur celles de Monica, avait la douceur de la soie. Elle franchit le seuil, suivie de Julian, emportant avec elle le souvenir d'un demi-siècle d'amour, de passion, de colère, de regrets et de chagrin. L'écho du carillon tinta dans le silence et, dans la grande salle déserte, l'air sembla moins dense.

Aidée de Riley, Monica vérifia une dernière fois que tout était en ordre avant de partir. Elle s'en voulait d'avoir si mal jugé Mary à la lecture du *Carnet* : n'avait-elle pas estimé que l'épouse de Julian était terne et insipide, nettement moins intéressante que son mari ? Comme elle se trompait ! La Mary qu'elle avait rencontrée ce soir était merveilleuse : bienveillante et chaleureuse, elle irradiait la bonté. La détermination, aussi. Car il en fallait, de la force, pour mettre fin à quarante ans de mariage et repartir de zéro !

Elle verrouilla la porte du café et ouvrit celle qui menait à son appartement.

— Quelle soirée ! C'était super intense, tu ne trouves pas ? commenta Riley en s'engageant dans l'escalier.

Monica se raidit. Résumer ainsi des émotions si complexes lui semblait un peu sacrilège.

— Qui a envoyé le livre à Mary, d'après toi ? reprit Riley.

— Ce doit être Lizzie. Alice m'a raconté qu'elle avait trouvé le *Carnet* à la garderie des Bonnes Fées de Maman après qu'un gamin l'avait sorti de son sac. C'est comme ça qu'elles se sont rapprochées, d'ailleurs : quand Lizzie a lu son récit, elle est tout de suite allée lui proposer de l'aider à s'occuper de Bunty.

— Tu ne trouves pas que c'était un peu méchant de sa part de prendre contact avec Mary sans le dire à Julian ? demanda Riley.

— Je pense que Lizzie lui a rendu service, au contraire : elle l'a obligé à se confronter publiquement à ses propres mensonges. Un geste salutaire, à mon avis. D'ailleurs, Julian était un peu différent quand il est parti ce soir, non ? Moins fanfaron, mais plus sincère. Je pense qu'il sera plus sympathique et plus heureux à partir de maintenant. Et puis, Mary et lui pourront peut-être rester bons amis, qui sait !

— C'est vrai. Mais je l'ai toujours apprécié tel qu'il était, fanfaron ou non. Tu as quelque chose à manger ? Je suis affamé.

Monica ouvrit le placard de la cuisine : il était désespérément vide.

— J'ai du chocolat à pâtisser, si tu veux, dit-elle en cassant un carré qu'elle glissa dans sa bouche.

Il fondit sur sa langue, lui procurant une énergie bienvenue. Maintenant que la tension était retombée, elle se sentait épuisée – et affamée, elle aussi.

— Arrête ! s'écria Riley. Ne mange pas ça. C'est toxique.

— Qu'est-ce que tu racontes ? marmonna-t-elle, la bouche pleine de chocolat.

— Le chocolat à cuire. Cru, ça peut rendre malade.

— C'est ta mère qui te l'a dit quand tu étais petit ?

— Oui, acquiesça-t-il.

Monica laissa passer un silence.

— Elle m'a menti, c'est ça ? reprit-il. Pour m'empêcher d'aller piquer les tablettes de chocolat dans la cuisine.

— Exactement. C'est l'un des trucs que j'aime le plus chez toi : tu pars du principe que les gens sont honnêtes et sincères, comme toi. Tu penses toujours que tout va bien se passer et, de ce fait, c'est généralement le cas.

Ils s'assirent côte à côte sur le canapé. Riley semblait un peu vexé.

— Je ne suis pas seulement gentil, tu sais : j'ai aussi un côté sombre. J'ai des mauvaises pensées, et il m'arrive de voir les choses en noir, comme tout le monde. Je t'assure que c'est vrai !

— J'ai du mal à le croire. Il y a tant de choses que j'aime chez toi, dit-elle en lui tendant quelques carrés de chocolat, mais je ne suis pas certaine d'être amoureuse de toi – tu comprends ?

Il garda le silence. Elle se souvint de la phrase qu'avait prononcée Mary un moment plus tôt : « J'ai appris à être mon propre soleil. » Elle se souvint aussi de la conversation qu'elle avait eue avec Alice dans l'Eurostar. « Il y a des tas d'avantages à être célibataire. » Et c'était vrai : elle n'avait pas besoin de faire tourner sa vie autour d'un homme. Elle n'avait pas besoin non plus d'un bébé pour se sentir exister. « Les bébés ne détiennent pas la clé du bonheur. » Maintenant, elle savait ce qu'elle devait dire à Riley.

— Je ne peux pas partir en voyage avec toi. Je suis désolée. Je dois rester ici, auprès de mes amis et du café.

— Je m'y attendais, dit Riley d'un air étrangement désemparé.

Il posa le chocolat sur la table basse comme s'il refusait un lot de consolation.

— Je ne t'en veux pas, tu sais. Au départ, j'avais prévu d'y aller seul, de toute façon. Je m'en sortirai, ne t'en fais pas !

Elle savait que ce serait le cas. Riley s'en sortait toujours.

— Et si tu t'aperçois que tu as fait une terrible erreur, tu pourras toujours venir me voir à Perth ! conclut-il avec une pointe d'ironie.

— On peut rester amis jusqu'à ton départ ? demanda-t-elle.

Était-elle en train de commettre une terrible erreur ? Riley semblait incarner tout ce dont elle avait toujours rêvé. Pourtant, elle venait de le repousser.

— Bien sûr, dit-il en se levant.

Il se dirigea vers la porte. Sur le seuil, Monica posa un baiser sur ses lèvres. Un baiser d'adieu. Un baiser d'excuse. Un baiser qui le remerciait pour tout. Un baiser qui disait « Je t'aime, mais pas assez ».

Or elle ne voulait pas se contenter d'aimer à moitié.

Riley partit – et avec lui, les rêveries romantiques de Monica, ses images d'eux enlacés sur le Pont des Soupirs à Venise, nageant dans les eaux turquoise d'une crique sur une ravissante île grecque, s'embrassant dans un bar à Berlin au son d'un groupe de rock ; et plus tard, Riley apprenant à leurs enfants à surfer ; Monica les amenant sur Fulham Road pour leur montrer le café où tout avait commencé.

Elle se laissa choir sur le canapé. Soudain, ses jambes la portaient à peine. Quelle fatigue ! Elle regarda la photo de sa mère posée sur la cheminée. Une photo qui la montrait radieuse, riant aux éclats, lors d'une virée familiale en Cornouailles, quelques semaines avant le diagnostic.

Je sais que je n'ai pas besoin d'un homme, maman. Je suis parfaitement capable de vivre seule. Et de me prendre en charge.

Mais parfois, j'aimerais ne pas avoir à le faire.

Hazard

Une semaine s'était écoulée depuis que Hazard avait (mal) dîné avec Blanche et pris conscience de ses sentiments pour Monica.

Il s'était immergé dans le boulot, acceptant les travaux de jardinage les plus épuisants dans l'espoir de se changer les idées. Il avait aussi cessé de se servir du café comme d'une annexe de son bureau, et constaté l'inanité de cette mesure : ses séances de travail et ses parties de backgammon avec Monica lui manquaient horriblement.

Quelle ironie, tout de même ! Après avoir passé des semaines à jouer les entremetteurs pour Monica depuis Koh Panam, il s'apercevait que le seul homme qu'il souhaitait vraiment voir à son côté, c'était lui. Mais il avait tout fait foirer.

Il n'avait gardé du mariage de Rita et de Daphné que souvenirs brumeux, mais une scène lui était revenue en mémoire quelques jours auparavant. D'une clarté saisissante, elle tournait en boucle dans sa tête. Le moment où, complètement soûl, il s'en était pris à Monica, qui tentait de le raisonner. « Ce que tu peux être rasoir ! Fous-moi la paix, d'accord ? Tu n'es ni ma mère ni ma femme, ni même ma copine, Dieu merci ! »

Elle s'était montrée attentionnée le lendemain, et tout à fait amicale depuis. Elle ne paraissait pas lui garder rancune de ce triste épisode, mais elle n'envisageait certainement pas de sortir avec lui après l'avoir vu dans cet état. De toute façon, elle partirait bientôt en voyage avec Riley. *Ce cher Riley !* songea-t-il en serrant les dents. C'est bien simple, le jeune Australien était tout ce que Hazard n'était pas : fiable, honnête, simple, gentil et généreux.

S'il tenait vraiment à Monica, il aurait dû se réjouir de leur bonheur. Avec Riley, Monica avait tiré le bon numéro, c'est sûr. N'était-ce pas merveilleux ? Mais Hazard n'était pas *si* gentil : il était égoïste et cabossé par la vie. Et il tenait vraiment, vraiment, à garder Monica pour lui.

À présent, tout l'irritait chez son associé, depuis son stupide accent australien jusqu'à sa manie de siffler en travaillant. *Arrête, Hazard. Ce n'est pas sa faute. Il n'a rien fait de mal.*

Il se tourna vers Riley, qui sifflait gaiement à son côté.

— Alors, quelle sera votre première destination, quand vous partirez, Monica et toi ? demanda-t-il, tout en sachant que cette conversation lui ferait du mal.

— Elle ne viendra pas avec moi, finalement. Elle m'a dit qu'elle avait trop de choses à faire ici, alors je vais voyager seul. Sauf si j'arrive à persuader Brett de m'accompagner.

Hazard fit de son mieux pour ne pas regarder Riley, et ne pas révéler à quel point cette phrase anodine changeait tout pour lui. Il savait que son regard le trahirait. Il ne dit rien non plus, au risque de paraître indifférent, de peur que sa voix le trahisse, elle aussi. Était-il possible que Monica ait décidé de rester à Londres pour lui ? Il en doutait, mais c'était tout de même un signe, non ? Ou du moins, une opportunité. Bref, il devait aller lui parler – sans quoi, il risquait de perdre la boule.

Tout en arrachant des chardons géants d'un parterre envahi par les mauvaises herbes, il réfléchit à ce qu'il pourrait lui dire.

« Je sais que je suis un type grossier et narcissique, que j'ai des problèmes d'alcool et de drogue à régler, et que je me suis montré affreusement désagréable avec toi récemment, mais je pense que tu es une femme merveilleuse et que nous pourrions être très heureux ensemble, si tu acceptais de me donner une chance. » Hum. Pas très vendeur.

« Monica, j'aime tout chez toi : ta force, tes ambitions, tes principes, la façon dont tu tiens tant à tes amis et même tes obsessions en matière d'hygiène alimentaire. Si tu m'en donnais l'occasion, je ferais tout mon possible pour être digne de toi. » Non. Pédant et pitoyable. On dirait un gosse qui réclame de l'attention.

« Monica, tout ce que tu as écrit à propos du mariage, des enfants et de ce bonheur rose bonbon dont tu rêves – eh bien, peut-être que j'en rêve, moi aussi. » Oh, là ! Méfiance. Hazard n'était pas encore tout à fait clair avec lui-même sur ce point. Or, il s'était promis d'être honnête avec Monica. Quand serait-il assez mûr et responsable pour devenir père ? Jamais, peut-être. De plus, il ne semblait pas très judicieux d'évoquer devant Monica ce qu'elle avait écrit dans le cahier : elle était assez susceptible là-dessus, comme Riley et lui l'avaient appris à leurs dépens.

Au fond, peut-être devrait-il se contenter de sonner chez elle. Il verrait bien ce qui se passerait ensuite !

Après tout, qu'avait-il à perdre ?

Il monta en voiture et se rendit au local des Bonnes Fées de Maman, l'esprit encore encombré de ses pensées. Il devait rapporter les outils de jardinage qu'ils avaient utilisés. Comme toujours, il ne put se contenter d'une visite express : ses petits amis jardiniers fondirent sur lui dès qu'il fit son apparition.

— Dis donc, Fin, lança-t-il au gamin qui l'aidait à ranger les outils dans la remise. Tu es doué avec les filles, toi ?

— Moi ? Je suis le meilleur ! répondit le petit en bombant le torse. J'ai CINQ copines. C'est mieux que Léo. Et il a une PlayStation 4.

— Waouh. Quel est ton secret ? Comment fais-tu pour leur dire que tu les aimes vraiment ?

— C'est simple : je leur donne un de mes bonbons Haribo. Et tu sais ce que je fais si je les aime vraiment, vraiment beaucoup ?

— Non. Tu fais quoi ? demanda Hazard en s'agenouillant pour être à sa hauteur.

Le souffle chaud de Fin lui chatouilla l'oreille comme il chuchotait :

— Je leur donne ceux qui sont en forme de cœur.

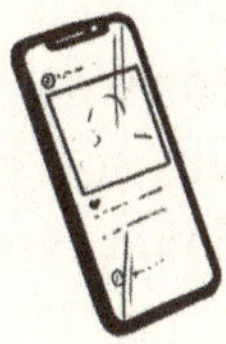

Alice

— Je n'étais pas sûre de vous trouver, Julian, avec toutes ces histoires – Mary qui n'est pas morte et tout le reste, déclara Alice en arrivant devant la tombe de l'amiral. Salut, Keith.

Elle se pencha pour tapoter la tête du chien. Keith parut vexé, comme si les tapotements faisaient affront à sa dignité.

— Cela fait quinze ans que Mary n'est pas morte, ma chère enfant, mais je suis quand même venu ici tous les vendredis ! Pas seulement pour me souvenir d'elle, mais aussi pour garder un lien avec mon passé, dont il reste si peu aujourd'hui. Tenez, j'ai acheté ceci au lieu du Baileys, poursuivit Julian en sortant une bouteille de vin rouge, des verres en plastique et un tire-bouchon de son sac. Je n'ai jamais vraiment aimé le Baileys, et Mary a avoué l'autre jour qu'elle n'en buvait plus depuis des années. Nous pouvons donc nous en passer, nous aussi.

Alice fut plutôt soulagée : elle vidait discrètement depuis des mois ses verres de Baileys dans les buissons à proximité de la tombe de l'amiral. Elle s'assit sur le marbre noir, près de Julian, et prit le verre de vin qu'il venait de lui servir. Le cimetière était rempli de jacinthes sauvages. Partout, une pluie de fleurs blanches tombait des arbres comme de la neige. *Le printemps, saison des nouveaux départs... Que m'apportera celui-ci ?* se demanda-t-elle. Elle sortit sa fille de sa poussette et l'assit sur ses genoux. Bunty attrapa une fleur au vol et la serra dans son poing potelé.

— Alice, très chère, je peux vous parler de ma nouvelle idée ? reprit Julian.

Elle hocha la tête, un peu nerveuse. Avec lui, on ne savait jamais à quoi s'attendre.

— J'ai repensé au *Carnet des Silences*, à ce qui m'avait incité à le commencer, à cette solitude qui me rongeait. Je sais que beaucoup d'autres gens éprouvent la même chose, un peu partout dans cette ville : ils passent des journées entières sans parler à personne et mangent seuls à chaque repas.

Alice hocha la tête, l'encourageant à continuer.

— Puis je me suis souvenu de Hazard et de son séjour en Thaïlande. Il m'a raconté que ses hôteliers avaient installé une table commune au restaurant. Hazard y dînait tous les soirs avec les autres clients de l'établissement. Si bien qu'il ne mangeait jamais seul – n'est-ce pas formidable ?

— Je me souviens qu'il en a parlé, renchérit Alice. C'est une super idée. On doit rencontrer des tas de gens comme ça.

— Exactement. Alors, je me suis dit : pourquoi ne pas organiser un dîner de ce genre chez Monica une fois par semaine ? Nous pourrions inviter tous ceux qui sont seuls chez eux à se réunir autour d'une grande table. On demanderait dix livres par personne, et chacun apporterait sa boisson. Ceux qui pourraient se le permettre paieraient vingt livres, au lieu de dix. Ainsi, ceux qui ne pourraient pas payer dix livres mangeraient gratis. Qu'en pensez-vous ?

— Je trouve ça génial ! s'écria Alice en tapant dans ses mains.

Bunty éclata de rire et applaudit à son tour.

— Qu'en pense Monica ?

— Je ne lui ai pas encore demandé, répondit Julian. Vous croyez qu'elle acceptera ?

— J'en suis certaine ! Quel nom donnerez-vous à ce nouveau rendez-vous ?

— J'ai pensé au *Julian's Dinner Club.*

— Évidemment – parfait. Regardez : voilà Riley.

— Bonsoir, mon garçon. Asseyez-vous, ordonna Julian en lui tendant un verre de vin. J'ai une proposition à vous faire. C'est mon anniversaire le 31 mai, quelques jours avant votre départ. J'aimerais organiser une fête, afin que nous puissions tous vous dire au revoir. Ce serait aussi l'occasion de vous remercier de ce que vous avez fait pour moi. Qu'en dites-vous ?

— Trop cool ! s'exclama Riley. Vous allez donc fêter vos quatre-vingts ans… C'est fou, ça !

— Mais, Julian, intervint Alice, je croyais que vous étiez né le jour où l'Angleterre a déclaré la guerre à l'Allemagne ? C'est ce que vous nous avez dit cet hiver. Or, je suis absolument certaine que la guerre a été déclarée en septembre, pas en mai.

Elle avait remporté le premier prix d'histoire au lycée. C'était son plus grand – et unique – succès scolaire.

Julian toussota, manifestement gêné.

— Vous êtes forte en histoire, ma chère ! Eh bien, vous avez raison : j'ai dû me tromper de mois. Et même d'année. Je ne vais pas avoir quatre-vingts ans, mais plutôt quatre-vingt-cinq. Le jour où la guerre a été déclarée était en fait mon premier jour à l'école primaire. J'étais furieux que personne ne me demande comment ça s'était passé. Quoi qu'il en soit, dit-il en changeant prestement de sujet, j'ai pensé que nous pourrions faire un grand pique-nique à Kensington Gardens, entre l'étang et le kiosque à musique. C'est là que j'organisais mes fêtes d'anniversaire autrefois. Nous rassemblerons tous les fauteuils de jardin que nous trouverons à proximité, nous remplirons de grands seaux à glace pour rafraîchir les bouteilles de Pimm's et de limonade, nous servirons des fruits et de la glace, ceux qui savent jouer d'un instrument se chargeront de l'animation, et nous resterons jusqu'à ce que la nuit tombe et que les gardiens du parc nous jettent dehors.

— Je ne peux pas imaginer meilleure manière de faire mes adieux à Londres, déclara Riley. Merci.

— Tout le plaisir est pour moi, affirma Julian en souriant. Je vais demander à Monica de se charger des détails pratiques.

Julian

Julian n'arrivait pas à croire que Mary était assise en face de lui, dans le salon du cottage. Il se croyait presque revenu dans les années 1990, quand ils buvaient le thé près du feu en bavardant tranquillement. Quel bonheur ! Keith n'était pas de cet avis : Mary était assise sur son fauteuil préféré, à droite de la cheminée.

Elle était venue chercher ses affaires. Quelques vêtements, des livres – « le strict minimum », avait-elle affirmé, en ajoutant qu'il n'était « pas bon de vivre dans le passé ». Julian l'avait écoutée, un peu étonné. Il n'avait jamais vu les choses sous cet angle. À présent, il savait qu'il allait devoir lui parler sérieusement. Et surtout, lui présenter ses excuses. S'il ne le faisait pas, l'occasion ne se représenterait peut-être jamais.

— Mary, je suis désolé de t'avoir… fait passer pour morte, commença-t-il avec hésitation. Honnêtement, je n'avais pas l'impression de mentir en écrivant ça dans le cahier. À force de penser que tu étais morte, j'avais fini par me convaincre que c'était vrai, tu comprends ?

— Oui. Mais pourquoi ? Pourquoi m'avoir tuée, Julian ?

— C'était plus facile que d'affronter la vérité, je suppose. En toute logique, j'aurais dû me lancer à ta recherche et essayer de faire amende honorable. Mais cela m'aurait obligé à admettre que je m'étais très mal comporté envers toi, et à prendre le risque d'être rejeté une seconde fois. Alors je n'ai pas…

Il s'interrompit, les yeux rivés sur sa tasse de thé. Quelle situation embarrassante !

— Juste par curiosité, reprit Mary avec un léger sourire, comment suis-je morte ?

— Oh, j'ai testé différents scénarios au fil des années. Pendant un certain temps, je me disais que tu avais été renversée par un bus sur Fulham Road alors que tu rentrais à la maison après avoir fait les courses au marché de North End Road. Le trottoir était jonché d'abricots et de cerises.

— Dramatique à souhait, commenta Mary. Mais pas très gentil pour le chauffeur de bus. Quoi d'autre ?

— Une forme de cancer peu commune, mais très agressive. Dans cette version, je restais héroïquement à ton chevet jusqu'à ton dernier souffle sans rien pouvoir faire pour te sauver.

Mary secoua la tête.

— Peu probable. Tu ferais une mauvaise infirmière : tu n'as jamais été bon avec la maladie.

— En effet. Tu veux connaître la dernière version ? J'en suis assez fier. Tu étais prise dans une fusillade entre des gangs rivaux. Tu voulais porter secours à un jeune homme qui avait été poignardé et gisait sur le trottoir, mais les échanges de tirs reprenaient et tu tombais à ton tour, victime de ta propre bravoure.

— Quelle bonne idée ! J'adore cette version, j'ai l'air d'une vraie héroïne. Veille à ce qu'on me tire une balle en plein cœur, surtout. Je ne veux pas d'une fin lente et douloureuse. Au fait, Julian…

Il se raidit. Quand Mary commençait une phrase par « au fait », ce qui venait ensuite n'était jamais agréable à entendre.

— En arrivant, j'ai croisé une de tes voisines. Une certaine Patricia. Elle m'a parlé de l'offre de vente que vous a adressée le propriétaire.

Julian soupira. Il se sentait comme au bon vieux temps, quand Mary le surprenait en train de faire une bêtise.

— Cette femme me harcèle depuis des mois. Mais comment pourrais-je vendre le cottage ? Où irais-je habiter ? Et que ferais-je de tout ça ? dit-il en désignant d'un geste ample l'invraisemblable bric-à-brac accumulé dans la pièce.

— Ce ne sont que des objets, Julian. Sans eux, tu te sentiras peut-être libéré ! Tu pourrais prendre un nouveau départ, commencer une nouvelle vie. C'est ce que j'ai ressenti en laissant tout ça derrière moi.

Il essaya de ne pas se hérisser à la pensée que Mary s'était « libérée » de lui et de leur couple.

— J'ai tant de souvenirs ici… Ces « objets », comme tu dis, me rappellent nos amis d'autrefois. Ils me parlent de toi aussi.

— Mais je ne suis plus là, Julian. Je vis à Lewes, maintenant. Et j'y suis très heureuse. Tu peux venir nous rendre visite quand tu veux, d'ailleurs. Je comprends ce que tu ressens ici, mais tu ne peux pas vivre dans le passé en permanence. Tous ces objets, tous ces souvenirs t'étouffent et t'empêchent d'aller de l'avant. Tu as de nouveaux amis : tu te sentiras chez toi partout où ils seront. Tu pourrais acheter un appartement dans un immeuble neuf et repartir à zéro. Imagine un peu… Ce serait bien, non ?

Julian tenta de s'imaginer dans un appartement semblable à celui de Hazard, où il était allé prendre le thé la semaine précédente. De grandes fenêtres, des lignes épurées et des surfaces dégagées ; un système de chauffage par le sol ; des pots remplis d'orchidées blanches ; des variateurs de lumière – autant de perspectives inattendues, mais étrangement excitantes. Aurait-il le courage de quitter son cocon douillet à soixante-dix-neuf ans ? *Quatre-vingt-quatre, plutôt*, rectifia-t-il. Peu importait, : l'effet serait le même.

— Quoi qu'il en soit, poursuivit Mary, tu ferais bien de vendre. C'est même la seule chose à faire… Pense à tes voisins ! En t'obstinant dans ton refus, tu fiches leur vie en l'air. Ne serait-il pas temps de penser un peu aux autres ?

Il savait qu'elle avait raison. Mary avait toujours raison.

— Je dois te laisser, maintenant. J'ai quelqu'un d'autre à voir dans le quartier avant de partir. Mais promets-moi d'y réfléchir, d'accord ? insista-t-elle en se penchant pour poser un baiser sur sa joue.

— D'accord, acquiesça-t-il.

Et il le pensait vraiment.

Julian frappa au numéro 4. La porte s'ouvrit sur une femme imposante. Les mains sur les hanches, elle le dévisagea d'un air intrigué, mais peu amical. Chacun d'eux attendit que l'autre prenne la parole. Julian craqua le premier. Il détestait faire durer le silence.

— Bonjour, madame Arbuckle. Vous cherchiez à me voir, il me semble.

— En effet. Je vous cherche depuis huit mois. Que me vaut *l'honneur* de votre visite ?

— J'ai décidé de vendre.

Patricia Arbuckle laissa retomber ses bras et poussa un long soupir.

— Ça alors ! Je ne m'y attendais pas du tout. Entrez donc. Qu'est-ce qui vous a fait changer d'avis ?

— Eh bien, j'ai compris que c'était la seule chose à faire, répondit Julian, en espérant que le fait d'énoncer à voix haute ce nouveau mantra l'aiderait à le mettre en pratique. Vous avez tous de belles années devant vous, et je m'en voudrais de réduire vos économies à néant. Je suis navré d'avoir mis tant de temps à l'admettre.

— Il n'est jamais trop tard, monsieur Jessop ! commenta Patricia avec un petit sourire.

— Vous n'êtes pas la première personne à me le dire, répliqua Julian.

Monica

Monica plaça l'affiche de Julian dans la vitrine du café, à l'endroit précis où elle avait scotché, six mois plus tôt, la petite annonce réclamant un professeur de dessin. Elle posa avec soin les morceaux d'adhésif sur les marques laissées par les précédents, qu'elle n'avait pas réussi à enlever complètement.

VOUS EN AVEZ ASSEZ DE MANGER SEUL ?

JOIGNEZ-VOUS À LA TABLE COMMUNE
DU JULIAN'S DINNER CLUB AU MONICA'S CAFÉ
TOUS LES JEUDIS, À 19 HEURES.
APPORTEZ VOTRE BOISSON
10 £ PAR PERSONNE, 20 £ SI VOUS EN AVEZ LES MOYENS.
ET SI VOUS NE LES AVEZ PAS, VOUS MANGEREZ POUR RIEN !

Elle se rappela que Hazard avait subtilisé sa petite annonce pour la photocopier en plusieurs exemplaires. En guise de punition, elle devrait lui demander de reproduire celle-ci et de la distribuer dans tout le quartier ! Elle s'apprêtait à fermer le café, quand une cliente entra. Monica faillit lui dire qu'elle arrivait trop tard – puis se retint. C'était Mary.

— Bonsoir, Monica. Je viens de rendre visite à Julian, et j'ai pensé que ce serait une bonne idée d'en profiter pour vous rapporter ça.

Elle sortit de son sac le cahier que le peintre avait laissé sur une table du café six mois auparavant.

— J'ai voulu le donner à Julian, reprit-elle, mais il a refusé : il dit que le cahier lui rappelle à quel point il a été *insincère*. D'après lui, c'est vous qui devez le récupérer. Tenez.

— Merci, dit Monica en prenant le *Carnet*. Ne partez pas tout de suite. Voulez-vous une tasse de thé ? Et une part de gâteau ? Il faut fêter ça, tout de même !

Mary s'assit au comptoir pendant que Monica mettait l'eau à bouillir.

— Je suis navrée de vous avoir causé un choc en débarquant ici l'autre soir, déclara-t-elle. Je pensais pouvoir entrer discrètement et parler à Julian en tête à tête pendant que les élèves plancheraient sur leurs dessins. Je ne m'attendais pas à faire irruption en plein hommage funèbre. Organisé en mon honneur, qui plus est !

— Ne vous en excusez pas, je vous en prie, protesta Monica en versant le thé dans les tasses. Comment auriez vous pu imaginer une chose pareille ? Mais je suis ravie que cette soirée un peu bizarre nous ait offert l'occasion de vous rencontrer.

— Moi aussi. Et j'avoue que ce petit cahier m'a rendu un fier service. Il y a quinze ans, j'ai quitté Julian sans vraiment m'expliquer avec lui, ni lui dire au revoir. Par la suite, j'ai compris que j'avais laissé une partie de moi au cottage. Une grande partie de ma vie. Et Julian, bien sûr – un être terriblement imparfait, comme vous le savez, mais extraordinaire. Le revoir m'a permis de faire la paix avec lui, et avec mon passé.

— J'en suis heureuse pour vous.

— Au fait, j'espère que vous ne me trouverez pas indiscrète, mais... Où en êtes-vous avec cet homme qui est si passionnément amoureux de vous ?

— Riley ? s'enquit Monica.

« Passionnément amoureux », lui ? C'était un peu exagéré.

— Nous avons décidé d'en rester là, répondit-elle. Il doit partir en voyage et...

— Non, interrompit Mary, pas le gentil garçon australien, l'autre. Celui qui était assis juste là (elle tendit la main vers une table d'angle) et qui regardait Riley d'un air sombre, comme s'il lui avait volé un trésor qu'il souhaitait récupérer à tout prix.

Monica fronça les sourcils, perplexe.

— Hazard ?

— Ah, c'était donc Hazard ! s'exclama Mary. Ça ne m'étonne pas. J'ai lu son récit dans le cahier.

— Vous vous trompez, Mary. Nous sommes très différents l'un de l'autre... Complètement opposés, en fait.

Mary balaya sa remarque d'un revers de main.

— J'ai passé ma vie à observer les gens et je sais ce que j'ai vu ici l'autre soir, croyez-moi ! Hazard est un homme complexe, cabossé par la vie, et je connais bien ces oiseaux-là.

— En admettant que vous ayez raison, Mary, la description que vous faites de lui ne devrait-elle pas m'inciter à me tenir à distance ?

— Allons donc ! Vous êtes tellement plus forte que je ne l'étais quand j'ai rencontré Julian. Vous ne laisserez personne vous traiter comme il l'a fait avec moi. Et de toute façon, je ne regrette rien – et surtout pas les années que j'ai passées avec lui. Je dois y aller, maintenant.

Mary se pencha au-dessus du comptoir, embrassa Monica sur les deux joues et sortit d'un pas vif. Monica demeura seule. Un peu ébahie, mais étrangement joyeuse.

Hazard, amoureux d'elle ? Pourquoi cette idée ne la faisait-elle pas ricaner ? Elle se sentait flattée, voilà tout. Flattée que Mary la perçoive comme une femme susceptible d'inspirer des sentiments passionnés. *Ressaisis-toi, Monica.*

Elle prit le cahier posé sur le comptoir. Il était revenu à la case départ après être passé de main en main. Tous les protagonistes, à l'exception de Julian, avaient lu son récit. Elle, en revanche, n'avait lu aucun des leurs. *Ce n'est pas très équitable*, songea-t-elle. Elle se servit une autre tasse de thé et commença à lire.

Hazard

Hazard sonna chez Monica. Il était presque 22 heures – bien plus tard que prévu, puisqu'il avait changé d'avis à deux reprises. Il n'était toujours pas certain d'avoir pris la bonne décision, mais il faisait preuve de courage, au moins. Une voix féminine s'éleva dans l'interphone.

— Qui est-ce ?

Trop tard pour reculer, à présent.

— C'est Hazard.

Il se sentait comme un Roméo des temps modernes, venu déclarer sa flamme à Juliette. Si seulement elle avait un balcon, au lieu d'un interphone !

— Oh. C'est toi. Qu'est-ce que tu veux ?

On était loin de Shakespeare. Et de l'accueil qu'il espérait.

— Il faut que je te parle, Monica. Je peux monter ?

— Je ne vois pas pourquoi, mais si tu y tiens…

Elle déclencha l'ouverture de la porte et raccrocha aussitôt. Hazard poussa le battant, puis gravit l'escalier jusqu'à son appartement.

Il n'avait gardé qu'un vague souvenir de l'appartement de Monica, où il avait passé la nuit dans un état calamiteux après le mariage de Daphné et de Rita. En entrant, il posa un regard neuf (et sobre) sur les lieux, en s'attardant sur les détails qui lui avaient échappé lors de sa première visite. Tout était propre, bien rangé et assez conventionnel : murs gris pâle, meubles minimalistes et plancher en chêne poli. Quelques objets témoignaient cependant d'une légère tendance à l'excentricité, qu'il avait déjà décelée chez Monica. Une lampe en forme de flamant rose, un mannequin en bois utilisé comme portemanteau et une grande toile accrochée au mur du salon, montrant un David Bowie plus vrai que nature. L'odeur agréable du café fraîchement moulu s'immisçait à travers le plancher – les cuisines du Monica's Café se trouvaient juste en dessous.

Monica ne semblait pas du tout contente de le voir. Ce n'était pas le bon moment pour faire sa grande déclaration. *Machine arrière, toute !* Quelle autre raison pouvait-il invoquer pour justifier une visite si tardive ? *Réfléchis, Hazard.*

Trop tard. Il s'était fourvoyé. Il devait se jeter à l'eau.

— Alors ? dit-elle. Que puis-je faire pour toi ?

— Eh bien… Je suis venu te dire ce que je ressens pour toi, déclara-t-il en faisant les cent pas.

Il était trop nerveux pour s'asseoir. Et de toute façon, elle ne le lui avait pas proposé.

— C'est inutile : je sais exactement ce que tu penses de moi, répliqua-t-elle.

— Ah bon ?

Ce serait peut-être plus facile qu'il ne le pensait, finalement.

— Oui. Par exemple : « Son intensité me déconcerte. Elle me terrifie, même. » Ça te rappelle quelque chose ?

Alors seulement, Hazard vit ce qu'elle tenait à la main : le cahier vert pâle. *Oh*, *non*. Elle était en train de lire sa prose !

— Je passe à la phrase suivante ? « En sa présence, j'ai toujours l'impression d'avoir mal agi (ce qui est sans doute le cas). C'est le genre de personne qui range les boîtes de conserve dans son placard l'étiquette tournée vers l'extérieur pour pouvoir les retrouver plus facilement. Et je suis sûr qu'elle classe ses livres par ordre alphabétique. » Et moi qui me demandais pourquoi tu m'as posé des questions sur mes boîtes de conserve l'autre jour !

— Arrête, Monica. Écoute-moi ! supplia Hazard dans une vaine tentative pour reprendre le contrôle de la situation.

Il avait l'impression de voir ses rêves se briser en direct sous ses yeux.

— Attends un peu. J'ai gardé le meilleur pour la fin ! Tu t'en souviens certainement, non ? « Je lui ai trouvé un air désespéré que j'exagère peut-être parce que j'ai lu son histoire, mais qui m'a donné envie de fuir à toutes jambes. »

Elle referma le cahier et le lui jeta à la figure.

— C'est la deuxième fois que tu me lances un truc en pleine tête. La première, c'était un pudding de Noël, lui rappela-t-il en se baissant pour esquiver le projectile.

Ça ne se passait pas du tout comme prévu, mais ce qu'elle était belle quand elle était en colère ! Une boule d'énergie et d'indignation. Il devait trouver un moyen de la convaincre.

— Qu'est-ce que tu attends pour fuir à toutes jambes ? s'écria-t-elle. Vas-y, je ne te retiens pas !

— Quand j'ai écrit ce texte, je ne te connaissais pas.

— Justement. Qu'est-ce qui te donnait le droit de porter des jugements sur ma façon de ranger mes placards, bordel ?

— J'avais tort. De A à Z. Pas pour les placards, mais pour tout le reste.

Elle lui lança un regard noir. Inutile d'essayer de l'amadouer par un trait d'humour, ça ne marcherait pas non plus.

— Tu es l'une des personnes les plus incroyables que j'aie jamais rencontrées. Si c'était à refaire, voilà ce que j'écrirais...

Il prit une grande respiration, avant de poursuivre :

— Je suis allé au café de Monica pour lui rendre le cahier de Julian. Je n'avais pas l'intention de jouer à ce petit jeu stupide. Mais quand j'ai vu qui elle était – la femme que j'avais violemment bousculée quelques nuits plus tôt, je n'ai pas eu le courage de l'affronter. J'ai gardé le *Carnet* et je l'ai emporté en Thaïlande. Là-bas, je n'ai pas réussi à oublier son histoire, alors j'ai décidé de chercher l'homme de ses rêves et de l'envoyer vers elle. En rentrant à Londres, j'ai compris que j'avais fait fausse route. Je n'avais pas à chercher : cet homme, c'était moi. Non pas que je sois parfait, évidemment...

Il tenta de faire sourire Monica, mais elle demeura de marbre. Sa plaisanterie tombait à plat, une fois de plus.

— Je sais que je ne la mérite pas, mais je l'aime, conclut-il. De la pointe de ses pieds à la racine de ses cheveux.

— Je te faisais confiance, répliqua-t-elle comme si elle n'avait pas entendu un mot de sa déclaration. Je t'ai dit des choses que je n'ai jamais dites à personne, pas même à Riley. Je pensais que toi, mieux que quiconque, tu comprendrais, que tu ne te moquerais pas de moi !

— Je te comprends, justement. Et les épreuves que tu as traversées te rendent encore plus précieuse à mes yeux. Après tout, ce sont les failles qui laissent entrer la lumière !

— Ne cite pas Leonard Cohen à tort et à travers : tu aggraves ton cas. Sors d'ici, c'est tout. Et ne reviens pas.

Hazard dut admettre qu'il ne réussirait pas à parler à Monica. Pas ce soir, en tout cas. Et peut-être jamais plus.

— D'accord, je m'en vais, dit-il en reculant vers la porte, mais j'irai sur la tombe de l'amiral jeudi soir à 19 heures. Réfléchis à ce que je t'ai dit, je t'en prie. Et si tu changes d'avis, viens me retrouver.

Hazard fit un détour par Eel Brook Common pour rentrer chez lui : il ne se sentait pas encore prêt à affronter le silence de son appartement désert. Un homme était assis sur un banc, à quelques mètres de là. Sous la lueur blafarde des réverbères, il paraissait aussi malheureux que Hazard. Il lui semblait aussi étrangement familier. L'avait-il déjà croisé quelque part ? Dans un bureau de la City, peut-être ? Le type portait l'uniforme réglementaire des financiers de haut vol : costume sur mesure, mocassins Church aux pieds et grosse Rolex au poignet.

— Bonsoir, dit Hazard.

Il se sentit stupide. Cet homme ne l'avait sans doute jamais vu de sa vie.

— Bonsoir, répondit le type en lui faisant une place sur le banc. Asseyez-vous. Ça ne va pas fort, on dirait ?

— Pas trop, confirma Hazard. Une femme qui m'a dit d'aller me faire voir – enfin, vous voyez le topo.

Qu'est-ce qui lui prenait, bon sang ? Toutes ces confidences ! D'abord le petit Fin, maintenant cet inconnu en pleine rue… Il devenait zinzin, ou quoi ?

— M'en parlez pas ! répliqua le gars. Je me suis assis là pour ne pas rentrer chez moi. Pas maintenant, en tout cas. Vous êtes marié ?

— Non. En ce moment, je suis célibataire.

— Eh bien, restez-le, mon vieux ! Croyez-moi, une fois que vous serez marié, votre copine changera de priorités. Et là, fini la belle vie ! Les nuits d'amour à volonté, la maison bien tenue, les dîners entre amis, les bons petits plats maison – bref, tout ce qui vous rendait heureux disparaîtra en quelques mois. Et vous aurez quoi, à la place ? Une épouse exténuée, des vergetures, des seins lourds, des jouets en plastique partout, et un bébé qui accapare toute son attention. Vous voyez ce que je veux dire ? Une fois marié et père de famille, vous ne serez plus le roi du monde : rien qu'un brave pigeon qui devra trimer pour financer tout ce bastringue.

— Je comprends ce que vous dites, affirma Hazard, et je suis sûr que le mariage n'est pas toujours facile, mais j'ai la fâcheuse habitude de faire l'inverse de ce qu'on me conseille de faire. Enfin… c'est mon problème, pas le vôtre !

Il se leva et marmonna un « salut » embarrassé à son nouveau confident. Il n'avait pas envie de s'attarder, en fait. Et il se sentait plutôt navré pour l'épouse de ce type, sommée d'être parfaite en toutes circonstances. Et son mari, lui, était-il si parfait que ça ? Avait-il oublié qu'il s'était engagé à l'aimer « pour le meilleur et pour le pire » ? Quel connard, franchement.

Il se remit en marche. Il avait parcouru une centaine de mètres quand il se souvint de l'endroit où il avait croisé le type : c'était quelques jours plus tôt, dans cet atroce resto où il était allé dîner avec Blanche. L'ex-roi du monde était assis au fond de la salle. Il dînait avec Alice.

Riley

Riley avait cru que sa vie redeviendrait simple et facile, comme elle l'avait toujours été. Il s'était trompé : plus rien n'était simple. Car il n'avait pas réussi à oublier Monica. Il avait l'impression qu'une tornade l'avait emporté pendant quelques mois dans un pays en Technicolor, où tout était étrange et intense, où il n'avait aucune idée de ce qui l'attendait au coin de la rue, puis la tornade s'était éloignée. Et il demeurait seul. Un peu hébété.

Pourquoi avait-il renoncé si facilement à son histoire avec Monica ? Pourquoi n'avait-il pas tenté de la convaincre de venir avec lui ? Ou envisagé de rester en Angleterre ? Il pourrait voyager à travers l'Europe comme prévu, puis revenir à Londres et reprendre les choses là où il les aurait laissées… Mais oui, pourquoi pas ?

Soudain, tout lui parut évident. Il se leva, secoua la léthargie qui l'accablait depuis plusieurs jours, et quitta son appartement d'un pas résolu. Une fois dehors, il se dirigea vers Fulham Road. Il était tard : le cimetière était fermé, mais Riley était animé d'une telle détermination qu'il remarqua à peine la distance supplémentaire à parcourir. Il avait l'impression de se joindre aux fiers bataillons des héros romantiques prêts à tout pour gagner le cœur de leur belle : Roméo, Rhett Butler, Shrek... OK. Peut-être pas Shrek.

Il leva les yeux en approchant de l'appartement de Monica : elle n'était pas encore couchée. Ses rideaux étaient ouverts et une lumière brillait dans son salon comme un phare dans la nuit. Riley traversa la rue et inclina la tête en arrière pour essayer de l'apercevoir.

Il ne la vit pas. En revanche, il vit Hazard. Très nettement. Debout près de la fenêtre.

Riley fronça les sourcils. Que faisait Hazard chez Monica à une heure pareille ?

Soudain, il se sentit très bête. Il repensa aux excuses que lui avait servies Monica, tous ces blablas à propos de ses amis et du café qu'elle ne « pouvait pas abandonner », alors qu'en fait, elle sortait avec un autre. Il repensa aussi aux dizaines d'heures qu'ils avaient passées à travailler ensemble, Hazard et lui, quand Hazard orientait sans cesse la conversation sur Monica. Maintenant, il comprenait pourquoi.

Était-ce la raison pour laquelle Hazard avait invité Monica au mariage de Daphné ? Sur le moment, Riley avait trouvé ça un peu étrange, mais il lui avait fait confiance. Ou plutôt, il leur avait fait confiance *à tous les deux*. Il n'aurait pas dû. Mais était-ce si surprenant ? Avec son look de beau ténébreux, son esprit vif et son sens des affaires, Hazard n'était-il pas, pour Monica, un bien meilleur choix que lui ?

Comment avait-il pu être aussi naïf ? Pas étonnant qu'elle ne soit pas tombée amoureuse de lui !

Une immense lassitude le submergea. En poussant la porte du café, six mois auparavant, il avait trouvé une place bien à lui, dans cette ville merveilleuse, parmi ces gens extraordinaires. Ce soir, la place venait de lui être volée. Et on l'avait jeté dehors. Comme un corps étranger, un intrus qui vous dérange. À quoi bon s'acharner ?

Il fit demi-tour vers Earl's Court. Le héros romantique qui avait emprunté ces mêmes rues une demi-heure plus tôt lui semblait déjà loin. Sous prétexte qu'il était jovial et insouciant, la plupart des gens pensaient qu'il était incapable de souffrir. Ils avaient tort. Affreusement tort.

Monica

Monica regarda la longue file d'attente qui s'étirait devant le café. Lizzie avait vraiment fait du bon travail ! Grâce à elle, le premier « Dinner Club » de Julian serait un succès. La nounou des Bonnes Fées de Maman avait mis à profit ses connaissances infaillibles sur les habitants de sa rue et des rues voisines. À force de les observer, elle savait exactement lesquels d'entre eux vivaient seuls et ne recevaient jamais de visites. Au cours des jours précédents, Lizzie était allée frapper à leur porte et les avait invités à la table commune. Ensuite, elle s'était rendue chez son médecin et lui avait donné des flyers à distribuer à ses patients, puis elle avait fait la même chose avec la bibliothécaire de Fulham, et avec son amie Sue, une travailleuse sociale très appréciée des personnes âgées du quartier.

Monica ouvrit la porte et invita tout le monde à entrer. Les tables avaient été disposées de manière à former un grand carré pouvant accueillir une quarantaine de convives. Mme Wu et Benji avaient préparé le repas, Monica et

Lizzie feraient le service, et Julian jouerait le maître de cérémonie, en compagnie de Keith, désormais reconnu comme le seul chien admis au café. Il s'assit sous la table, aux pieds de Julian, et lâcha plusieurs pets nauséabonds. À moins que ce ne soit Julian ?

En peu de temps, le café bourdonna de rires et de conversations. L'âge moyen des invités avoisinait la soixantaine. Encouragés par Julian, ils entreprirent de partager des anecdotes sur la vie du quartier et les changements qu'il avait connus au fil des décennies.

— Qui se souvient des bains publics et du lavoir de Fulham ? demanda Julian.

Mme Brooks, qui semblait encore plus âgée que le peintre, fut la première à répondre.

— Oh, je m'en souviens comme si c'était hier !

Mme Brooks vivait à deux pas de chez Lizzie, chuchota cette dernière à Monica – au numéro 67 de la rue. Son époux l'avait quittée après un « incident malheureux avec le préposé au gaz », et elle ne s'était pas remariée.

— Nous entassions nos draps et nos serviettes sales dans les landaus de nos gosses, et nous les poussions jusqu'à North End Road, raconta-t-elle. En arrivant, on faisait la lessive, bien sûr. Mais c'était surtout une bonne excuse pour faire les commères ! On bavardait pendant des heures, on frottait tant que nos mains ressemblaient à des pruneaux. J'ai presque regretté le jour où nous avons installé un évier flambant neuf dans ma cuisine ! Le lavoir a été transformé en école de danse. J'y vais chaque semaine.

— Vraiment ? demanda Monica.

— Non, bien sûr que non ! répliqua Mme Brooks en gloussant. Je peux à peine marcher. Si je m'amusais à faire des pliés, je ne me relèverais pas !

— Qui a vu jouer Johnny Haynes au stade du Craven Cottage ? demanda Bert, qui vivait au numéro 43.

Monica retint un sourire. Bert était un habitué du café. Toutes les conversations qu'elle avait eues avec lui portaient sur le Fulham Football Club.

— Saviez-vous que Pelé l'a décrit comme le meilleur passeur qu'il ait jamais vu ? Notre Johnny Haynes – je vous assure !

Bert paraissait sur le point de fondre en larmes, mais une grande gorgée de Special Brew le remit d'aplomb.

— J'ai bien connu George Best, déclara Julian. On buvait des coups ensemble dans un pub du quartier.

— Ça n'a rien d'exceptionnel, répliqua Bert d'un ton railleur. George buvait avec tout le monde !

Mme Wu remerciait d'un sourire radieux tous ceux qui la complimentaient sur ses talents de cuisinière, et menait Benji à la baguette. *Un dictateur en jupons !* pensa Monica en se demandant si son barista ne commençait pas à regretter le jour où il avait été accueilli au sein de la famille Wu.

Elle observa l'un des convives, qui savourait avec enthousiasme son poulet à l'aigre-douce. C'était l'un des sans-abri du quartier. Elle avait pris l'habitude de lui apporter ce qui restait dans les cuisines du café en fin de journée : elle savait qu'elle le trouverait généralement sous le pont de Putney, en bordure de l'ancien chemin de halage. Deux jours plus tôt, elle avait glissé le flyer de Julian dans le petit paquet qu'elle lui avait tendu.

— C'est le meilleur repas que j'ai mangé depuis des années, dit-il à Julian.

— Moi aussi, répondit Julian. Comment vous appelez-vous ?

— Jim. Enchanté de vous rencontrer. Et merci pour le dîner. J'aimerais pouvoir vous payer, mais…

— Inutile, mon cher, interrompit le peintre en balayant sa remarque d'un geste de la main. Vous nous revaudrez ça quand vous en aurez les moyens ! Et vous pourrez peut-être même payer le repas de quelqu'un d'autre, en plus du vôtre. Dites-moi, Jim : vous m'avez l'air d'un homme qui apprécie les vêtements de bonne facture. D'ordinaire, je ne laisse personne approcher de ma penderie, mais si vous passez à mon cottage demain, je vous ferai choisir une nouvelle tenue. Tant que ce n'est pas du Vivienne Westwood. Ma générosité s'arrête là !

Monica s'assit près de Julian et tapa dans ses mains pour obtenir le silence. Personne ne lui prêta attention.

— Taisez-vous ! aboya Mme Wu.

Comme chaque fois que Betty élevait la voix, l'effet fut immédiat : un silence choqué s'abattit sur l'assistance.

— Je tiens à vous remercier d'être venus si nombreux ce soir, déclara Monica. Un grand merci également à Betty et à Benji pour ce délicieux repas. Et bien sûr, à Julian. C'est lui qui a eu l'idée de créer ce club. Je pense que nous pouvons tous l'applaudir !

Elle se tourna vers Julian. Carré contre le dossier de son fauteuil, la tête légèrement inclinée en arrière, il sourit jusqu'aux oreilles, tandis qu'un tonnerre d'applaudissements, d'exclamations et de sifflements résonnait dans la pièce. Quand le calme fut revenu et que les convives eurent repris le fil de leurs conversations, il se pencha vers elle.

— Où est Hazard ? demanda-t-il.

— Je n'en ai aucune idée, mentit-elle.

Elle ne put s'empêcher de regarder sa montre : 19 h 45. Hazard l'attendait peut-être encore au cimetière.

— Monica, Mary m'a fait part de ses hypothèses vous concernant… et je me suis senti idiot de n'avoir rien vu. Je passe trop de temps à me concentrer sur ma petite personne, n'est-ce pas ? Riley est un garçon adorable, mais il a les limites de ses qualités : la vie est si simple pour lui ! Il n'a jamais eu à affronter l'adversité. Hazard est plus compliqué. Il s'est tenu au bord du précipice et il a failli se jeter dans le vide. Je le sais, parce que je me suis trouvé dans la même situation. Mais il s'en est sorti, et cette victoire l'a rendu plus fort. Vous feriez un beau couple, tous les deux.

Il prit sa main dans la sienne. Une main osseuse, à la peau plissée par le passage du temps.

— Nous sommes si différents, Hazard et moi ! protesta-t-elle.

— Et alors ? Ce n'est pas un mal. Vous apprendrez l'un de l'autre ! Vous ne voulez tout de même pas passer le reste de votre vie à vous regarder dans un miroir ? J'ai essayé, et croyez-moi, c'est d'un ennui mortel !

Monica émietta distraitement le fortune cookie posé devant elle, puis, voyant ce qu'elle avait fait, elle rassembla les miettes et les fit tomber avec soin dans une petite assiette.

— Julian, reprit-elle, ça ne vous dérange pas si je vous laisse avec vos invités ? J'ai quelque chose à faire.

— Bien sûr. On se débrouillera très bien sans vous. N'est-ce pas, madame Wu ?

— Oui. Allez ! dit Mme Wu en agitant les mains devant elle comme si elle poussait un oisillon hors de son nid.

Monica s'élança sur Fulham Road, à l'instant où le bus 14 quittait l'arrêt le plus proche. Elle courut après lui et tapa du poing contre les portes en criant « Attendez ! » au chauffeur – tout en sachant que ça ne servait jamais à rien.

Un miracle se produisit : le chauffeur du bus s'arrêta et ouvrit les portes pour la laisser monter.

— Merci ! haleta-t-elle.

Elle se laissa choir sur un siège, puis jeta un regard à sa montre : 20 heures. Hazard serait-il encore là, une heure après le rendez-vous qu'il lui avait fixé ? Improbable. De toute façon, le cimetière ne fermait-il pas à 20 heures ? Elle soupira. C'était perdu d'avance.

Pourquoi Hazard ne lui avait-il pas donné son numéro de téléphone, tout simplement ? Elle pourrait aisément retrouver son contact, ou son adresse, mais elle avait maintenant l'étrange impression que le destin en avait décidé autrement. Si elle manquait ce rendez-vous, c'est que leur « histoire » (elle ne trouvait pas d'autre mot pour la décrire) n'avait pas lieu d'être. Ce raisonnement échappait à toute logique et ne lui ressemblait pas du tout – mais elle avait beaucoup changé au cours des derniers mois. L'ancienne Monica n'aurait jamais envisagé de se lier avec un addict, par exemple. Ce genre de caractéristiques ne figurait pas sur sa liste de critères – loin de là !

Le bus s'arrêta quelques minutes plus tard devant le Brompton Cemetery. Monica descendit et s'approcha de l'entrée. Un énorme cadenas et une lourde chaîne fermaient les hautes grilles en fer forgé. Elle arrivait trop tard. Elle aurait dû en être soulagée – mais non. Elle se sentait furieuse. Et résolue à trouver une solution.

Les trottoirs étaient envahis de supporters de football : le match de l'équipe de Chelsea venait de s'achever. Ils s'attardaient devant le stade et les baraques à frites installées pour l'occasion dans les rues adjacentes. Un grand costaud, visiblement ivre, vêtu d'un jogging, d'un sweatshirt, d'un bonnet, d'une écharpe et même de gants à l'effigie du club de Chelsea, s'arrêta et fixa Monica. Un autre homme l'accompagnait, moins baraqué, mais souriant. *Exactement ce qu'il me faut*, songea Monica avec satisfaction.

— Souris, ma belle. Le pire n'est jamais sûr ! lança le baraqué d'un ton moqueur.

— Il le sera si je n'arrive pas à rentrer dans ce cimetière, répliqua-t-elle du tac au tac.

— Oooh ! Qu'est-ce qu'il y a là-dedans ? À part des macchabées, bien sûr ! Je parie que c'est l'amour. Hein ? Pas vrai que c'est l'amour ? répéta-t-il en s'esclaffant.

Il tapa dans le dos de son ami, qui recracha sa gorgée de bière sur le trottoir.

— C'est bien possible, admit Monica.

Elle rougit. Pourquoi faisait-elle à des inconnus des confidences qu'elle ne se faisait pas à elle-même ?

— T'en fais pas, ma belle. On va t'aider à rentrer là-dedans, pas vrai, Kevin ? déclara son nouvel ami. Tiens-moi ça.

Il tendit à Monica un hamburger à moitié consommé, dégoulinant de moutarde et de ketchup. Elle s'efforça de ne pas penser aux millions de bactéries qui se déposaient sur ses doigts. Elle avait oublié son gel pour les mains au café. Le grand costaud la souleva comme si elle ne pesait rien, et la jucha sur ses épaules, puis s'approcha du mur du cimetière.

— T'es à la bonne hauteur, maintenant ? demanda-t-il.

— Oui. C'est parfait !

Elle se hissa au sommet, puis s'assit à califourchon, une jambe de chaque côté du mur.

— Tu peux sauter de l'autre côté ? C'est pas trop haut ?

Monica baissa les yeux. Un large talus bordait le mur d'enceinte, et un tas de feuilles mortes adoucirait sa chute.

— Non, ça ira. Je vous remercie ! Tenez, c'est à vous, ajouta-t-elle en lui rendant son hamburger.

— De rien, ma belle. Tout le plaisir était pour moi ! Si tout se termine bien, tu pourras donner mon nom à ton premier gosse.

— Vous vous appelez comment ? demanda Monica.

— Alan !

Hum. Pas sûr que ça plaise à Hazard, songea-t-elle. Puis elle prit une profonde inspiration et sauta.

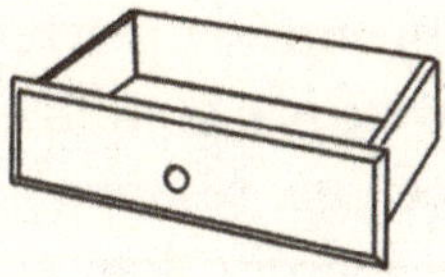

Hazard et Monica

Hazard regarda sa montre pour la énième fois. Il était 20 heures. La nuit tombait. Un bruit de moteur s'élevait dans le silence : un véhicule descendait lentement l'allée centrale. Or, les seules voitures autorisées dans le cimetière étaient celles des gardiens. Ils faisaient une dernière ronde, comprit Hazard. Histoire de pousser les retardataires vers la sortie, avant de fermer les grilles. Il devait plier bagage, lui aussi. Rentrer chez lui. Et accepter que Monica ne viendrait pas. Ni ce soir ni jamais.

Il avait rêvé d'une autre fin pour leur histoire, mais il s'était fourvoyé. Quel fantasme ridicule ! Il aurait pu se contenter de lui donner son numéro en lui demandant de l'appeler si elle changeait d'avis… Mais non, il avait proposé ce rendez-vous stupide – dans un cimetière, par-dessus le marché ! Il avait vu trop de comédies romantiques américaines : ça lui avait tourné la tête.

Maintenant, il était coincé, obligé de se cacher derrière une pierre tombale pour échapper à la vigilance des gardiens.

Pourquoi se cachait-il, d'ailleurs ? C'était idiot ! Les gars s'apprêtaient à cadenasser les grilles. Même si Monica arrivait en retard, elle ne pourrait plus entrer. Et il serait enfermé jusqu'au lendemain, condamné à se geler les fesses en compagnie des fantômes.

Hazard s'enveloppa dans son manteau et s'assit à même le sol, le dos appuyé contre la pierre tombale de l'amiral. Que faire ? Il n'en avait pas la moindre idée. Il tentait de se ressaisir quand une voix résonna à ses oreilles.

— Oh, bordel de merde. Bien sûr qu'il est parti. Tu t'attendais à quoi ? Quelle idiote !

Hazard tourna la tête. Elle était là. Superbe de colère et d'indignation. Et absolument, merveilleusement unique.

— Monica ! cria-t-il.

— Oh. Tu es encore là !

— Oui. J'espérais que tu viendrais. Je…

Il se tut. Non seulement il ne savait pas quoi faire, mais il ne savait pas non plus quoi dire. Lui, qui avait séduit tant de femmes d'un simple sourire et brisé tant de cœurs d'une réplique assassine, se trouvait à court de mots.

— Je… J'ai apporté des Haribo. T'en veux un ? bredouilla-t-il.

Bon sang. Il aggravait son cas. Depuis quand suivait-il les conseils d'un gamin de huit ans ? *T'es débile, Hazard. Complètement débile.*

— T'es débile, ou quoi ? s'écria Monica. Tu crois que j'ai escaladé le mur d'enceinte du cimetière et enfreint la loi pour la première fois de ma vie, parce que j'avais envie d'un Haribo ?

Elle fit un pas vers lui et l'embrassa. Sur la bouche. Comme si sa vie en dépendait.

Ils s'embrassèrent jusqu'à ce qu'il fasse complètement nuit, jusqu'à ce que leurs lèvres enflent sous les baisers, jusqu'à ce qu'ils ne se rappellent plus pourquoi ils ne l'avaient pas fait plus tôt, jusqu'à ce qu'ils ne sachent plus qui, de lui ou d'elle, continuait quand l'autre s'interrompait. Hazard avait passé près de deux décennies à s'envoyer en l'air par tous les moyens, courant après une ivresse toujours plus difficile à atteindre. Et voilà qu'il l'avait trouvée – la meilleure façon de perdre pied, de sentir son cœur s'accélérer et son esprit pétiller. Il la tenait dans ses bras. Tout contre lui. Elle s'appelait Monica.

— Hazard ? dit-elle.

— Monica ? répondit-il pour le plaisir de prononcer son prénom.

— Comment allons-nous sortir d'ici ?

— On va devoir appeler le gardien du cimetière et lui expliquer ce qu'on fait là. Une suggestion ?

— Tu es sérieux, là ? Notre histoire vient juste de commencer et tu m'incites déjà à mentir aux autorités ! Où cela nous mènera-t-il ?

— Aucune idée, mais j'ai hâte de le savoir.

Il l'embrassa de nouveau, jusqu'à ce qu'elle se fiche bien de savoir à qui elle devrait mentir.

Monica savait qu'elle n'était pas chez elle. Même à travers ses paupières fermées, elle devinait que la pièce où elle se trouvait était plus lumineuse que sa chambre à coucher. Plus silencieuse, aussi : elle n'entendait pas le bourdonnement de la circulation sur Fulham Road ni les vibrations de sa vieille chaudière. Même l'odeur était différente. Ici, ça sentait le bois de santal, la menthe poivrée, le musc. La sueur et le sexe, aussi.

Un flot d'images affluèrent alors à son esprit. Elle se revit, la nuit précédente, assise à l'arrière de la voiture du gardien du cimetière, serrée contre Hazard qui avait posé la main sur sa cuisse. Puis devant la porte de son immeuble, tandis qu'il cherchait ses clés, qu'il avait lâchées dans sa hâte à ouvrir la porte. Elle revit aussi leurs vêtements éparpillés sur le sol de la chambre. Avait-elle pensé à plier son pantalon et son chemisier avant de s'endormir ? Ensuite, elle se souvint de leurs baisers, de leurs caresses – d'abord pressants et frénétiques, puis plus lents, plus délicats, mais pas moins désirants : ils avaient fait l'amour jusqu'au petit jour.

Hazard. Elle tendit la jambe sous les draps, cherchant la sienne. En vain. L'autre côté du lit était vide. Avait-il déjà pris la fuite ? Elle se redressa. S'était-elle complètement trompée sur son compte ?

Mais non. Il était là. En caleçon. Assis par terre près de la commode, il vidait un tiroir et empilait son contenu à même le sol.

— Hazard ? Qu'est-ce que tu fais ?

— Oh, tu es réveillée ? Je fais de la place. Pour toi. Au cas où tu voudrais laisser des affaires ici. Dans un tiroir de la commode.

Elle éclata de rire.

— Tu es prêt à renoncer à l'un de tes tiroirs ? C'est un sacré engagement, dis-moi !

— Tu ne crois pas si bien dire, répliqua-t-il en la rejoignant sous la couette. Je n'ai jamais donné de tiroir à personne. Tu es la première ! Alors, oui, c'est un sacré saut – mais je suis prêt à le faire.

Il l'embrassa doucement, puis glissa un bras autour de ses épaules. Elle posa la tête sur son torse.

— Je suis très honorée, dit-elle. Et moi, je suis prête à prendre la vie comme elle vient. Sans me poser de questions.

— Vraiment ? fit Hazard d'un air sceptique.

— Eh bien… Disons que je suis prête à *essayer*, rectifia Monica en souriant.

Pour la première fois, elle ne se demandait pas ce qui allait se passer dans cinq minutes, dans cinq jours ou dans cinq mois. Parce qu'elle avait l'absolue conviction d'être là où elle devait être.

— OK, dit Hazard avec un clin d'œil. On va y aller doucement, alors. Un tiroir à la fois.

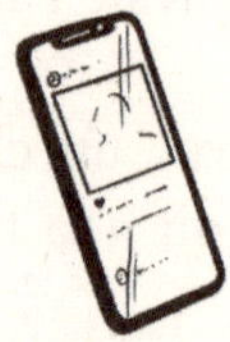

Alice

Alice cherchait depuis plusieurs jours le moment idéal pour parler à Max, de manière calme et rationnelle, des difficultés qu'ils rencontraient dans leur couple. Puis, n'y tenant plus, elle saisit la première occasion – qui se révéla aussi la pire de toutes. Max était rentré tard, comme d'habitude. Ce soir-là, Alice avait réussi à préparer un vrai repas, mais le temps que Max s'installe enfin à table, tout était trop cuit. Bunty, qui faisait ses dents, avait pleurniché toute la journée, et mis un siècle à s'endormir. Alice était épuisée.

Ils s'étaient assis à la table de la cuisine, échangeant le genre de propos qu'on échange avec des inconnus : « Tu as passé une bonne journée ? » avait demandé Max. « Oui, merci, avait menti Alice. Et toi ? » Et ainsi de suite jusqu'au dessert, que Max venait d'avaler en trois minutes. Il se leva, prit son assiette (encombrée des reliefs du dîner trop cuit) et la posa sur le comptoir. *Au-dessus* du lave-vaisselle.

— MAX ! cria Alice. Pourquoi tu ne mets JAMAIS ton assiette DANS le lave-vaisselle ?

— Bon sang, ne crie pas comme ça : tu me casses les oreilles. Tu as encore trop bu, c'est ça ?

— Non, je n'ai pas trop bu, répliqua Alice (même si c'était probablement le cas), mais j'en ai MARRE de tout ça. MARRE et ARCHI-MARRE. Et de toi aussi, tu m'entends ? Marre d'être la seule à remplir ce fichu lave-vaisselle, marre d'étendre tes serviettes mouillées dans la salle de bains, marre d'être la seule à me lever la nuit quand Bunty pleure, la seule à ranger, à faire le ménage, à...

La liste était si longue qu'elle l'acheva en criant « AAARRGGGGGHHHHHHH » dans une imitation adulte de Bunty très convaincante.

— Tu sais comment faire fonctionner le lave-vaisselle, au moins ? reprit-elle.

Max haussa les épaules.

— Non, mais ça ne doit pas être très compliqué.

— Ce n'est pas COMPLIQUÉ ! hurla-t-elle. C'est affreusement BARBANT. Et je le fais DEUX FOIS par jour !

— Mais, Alice... Je travaille, moi ! protesta Max d'un air indigné.

Il la regardait avec stupeur, comme s'il ne la reconnaissait plus.

— Et moi, tu crois que je fais quoi, ici ? rétorqua-t-elle. Ce n'est pas un travail, peut-être ? Tu t'imagines que je passe mes journées chez le coiffeur et la manucure, c'est ça ?

En achevant sa phrase, elle se souvint qu'en fait, elle était allée chez la manucure la veille, pendant que Lizzie gardait Bunty. Mais c'était la première fois depuis des mois. Elle serra les poings pour cacher ses ongles vernis. Puis, brusquement, elle fondit en larmes. Désemparée, elle enfouit son visage entre ses mains, oubliant de cacher ses ongles.

— Je suis… désolée, Max, hoqueta-t-elle entre deux sanglots. Mais je… Je ne suis pas sûre de… de pouvoir continuer.

— Continuer quoi ? dit-il en s'asseyant en face d'elle. À t'occuper de Bunty ?

— Non. Je ne parle pas de Bunty… Je parle de nous. Je ne suis pas sûre de pouvoir continuer à être ta femme.

— Pourquoi ? Parce que je n'ai pas mis mon assiette dans le lave-vaisselle ?

— Non, ça n'a rien à voir avec le lave-vaisselle. Pas grand-chose, en tout cas. C'est juste que… Je me sens si seule ! Nous élevons ensemble notre fille et nous vivons dans la même maison, mais j'ai l'impression que nous sommes devenus des étrangers l'un pour l'autre. Et je me sens tellement seule ! répéta-t-elle.

Il soupira.

— Oh, Alice. Je suis désolé. Si ça peut te rassurer, tu n'es pas la seule à trouver ça dur. Ce n'est pas comme ça que je voyais ma vie, moi non plus… J'adore Bunty, mais notre vie d'avant me manque : nos escapades en amoureux dans des hôtels chics, la maison propre et bien rangée, et ma femme belle à croquer, radieuse et contente de me retrouver.

— Je suis toujours là, Max !

— Oui, mais tu es fatiguée et de mauvaise humeur. Et, pour être franc…

Il s'interrompit un instant, comme s'il pesait le pour et le contre, et prit la mauvaise décision en concluant :

— Tu te laisses aller, ces derniers temps.

— JE ME LAISSE ALLER ? répéta Alice.

Elle suffoquait comme s'il lui avait donné un coup de poing.

— On n'est pas dans les années 1950, bordel ! Tu ne peux pas exiger que je retrouve ma taille de guêpe quelques mois après avoir donné naissance à *ton* enfant. Réveille-toi ! On est dans la réalité, pas dans ton petit monde imaginaire !

— Et puis, je me sens exclu, poursuivit Max, manifestement conscient de devoir changer de tactique (et de sujet). Toi, tu sais ce qu'il faut faire avec Bunty, comment, et à quel moment. Moi, non. Alors j'ai l'impression d'être inutile. De ne servir à rien. C'est pour ça que je reste au bureau de plus en plus tard. Là-bas, je sais exactement ce que l'on attend de moi, mes collaborateurs me respectent et font ce que je leur demande. Tout se passe comme prévu. Et tout est sous mon contrôle.

— Je fais de mon mieux, Max, mais j'ai sans cesse l'impression de ne pas répondre aux attentes. Les tiennes, pour commencer. Celles de ta mère. Celles de Bunty. Et les miennes, aussi. Pourtant, la réussite d'un mariage, d'une famille, c'est une question de compromis, non ? Pour le moment, ce n'est pas aussi parfait, aussi simple et beau que tu le souhaiterais, mais tu dois prendre sur toi, tu comprends ? Si tu admets que la vie, que *notre* vie, puisse être bordélique, épuisante et complexe par moments, alors, nous pourrons tout affronter, toi et moi !

Elle se tut, espérant que Max lui répondrait qu'il l'aimait, qu'il l'aiderait davantage et qu'ils parviendraient, d'une manière ou d'une autre, à remettre leur couple sur les rails.

— On pourrait engager une nounou ? suggéra-t-il. Quelques jours par semaine.

Alice sentit de nouveau les larmes affluer à ses paupières.

— On ne peut pas se le permettre, Max. Et même si nous en avions les moyens, je refuserais de payer quelqu'un qui s'occuperait de mon enfant pour que je puisse passer plus de temps à faire semblant d'être ton épouse de rêve dans ta vie de rêve !

Il secoua la tête.

— Je suis navré, je n'ai pas d'autre solution. Je sais juste que tu n'es pas heureuse, et moi non plus.

Il se leva, gravit les marches qui menaient à son bureau et referma la porte derrière lui, comme d'habitude.

Alice se sentit horriblement triste. Elle prit son portable et fit défiler les photos de son compte Instagram – toutes ces images qui la montraient souriante au côté d'un séduisant mari et d'un adorable bébé. Un monde parfait, bien loin de la réalité. Un mirage. Serait-elle capable d'y renoncer ? Bunty et elle pourraient-elles se débrouiller seules, sans Max ?

Elle pensa à Mary, si lumineuse, qui avait quitté Julian après quarante ans de mariage ; elle pensa à Monica, qui, Alice l'avait appris la veille, avait quitté Riley, alors qu'elle avait presque *quarante ans*. Elle pensa à ses nouveaux amis, qui menaient tous des vies passionnantes, fortes et intenses, mais pas nécessairement réductibles à de jolies photos sur Instagram.

Elle pouvait vivre comme eux – bien sûr qu'elle le pouvait, n'est-ce pas ?

Une vie chaotique, imparfaite et désordonnée, pas toujours jolie à voir, mais sincère et ancrée dans la réalité, ne valait-elle pas dix fois mieux qu'une existence photogénique, constamment retouchée pour avoir l'air parfaite ?

Alice baissa de nouveau les yeux sur sa page Instagram. *@aliceaupaysdesmerveilles. Guide des tendances pour les vraies* *mamans et leurs bébés*. Un émoji souriant concluait le sous-titre. Elle soupira. Toute cette perfection l'épuisait. Que se passerait-il si elle montrait à quoi ressemblent les *vraies* mamans ? Si elle racontait à ses abonnés la fatigue, la confusion, les vergetures, les kilos à perdre et le couple qui fout le camp ? Oui, pourquoi pas ? Et pourquoi ne pas se débarrasser de cet émoji stupide ? Bon sang, pourquoi n'y avait-elle pas pensé plus tôt ? Elle n'était sûrement pas la seule mère au monde qui en avait marre de chercher à être parfaite en permanence !

L'idée de mettre fin à ce simulacre lui procura un vif soulagement. Elle sourit. *Je fais du bon boulot*, se dit-elle, consciente de s'auto-congratuler (mais puisque personne d'autre ne le faisait, autant s'en charger elle-même). *Et si ce n'est pas suffisant pour Max ou pour mes followers, qu'ils trouvent quelqu'un d'autre à jucher sur leur piédestal. Parce que moi, j'en ai ras le bol d'être toute seule là-haut !*

Alice cala Bunty sur sa hanche et sonna à la porte. Lizzie lui ouvrit un instant plus tard, révélant une maison chaleureuse, encombrée et joyeusement chaotique, très semblable à celle où Alice avait grandi. *Max aurait fait la grimace*, pensa Alice en repensant au goût très sûr de son mari. Et à toutes les autres raisons pour lesquelles elle sonnait chez Lizzie ce soir.

— Je suis désolée de te déranger si tard, dit-elle, mais est-ce que Bunty et moi pouvons passer quelques jours chez vous ? Le temps que je trouve une solution ?

Alice espérait que Lizzie ne lui poserait pas de questions, car elle n'avait aucune réponse à lui offrir. Tout ce qu'elle savait, c'est qu'elle avait besoin d'espace et de temps pour réfléchir. Loin de Max. Loin de ses attentes et de ses reproches. Lizzie le comprit certainement, car elle fit taire sa curiosité – pour le moment, du moins.

— Bien sûr, mon canard, acquiesça-t-elle en les invitant à entrer, avant de refermer vigoureusement la porte derrière elles.

Monica

Un verre de Pimm's à la main, Monica était assise contre un arbre à Kensington Gardens. Tournant la tête, elle aperçut un couple à l'écart de leur groupe. Main dans la main, ils semblaient se suffire à eux-mêmes.

Elle se pencha vers Julian, assis à son côté.

— Je suis si contente que vous ayez invité Mary !

— N'est-ce pas ? Et son petit ami. Peut-on appeler « petit ami » un homme qui frise les quatre-vingts ans ? Je ne sais pas pourquoi, mais ça me semble contradictoire.

— Je le trouve très fringant pour un octogénaire. Tout comme vous, bien sûr, ajouta-t-elle vivement.

— Il paraît sympathique, répliqua Julian. Un peu fade, à mon goût, mais je n'ai pas mon mot à dire, n'est-ce pas ? Je vous laisse, ma chère. Je ferais bien d'aller le présenter à tout le monde.

Julian se dirigea vers Mary et Anthony, suivi de Keith, qui se déplaçait avec une raideur égale à la sienne. « Keith n'est pas un chien, entendit-elle Julian dire à Anthony. C'est mon coach sportif. »

— Monica ?

Elle leva les yeux. C'était Benji.

— Je peux m'asseoir ? demanda-t-il. J'ai quelque chose à te dire. Je ne veux pas voler la vedette à Julian et à Riley, mais c'est une nouvelle importante et… je ne peux pas te la cacher plus longtemps.

Elle sourit. Elle croyait savoir de quoi il retournait.

— Nous allons nous marier, Baz et moi, et…

Bingo ! Exactement ce qu'elle espérait. En revanche, elle ne s'attendait pas à ce qui allait suivre.

— … nous aimerions que tu sois notre témoin. Tu veux bien ? Dis oui, je t'en prie !

— Oh, Benji, je suis si heureuse pour toi ! s'exclama-t-elle en le serrant dans ses bras. J'accepte, bien sûr. Vous me faites un grand honneur, Baz et toi.

— Hourra ! J'ai hâte de le dire à Baz ! Betty est convaincue que le mariage est son idée, évidemment. Elle prépare déjà le menu pour la réception. On se mariera à l'hôtel de ville de Chelsea, comme Julian et Mary – en espérant que nous connaîtrons une fin plus heureuse que la leur. La réception aura lieu au restaurant de la famille Wu.

— Betty ne t'en veut plus, alors ? Et elle n'est plus fâchée contre Baz ?

— Non, répondit Benji. Je crois qu'elle s'est habituée à l'idée que son petit-fils est gay. Mais tu la connais : elle ne fait jamais rien à moitié. Maintenant, elle s'est prise de passion pour la défense des droits des homosexuels en Chine. Tu sais que l'homosexualité n'y a été légalisée qu'en 1997 ? Ça la met en rage. Sans compter que la Chine n'autorise pas les couples homosexuels, qu'ils soient Chinois ou étrangers, à adopter des bébés chinois ! Betty est furieuse, comme tu peux l'imaginer.

— Ne t'inquiète pas : si quelqu'un peut convaincre la République populaire de Chine de changer sa politique en matière d'adoption, c'est bien Mme Wu. Oh, c'est merveilleux ! Je suis tellement contente pour toi, répéta Monica.

Elle se réjouissait sincèrement, pour la première fois de sa vie, d'apprendre qu'un de ses proches allait se marier. Elle attendit un instant, mais ni l'envie, ni la jalousie ne vinrent assombrir la joie qu'elle éprouvait pour Benji. Hazard s'approcha et s'assit en face d'elle.

— Tu es radieuse, dit-il. Tu viens d'apprendre une bonne nouvelle ?

— Oui, acquiesça-t-elle, mais elle se garda de révéler le secret de Benji. J'ai l'impression que tout va dans le bon sens, pour chacun d'entre nous.

— Tu as raison. En tout cas, c'est la première fois que je vais à une fête sans vouloir à tout prix me bâfrer de substances diverses. Même quand j'étais petit, j'abusais des Smarties et du Coca-Cola. C'est génial, non ?

— Génial, confirma-t-elle. Et tu l'es, toi aussi. Reste là, tu veux bien ? J'ai un truc à donner à Riley. Je reviens tout de suite.

Elle se dirigea vers Riley, qui discutait avec plusieurs de ses amis australiens, dont Brett, qui partirait avec lui à Amsterdam quelques jours plus tard.

— Je peux te parler, Riley ? demanda-t-elle.

Le jeune homme acquiesça et lui emboîta le pas. Ils traversèrent la pelouse pour se mettre un peu à l'écart, sous un grand arbre.

— Je voulais te remercier, dit Monica. Pour ce que tu as écrit sur moi dans *Le Carnet des Silences*. Sur le fait que je serais une très bonne mère pour mes enfants. Ça me touche énormément – même si je n'aurai peut-être jamais l'occasion de le vérifier par moi-même.

— J'avais oublié que j'avais écrit ça, mais je le pense toujours.

— J'ai quelque chose pour toi, reprit-elle en sortant de son sac un paquet biscornu, enveloppé dans du papier rouge et or. C'est ton cadeau de Noël. Celui que tu aurais dû ouvrir si je ne vous avais pas lancé le pudding à la figure… Je l'ai gardé et… il me semble que le moment est venu de te l'offrir.

Riley prit le paquet et déchira le papier avec autant d'excitation qu'un gamin de cinq ans.

— Merci ! C'est magnifique ! s'exclama-t-il en retournant l'objet entre ses mains.

C'était une truelle d'excellente qualité. Monica avait fait graver « Riley » sur le manche en bois verni.

— Pour que tu puisses jardiner partout où tu iras, expliqua-t-elle.

— Super idée. Je l'adore déjà. Je penserai à toi – à *vous tous*, chaque fois que je l'utiliserai. Mais nous nous reverrons, n'est-ce pas ? Promets-moi que nous resterons en contact ! De toute façon, je veux savoir ce qui va se passer entre Hazard et toi.

— C'est si évident que ça ? demanda Monica, qui s'en trouvait secrètement ravie. Ça ne te fâche pas ?

— Eh bien, ça m'a fâché au début. Juste un peu, avoua Riley, mais je vous aime tous les deux, alors maintenant que je me suis fait à cette idée, je suis ravi pour vous.

Ravi ? Monica haussa les sourcils. Comment pouvait-il se montrer si magnanime ? À sa place, elle serait déjà en train de piquer des épingles dans des poupées en cire à leur effigie. Elle l'observa avec attention. Il paraissait un peu triste, mais elle se trompait peut-être.

— Riley, tu es vraiment l'un des hommes les plus gentils que j'aie jamais rencontrés, déclara-t-elle en le serrant dans ses bras. Tu vas me manquer. Tu vas nous manquer à tous.

Riley lui rendit son étreinte, la serrant contre lui un instant de plus que nécessaire.

— Hazard aussi fera un bon père, dit-il en reculant d'un pas.

— Tu crois ? Il n'en est pas sûr. Il ne se fait pas encore totalement confiance, précisa Monica.

Elle ne précisa pas, en revanche, que le désir de Hazard d'être père ne faisait plus partie de ses critères. Elle l'aimait tel qu'il était.

— S'il doute de ses capacités, répliqua Riley, qu'il aille demander leur avis aux gamins des Bonnes Fées de Maman. Ils sauront le convaincre de sauter le pas !

— Pourquoi pas ? dit Monica. C'est une bonne idée.

— Chers amis ! dit Julian d'une voix forte. Chers amis, un peu de silence, s'il vous plaît…

Armé d'une louche, il tapa contre les flancs de la bassine métallique qui accueillait les bouteilles de Pimm's pour attirer l'attention des convives.

— Chers amis, reprit-il, quand Mary est partie, elle a laissé un trésor derrière elle. Non, je ne parle pas de moi ! s'exclama-t-il, tel un comique rodant un numéro de stand-up devant son public. Je parle de son alto. J'espère qu'elle acceptera d'en jouer pour nous aujourd'hui. Mary ?

Il lui tendit l'instrument, qu'il avait dû cacher dans un de ses sacs.

— Eh bien, cela fait des années que je n'ai pas joué, mais je veux bien essayer… Bonjour, mon vieil ami, dit Mary en prenant l'alto et l'archet.

Elle retourna l'instrument entre ses mains, se familiarisant de nouveau avec sa forme et son poids, puis elle l'accorda et commença à jouer un air irlandais traditionnel. D'abord lentement, puis avec exubérance. Bientôt, un petit groupe se forma autour d'eux – des promeneurs et des parents qui venaient d'emmener leurs enfants nourrir les cygnes, attirés par les notes endiablées exécutées avec tant de talent et de passion.

Monica s'assit dans l'herbe près de la chaise longue de Julian. Elle se pencha vers Keith, qui le suivait toujours comme son ombre, et le gratta derrière les oreilles.

— Eh bien, ma chère, je suis très content pour Hazard et vous, déclara Julian. Je tenais à vous le dire ! Et j'aimerais m'en attribuer le mérite, si ça ne vous ennuie pas.

— Pas le moins du monde. Après tout, sans votre petit cahier, je ne lui aurais jamais reparlé après être tombée – littéralement – sur lui en bas de chez moi.

— Tâchez de préserver la magie qui vous a réunis, vous voulez bien ? Et ne prenez jamais cet amour pour acquis, comme je l'ai fait avec Mary. Vous me le promettez ?

Il avait tourné les yeux vers Mary et Antony, les couvant d'un regard mélancolique, où le chagrin le disputait à la joie.

— Êtes-vous en train de me dire que Hazard vous fait penser à l'homme que vous étiez autrefois ? demanda-t-elle avec hésitation, en espérant qu'il ne se vexerait pas.

Il rit.

— Oh non ! Hazard est bien plus attentionné que moi. Moins égoïste, aussi. Et vous, Monica, vous êtes plus solide que Mary ne l'était à l'époque. Votre histoire sera très différente de la nôtre. Et puis, si cela peut vous rassurer, sachez que j'ai eu une petite conversation avec Hazard. D'homme à homme, vous comprenez ? Pour l'encourager et lui indiquer le droit chemin. Comme un père avec son fils, en quelque sorte.

Monica haussa les sourcils, à la fois effarée et intriguée. Elle aurait aimé être une petite souris pour surprendre cette « conversation d'homme à homme » !

— J'ai quelque chose pour vous, reprit-elle.

— Allons, mon enfant ! Vous m'avez déjà fait un cadeau, protesta-t-il en portant la main à sa cravate en soie, nouée avec désinvolture autour de son cou.

— Ce n'est pas un cadeau : c'est un objet qui vous appartient, dit-elle en lui tendant un cahier vert pâle.

Il était un peu abîmé par ses nombreux voyages, mais le titre inscrit à l'encre sur la couverture attirait toujours le regard : *Le Carnet des Silences*.

— Je sais que vous avez refusé de le garder quand Mary a voulu vous le rendre, sous prétexte que vous n'aviez pas été assez sincère, je crois… mais vous l'êtes, maintenant ! Alors, je vous l'ai apporté. Il me semble normal qu'il revienne auprès de celui qui l'a créé.

— Ah, mon cahier. Bienvenue, mon enfant. Tu en as vécu, des aventures ! déclara Julian en le posant sur ses genoux et en le caressant du plat de la main, comme il l'aurait fait avec un chat. Qui l'a revêtu de cette élégante couverture en plastique ? ajouta-t-il avec une pointe d'ironie.

Monica esquissa un sourire.

— Je suis bête ! reprit-il en souriant à son tour. La réponse ne fait aucun doute.

Mary jouait une chanson de Simon et Garfunkel que l'assistance reprenait en chœur. Bunty, assise sur un plaid avec Alice et Lizzie, se leva et applaudit, puis, constatant qu'elle n'avait rien à quoi se raccrocher, elle parut choquée et se laissa retomber au sol. *Où est Max ?* se demanda Monica.

Le soir tombait. Le parc se vidait peu à peu, les promeneurs rentrant chez eux après une balade avec leur chien ou une sieste au soleil. Les moucherons commençaient à affluer, tournoyant au-dessus des pelouses et des étangs. Monica avait appelé un taxi pour transporter plus facilement les poubelles, les verres et les plaids jusqu'au café. Julian les regarda emballer le tout et se diriger vers la route qui serpentait en contrebas.

— Venez, Julian ! lui cria Monica.

— Allez-y sans moi, répondit-il. Je vais rester quelques minutes de plus.

— Vous êtes sûr ? insista-t-elle, inquiète de le laisser seul.

Julian lui semblait fatigué, tout à coup. Comme si le poids des années s'était abattu sur ses épaules… mais elle se trompait, peut-être ? Il faisait sombre, après tout. L'obscurité plissait son visage et creusait ses traits.

— Oui, j'en suis sûr. Un peu de calme me fera du bien après toute cette agitation… Quelques minutes, guère plus, puis je rentrerai tranquillement chez moi.

Installé à l'arrière du taxi, Hazard tendit la main pour aider Monica à monter. Ce simple geste résumait tout ce qu'elle attendait de la vie. Elle lança un dernier regard à Julian, assis dans sa chaise longue, la tête de Keith posée sur ses genoux. Il tenait toujours le cahier à la main, qu'il agita pour lui dire au revoir. Malgré tous ses défauts, c'était vraiment la personne la plus extraordinaire que Monica ait jamais rencontrée. Et de tous les cafés du monde, elle lui était infiniment reconnaissante d'avoir choisi le sien.

Julian

Julian regarda le taxi s'éloigner, puis reposa le cahier sur ses genoux. Il se sentait particulièrement heureux, ce soir. Pour la première fois depuis des années, il appréciait l'homme qu'il était devenu. Il se trouvait même plutôt sympathique. Il se pencha et tapota la tête de Keith, qui s'était recouché à ses pieds.

— Il ne reste plus que toi et moi, mon vieux, dit-il.

Il se trompait. Ils n'étaient pas seuls, Keith et lui. Plusieurs personnes approchaient, munies de transats, de plaids, d'instruments de musique. Ces gens ne savaient-ils pas que la fête était finie ?

Julian voulut se lever pour leur dire que le parc allait fermer et qu'ils devaient rentrer chez eux, mais ses muscles refusèrent de coopérer. Il se sentait très fatigué.

La lumière était si faible qu'il mit un moment à discerner les visages des nouveaux venus, mais il finit par les reconnaître. Ce n'étaient pas des inconnus, mais de vieux amis. Son professeur de dessin à l'école des Beaux-Arts ;

le propriétaire de la galerie qui exposait ses tableaux sur Conduit Street ; et même un ancien camarade de classe, perdu de vue depuis des décennies ! Il avait vieilli, bien sûr, mais il avait gardé ses cheveux roux et son sourire espiègle.

Julian leur sourit. Puis il aperçut son frère, un peu plus loin : il contournait l'étang pour venir à sa rencontre. Sans béquilles ni fauteuil roulant, mais bien droit sur ses deux jambes. Levant les yeux, il vit Julian et lui fit un signe de la main d'un geste fluide et élégant, comme autrefois, avant que la maladie ne vienne paralyser ses membres.

À mesure que les traits de ses amis et de ses proches devenaient plus distincts, les éléments qui les entouraient – les arbres, la pelouse, l'étang et le kiosque à musique – devinrent de moins en moins nets. Puis s'effacèrent complètement.

Julian ferma les yeux. Une vague de nostalgie le submergea, si vive qu'il porta la main à la poitrine. Il avait l'impression qu'un couteau lui transperçait le cœur.

Il attendit que la douleur s'apaise, mais elle s'amplifia. Elle se propagea de la pointe de ses pieds à l'extrémité de ses doigts, jusqu'à ce qu'il ne sente plus ses membres – rien que la pulsation d'une douleur dévorante. Puis elle se mua en lumière, une lumière brillante et aveuglante. Un goût de fer envahit sa bouche, et un cri perçant résonna à ses oreilles. Le cri s'éteignit peu à peu, remplacé par un bourdonnement de plus en plus distant. Puis le silence se fit. Et Julian ne sentit plus rien. Plus rien du tout.

Épilogue

Dave

Dave était presque triste de voir s'achever sa journée de travail. D'habitude, il n'avait qu'une envie, fermer les grilles du parc et filer au pub. Mais aujourd'hui, il avait fait équipe avec Salima, l'une des apprenties, et il avait passé son temps à chercher le courage nécessaire pour l'inviter au cinéma. Résultat : la journée s'était écoulée à la vitesse de l'éclair. La nuit tombait, maintenant. Et il n'avait toujours pas réussi à l'inviter.

— Arrête-toi ! cria soudain Salima, le faisant sursauter. Regarde… Tu ne vois pas quelqu'un assis dans une chaise longue là-bas ?

Il se pencha dans la direction qu'elle lui indiquait – vers le kiosque à musique.

— C'est vrai, ça, marmonna-t-il. À cette heure-ci, il y en a toujours qui traînent, tu verras ! Attends-moi ici, je m'en charge. Pas question de l'enfermer dans le parc jusqu'à demain matin ! Regarde comment je m'y prends. Faut être poli, mais ferme.

Il gara la voiture et coupa le moteur.

— Ce ne sera pas long, assura-t-il.

Il se dirigea vers l'homme assis dans le transat d'un pas qu'il espérait souple et résolu, histoire d'impressionner Salima, qui le regardait faire. En s'approchant, il constata que le retardataire était assez âgé. Et profondément endormi. Un vieux chien hirsute montait la garde à son côté, les yeux grands ouverts, mais voilés par la cataracte. Et s'il proposait à ce type de les ramener chez eux, lui et son chien ? À condition qu'il n'habite pas trop loin, bien sûr. Cela lui donnerait plus de temps avec Salima. Et elle verrait à quel point il était gentil. Gentil et attentionné.

L'homme souriait dans son sommeil. *À quoi rêve-t-il ?* se demanda Dave. Un souvenir heureux, sans doute.

— Bonsoir, monsieur, dit-il. Désolé de vous réveiller, mais il est temps de rentrer chez vous. Nous allons fermer le parc.

Il posa la main sur le bras de l'homme et le secoua un peu – en vain. Le vieillard n'ouvrit pas les yeux, mais sa tête bascula en avant d'une manière étrange. On aurait dit un mannequin désarticulé.

Dave prit la main de l'inconnu et chercha son pouls sous la peau froide de son poignet. Rien. Il ne respirait plus. Dave n'avait jamais vu – et jamais touché – un mort auparavant. Il sortit son téléphone en tremblant un peu, et l'alluma pour composer le numéro des services d'urgence.

Puis il remarqua que l'homme tenait quelque chose dans son autre main. Un carnet. Dave le prit avec précaution. C'était peut-être important. Les proches du défunt voudraient certainement le récupérer. Il baissa les yeux. Un titre inscrit à la plume, en grandes lettres penchées, barrait la couverture : *Le Carnet des Silences*. Dave ouvrit sa veste et le glissa dans la poche intérieure.

Remerciements

Le Carnet des Silences est profondément ancré dans ma vie personnelle. Il y a cinq ans, je vivais, comme Alice, une vie parfaite. En apparence, seulement. Car la réalité était très différente. Comme Hazard, j'étais alcoolique. Accro au bon vin, cher de préférence (si la bouteille coûte cher, vous êtes un connaisseur, pas un ivrogne, n'est-ce pas ?). Après plusieurs tentatives infructueuses pour décrocher, j'ai décidé, comme Julian, de jouer la carte de la sincérité : j'ai parlé ouvertement de mes difficultés au lieu de continuer à les dissimuler. Plus jeune et un peu plus moderne que mon personnage, j'ai raconté mon combat contre l'alcool dans un blog, et non dans un carnet. Par la suite, ce blog s'est transformé en livre[1].

Ce faisant, j'ai découvert que la sincérité fait des miracles : partager en toute franchise vos soucis et votre expérience peut changer la vie de ceux qui vous écoutent ou vous lisent. C'est pourquoi je tiens à remercier avant

1. *The Sober Diaries*, traduit en français par Audray Sorio sous le titre *J'ai recommencé à vivre ! Carnets d'une année de combat pour me libérer de l'alcool*, City Editions, 2018.

tout les lecteurs de mon blog ou de mon récit, qui ont pris le temps de me contacter pour me dire combien ma franchise les avait touchés. C'est vous tous qui m'avez inspiré ce roman.

Je dois avouer que j'étais assez terrifiée à l'idée de passer de la non-fiction à la fiction, et pas du tout certaine de pouvoir y arriver. Je me suis alors inscrite au Curtis Brown Creative, où j'ai suivi pendant trois mois un atelier d'écriture consacré à l'art si particulier du roman. Je me suis récemment penchée sur mon dossier de candidature : le texte de trois mille mots qui l'accompagnait était un extrait du *Livre qui a changé nos vies* (comme il s'intitulait alors). C'était vraiment très mauvais ! Je dois donc un immense merci à Charlotte Mendelson, ma tutrice, ainsi qu'à Anna Davis et à Norah Perkins, mes deux autres professeurs au CBC.

Outre l'excellent enseignement qui m'était prodigué, cet atelier d'écriture m'a permis de rencontrer d'autres écrivains, tous fabuleux. À l'issue de notre atelier, nous avons créé notre propre « club d'écriture ». Encore aujourd'hui, nous continuons de nous réunir pour partager nos travaux autour d'une bonne bière (pour eux) et d'un grand verre d'eau (pour moi), mais aussi pour rire et pleurer des mille et une aventures qui caractérisent la vie d'un écrivain. Merci à vous tous : Alex, Clive, Emilie, Emily, Jenny, Jenni, Geoffrey, Natasha, Kate, Kiare, Maggie et Richard. Et un merci tout particulier à Max Dunne et Zoe Miller, les deux premières personnes auxquelles j'ai soumis mon abominable premier jet.

Merci également à mes autres premiers lecteurs : Lucy Schoonhoven, qui m'a conseillée sur les Australiens et sur le jardinage, et qui sait mieux que personne repérer les coquilles et les répétitions ; Rosie Copeland, pour ses précieux conseils sur l'art et les artistes ; Louise Keller pour son expertise en matière de santé mentale, et Diana Gardner-Brown pour sa perspicacité et sa créativité.

Caroline Firth et Annabel Abbs, les deux amies avec lesquelles je sors promener mon chien (et elles, les leur), m'ont permis de garder la tête froide tout en encaissant mes doutes et mes coups de blues durant ces quelques années consacrées à l'écriture, à la soumission et à la révision du manuscrit. Je me souviens avoir confié, assez nerveusement, à Annabel, lors de notre première rencontre, que je rêvais d'écrire un roman. Elle m'a répondu qu'elle en écrivait un elle-même, *The Joyce Girl*[1]. Je n'arrive toujours pas à croire que nous avons toutes les deux été publiées ! Ma chère Annabel, j'ai adoré parcourir ce chemin avec toi.

Moi qui déteste qu'on me prenne en photo, j'ai beaucoup apprécié celle que Caroline a prise lors d'une de nos promenades : elle me montre naturelle, ébouriffée et sans une once de maquillage. Par la suite, Caroline m'a autorisée à l'utiliser comme photo officielle. Je lui en suis très reconnaissante.

J'aimerais également remercier Hayley Steed, mon fabuleux agent, d'avoir aimé le roman dès son origine, de m'avoir aidée à l'améliorer et d'avoir été une amie fidèle et un mentor exceptionnel tout au long du processus de publication. Monica doit à Hayley son obsession pour les tableaux Excel en plusieurs couleurs. Un grand merci au « phénomène » qu'est Madeleine Milburn, qui m'a prodigué de sages conseils et m'a montré la voie. The Madeleine Milburn Agency est une véritable fourmilière, mais aussi une grande famille, où tout le monde s'est mis en quatre

1. Publié chez Central Books en 2016, ce roman n'est pas traduit en français.

pour m'accueillir et faire de mon manuscrit le meilleur roman possible. Merci à vous tous !

Vous ne tiendriez pas cet ouvrage entre vos mains sans la merveilleuse équipe chargée des droits internationaux chez Madeleine Milburn : elles ont tout fait pour que cette histoire atteigne ses lecteurs partout dans le monde. Alice Sutherland-Hawes a piloté des ventes aux enchères dans plusieurs pays et vendu *The Authenticity Project* à vingt-huit maisons d'édition étrangères dans la quinzaine précédant la Foire du livre de Francfort. Puis Liane-Louise Smith et Georgina Simmonds ont travaillé sans relâche avec chacun de ces éditeurs étrangers pour vous présenter cette histoire.

Je tiens également à remercier chaleureusement Sally Williamson, de Transworld UK, et Pamela Dorman, de Pamela Dorman Books aux États-Unis, mes brillantes éditrices. Avoir Sally et Pam à mes côtés m'a donné l'impression d'être dotée de pouvoirs magiques, et travailler avec elles à la préparation et à la correction d'un manuscrit me faisait l'effet d'assister à une master class. Sans elles, ce roman ne serait que l'ombre de celui que vous avez lu.

J'ai gardé le meilleur pour la fin : ma famille. Je remercie infiniment John, mon mari, d'avoir cru en moi quand je n'y croyais plus, et de s'être toujours montré sincère et perspicace à propos de mes écrits, même lorsque ses critiques m'ont amenée à lui lancer un manuscrit à la figure. Un immense merci à mes parents, qui m'ont offert un soutien indéfectible et témoigné leur fierté d'un bout à l'autre du parcours. Ce livre est dédié à mon père, le meilleur écrivain que je connaisse, auteur d'une chronique devenue légendaire dans le magazine paroissial de la ville où il réside. Non content d'avoir lu la toute première version du roman, il a également bûché sur les neuf versions suivantes, en m'offrant des commentaires détaillés à chaque étape. Sachez qu'il vous répondra si vous avez le malheur de laisser un avis moins que favorable sur Amazon ! Et bien sûr, je remercie aussi mes trois enfants, Eliza, Charlie et Matilda, qui sont à la fois mes premiers fans et une source permanente de joie et d'inspiration.

Depuis que je suis entrée dans le monde de l'édition, je ne cesse de m'étonner du nombre impressionnant de gens qu'il faut pour publier un livre. Je ne parle pas seulement des personnes que j'ai mentionnées ci-dessus, mais de toutes celles qui, dans le monde entier, ont mis leur talent, leur enthousiasme, leur savoir-faire, leur temps et leur énergie à votre service pour faire parvenir ce livre dans votre pays : les traducteurs, les maquettistes, les rédacteurs, les correcteurs, les commerciaux, et bien d'autres encore.

Composition : Facompo
Rouen

Imprimé en France par CPI
en **avril** 2021
N° d'impression : **2057648**

Fleuve Éditions - 92 avenue de France, 75013 PARIS

R14413/02